ars vivendi
Krimi

Tommie Goerz (Dr. Marius Kliesch) hat Soziologie, Philosophie und Politische Wissenschaften studiert, wohnt in Erlangen, ist verheiratet und hat zwei erwachsene Kinder. Nach einem Forschungsprojekt und zwanzig Jahren bei einem der größten Agenturnetzwerke der Welt war er Dozent für Text und Konzeption an der Georg-Simon-Ohm-Hochschule Nürnberg und der Faber-Castell-Akademie in Stein, danach unterstützte er die hl-studios Tennenlohe. Heute ist er Privatier. Er gewann u. a. den Bronzenen Löwen in Cannes (2007). Bei ars vivendi erschienen seine Kriminalromane »Dunkles« und »Leergut« (beide 2011) sowie »Auszeit« (2012), »Einkehr« (2014), »Schlachttag« (2016) und »Nachtfahrt« (2018) um den Nürnberger Kommissar Friedo Behütuns, 2017 die Biergeschichtensammlung »Auf dem Keller«.

Tommie Goerz

Schafkopf

Friedo Behütuns' erster Fall
Kriminalroman

ars vivendi

7. Auflage Juli 2018

www.arsvivendi.com

Lektorat: Ulrike Jochum
Das Gedicht auf Seite 7 stammt aus:
Peter Handke: »Die Aufstellung des 1. FC Nürnberg vom 27.1.1968.«
In: *Die Innenwelt der Außenwelt der Innenwelt,*

Umschlaggestaltung: FYFF, Nürnberg unter Verwendung
einer Fotografie von Daniel Duve
Druck: CPI books GmbH, Leck
Gedruckt auf holzfreiem Werkdruckpapier
der Papierfabrik Arctic Paper

MIX
Papier aus verantwortungsvollen Quellen
FSC
www.fsc.org
FSC® C083411

Printed in Germany

ISBN 978-3-86913-981-4

SCHAFKOPF

Another day
Staring out of my window
Buckshot LeFonque

1. Kapitel

Wabra
Leupold Popp
Ludwig Müller Wenauer Blankenburg
Starek Strehl Brungs Heinz Müller Volkert
Spielbeginn:
15 Uhr

Dr. Hans Natzel saß auf dem Klo. Er hatte sich einen der alten, dicken Fußballkalender genommen, die er dort schon seit Jahren liegen hatte, und wahllos irgendwo aufgeschlagen. Er tat das immer wieder einmal, denn diese alten Kalender, jeder fast 200 Seiten dick, waren voll mit schönen, mal witzigen, mal geistreichen und interessanten Begebenheiten, Meldungen und Geschichten aus der Welt des Fußballs. Ausgegraben aus den Tiefen des Raums. Zum Lachen, Nachdenken oder Träumen. Oft brachten sie auch ein Zitat. Ungewollt Komisches von Spielern oder Trainern, aber auch aus dem Bereich, den man »Literatur« nannte. So wie diese Mannschaftsaufstellung. Das Blatt, das er sich heute zum wer-weiß-wievielten Mal ansah, war vom 23. und 24. Mai 2006. Es zitierte ein Gedicht von Peter Handke aus *Die Innenwelt der Außenwelt der Innenwelt* von 1969 und hieß »Die Aufstellung des 1. FC Nürnberg vom 27. 1. 1968« – dem Jahr, in dem der »Club« zum letzten Mal Deutscher Meister geworden war. Wenigstens etwas Positives, dieses »zum letzten Mal«.

Dr. Hans Natzel mochte dieses Gedicht, denn es war von einem seiner Lieblingsschriftsteller. Er schätzte Peter Handke, zumindest den frühen. Sprache der Stille und des Seins, Sprache der Schwermut, der Ruhe, des Innehaltens, des Leids. Und er mochte dieses Gedicht, weil es alles verkörperte, was für ihn Fußball war. Unergründliche, tief aus dem Irgendwo heraus wirkende Momente der Faszination, im Ungreifbaren der vorsprachlichen Vergangenheit verankert. Aufleuchten des Augenblicks. Bilder. Panini. Klanggebilde wie ›Borussia Neunkirchen‹. ›Meidericher SV‹. Die Spieler im Flutlicht fotografiert, bei Nacht. Wie die von Inter, Real, Benfica, im gleichen Band. Ähnlich hatten ihn vorher nur die Bilder des *Struwwelpeters* fasziniert, oder die Stiche aus Schedels *Weltchronik*, ein Buch seiner Oma, das er sich immer wieder heimlich genommen hatte. Stundenlang, erinnerte er sich, hatte er als Kind über diesen Bildern gesessen und versucht, die Welt dahinter zu ergründen. Sie blieb ihm für immer geheimnisvoll, verlor nie ihren Zauber, ihren Glanz. Borussia Neunkirchen … – wo spielten die heute? Gab es die überhaupt noch? Oder Tasmania 1900 Berlin. Das war die Unergründlichkeit schlechthin gewesen, allein schon der Name. Geheimnisse der Südsee bei Nacht auf dem Platz. Unfassbare Welten und Weiten. Das Album mit den Bildern hatte er längst verloren bei einem seiner vielen Umzüge. Der Zauber aber war geblieben. Deswegen liebte er auch die *11Freunde*. Ein Magazin, das genau dieses Gefühl belebte. Das Geschichten ausgrub und leben, ja schmecken, riechen ließ. Umkleide und Spind, Freundschaft und Faszination.

Eigentlich war Dr. Natzel schon fertig. Aber wenn man nur lange genug saß, kam immer noch etwas nach. Wie bei der *Sendung mit der Maus*: Nur nicht drücken, wegen der Adern im Kopf und am Hintern. Ganz im Gegenteil: Immer schön locker lassen. Dann kommt's schon. Sein erstes Fußballspiel … er wusste noch gar nicht, was Fußball war. Sie waren spazieren gegangen und kamen, etwas erhöht auf einem Damm, an einem Fußballfeld vorbei. Es lief ein Spiel – und er musste dort hin!, es war für ihn nicht anders denkbar.

Aber er hatte absolut keine Ahnung. Irgendein unterklassiges Spiel, Kleinstadt gegen Vordorf. Widerwillig hatte ihm sein Vater die 20 Pfennig gegeben, nachdem er wohl lange und intensiv genug gequengelt hatte. Der Vater ging weiter, heim. Er aber trat ein, stand auf den Stufen zwischen lauten Männern. Oh große Welt der Erfüllung! Minuten später war das Spiel jedoch vorbei, die Spieler gingen vom Platz. Das Feld war leer – die Männer um ihn herum blieben. Warum? Der Rasen war doch leer? Redeten, diskutierten, tranken Bier. Der kleine Hans begriff es nicht. Was sollte er noch dort? Das Spiel war doch zu Ende, die Gespräche der Männer verstand er nicht, und sie waren auch nicht für ihn. Waren nur für Männer. So schlich er sich, unsicher, zwischen den Männern, ihren Beinen, hindurch hinaus. Und dann von Weitem holte es ihn hinterrücks ein, eine Ohrfeige aus Dummheit und Scham: Erneut das Aufbrausen der Männer – das Spiel ging weiter, es war wohl Halbzeit gewesen. Er hatte doch keine Ahnung, wie das alles ging. Er war nur unsicher. Tränen hatte es ihm in die Augen getrieben, zurück aber traute er sich nicht. Alle würden sie über ihn lachen, die vielen großen Männer, die große Welt. So stolperte er heim, aber verschwieg die Schmach. Den richtigen Zugang zum Fußball hatte er sich damit versaut. Er, der Fußball, hatte sich ihm geöffnet, ihn empfangen mit offenen Armen, ihn bezaubert, ihn eingeladen und umgarnt – Natzel aber hatte die Torte fallen lassen, sie war ihm entglitten, er war auch noch hineingestiegen, und sie hing ihm jetzt am Schuh. Zeitlebens. Er konnte sie nicht genießen, sie war aber immer bei ihm, er konnte sie sehen, riechen, aber nie einfach nur genießen. So kam es ihm zumindest vor. Eigentlich ein blödes Bild, Torte am Schuh, auf dem Klo. Hundescheiße hätte vielleicht besser gepasst. Doch Hundescheiße war es nicht. Es war Torte, ewig verlockend und süß ...

Wie schön man doch denken konnte auf dem Klo, und wie weit schweifen. Wie die Gedanken treiben konnten in dem Gestank. Wo waren sie hergekommen? Ja, das Gedicht! Er hielt es ja noch in seinen Händen. Er liebte es auf seine Weise – aber es missfiel ihm auch, denn er hatte nicht viel für die Nürnberger übrig, den Club. Ganz im Gegenteil. Wabra, Wenauer – alles so große Namen damals, doch leider vom Club und deshalb auch eigentlich so klein! Einmal hatte einer bei ihnen im Dorfwirtshaus gesessen, später. Der war vollkommen betrunken gewesen und hatte nicht zahlen wollen. »Ich bin der Jansch!«, hatte er immer wieder gelallt und gebrüllt: »Ja, wisst ihr denn nicht, wer ich bin? Ich bin der Jansch! Der Jansch!«, und gemeint, er bekäme alles umsonst. Das war der Club, den er so hasste. Der Größenwahn, die Überheblichkeit, Maßlosigkeit, Selbstüberschätzung. So nahm er auch mit Genugtuung zur Kenntnis, dass das Gedicht fehlerhaft war. Denn damit war der Club zwar in der Literatur verewigt, aber eben falsch. Zumindest schrieb das der Kalender, den Natzel in der Hand hielt: »... prompt fand das Gedicht Einzug in die Literaturgeschichte – und mit ihm auch ein Fehler, wie der Literaturwissenschaftler Volker Bohn herausgefunden zu haben meint. Es habe nämlich, so Bohn, nicht Leupold auf dem Platz gestanden, sondern sein Kollege Helmut Hilpert. Und? Wühlen wir einmal in den Archiven ... und siehe da: Hilpert ist tatsächlich in der Saison 67/68 nur in Aufstellungen von 1967 zu finden, 1968 taucht er in keiner Club-Mannschaft mehr auf – nicht in den Bundesligaspielen. Das Spiel vom 27. 1. 68 aber war das DFB-Pokalspiel, 1. Runde, Leverkusen – Club (0:2) –, und in der Aufstellung von Handke fehlt? Hilpert. Allerdings war's nochmal anders, als Bohn mutmaßt: Leupold spielte durchaus – aber erst ab der 76. Minute. Für Blankenburg ...

Tja, Herr Handke. Super Gedicht, aber falsch.

Hier also noch einmal zum Mitschreiben und für die Literaturgeschichte die Aufstellung:

Wabra
Hilpert Popp
Ludwig Müller Wenauer Blankenburg (76. Leupold)
Starek Strehl Brungs Heinz Müller Volkert
Spielbeginn:
15 Uhr
(das wäre noch zu überprüfen ...)«

Im Oktober 1973 hatte der Schriftsteller Handke, diesen Artikel hatte sich Dr. Hans Natzel aufgehoben und letzthin erst wieder gefunden, zu diesem Gedicht in einem Interview mit der *ZEIT* einmal gesagt – man hatte ihn zu seiner damals kurz bevorstehenden Auszeichnung mit dem Büchner-Preis befragt: »Sie glauben also, auch als Büchner-Preisträger noch frei genug zu sein, um Gedichte, wie sie in dem Band *Die Innenwelt der Außenwelt der Innenwelt stehen* – ich denke da etwa an ›Die Mannschaftsaufstellung des 1. FC Nürnberg‹ – zu schreiben?« Und der Schriftsteller hatte geantwortet: »Ich würde gern noch einmal dahin kommen, solche spontanen Sachen zu schreiben, denn ich halte *Die Innenwelt der Außenwelt* nach wie vor für eins meiner schönsten Bücher. Aber sicher werde ich nicht mehr so schreiben können. Nur hat das nichts mit dem Büchner-Preis zu tun, sondern damit, daß ich das Lebensgefühl, aus dem heraus diese Gedichte entstanden sind, nicht mehr habe.« Ja, das Lebensgefühl ... Das hatte Dr. Hans Natzel auch nicht mehr. Schon lange nicht mehr. Hatte er es je gehabt? Im Fußball vielleicht, ja, und da leuchtete es bis heute noch das eine oder andere Mal auf. Aber im wirklichen Leben? Hmm ...

Wie lange saß er jetzt schon? Zehn Minuten? Langsam spürte er, wie ihm die Beine einschliefen. Dieses leichte Prickeln. Hatte er schon lange nicht mehr empfunden.

Die Welt war verlogen, dachte sich Natzel: Man hatte Handke das Gedicht gestohlen. Ein wenig abgewandelt zwar im Versuch, das Plagiat zu kaschieren, aber die Idee war eindeutig geklaut. Werber hatten das getan in Anzeigen für

»sein« Magazin, die *11Freunde*. Hier hieß das Gedicht dann zum Beispiel »Zeitgenössischer Spanischer Klassizismus«:

Barça

José Edmílson Gomes
Albert Joquera
Rafael Márquez Álvares
Carles Saforcada

Valdés Arribas
Albert Jorquera Fortia
Oleguer Presas
Ronaldo de Assis Moreira

Samuel Eto'o
Andres Iniesta
Fernando Navarro
Gabriel García

Juliano Belletti
Thiago Motta
Ludovic Giuly
Deco Luís de Souza
Frank Rijkaard, 2004

Variationen dieses Plagiats gab es auch noch unter den Überschriften »Zeitgenössischer Englischer Realismus« zu ManU und »Zeitgenössische Italienische Romantik« zu Inter. Billig, abstoßend, eklig. Von Kreativen einer Agentur geklaut. Einer angesehenen Agentur, einer der kreativsten Deutschlands. Und zusätzlich empörend: Die Plagiate hatten auch noch bei einem Werber-Wettbewerb Silber gewonnen. Platz zwei. Das alles stinkt doch, dachte Dr. Natzel sich, viel mehr noch als die Luft hier im Raum. Aber er spülte noch nicht. Er besah sich durch die Beine sein Werk. Früher, als Kind, hatte er es oftmals gar nicht erwarten können, sich seinen Haufen anzusehen. Das Gewusel, das immer aus diesem hervorkroch, die vielen kleinen weißen Maden und Würmer. Das gab es jetzt alles nicht mehr. Oder doch, nur die Maden waren woanders. Denn noch empörender war es für Dr. Natzel gewesen, als er einmal las, wie diese Plagiate ihren Preis gewonnen hatten: Die Köpfe der Agentur nämlich hätten höchstpersönlich in der Jury gesessen und sich den Preis, wie viele andere auch, wohl selber zugeschanzt. Da fragt man nicht nach Plagiat und geistiger Urheberschaft, da klaut man einfach und verschweigt. Plustert sich stolz die Brust auf. Mit fremdem geistigen Eigentum. Oder ist einfach zu blöd und ungebildet oder zu unbelesen, um den Zusammenhang zu kennen und zu erkennen. Hans Natzel ließ einen Furz. Die Welt ist schlecht und widerwärtig und verlogen, dachte er noch mal, man muss nur genau genug hinsehen. Was oberflächlich glänzt, ist drunter meistens faul. Es stinkt. Und auch hier verspürte er Zerrissenheit. Denn eigentlich, das musste er sich eingestehen, war dieses Magazin eines der wenigen, die ihm behagten. Es zelebrierte Fußballflair und Fußballgeruch, der längst vergangen war. Und das – dieses Zelebrieren, Wiederbeleben, Wieder-Holen – war schön. Und gleichzeitig doch so falsch.

Ach Gott, entfuhr es ihm in seiner Wolke. Unsicher stand er auf, beendete die Sitzung und spülte. Weg mit dem ganzen Dreck! Wackelig stand er am Spültisch, die Beine wachten langsam wieder auf, es kribbelte beinahe schmerzhaft. Frische Luft kam durchs geöffnete Fenster. Jetzt raus aus dem Gestank!

Es brannte kein Licht.
T.C. Boyle

2. Kapitel

20 Kilometer nördlich von Nürnberg, vor über 40 Jahren. Abseits der alten B4 liegt ein kleiner Ort am Fuße des Rathsbergs, Bubenreuth. Noch gibt es den alten Main-Donau-Kanal, versandet zwar und verschlammt, aber deutlich zu erkennen. Noch brüllt durch das Regnitztal kein Frankenschnellweg, noch gibt es an der Bahnlinie dort eine Schranke. Blaukehlchen leben am alten Kanal, Eisvogel, Wasseramsel, Pirol.

Direkt an der B4, gegenüber dem Bahnhof, steht ein einzelnes Haus. Ein Wirtshaus, außen herum ist nichts. Es ist das einzige Gebäude jenseits der Straße, dahinter nur Äcker, Wiesen, der Fluss.

Zum Ort selbst führt vom Bahnhof aus eine Straße. 400 Meter außerhalb liegt der Haltepunkt. So weit ist man damals gelaufen.

An der Bahnlinie eine Schranke, gekurbelt per Hand. Der Bahnhof ist heute noch immer da. Die Schranke ist weg, die Äcker und Wiesen sind weg – eine riesige Tankstellenanlage steht jetzt dort, ein großer Kreisverkehr wurde hingebaut, ein Supermarkt, ein Discounter, eine Großbäckerei und dahinter die breite Autobahn. A73, auch »Frankenschnellweg« genannt.

Jenseits der Bahnlinie vom Wirtshaus aus – die Straße führt jetzt unter ihr hindurch – ist der Ort fast bis an die Schienen herangewachsen. Nur ein schmaler Ackerstreifen trennt heute noch Häuser und Bahn.

Die neue Zeit frisst das Land wie ein Krebsgeschwür. Das Wirtshaus aber steht heute noch dort. Ebenso wie vor weit über 40 Jahren.

Windböen fegen über den Regnitzgrund, dunkel zieht es von Süden herauf. Im Westen ist der Himmel noch hell, fast gelb, doch die schwarzen Wolken jagen. Das Wetter bringt die Dunkelheit früher. Drinnen im Wirtshaus aber sieht man das Wetter nicht. Hier schaut man nur in die Karten.

Schmidla, Maschder, Risch und Usch, vier Freunde schon aus der Schulzeit, sitzen am Tisch und karteln.

Draußen könnte man es schon grummeln hören, das Gewitter kommt mit Macht.

Schmidla: »Mit der Alten.«

»Wer is'n vorn? Ich? Die wird g'schbaldn! G'lehchd hasd ah nu? Ouala, des kann teuer wer'n! Schbridse!«

Richard »Risch« Sauer nimmt ein Geldstück aus seinem Schüsselchen, legt es zu den jetzt schon vier Legern auf den Tisch und kartelt an. Eichel-Zehn, zu zweit.

Wolfgang Pitsch, genannt »Maschder«, sticht, Herz-Zehn, Uli »Usch« Schrader hat die Rufsau und muss zugeben und Wolfgang »Schmidla« Hölzer, der gerufen hatte, den Eichel-König.

»Fünfunddreißig – schon die halbe Miete«, triumphiert Maschder und sammelt die Karten ein. »Grün wie mein Haar – auf Eichel g'hört Grün«, grinst er und spielt den Grün-Zehner an, zu dritt, sein Mann, Risch, sitzt hinten. Usch sticht, Herz-Ass, Schmidla hat die Grün-Sau und gibt zu, und Risch, grünfrei, knallt den Schellen-Ober auf den Tisch. »Nochmal fünfunddreißig, macht siebzig! Jetzt machmer euch Schneider!«

Wird dann aber doch nichts daraus, die Spieler haben drei laufende Bauern.

»Spiel fünf, drei Bauern zwanzig, zweimal g'legt, Spritze, einmal z'ammg'schmissen macht vierzig ... achtzig ... einssechzig ... dreizwanzig! Das hat sich doch g'lohnt!« Risch und Maschder klatschen sich ab.

Ein naher Blitz zuckt draußen, Staub, Laub und Papier wirbeln auf. Die ersten Tropfen klackern aufs Fensterblech, fett und schwer.

»Wirtin, an Schnaps!«

»Brunzkaddler!«, mault Schmidla seinen Partner Usch an. »Wie kannst'n da mit der Ass rein! Harrgottmargod.« Er schüttelt den Kopf und schiebt noch ein »so ein Hänfling!« nach.

»Weiß ich, dass du die Sau hast? Du hast doch g'rufen! Mit zwei Fehl!«, wehrt sich Usch, schüttelt den Kopf und zahlt aus.

»Hast recht. War scheiße g'standen«, gibt Schmidla zu. »Alles gegen uns. Keine Chance.« Zahlt ebenfalls aus.

»Kaddln muss man halt können«, kommentiert Risch, nimmt die Karten auf und mischt.

Jetzt rauscht draußen der Wolkenbruch, der Regen peitscht ums Haus. Es kracht, es blitzt wie im Roman. Kurz nur lauschen die Spieler an den Tischen nach draußen. Sie müssen jetzt nicht raus. Ein Fensterladen klappert, ein Auto fährt auf nasser Fahrbahn vorbei. Dann flackert das Licht, es hat wohl irgendwo eingeschlagen. Vom Bahnhof eine Durchsage über Lautsprecher, der Zug aus Bamberg fährt ein. Hier drinnen hört man sie nur leise, für niemanden hat sie Bedeutung. Noch einmal kracht es, ganz nah. Ein typisches Sommergewitter.

»Die aus dem Süden sind immer die heftigsten«, sagt die Wirtin, die auf ihrem Stuhl vorm Tresen sitzt. Sie sagt es für sich, wie für niemanden. Ihr hört auch niemand zu. Sie sitzt hier, die Arme verschränkt, meist den ganzen Abend, und manchmal schläft sie auch ein. Punkt zwölf wird sie die Spieler nach Hause schicken, dann macht sie das Wirtshaus zu. Die Spieler wollen dann immer bleiben, doch sie kennt kein Pardon. So ist das seit Jahren und wird es in Jahren noch sein.

Usch Schrader am Tisch stützt sich hoch, schiebt seinen Stuhl zurück und steht auf.

»Ich muss mal raus. Schorla, springst ein, seisogut. Spiel auf mein Schüsserla.«

Steht auf und geht hinaus. Georg, von allen nur »Schorla« genannt, rückt vom Nebentisch herüber, übernimmt den Platz.

Risch Sauer mischt, teilt aus.

Man schaut sich die Karten an, die ersten, dann die zweiten drei. Dann geht es reihum, wer spielt.

»Weg.«

»Weg.«

»Auch weg.«

»Gaaaanz weit weg!«

Die Karten werden zusammengeschmissen, Risch Sauer legt ein Doppeltes raus, Maschder nimmt die Karten, mischt und teilt aus.

Wieder sind alle weg.

Schorla mischt die Karten, verteilt. Wieder sind alle weg. Also noch ein Leger.

»Etz geht amoll einer die Händ' waschen, des gibt's doch gar nicht. Was für scheiß Karten allerweil. Lauter Weg!«

Eigentlich wäre jetzt Schmidla mit Mischen dran. Der aber legt Schorla wieder die Karten hin, er solle geben. Das gehört zum Spiel, und der Schorla merkt das nie. Versteht einfach die Regeln nicht. Verstecktes Grinsen geht über den Tisch. Das Foppen macht den Jungen Spaß.

Freitagabend, beim *Stock*. Seit Jahren schon treffen sich die vier – Schrader, Hölzer, Sauer und Pitsch – beim *Stock* zum Karteln. Schafkopf, kurzer Vierer. Ein Fremder verirrt sich kaum hierher. Das Wirtshaus hat zwar die ganze Woche über geöffnet, doch nur am Freitagabend ist hier Betrieb. Dann sind meist zwei, drei Tische besetzt mit Kartenspielern, immer die gleichen Personen. Die meisten aus dem Dorf.

Schrader, Hölzer, Sauer und Pitsch, unter sich Usch, Schmidla, Risch und Maschder, kommen schon seit ihrer Kindheit hierher. Sie stammen alle aus dem Dorf und kennen sich seit der Schulzeit. Nicht aus der gleichen Klasse – oder doch. Aber nicht aus dem gleichen Jahrgang. Damals gab es noch das dreiklassige Schulsystem. Und das bedeutete: Für erste, zweite und dritte Klasse je ein Lehrer und ein Klassenraum, das gleiche für vierte, fünfte und sechste Klasse wie auch für »die Großen« in der Siebten und Achten. Diese

Aufteilung fand sich zwei Mal im gleichen Gebäude – aber nicht nach Mädchen und Jungen getrennt, wie man vermuten würde, sondern nach Konfessionen. Kam man damals in das Schulgebäude, ging man aus der gemeinsamen Aula nach links in die Bekenntnisschule, die der bibelfesten Katholiken, über die der Pfarrer waltete, und nach rechts, spiegelverkehrt, in die Gemeinschaftsschule, den Flügel für die nicht so bibelfesten oder pfarrerhörigen Katholiken und die wenigen Protestanten im Ort. Ausländer, Atheisten oder etwas Ähnliches gab es damals nicht, nicht hier im Dorf und auch sonst kaum im Land. Die Vielfalt kam erst später. Und aus dieser Zeit, der Zeit davor, kannten sich die vier. Jetzt waren sie alle Anfang, Mitte 20 und jeder schon im Beruf.

Draußen war es wieder ruhig geworden, das Gewitter war vorbei. Wie so oft hier ist es nur kurz und heftig gewesen, und selbst das kam selten genug vor. Gewitter gab es in Nürnberg oder Forchheim, in Bubenreuth gab es sie nicht. Niemand konnte erklären, woran das lag, aber es ist bis heute so. Man sagt, es liege am Fluss, warum aber, das weiß keiner. Das eine ist eben Beobachtung, das andere die Erklärung. Und Beobachten war damals nicht schwer – Erklären ist es noch heute. Genauso wie heute Beobachten.

Uli Schrader, der Usch, betrieb die Tankstelle seines Vaters an der Bundesstraße, kurz vor der Stadt Erlangen. Esso, Tiger im Tank. Da musste man nicht viel lernen und denken. Die Autos kamen und tankten, und beinahe täglich wurden es mehr. Er schraubte, das hatte er gelernt, und das konnte er auch, sein Vater war schließlich Meister. Jeder aus dem Dorf brachte sein Auto hierher, auch Mähdrescher oder Traktoren. Da gab es mal was zum Schweißen, mal eine Dichtung auszuwechseln, einen Filter zu reinigen, viel mehr war es nicht. Das lief, und man machte sich keine Gedanken.

Wolfgang Hölzer zum Beispiel brachte seine Traktoren. Er war Landwirt. Bauer sagte man hier. Noch so ein richtiger Bauer mit Kühen, Hühnern, Schweinen, Gänsen, Enten, nein, keinen Pferden mehr, und jeder Menge Arbeit und Land. Kein Mensch sagte Wolfgang zu ihm. Man nannte ihn »Schmidla«, denn sein Hof gehörte ursprünglich den Schmidts. Das bleibt auf dem Land, auch wenn einer mit anderem Namen einheiratet. Der Name des Hofes bleibt, wer den Hof macht, ist egal. So war Hölzer als Bauer des Schmidthofs »es Schmidla« und nicht der Wolfgang Hölzer. Normal.

Der Risch, also Richard Sauer, fiel ein bisschen aus der Reihe. Er hatte studiert, einer der ersten überhaupt im Dorf, war gerade Ingenieur geworden und fing in diesen Tagen bei der KWU an, einem Unternehmen von Siemens, das Kernkraftwerke baute, und zwar auf der ganzen Welt. Der hatte es schon weit gebracht – in einer Welt, die den anderen völlig fremd war. Deshalb war er auch etwas Besonderes. Aber er wohnte im Dorf, und die Runde war ihm, wie den anderen auch, so etwas wie heilig. Undenkbar, dass man am Freitag etwas anderes tat. Man traf sich einfach beim *Stock*.

Fehlt noch der Maschder, so nannten sie den Wolfgang Pitsch. Der war, nach dem Schmidla, der Zweitälteste und arbeitete im Dorf als Maurer. Hatte seine Lehre gemacht und war jetzt Polier. Auch er wurde, wie der Usch, im Dorf viel gebraucht. Fast in jedem Haus gab es immer irgendwo irgendetwas zu mauern und zu verputzen. Am Freitag aber saßen sie hier. Kleiner Raum, sechs Tische, Resopal, drüben der Tresen unterm Neonlicht und an den Tresen gelehnt auf einem Stuhl, fast immer im Halbschlaf und, wie schon gesagt, mit verschränkten Armen, die Mari, die einzige Frau. Frauen kamen sonst nicht hierher. War irgendwie gar nicht denkbar. Die Mari machte das Wirtshaus, schon immer. Die Mari war immer da.

Im Hinterzimmer stand ein Kicker, da hatten sie früher gespielt. Zehn Pfennig das Spiel – und das war eine Menge Geld für nur elf Bälle, das musste man sich erst einmal aus dem Geldbeutel der Eltern ergattern. Unbemerkt. Deshalb auch wurde der Kicker gestopft. Man hielt den Bolzen, der die Bälle freigab, gedrückt, ließ ihn dann mit Gefühl nur ein wenig zurück und von oben, übers Tor, einen Ball einlaufen. Das klappte nicht immer gleich, dafür brauchte man gutes Gespür. Machte aber nichts, denn die Bälle kamen ja wieder raus. Hatte man aber dann mit dem Bolzen das richtige Maß, verklemmte sich der Ball in der Sperrklappe, und los ging das Spiel. Waren alle Bälle verspielt, musste man nur wieder den Bolzen drücken, die Bälle waren erneut frei, und man stopfte den Kicker ein weiteres Mal. Angst hatten sie dabei immer gehabt, dass die Mari kommt. Und die kam auch irgendwann und schimpfte. Immer nach einer halben Stunde, das hatten sie aber erst sehr viel später bemerkt. Wer unter der Angst spielt, erwischt zu werden, der schaut nicht auf die Uhr. Obwohl eine über der Tür hing. Nein, sie hatten beim Stopfen immer Angst, denn wenn die Mari kam, wurde es laut, und die Mari drückte auch immer den Bolzen. Dann brauchte man wieder ein Zehnerla. Dass die Mari sie aber immer erst eine halbe Stunde spielen ließ, das wurde ihnen erst später bewusst.

Draußen grummelte das Wetter nach, hier drinnen hörte man es nicht. Nur durch die Tür, die die Wirtin geöffnet hatte, kam frische Regenluft herein. Der Geruch von Tropfen auf heißer Erde, heißem Sand. Frisch war die Luft und gut, der Rauch aus dem Raum zog ab. Bald würde er wieder über den Tischen hängen. Zu jener Zeit war das normal. Man rauchte und rauchte auch drinnen.

Jetzt also musste Schorla geben, zum zweiten Mal. Schorla war schon älter, schon weit in den 40ern. Pförtner seit eh und je bei der Dynamit in Fürth und immer irgendwie aufgeregt. Wie gehetzt oder ertappt, heute würde man sagen – nervös. Kartelte jetzt für den Usch. Eine Runde spielt der »Brunzkaddler« beim *Stock* normalerweise. Schorla hatte nie einen festen Platz an einem der drei, vier Tische der Kartler, hatte auch nie einen gehabt. Er saß immer nur daneben. Sprang mal hier ein und mal dort, wenn einer pinkeln musste. Das war beim *Stock* einfach so. Völlig undenkbar, dass der Schorla einen festen Platz hätte haben können. Er kam immer dazu, war da, gehörte dazu, aber gehörte zu keinem richtig. Er war aber auch nicht ganz einfach.

Schorla nahm die Karten auf, mischte, merkte nichts, teilte aus.

»Ich hätt' eins«, meldet Schmidla, der vorn sitzt, ein Spiel an. Nach den ersten drei Karten hat er noch mal gedoppelt. Drei Leger liegen jetzt auf dem Tisch.

»Ja, spiel«, stöhnt der Risch aufgesetzt.

»Wie heißt's denn?«

Jetzt nimmt der Schorla die ersten drei Karten auf, schaut hinein – und legt, also verdoppelt. Der vierte Leger. Leicht zitternd schon seine Hand. Er nimmt die zweiten drei, schaut hinein und sortiert. »Ich spiele auch.«

»Grün Solo«, meldet Schmidla sein Spiel an.

»Nee, dann spiel ich ein Herz«, kommt es vom Schorla mit nicht wirklich überzeugter Stimme. Und mit »Herzlich lacht die Tante« versucht er, locker zu sein. Da schwingt seine Stimme schon ins Flageolett.

Der Schmidla braust auf: »Du, Herz? Auf dem Usch sein Schüsserla? Dann zieh dich warm an!« Und legt noch ein Geldstück auf den Tisch. »Der wird sich freuen! Kontra!«

»Retour«, rutscht es dem Schorla raus, er flüchtet frontal nach vorn. Er kann doch jetzt nicht klein beigeben! Schon zittert die Hand ein bisschen mehr, als er den Leger dazulegt. Den sechsten jetzt auf dem Tisch.

Der Schmidla lässt sich nicht beirren, Spiel ist Spiel und Regel Regel. »Und nochermal!«, legt er den siebten Leger raus. Von den anderen Tischen schauen sie schon, alle Spiele dort sind unterbrochen. Es wird, denn das passiert an jedem Freitagabend irgendwann beim *Stock,* zum Höhepunkt kommen. Jeder weiß das schon.

»Mari, machst mir bitte a Käs'brot?« Das war das Beste, was es hier gab. Nach den Bratwürsten. Eine dicke Schicht Romadur auf Butterbrot, garniert mit Zwiebeln, Pfeffer und hellrotem Paprikapulver, edelsüß. Das schmeckte nach dem dritten Bier! Usch ist vom Pinkeln zurück und wischt sich die Hände an der Hose ab. Die Mari nickt, »Gleich, wart aweng«, und deutet mit dem Kopf zum Tisch. Hellwach ist sie jetzt, sitzt aufrecht auf ihrem Stuhl. Gleich wird sie wieder in die Küche müssen, den Eimer holen. Jeden Freitag dasselbe Spiel. Die anderen rücken schon ein wenig zurück. Sie sind wachsam. Der Schorla blass.

Schmidla kommt raus, ganz unkonventionell. Doch er hat Gründe, sprich: die Karten dafür. Er spielt Schell-Unter an, Herz-Zehn, Herz-König fallen, der Schorla nimmt den Stich mit dem Alten Unter. Dann kommt er raus, spielt mit Schell-Ober nach, und Schmidla greift ein: sticht mit Herz-Ober rein, der Risch hat noch Herz-Neun, der Maschder schmiert Schell-Ass, vom Schorla kommt Rot-Unter. Und Schmidla zieht, den Alten, den Grünen. Seine Mannen schmieren. Grün-Ass, Grün-Zehn, Eichel-Ass, Schell-Zehn. Vom Schorla kommen zwei Unter – »Siehmerachzig! Mehr schaffen wir nicht«, und schmeißt die Karten rein. »Schneider frei hast g'rad noch g'schafft, mehr nicht. Da spielt der ohne drei! Was hast'n dir da dabei gedacht?« Er rückt noch weiter ab, der Schorla fängt an zu beben. Die Mari klappert mit der Küchentür und geht hinaus. Schon hört man Wasser laufen.

Das Wetter draußen ist ruhig.

»Spiel Herz macht fünfundzwanzig«, fängt Schmidla an zu rechnen, »dann ohne drei macht vierzig ... und eins, zwei, drei, vier, fünf, sechs, siebenmal gelegt, ach Gotterla, das wird a Rechnung, halt dich fest. Ob ich das noch schaff? Ich versuch's mal. Also: vierzig, achtzig, einssechzig, dreizwanzig, sechsvierzig, zwölfachtzig, vierundzwanzig – nein: fünfundzwanzigsechzig, FÜNFZIGVIERZIG!«, und zählt dabei jeden Leger mit den Fingern ab. »Ja, leck mich doch am Arsch! Das sind ja über hundertfünfzig Mark fürn Usch! Brunzkaddlerlnaah! Verdienst'n du so viel in der Wochn?«

Draußen ist es ruhig.

Auch das Wirtshaus schweigt.

Nur der Schorla bebt und bebt und bebt, die Tür zur Küche klappert von der Mari mit dem Wassereimer, der Schorla bebt, jetzt hebt es ihn, er bebt noch einmal auf – dann bricht es aus ihm heraus. Ein großer Schwall, quer über den ganzen Tisch. Die Kartler springen auf, die Stühle fallen laut nach hinten, ein Glas kippt um, ein zweiter Schwall entleert sich aus dem Schorla. Dann hält er sich mit beiden Händen am Tisch fest und schaut verstört umher. Wie hingeschmissen sieht er aus und blickt von einem zum anderen. Dann schüttelt er den Kopf. Die Mari ist schon da, räumt Gläser und Karten weg, schiebt Stühle zur Seite und schwingt den Lappen. Sie kennt das schon, jeder kennt das hier, denn Schorla kotzt an jedem Freitagabend. Das ist eben so beim Schorla. Man denkt sich nicht viel dabei, schaut, dass man mit der Hose aus dem Schwall herauskommt, hält die Luft an, bis die Mari kommt und es wegmacht. Erst vom Tisch, dann von den Stühlen, Bänken und schließlich noch vom Boden. Dann kriegt jeder frisches Bier, der Schorla zahlt eine Runde und weiter geht der Abend.

Kaum fünf Minuten später ist im Wirtshaus alles wie zuvor.

»Magst jetzt dein Käs'brot noch?«, fragt die Mari den Usch.

»Ja, mach mir eins, aber wasch dir vorher die Händ'«, und lacht.

»Ja, mach mir auch eins«, ruft der Maschder.

»Und mir machst Bratwürst', Mari«, ruft der Schmidla hinterher, »bloß zwei und bloß mit Brot.«

Auch an den anderen Tischen karteln sie schon wieder. Knallen die Karten auf den Tisch, lachen, werden immer wieder laut. Normaler Freitagabend beim *Stock*.

Auch der Schorla hat sich schon wieder gefangen.

»Mach mir auch a Käs'brot, Mari«, ruft er in Richtung Küche, »ich brauch jetzt eins.«

»Deins schwimmt im Eimer, hol's dir raus. Naah, Schorla, du kriegst von mir heut keins mehr, du hast doch deins schon g'habt«, schallt es lachend aus der Küche. »Es hat dich bloß ned g'mocht.«

Die anderen lachen. Niemand ist dem Schorla hier fürs Kotzen bös'. Der ist halt so, das ist halt so und basta.

»Also, zahl' an Zehner an jeden«, sagt der Schmidla. »Auch wenn's ahnerfuchzigzwanzig g'macht hätt.« Er hatte noch mal nachgerechnet, aber zehn Mark waren die Obergrenze für ein Spiel, das war die Regel.

Zeitverlust beginnt mit erster Eile am Tag.
Peter Handke

3. Kapitel

Kommissar Behütuns hatte eine Vorliebe für das Skurrile. Die Komik des täglichen Lebens, ob beabsichtigt oder nicht, das war ihm egal. Und er hatte eine Vorliebe für – ja, wie könnte man dazu sagen? – das »andere«. Das, was ein bisschen daneben lag. Die Silberblicke des Lebens. Das Subkutane. Vielleicht lag das ja an seinem Namen. »Behütuns« an sich war schon schwer genug zu tragen, man brauchte reichlich Humor, um mit so einem Namen durchs Leben zu ziehen. Zumal, wenn man auch noch mit dem Vornamen Friedemann gesegnet war. Friedemann. Friedemann Behütuns. Was sich seine Eltern wohl dabei gedacht hatten? Er hatte es nie erfahren, seine Eltern waren früh gestorben. Eine gut fünf Zentner schwere Sandsteinplatte, Gestein aus der Region, die seither über ihnen lag, machte jedes Fragen nutzlos. Behütuns hatte sie eigenhändig ausgesucht. Seine Mutter hatte sich zwar immer eine schön polierte, schwarze, marmorne Platte gewünscht, Behütuns aber hatte sich für eine dicke Sandsteinplatte entschieden. 20 Zentimeter grob geschnittenes Pleistozän. Das musste genügen, um die beiden zuverlässig dort drinnen zu halten. Die Platte setzte auch schon Moos an, wunderbar zart und grün. Alles lief hier nach Plan, und Behütuns erfreute der Anblick jedes Mal aufs Neue, wenn er auf dem Friedhof war.

Egal. Friedemann Behütuns hatte sich irgendwann eigenhändig umgetauft in Friedo Behütuns, sogar auf seiner amtlichen Visitenkarte. Niemand hatte das je bemängelt, zumindest bisher nicht. Aber ganz sicher würde irgendwann einmal irgendeine sehr kluge und aufmerksame neue Sekretärin darüber stolpern und ihn zur Rede stellen. Er wartete nur auf diesen Tag. Er würde ihr sofort einen Heiratsantrag machen, allein um sie zumindest in dieser Hinsicht bis ans Ende ihrer Tage ruhig zu stellen. In absehbarer Zeit allerdings würde es keine neue Sekretärin geben, denn sein Team hatte bereits eine, und zwar schon seit Langem. Frau Klaus, die Teamassistenz. Eigentlich war es ja Herr Klaus, er spielte seine weibliche Seite aber so offensiv und selbstbewusst aus, dass alle ihn nur noch »Frau Klaus« nannten. Und sie genoss es auch. Es waren also keine Überraschungen zu erwarten.

Friedo Behütuns zählte zu den 160 Abonnenten des Jahreskalenders der *Hersbrucker Bücherwerkstatt*. Das war der Humor, den er liebte. Große, schöne Kalenderblätter, via Heidelberger Zylinder im Tiefdruck und per Hand schräg bedruckt. »Gradnaus schräg«. Mal zu diesem Thema, mal zu jenem, aber immer von ausgesuchter und entscheidender Relevanz. Für nichts. Er besuchte die Drucker oft. Oder öfter mal. Vielleicht zwei- oder dreimal im Jahr. Ja, das war oft! Und immer samstags, denn nur dann waren sie da, im hintersten Raum ihrer Werkstatt, dem sogenannten »Sozialraum«. Dort gaben sie dem Unsinn einen Sinn. Oder umgekehrt. Der Reflexion des »Hmbfhhh« der fränkischen Stammtische. Grabungsarbeiten an der fränkischen Seele. Ohne auch nur einen einzigen Finger zu rühren. Man saß und saß und saß und trank vielleicht auch, und das eine oder andere Bier brachte einem den Sinn dann schon näher. Oder auch weiter weg. Oder nirgendwohin. Oder irgendwohin. Das spielte keine Rolle. Die Gegenwart brach einfach oft mit solcher Macht herein, dass nichts blieb als die Fliegen am Fenster, vielleicht mal ein hinterhältiges Grinsen oder einfach nur dieses ehrfürchtig erhabene »Hmbfhhh«.

Dieses »Hmbfhhh« war ohnehin etwas, das es immer seltener gab: Dass man auf dem Land mitten am Wochentag ein Wirtshaus betrat, in dem zwei, drei Personen am Stammtisch saßen, ohne etwas zu tun. Ein Seidla Bier vor sich – halb voll? halb leer? verkopftes Geschwätz, halt halb – die aufschauten oder nicht, meistens nicht, wenn man reinkam, und wenn sie doch die Köpfe anhoben, dann sofort wieder in ihre Ausgangshaltung zurückfielen. Das alles nur in Zeitlupe. Zeitdehner, hatte man früher gesagt, das traf es viel besser. Man schaute ja nicht hin und vergrößerte es, es ging alles nur unglaublich langsam voran. Gedehnt. Jede viertel Stunde vielleicht, dann aber nur, wenn überhaupt, von einem, und wirklich auch nur vielleicht, ein »Hmbfhhh«. Sonst nichts. Augenblick der Sterne. Ganz außergewöhnlich und nur sehr selten zu beobachten, wenn einer einmal ein »Weadschaffd« oder ein »Nuahns!« ausstieß, meist hob er nur die Hand. Und das auch nicht schnell, die Fliegen blieben dabei jedenfalls sitzen oder liefen weiter über die Hand. Diese bewegte sich ausschließlich im Handgelenk, ganz leicht, der Unterarm blieb garantiert auf dem Tisch.

In solchen Wirtshäusern – in manchen legte man zur Bestellung seinen leeren Krug einfach um – hatte Friedo Behütuns schon manchen Nachmittag zugebracht. Während der Dienstzeit. Der ganze Quatsch des Lebens kam hier auf den Punkt. Der ganze Sinn der Etzikstenz, wie Helge Schneider es ausdrückte. Der ist auch nur aus reinem Zufall kein Franke.

Friedo Behütuns saß an solchen Nachmittagen gerne allein im Eck, bewegte sich nicht, nur in ihm drin, da bewegten sich die Gedanken. Erst schnell, dann langsam und immer langsamer, und schließlich bewegte sich nur noch die Welt, die Gedanken standen still. Sie standen und kämmten die Welt, die zwischen ihnen hindurchraste. Das waren die besten Momente. Dann wurde ihm schwer und leicht zugleich, doch eher leicht, ganz innen wie eine Heiterkeit, nach außen getarnt durch Schwermut. Das war nicht zu beschreiben. Doch Tatsache war: In diesem Vergessen, diesem sinnlosen Spreizen der Gedanken, löste er seine meisten Fälle. Nur leider – solche Wirtshäuser gab es immer weniger. Drei oder vier davon kannte er noch, und diese brauchte er auch. Deshalb werden sie auch nicht verraten. Und er war ständig auf der Suche nach

»neuen alten«. Neue neue dieser Art gab es nicht. Sie waren eine aussterbende Rasse. Hin und wieder aber fand er noch eins. Relikte in einer Welt der »Events« und der zwanghaften Fröhlichkeit.

Und wo wir schon gerade dabei sind: Friedo Behütuns hatte noch weitere Hobbys. Was für ein blödes Wort. Aber »Vorlieben« war auch nicht besser. »Vergnügen« vielleicht. Er sammelte dies und das. Leserbriefe zum Beispiel, die anders waren. Oder Anzeigen, meistens von Ärzten. Denn die konnten kein Deutsch, kannten die Sprache nicht. Sprachen zwar den ganzen Tag mit den Menschen, aber hörten nicht zu. Drangen nicht ein in die Tiefe der Sprache mit ihren vielen Doppel- und Mehrdeutigkeiten und versteckten Bedeutungen. Diese Anzeige zum Beispiel, von einem Arzt namens Apoll, so wie der griechische Gott des Lichts, der Helligkeit, was an sich ja schon komisch genug war: »Wir ziehen um in eine neue Praxis«, war dort zu lesen. Und weiter: »Zur Verstärkung unseres Teams suchen wir engagierte und kompetente Arzthelferinnen mit besonderem Interesse an der Endoskopie ...«, und so weiter und so fort. Die wussten doch nicht, was sie schrieben. Wie pervers muss denn einer sein, der ein »besonderes Interesse an der Endoskopie« hat? Den lieben langen Tag und aus purer Lust irgendwelchen Menschen etwas in irgendwelche Öffnungen, bevorzugt in den Hintern, zu schieben? Doch genau so jemanden suchten die! Nicht wirklich, das war ihm schon klar, aber so stand es da. Ärzte, unsere Elite. Apoll, Lichtergottarzt. Das war nicht viel besser als das Möbelhaus »Die mit dem roten Stuhl«. Da geht man doch zum Arzt, wenn man das hat, dachte sich Behütuns – wahrscheinlich zu Dr. Apoll. Da schließt sich dann der Kreis.

Oder diese Anzeige eines wichtigen Dr. med. Dr. phil. in Weiß: »Praxisauflösung. Nach 56 Jahren ärztlicher Tätigkeit, davon 47 Jahre als niedergelassener Nervenarzt, habe ich mich entschlossen, zum Jahresende meine Praxis aufzugeben. Ich danke meinen Patienten für das mir entgegengebrachte

Vertrauen. In manchen Fällen war es schon die dritte Generation, die ich behandeln durfte.« Tja, fragte sich da Friedo Behütuns: Schon in der dritten Generation und noch immer plemplem? Was hat der denn nur getan all die Zeit, dieser Arzt? Geheilt ja wohl eher nicht ... Kundenpflege könnte man es nennen, mit generationenübergeifendem Erfolg.

Ja, versteckte Gemeinheiten und Fallstricke bot das Leben viele. Auch ein Eigentor war in seiner Sammlung dabei. Denn einmal, da hatte er der Presse in einem Mordfall ein Paar Schuhe gezeigt, die man schon kaum mehr als Schuhe bezeichnen konnte. Nur die Sohlen waren noch da, als Turnschuhsohlen deutlich erkennbar, doch darum herum alles abgeschnitten. Kein Mensch kann so etwas tragen, das funktioniert nicht einen einzigen Schritt. Trotzdem hatte die Presse am Tag darauf ein Foto gebracht – und blöd darunter geschrieben: »Die Polizei fragt: Wer kennt diese Schuhe?« ... Und er hatte die Ermittlungen geleitet! Für wie blöd mussten die Leute ihn halten, und auch die Polizei! Egal. Man musste darüber lächeln. Heute hing dieses Bild, gerahmt, bei ihm an der Wand.

In seiner Leserbriefsammlung hatte er aber auch einen, der ihm komplett aus der Seele sprach. Eine Frau Dr. Torga Legenz aus Lauf empörte sich darin über das Engagement von Savitas beim Club. Über die Dreistigkeit dieses Unternehmens und über die Dummheit des Clubs. Aber dumm war der Club ja schon immer, es hieß nicht umsonst: »Der Glubb is a Debb«. Diese Frau Dr. Legenz prangerte an, wie geschickt Savitas war und wie dumm und naiv ihrer Meinung nach Club und Presse. Denn Savitas, ein Unternehmen allein für Atomkraftwerke, also für Ware, die noch in 100 000 Jahren strahlt – und das finstere Mittelalter ist gerade einmal 500 Jahre her! Oh endlose, friedliche Zeit! – benutzte die Presse beinahe täglich für die Verbreitung positiver Meldungen über neue Arbeitsplätze, Spenden für Kindergärten und Horte, für die *Tafel* und jeden sozialen Scheiß und hatte sich auch noch beim Club eingekauft. Jeder spielte dieses Spiel einfach mit. Kein einziges kritisches Wort, kein einziger auch nur andeutungsweise erhobener Gedanke oder Zeigefinger, der auf das eigentliche Tun von Savitas verwies. Auf diese, so hatte sie geschrieben, unglaubliche Arroganz gegenüber der Menschheit, der Zeit. Nein, der Sponsor des Clubs war heilig und damit auch das, was er tat. Die Erde über Jahrtausende hinweg zu verseuchen. Atomkraftwerksbomben in Entwicklungsländer zu stellen. Felder hochstrahlender Container auf freiem Feld in Sibirien zu hinterlassen. Uranminen in Afrika auszubeuten. Uns ist es ja wurst, wir sterben ja alle schon bald, und bis dahin wollen wir es gut haben. In 100 Jahren ist von uns allen keiner mehr da. Was kümmern uns dann die nächsten vier-, fünftausend Generationen?

Das alles stand in diesem Leserbrief in wohlgesetzten, doch scharfen Worten geschrieben – und niemand hatte jemals darauf geantwortet. Nicht einmal Savitas, die hielten einfach still. Dieser Leserbrief hatte Friedo Behütuns' Überzeugung im Kern getroffen, und er hätte die Ärztin gern einmal dazu befragt. Doch sie war nicht aufzufinden. Es gab ihren Namen nicht, es gab zumindest niemanden ihres Namens unter der angegebenen Adresse. Und niemanden dieses Namens in der Region. Irgendwann musste er noch einmal bei der Zeitung anfragen, wie so etwas denn geschehen konnte. Leserbriefschreiber mussten doch erst verifiziert werden, dachte er. Sonst würde ja alles veröffentlicht.

Und noch etwas sammelte Behütuns mit Eifer: Berichte über erstaunlich, ja manchmal unglaublich Kreatives. Über Kreativität aus der Mitte der Menschen, Kreativität, die sich scheinbar spontan so ergab. Kreativität gegen die Macht, die die Menschen solidarisierte und stark machte. Kein einziger Preis war je für so etwas vergeben worden. Die Werber, die selbsternannte »Crème de la Créativité«, feierten sich immer nur selbst. Wer Preise gewinnen wollte, musste bezahlen. Allein in Cannes mitzumachen, kostete mehrere 100 Euro – für jede einzelne Arbeit, für jede einzelne Kategorie. Die kleineren, europäischen oder nationalen, Wettbewerbe waren da kaum günstiger.

Das aber, was Friedo Behütuns faszinierte und sammelte, das waren Berichte über Vorkommnisse und Dinge, die wirklich Preise verdient hätten, zumindest wenn es nach ihm ginge. Über die Prager Mädchen von 1969 zum Beispiel, die, schwindelerregend schön und in Miniröcken, ihre Handtaschen über die Gewehre der sowjetischen Invasoren hängten, sie umarmten und fragten, ob man denn so, mit dem Gewehr in der Hand, seine Freunde besuche. Oder darüber, wie die Bürger Prags damals nach der Invasion ihrer russischen Freunde viele Straßenschilder abschraubten, um den Invasoren die Orientierung zu erschweren. Auch, dass an jedem zweiten Klingelschild plötzlich der Name Dubcek oder Svoboda stand oder stadtweit an die Wände die Nummern der Fahrzeuge gepinselt wurden, aus denen heraus auf offener Straße Verhaftungen vorgenommen wurden. *Das* war nach Behütuns' Geschmack. Ebenso wie die Perser, die nach der Wahlfälschung 2009 den Namen von Hussein Mussawi auf die Geldscheine schrieben, sodass er omnipräsent war. Die, sobald Ahmadinedschad im Fernsehen mit seinen Lügenreden auftauchte, sämtliche Elektrogeräte in den Haushalten einschalteten und so gemeinsam das Stromnetz zum Erliegen brachten. Niemand konnte den Lügner dann mehr sehen, nicht einmal mehr seine Freunde. Oder dass man in Deutschland dem damaligen Postminister und Schadstoffbatteriefabrikanten Schwarz-Schilling aufgebrauchte Batterien in die Briefkästen entsorgte, und vieles mehr. Von Berichten über solche Aktionen hatte er einen ganzen Ordner voll, über die Jahre gesammelt.

Das war Friedo Behütuns, der Kommissar. Jetzt saß er bei einer Tasse Kaffee mit seinen Kollegen im Dienstzimmer und drehte sich eine Zigarette. Er würde sie dann wegwerfen, denn er rauchte nicht mehr. Aber drehen, das wollte er doch. Oder noch.

Am nächsten Tag drehte der Wind.
SIRI HUSTVEDT

4. Kapitel

Caprimulgus: ein wohlklingender Name für eine Schwalbe, genauer: eine Nachtschwalbe. Unwillkürlich denkt man beim ersten Lesen dieses Namens wahrscheinlich an Sommer, Sonne, Licht und Meer. Capri. Doch die Bezeichnung leitet sich vom Lateinischen »capra«, Ziege, ab, und von »mulgere«, melken. Dieser Caprimulgus europaeus, eine in Mitteleuropa vorkommende Art, ist ausschließlich nachtaktiv. Am Tag macht sich der Vogel, absolut still sitzend, mit seinem graubraun gestreiften und gesprenkelten Federkleid zum Teil eines Astes und wird beinahe unsichtbar, ebenso, wenn er auf dem Boden sitzt. Dieser Vogel kommt im April oder Mai und fliegt im August oder September wieder fort. Aber er ist inzwischen sehr selten. Im gesamten deutschen Raum, so schätzt man, leben noch höchstens 5000 Exemplare. Nachtschatten oder Tagschläfer wird er auch genannt.

Um den Ziegenmelker ranken sich viele Geschichten. Zum Beispiel, dass er nachts, wenn er auf Beutefang ist, von den Eutern der Ziegen trinkt. Pal Weber, ein Ornithologe, kannte viele solcher Geschichten, und diese hatte er vom Schäfer, der auf den Regnitzwiesen seine Schafe weidete. Der Schäfer aber hatte beim Erzählen gegrinst. Früher, so der Schäfer, habe der Ziegenmelker nachts zur Herde gehört wie heute die Schwalben und Stare am Tag. Bei diesen Worten zeigte er auf die pfeilenden Schwalben zwischen den Schafen und die Stare, die am Boden pickten. Er habe schon lange keinen mehr gesehen. Ob es die überhaupt noch gebe?

Auch Pal Weber hatte noch nie einen Ziegenmelker in freier Wildbahn, also live, gesehen. Dementsprechend elektrisiert war er, als er in der örtlichen Zeitung folgende Meldung las: Man habe in einem Waldgebiet nördlich der Stadt eine Trinkwasserbrunnen-Bohrung abbrechen müssen, weil sich in unmittelbarer Nähe ein Pärchen Ziegenmelker niedergelassen und seine Brutstätte eingerichtet hätte. »Brutstätte« war gut für den Ziegenmelker, dachte Pal Weber. Denn der baut sich kein herkömmliches Nest, sondern legt seine ein bis zwei Eier einfach auf den Boden in eine Mulde. Durch die Bohrung, so stand es in dem Artikel, sei der so seltene Vogel massiv in seinem Lebensraum gestört gewesen, und man habe sie deshalb eingestellt und das zugehörige Bohrgerät abgebaut. Dadurch sei der Stadt zwar ein nicht geringer Verlust entstanden, die Qualität des Trinkwassers, das man dort vorzufinden gehofft hatte, aber hätte man ohnehin nicht als besonders hoch eingeschätzt, was man aus bereits erfolgten Bohrungen im näheren Umkreis schloss. Warum bohren sie dann dort überhaupt, dachte Pal Weber, aber es stand für ihn auf der Stelle fest: Ich werde diesen Vogel suchen.

Die Ortsbeschreibung der Bohrung aber war in dem Zeitungsartikel zu ungenau, als dass man sich hätte auf die Suche machen können. Wahrscheinlich nicht ohne Absicht. Man wollte den Vogel schützen. Auch zwei Kollegen, die er anrief, konnten nicht weiterhelfen. Aber egal, er würde diesen Vogel finden.

Er recherchierte, und am späten Nachmittag fuhr er hinaus. Es musste sein, denn am nächsten Morgen wollte er zu einem Kongress nach Chile abreisen. In der beginnenden Dämmerung nahm er das Rad hinaus, an den Fischteichen vorbei. Ein Teichwirt hantierte dort am Auslass eines Teiches. Der kannte sich hier ganz sicher aus. Weber schob sein Rad hinüber.

Ob er wisse, wo hier in der Nähe nach Trinkwasser für einen Brunnen gebohrt worden sei?

Von der Stadt oder von privat?

Von der Stadt, mutmaßte Weber. Die Bohrung sei abgebrochen worden, erst kürzlich. Habe in der Zeitung gestanden.

Ja, daran erinnere er sich, sagte der Teichwirt. Aber wo das sein solle? Keine Ahnung. Auf jeden Fall nicht hier. Oder doch? Keine Ahnung. Was er da suche?

Den Ziegenmelker, einen Vogel.

Ach ja, stimmt. Jetzt wo er es sagt! Das hatte er auch gelesen. Aber den Vogel kenne er nicht. Muss aber da drin sein, und er deutete hinüber zum Wald. Die Abendsonne schien schräg über das Wasser, das Grün der Uferwiesen leuchtete satt im Gegenlicht, und dicht über der Oberfläche zeigte sich erster nebeliger Hauch. Eine zarte Ahnung von Dunst. Blütenstaub trieb schlierenhaft, Insekten tanzten. Drüben sprang ein Fisch, dann lag der Teich wieder ruhig. Wie gespannt seine Oberfläche.

Noch einmal besah er sich seine Karte und grenzte zwei Stellen ein, an denen er sich eine Brutstelle vorstellen konnte. Gleich bei der ersten glaubte er sich fündig. Alles wies auf die verlassene Bohrung hin. Die Stelle, eine vor noch nicht allzu langer Zeit gerodete Lichtung, groß wie ein halber Fußballplatz, lag direkt neben dem Weg. Auf vielleicht zehn mal zehn Metern war hier ein Stoff ausgelegt wie Vlies, mit dem man Sockel von Häusern gegen Feuchtigkeit umkleidet. Unverrottbares Material, auch nicht zerreißbar. Darauf dann Schotter, verdichtet. Schweres Gerät hatte hier gestanden, das war ganz klar zu sehen. In der Mitte des Gevierts kreisrund ein Metallrohr, ein Meter im Durchmesser, kniehoch und mit Deckel, mittig verschraubt. Roter Rost flächig auf dem Metall. Das Ganze war noch nicht alt. Es musste die Bohrung sein.

Was ihn dann sicher machte, war die nächste Umgebung. Der Boden der Lichtung war sandig und trocken, nur vereinzelte Büsche, das Unterholz spärlich. Hier und dort eine herausgerissene, senkrecht aufstehende Tellerwurzel, das Gelände gut einsehbar. Eine lichte Schneise, eingebettet in einen sonst tiefen Wald und dicht von ihm umgeben.

Drei, vier Sandsteinblöcke lagen am Rand des Gevierts. Hier ließ sich Pal Weber nieder. Nur wenige Meter entfernt war der Weg. Vereinzelt Geräusche aus dem Wald. Das leise

Pfeifen von Meisen auf der Futtersuche, ab und zu am Boden ein Rascheln, mal hier, mal dort. Ein Schwarzspecht kam, ein zweiter hinterher. Kurz klebten sie an den hochgewachsenen Kiefern am Rand, groß und schwarz. Der Schwarzspecht wirkt immer scheu und neugierig zugleich, dachte sich Weber. Und meistens kommen diese Vögel mit den roten Kappen zu zweit. Einäugig äugten sie seitlich auf ihn herunter, wechselten noch einmal den Baum, dann stieß der eine einen Schrei aus, und beide machten sich davon in den dichteren Waldbereich. Schon außer Sichtweite noch einmal ihr Schrei. Dann wieder Stille.

Ein Jogger trabte vorbei, mit Hund, zu dem er beim Laufen sprach. Überrascht sah er zu Weber herüber. Ich würde wohl auch so gucken, dachte sich Weber, sähe ich jemanden da sitzen, so allein und mitten im Wald. Aber das war das Los des Ornithologen. Da musst du sitzen und warten.

Dann eine Reiterin. Stolz hoch droben auf ihrem Gaul, der intensiv roch. Sie grüßte freundlich von oben herab, er zurück. Klappklapperdiklapp machten die Hufe des Pferdes, dann war die Reiterin weg.

Pal Weber sah sich um. So offen konnte er nicht sitzen bleiben, kein Vogel würde sich ihm so zeigen, zumindest nicht ein so scheuer. Er würde sich tarnen, sich in eine der offenen Wurzelkuhlen zurückziehen, hineinkauern und mit ein paar Ästen überdecken. Das sollte genügen.

Pal Weber sah sich um. Nahm die Waldluft auf, spürte die Kühle des Abends. Die Wipfel hoch droben touchierten letztes Sonnenlicht. Gut roch der Boden, trockener, weißer Waldsand mit Erde und Mulch, mit Rindenstücken, Blättern, Moos. Weber verbarg sein Fahrrad vor den Blicken des Weges hinter einem Busch, zog ein paar Äste heran und verkroch sich in ein Wurzelloch. Die aufgestellte Wurzel im Rücken, herangezogene Äste als Tarnung, so harrte er in den dunkelnden Abend hinein. Ein, zwei Stunden, vielleicht reichte das ja. Sich ruhig verhalten und warten. Er musste es zumindest versuchen.

Ein erstes Käuzchen rief, nicht weit entfernt. Dann war es wieder still. Leicht rieselte immer wieder Sand hinter ihm herunter, gelöst durch die Bewegungen seines Rückens. Ein zweites Käuzchen ganz weit – wer kennt schon die Waldgeräusche der Nacht? Leise knisterte es in den Rinden, vereinzelt senkte sich ein leichtes Teil, eine Nadel, ein Blatt, ein Stück Rindenhaut. Dann raschelte eine Maus oder irgendetwas am Boden – es hatte immer wieder etwas Spannendes, so auf der Lauer zu liegen. Langsam nur dunkelte es ein. Über den Wipfeln hing noch ein Streif heller Dämmerung, nach oben hin wurde es dunkler.

Der Weg lag noch immer nicht in Ruhe, der Wald war noch immer nicht menschenleer. Erstaunlich, wie viel so weit abseits noch los ist, dachte Pal Weber, als er sich näherndes Motorengeräusch vernahm. Dann fuhr ganz langsam ein Auto vorbei, wie spähend und ohne Licht. Geländewagen, aber kein echter. Businesswagen, SUV, X3 oder X5, Koleos, Q7 oder so, unnütz für das Gelände, nur reines Kraftgeprotz. Wahrscheinlich der Jagdpächter, dachte Pal Weber. Irgendein Arzt oder Rechtsanwalt, der sich hier Ansehen erkauft. Wer sonst fuhr so tief in den Wald, vor allem so spät? Aus seinem Unterstand spähte er dem Wagen hinterher. Nur einen Personenschatten nahm er im Fahrzeug wahr, wie automatisch sah er auf das Nummernschild. Es war nicht ganz zu erkennen, blitzte nur einen Moment auf, eine kurze Sekunde vielleicht: N und dann etwas mit P? Zwei Ziffern, eine davon eine 9? Er hätte es nicht sagen können, aber so prägte es sich ihm ein, aus welchem Grund auch immer. Vielleicht durch die leichte Spannung? Ein bisschen auch aus Empörung, dass hier so spät und so tief im Wald überhaupt ein Auto fuhr. War es der Förster, wäre es okay, aber sonst hätte hier niemand etwas zu suchen. Der Förster aber fährt einen Geländewagen, kein SUV. Das dachte sich Weber und behielt die Bruchstücke im Kopf.

Das Auto fuhr langsam auf dem Weg vorbei, verschwand im Dunkeln, das Geräusch ebbte ab. Abgas wehte herüber, ein

Hauch nur, aber störend, nach Diesel, dann rochen wieder die Wurzeln. Pilzig und würzig nach Wald.

Ein kleiner Vogel kreuzte noch oben den Himmelsausschnitt, ein Rotkehlchen, nahm er an, irgendwo weit weg schimpfte ein Häher, dann noch einmal, dann wieder das Rascheln, das Knistern, sonst nichts. Ein, zwei Fledermäuse durchflatterten lautlos den Himmelsraum. Vereinzelt knackte es laut, wie ohne Grund. Kein Ziegenmelker zu sehen, auch jetzt nicht, schon weit nach Sonnenuntergang. Doch Pal Weber hatte noch Zeit.

Wie lange hatte er gesessen, gewartet, geträumt? Er wusste es nicht. Fast dunkel war es jetzt im Wald, allein das Mondlicht benetzte die Lichtung, das Taglicht war gänzlich verschwunden. Viele Käuzchenrufe hatten bis dahin gehallt, die Richtungen ständig wechselnd. Wahrscheinlich die Jungen, schon flügge, die fordernd nach Mahlzeiten riefen. Und die Eltern, die jagten und fütterten. Familien im Zwiegespräch. Vielleicht aber war es auch anders, egal. Er erzählte sich oft solche Geschichten. Hin und wieder streifte ein Kauz durch die Lichtung, lautloser Flug wie mit stumpfem Kopf.

Pal Weber war in Gedanken. Jetzt schreckte er auf: das Auto. Es kam zurück, ganz langsam, ohne Licht. Fast sanft knirschte der Schotter unter den Reifen, doch klang das jetzt schleichend, bedrohlich. Wer so langsam fährt, beobachtet. Das war die Sprache dieses Fahrens. Und wer so langsam fährt und beobachtet, erregt sofort Verdacht. Der sucht etwas – oder späht, ob er gesehen, beobachtet wird.

Auf Höhe der Lichtung hielt der Wagen an. Kein Knirschen mehr. Stand eine Zeit lang, dann wurde der Motor ausgeschaltet. Stille. Die Fenster surrten auf, dann wieder Stille. Pal Weber in seiner Kuhle. Dann öffnete sich die Tür, eine Person stieg aus, prüfte, sah sich um. Ein Mann, er trat auf die Lichtung. Ging ein paar Schritte hin und zurück, blieb stehen, lauschte. Ging zum Auto zurück, holte etwas heraus. Etwas Kleines, nicht genau zu erkennen. Legte es auf der Lichtung ab, hantierte daran herum. Hob einen Stein auf, wog ihn, nahm einen neuen. Ging in die Hocke, griff in seine Jackentasche und holte ein Bündel heraus. Eine Schnur. Verband sie mit dem Stein oder dem Gegenstand. Rollte die Schnur aus, zum Auto hin. Dann stand er ruhig und lauschte. Ging in die Hocke, duckte sich tief, zog an der Schnur. Der Mann jetzt im Mondschatten des Autos. Was für scharfe Schatten doch der Mond werfen kann, dachte Pal Weber. In diesem Moment knallte es. Ein scharfer, trockener Knall, hoch und aggressiv, ein grell blendender Blitz, mehr weiß als gelb oder rot, Erde und Sand spritzten auf und rieselten durch Webers Wurzelversteck. Kaum ein Echo im Wald. Es roch ein wenig metallisch, ein wenig nach Feuer und Explosion. Fast wie nach Schweißgerät. Weber war wie erstarrt. Sah in die Nacht und sah nichts. War geblendet und fast taub. Dann schlug die Autotür zu, leise startete der Motor, und wieder knirschte der Weg. Jetzt fuhr der Wagen schneller.

Pal Weber kam langsam wieder zu Sinnen. Kurz noch tauchte das Bremslicht einen Teil des Waldes in Rot, dann verschwand das Fahrzeug lichtlos zwischen den Bäumen, das Geräusch kurz darauf. Dann wieder Stille. Oben am Himmel zog ein Jet im Mondlicht seine Kondensstreifenbahn, leise und nachschleppend drang das Flugdröhnen herunter. Aus der Ferne wieder ein Käuzchenschrei, ein weiterer, die Laute der Nacht kehrten zurück. Der Puls klopfte Pal Weber in den Ohren.

Was war das gewesen? Es war ihm unheimlich und unwirklich zugleich. Er wollte jetzt weg, traute sich aber nicht. Ob das Auto noch einmal käme? Dieser unheimliche Mann? Den Ziegenmelker konnte er jetzt vergessen. Der würde sich nicht mehr zeigen.

Pal Weber wartete ab. Und spürte Angst. Das war kein harmloser Böller gewesen, das war ihm sofort klar. Doch was dann? Dieser zerfetzende Klang? Pal Weber wollte hier weg.

Lange noch kauerte er in der Kuhle. Dann endlich schob er die Äste beiseite und stieg aus dem Loch, lauschte, klopfte den Sand ab und holte sein Rad. Er ging nicht zu der Stelle, an der es geknallt hatte. Pal Weber hatte Angst und war vorsichtig. Erstaunlich trotzdem, dachte er sich, wie schnell sich die Augen gewöhnten. Er sah jeden Ast, jeden Stein. Kühl war es geworden und seine Kleidung ein wenig klamm. Feuchtigkeit senkte sich auch auf den Waldboden.

Eine Stunde später war er daheim. Nach unruhigem Schlaf flog er am Morgen nach Chile.

In kalter Verzweiflung schloss er sich in der Küche ein,
trank Likör und wünschte sich fort.
Markus Werner

5. Kapitel

Tau glänzte noch in den Wiesen. Die Sonne stand zwar schon ein gutes Stück über den Bäumen drüben am Waldrand, aber die Luft hatte noch diese angenehme Frische. Es würde ein heißer Tag werden heute, so hatte es der Wetterbericht gemeldet. Nachmittags vielleicht schon Gewitter ... Dann aber hatte Johann Dinder das Autoradio ausgeschaltet. Immer diese aufgesetzte Fröhlichkeit dieser Dauerpartymoderatoren. Machte die Welt nur hektisch. Und falsch. Kein bisschen fröhlich. Es nervt doch nur, wenn pausenlos und penetrant überdreht dahergeredet wird. Wie konnten die Leute das mögen? Eine gute Stimmung ist doch etwas völlig anderes.

Angenehm kam die Frische von draußen durchs offene Fenster ins Fahrzeug und strich über seinen Arm. Guter alter Ford. Hatte ihn in den letzten zehn Jahren nicht ein einziges Mal im Stich gelassen. Guter Ford, aber schön sei er nicht, hatte einmal ein Gast gesagt. Hmm, da hatte er sich eigentlich nie drüber Gedanken gemacht. Spielt das denn eine Rolle? Die Leute redeten viel, wenn sie auf ihr Bier warteten. Das war schon manchmal interessant. Und manchmal dauerte es halt auch ein wenig, bis er die Bestellungen fertig hatte. Nur keine Hektik, das war sein oberstes Gebot. Aber wenn die Leute warteten, wollten sie sich unterhalten. Besser: unterhalten werden. Johann Dinder allerdings redete nicht viel. Also schwätzten eben die Leute. Mal dies, mal das, krampfhaft Witziges, nur selten Brauchbares dabei. Ein Auto musste fahren, dachte er sich, sonst nichts. Und das tat er, der gute Ford. Soll er ruhig hässlich sein. Wen kümmerte das?

Johann Dinder drosselte das Tempo, wurde noch langsamer. Ließ den Ford einfach rollen, nahm den Fuß vom Gas, den Gang raus. Er war aus dem Dorf herausgefahren, oben auf der Höhe, hatte es hinter sich gelassen, und die Straße ging leicht bergab. Der Wagen rollte hier von selbst. So war es ruhiger; und doch immer noch laut genug. Rechts standen, wie aufgereiht, Kirschbäume, alle ein wenig schief, und zwischen den krummen Stämmen hindurch ging der Blick weit hinunter ins Tal, links lagen Wiesen, fast flach, dann eine Mulde oder Senke und dahinter, wieder ansteigend, Wald, große Eichen und Buchen. Für einen Moment, im Vorbeifahren, eine Goldammer. Sommergesang. Saß wohl auf einem dieser Bäume, meistens irgendwo hoch droben, und ihr lang gezogener Gesang machte die Welt weit. Auch ein bisschen traurig, dachte er. Dieses lange Schluchzen am Ende der Strophe, oder Seufzen, ja, das war es!, legte sich über die Landschaft und gab ihr etwas Nachdenkliches, Wehmütiges. Aber eine echte Empfindung war das nicht mehr, eher eine Erinnerung daran. An früher. Und trotzdem ... Ja, es war schön hier. Es erfreute ihn. Und eine echte »Strophe« war der Gesang auch nicht. Eher ein knäckernd abgehacktes Einatmen wie als Anlauf für den letzten, lang ausgeatmeten Ton, der dann so traurig klang. Also doch. Still freudige Wehmut, oder was? Ach, war das alles kompliziert. Und über was man sich alles Gedanken machen konnte! Rechts also die krummen Kirschbäume am Straßenrand, einer nach dem anderen, in fast regelmäßigen Abständen. Dahinter, den flachen Berghang weit hinab, erst Felder und Wiesen, das Korn schon hellgelb, dann unten auf der Ebene der große Wald, lang hingestreckt, dunkelgrün, fast blau, und, ein wenig im Dunst, ganz klein, die Hochhäuser der Stadt. Nein, dort unten würde er sich nicht wohlfühlen, das wusste er. Johann Dinder bremste leicht ab und bog nach links von der Straße in einen geschotterten Feldweg ein. Von rechts, vom Sportheim kommend, war vor ihm ein Wagen auf die Straße gefahren. Er hatte ihn fast nicht wahrgenommen.

Was machte der denn hier oben? Das Sportheim war um diese Tageszeit doch zu. Würde ihn jetzt jemand fragen, was das für ein Auto war, er könnte es nicht sagen. War mit dem Kopf woanders. Nicht einmal die Farbe. Oder doch? Er sah hinüber zur Straße. Das Auto erreichte gerade den Wald. Dunkelblau? Egal. Was hatte der hier gemacht? Aber hier hielten ja öfters mal Autos, auf dem Parkplatz. Für den Blick hinunter in die Weite. Oder für heimliche Treffen. Liebschaften und so. Sollten sie doch tun, was sie wollten, ihn ging das alles nichts an.

Es war ein anstrengender Tag gewesen gestern. Das Dorf oben auf der Höhe hatte Kirschenfest gefeiert, und viele der Städter, die deshalb hierherkamen, hatten am Nachmittag einen Abstecher zum Bierkeller gemacht. Das hieß viel Betrieb. Heute, am Montag, aber hatte der Keller geschlossen. Und das war gut so.

In leichter S-Kurve, erst links, dann rechts, ging der geschotterte Weg von der Wiesenkuppe hinab zu der kleinen Senke hin zum Wald. Jetzt links ein Maisfeld, den Keller selbst sah man nicht. Nur ein paar Bänke vorn, unten am Waldrand. Johann Dinder bog nach links auf die zum Parken gemähte Wiese und stieg aus. Ein Buchfink schlug, nein: schmetterte drüben im Wald und machte das kühle Dunkel unter den Bäumen erst richtig zum Raum, zu einer Kathedrale. Was einem in meinem Alter noch alles für Bilder in den Kopf kommen, dachte sich Johann Dinder, während er die Autotüre schloss. Er hatte gestern am Abend – wie spät war es da? Halb neun vielleicht, kaum später, doch es saßen noch einige Gäste da – von Tisch zu Tisch gehend schon das Pfandgeld für die Krüge ausgezahlt, die Schankbude geschlossen, den Keller auch, und war dann nach Hause gefahren. Die Gäste, darum hatte er sie gebeten, sollten doch ihre Krüge neben der Schankbude im Wald unten abstellen. Die wollte er jetzt aufräumen, auch waren die Toiletten und vor allem die Böden noch nicht geputzt. Da schleppten die Gäste vom Waldboden immer den erdigen Staub mit hinein, und innen war der Boden nass, durch den Temperaturunterschied immer beschlagen. Der Staub klebte dann fest, und das sah wirklich nicht schön aus. Fast wie verschmierter Kot.

Von der Waldrandkante an führte eine schmale, unregelmäßige Steintreppe hinunter in die Schlucht, eingefasst links von dem kleinen Wirtshaus, das sich hier in den Hang kauerte und das Johann Dinder nur im Winter öffnete, und von steilen Hangterrassen rechts mit Holztischen unter dunklen Baumschatten. Unten, im Hangfundament des Wirtshauses, war der Eingang zum eigentlichen Keller, gegenüber die hölzerne Schankbude. Auf sie führten die engen Stufen zu. Erst unten an der Schankbude sah man den Eingang zum Keller selbst. Dieser Keller war ein riesiges, unterirdischen Gewölbe, vor Jahrhunderten schon in den Sandstein geschlagen, um im Sommer das Bier kühl zu halten und das Eis aufzubewahren – das Eis eines kleinen Wasserfalls, der die Schlucht überhaupt erst gegraben hatte. »Teufelsbadstube« hatte man die Schlucht einmal genannt. Wahrscheinlich weil sie immer kalt und im Winter durch den Bach und den Wasserfall dunstig war. Und voller Eis und Eiszapfen – aber hatten die in einer »Teufelsbadstube« etwas verloren? In der Hölle ist es doch heiß, in der Hölle gibt es kein Eis, schmunzelte Johann. Aber die Menschen denken halt nicht viel. Auf jeden Fall nicht genau. Er hob eine zusammengeknüllte Zigarettenschachtel auf, die ein Gast hier fallen gelassen hatte, und warf sie in den Papierkorb. Hätte der ja auch selbst machen können, der Korb stand doch gleich daneben. Aber so sind sie halt, die Städter.

Noch vor der untersten Stufe blieb Johann stehen. Irgendetwas stimmt heute nicht, dachte er, irgendetwas ist falsch, aber er wusste nicht was. Ein vages Gefühl, er konnte nicht sagen woher. Komischer Gedanke, dachte er sich, was soll schon los sein. Die Schankbude war ordnungsgemäß zu, die Läden geschlossen, so wie er sie gestern verlassen hatte. Es sah zumindest so aus. Auch die Gläser – ob es alle waren? Er zählte nicht nach, warum auch? – standen dort, wohin er die Gäste gebeten hatte, sie abzustellen. Was sollte also sein? Ja, die Schankbude wurde hin und wieder aufgebrochen. War ja auch leicht bei diesem alten, hölzernen Verschlag. Als könnte man hier etwas holen! Aber der Platz war ideal für solch einen Blödsinn. Von der Straße her nicht einzusehen, kein Haus weit und breit, nur Wiese und Wald, und aus dem Grund drang sowieso kein Laut hinauf. Nachts war der Ort auch noch unheimlich, diese Schlucht im Wald. Halbwüchsige zog das manchmal an. Um ihren Mut zu beweisen. Sich auszutoben. Sie richteten allerdings auch kaum Schaden an, es war eher der Ärger, den Johann Dinder hatte, wenn er die Läden der Schankbude reparieren musste. Zur Polizei ging er in solchen Fällen nicht. Das gäbe ja noch mehr Ärger. Und die Burschen, die nachts hier so mutig waren, bereuten das doch ohnehin schon am nächsten Tag. Hatten nicht nur ein schlechtes Gewissen, sondern obendrein auch noch Angst. Angst davor, vielleicht doch noch erwischt zu werden. Die taten das ein Mal und dann nie wieder. Warum sich deshalb also Ärger machen.

»Sch..., ja leck!« Er hatte es gewusst, irgendwie. Die Tür des Kellers war aufgebrochen. Sie stand nur angelehnt, der schwere Riegel verbogen. Johann hatte es sofort gesehen, als er nach der letzten Stufe um die Ecke kam. Er blieb stehen, verharrte, lauschte. Droben im Geäst weiterhin der laute Buchfink, ein zweiter antwortete weiter hinten im Wald. Ein Rotkehlchen nicht weniger laut irgendwo im Zwischengeschoss der Bäume, eine schillernde Libelle brummte vorbei, dann das Schleuderbrummen einer dicken Fliege. Sonst nichts. Noch einmal die dicke Fliege. An manchen Stellen sickerte die Sonne bis auf den Waldboden und warf helle Flecken. Ein loser Spinnfaden schwebte vorbei. Wie laut Atmen sein konnte! Ob da noch jemand drinnen war? Er glaubte es eigentlich nicht. Auf der Parkplatzwiese hatte kein Auto gestanden, auch nicht auf dem Weg hier herunter. Zumindest hatte er keines bemerkt. Den Riegel würde er abbauen müssen und damit zum Schmied. Der ist viel zu massiv, den biege ich selber nicht gerade, dachte er. Er öffnete die Tür zum Keller. Kalte Luft schlug ihm entgegen. Er drehte das Licht an.

So schnell, so abrupt hatte Johann Dinder in seinem ganzen Leben noch nicht gekotzt. Er brauchte nur einen Blick, dann drehte er sich weg, krümmte sich und spie mitten auf den Platz, zwischen Schankbude und Keller. Das gute Frühstück. Und noch mal und noch mal, bis nichts mehr kam. So eine Sauerei. Auch das würde er jetzt wieder wegmachen müssen. Johann Dinder wankte hinüber zu einer der Bänke, sackte darauf. Nur nicht wieder in diesen Keller sehen! Elend war ihm, er fühlte sich schwach. Dann wischte er sich das Gesicht ab und kramte sein Telefon hervor.

Eine halbe Stunde später war das Gelände voller Menschen. Johann Dinder saß immer noch auf der gleichen Holzbank. Alles war abgesperrt, vereinzelt zwischen den Bänken Polizisten, ein Krankenwagen und zwei Polizeiautos standen unten, oben wahrscheinlich noch mehr. Immer mehr Menschen kamen, und alle hatten etwas zu tun. Jeder schien für sich zu wissen, was. Im Keller wurde fotografiert, immer wieder blitzte es heraus. Menschen gingen hinein und kamen wieder heraus, und einer von denen, die herauskamen, hatte genauso gespien. Kein Wunder, bei diesem Anblick. Johann Dinder gegenüber saß ein Polizist in Zivil. Wahrscheinlich ein Kommissar. Er hatte sich zwar vorgestellt, doch bis zu Dinder war nicht viel durchgedrungen. Er hatte den Namen sofort wieder vergessen. Nur komisch war der gewesen irgendwie, als ob er einen Segen spräche. Was er gesehen und wann und wie er die Leiche gefunden habe, fragte der Kommissar. Ob hier Fußballfans gewesen seien in den letzten Tagen. Ob er den Mann vielleicht schon einmal gesehen habe. Ob er ihn kenne. Ob, und wenn ja, was er alles angefasst habe. Wie genau er das Tor vorgefunden habe. Fragen, Fragen, Fragen. Er hatte den Mann doch gar nicht gesehen, nur diesen offenen Leib. Die ekelhaften Fleischklumpen, das Blut an den Beinen, das Blut an den Wänden. Das Gesicht hatte er gar nicht gesehen, da hatte er schon gekotzt. Johann Dinder hatte dem Kommissar doch schon alles erzählt. Und das war nicht viel. Der aber wollte immer noch mehr wissen. Ob er vielleicht doch noch etwas gesehen habe, vielleicht etwas beobachtet, etwas Ungewöhnliches. Auf dem Weg herunter zum Beispiel. Oder in den letzten Tagen. Auf der Wiese vielleicht oder auf der Fahrt hierher. Er konnte dem Kommissar nicht dienen. Er erinnerte sich noch an den Spinnfaden im Sonnenlicht, aber der tat hier nichts zur Sache. Auch nicht der Buchfink oder die Sonnenlichtflecken. Wo war das jetzt alles hin? Johann Dinder wollte einfach nur weg. Nicht da sein. Weit weg, am liebsten zurück. Zurück in den schönen Morgen, in die Zeit davor. Die kühle Luft am Arm, das Glänzen des Taus in den Wiesen. Er wusste, dass dieses Wünschen nichts half.

Dann brach Johann Dinder zusammen. Sackte einfach so weg, seitlich unter den Tisch. Der Kommissar packte noch zu, konnte ihn aber nicht mehr halten. Zehn Minuten später war Johann Dinder tot.

»Fühlen Sie sich nicht wohl, Herr Doktor?«
Harry Mulisch

6. Kapitel

Wie wird man im Nürnberger Land zu einem Fürth-Fan? Einem Anhänger der Spielvereinigung? Das geht eigentlich nicht. Außer, wenn man anders ist. Einen Geburtsfehler hat. Anders tickt. Irgendetwas muss schief gelaufen sein. Ein Knoten in der Biografie, irgendwo ein Stau, Darmverschlingung im Kopf, Embolie, die Treppe runter auf den Kopf gefallen oder sonst irgendwas.

Wie man zum Bayern-Fan werden kann, ist erklärlich. Das kommt ja massenhaft vor – und das liegt nicht an den kleinen, weißen, glitschigen Hoeneß-Würstchen aus den Discountern, sondern einzig und allein daran: Erfolgssucht, es – oder alles – problemlos und einfach haben, nicht leiden zu wollen, Schwierigkeiten aus dem Weg zu gehen, oben schwimmen zu wollen, Fettauge zu sein. Das ist banal. Das sind ganz einfach gestrickte Menschen. Mit wenig Verwurzelung in der Region. Oder Ingenieure, Lehrer oder sonst etwas »Besseres«. Der Nürnberger aus dem Bilderbuch aber ist Arbeiter und leidet und ist deshalb Club-Fan. Er will leiden, Leiden bestimmt seinen Alltag, er kennt es gar nicht anders. Ein Tag ohne Leid und Getretenwerden geht irgendwie nicht. Wenn das nicht passiert, dann stimmt etwas nicht. Dann geht wenigstens das Auto kaputt, man rennt gegen den Türstock, oder die Frau geht fremd. Das ist normaler Alltag. Da geht es immer rauf und runter und rauf und runter, und alle 40 Jahre ist mal ein Feiertag. Dann darf man auf den Hauptmarkt und jubeln, das nächste Mal wohl so um 2050. Das muss einem genügen, und von dem hat man dann zu zehren. Erinnerungen sind eh viel wertvoller als die Gegenwart. Im Jetzt weiß man nie, was hinten herauskommt, beim Morgen erst recht nicht, das ist noch viel zu weit weg und nicht überschaubar, aber mit der Vergangenheit ist das anders. Die ist wenigstens schon vorbei und von daher gut einzusehen. Die kann man sich anschauen. Man kann drüber gucken und sich in aller Ruhe ein Bild machen. Außerdem hat sie noch einen weiteren Vorteil: Man kann sie sich schönreden. Und schöntrinken. Beides ist einfach und schön und gehört meist untrennbar zusammen. Geh her, trink'mer eins! Erinnerst du dich noch an Sergio Zarate, die Zaubermaus? Wie, als wär's erst gestern gewesen! Oder an Souleyman »Aber bitte mit Sané«? Prost Gemeinde! Ich nehm noch eins! Gar an Zvezdan Tschick-Tschack-Cebinac? Einszweidreivier-Eckstein, Grahammer, Reuter, Dorfner, Schwabl? Das war der Club, nicht die Bayern. Komm, eins geht noch! 's ist grad so schäi! Die Kampfmaschine Saša Ciric? Oder Cacau? Der hat beim Club das Fußballen gelernt. Leut, ich muss heim. Allmächd, wo kommen die Haufen Strich auf mei'm Filzla her? Wirtschaft, zahln! Ich muss zu meiner Altn.

Ja, alle paar Jahre blitzt beim Club mal was auf. Ein Licht, das auch noch strahlt, wenn es schon längst wieder aus und rundherum alles wieder stockdunkel ist. Physik der Psyche. Wenn die Bayern eingekauft haben oder die anderen mit Geld. Leverkusen, Stuttgart. Der Club ist immer klamm, der Club-Fan auch. Diese Zeiten dauern ewig, gehen nie vorbei. Ein Highlight reiht sich beim Club ans andere. Vielleicht jedes fünfte Jahr eines, also unheimlich dicht. Dann ist man wieder geblendet für die nächsten Jahre ... Beinahe schwindelig machende Taktung. Schon fast zu viel für einen Franken. Wird Zeit, dass wir mal wieder absteigen, uns geht's schon wieder zu gut. 'n bisschen bei den Fürthern spielen ...

Der Club-Fan kennt diese Welt. Keiner macht ihm da etwas vor. Aber Fürth-Fan werden in Nürnberg?

Hans hatte das von seinem Vater. Aber er hatte auch etwas, das sein Vater nicht besessen hatte: einen unerklärlichen Gerechtigkeitssinn. Obwohl, so ein bisschen konnte man sich den schon erklären. Doch zunächst zu Hansens Vater. Schorla. Der auf den Tisch kotzt. Schorla trug schwer an seinem Leben. Eigentlich war es ihm schon längst viel zu schwer. Er konnte es nicht mehr stemmen, seine Kraft reichte nicht aus.

Schorla war immer allein, aber wollte immer dazugehören. Nur – nichts an ihm passte zu den anderen. Das war schon in seiner Kindheit so gewesen. Wenn die anderen gespielt hatten, war er bei den Alten am Waldrand gewesen. Die hatten sich dort eine Laube gebaut und den ganzen Tag Karten gespielt. Trotzdem hatte er das Karteln nie erlernt. Nie richtig. Er hatte es damals schon nicht verstanden, und damit wurde der Grundstein gelegt für das lebenslange Unverständnis. Einmal nicht verstanden, niemals mehr verstanden. Für Schorla war das logisch. Er hatte zwar trotzdem die Regeln, nie aber das Karteln gelernt. Und hatte er einmal ein Spiel, verkartelte er es garantiert. Der Kopf blockierte sofort, das Hirn machte zu wie beim Loddar der Muskel, die Hände zitterten, die Stimme kippte weg. Der Tunnelblick. Dann ging überhaupt nichts mehr, und er konnte das Spiel nur noch vergeigen. Das aber konnte er gut. Und manchmal rebellierte der Magen. Er mühte sich immer und immer wieder, bei den anderen ging es doch auch; aber die Mauer wurde jedes Mal höher. Es war zum Kotzen, im wahrsten Sinne des Wortes.

Trotzdem. Der Schorla wollte immer dabei sein. Aber es gelang ihm nie. Sein Leben bellte und spuckte ihn an, wo es nur konnte. Immerhin hatte er es doch noch bis zum Pförtner bei der Dynamit in Fürth gebracht. Von dort aus ging er auch heimlich in den Ronhof. Dass er ein Fan der Fürther war, getraute er sich daheim nicht zu sagen. Alle um ihn herum im Dorf waren Fans des Clubs. Er aber hasste diesen Verein. Die Fürther Fans waren für ihn gemütlich, waren erdig, waren brav. So wollte er auch sein. Die standen auf dem Erdwall im Ronhof und sonderten Hingebung ab – Hingebung an die Niederlage und das Tragen des Schicksals mit Stil. Man war halt klein und ein Niemand, das war so und damit gut. Da wurde zwar lamentiert, aber nicht ernsthaft, nur wie im Spiel. Natürlich ging es ums Leben, aber ein Leben in Fürth war klein. Man dachte das da nicht groß und machte es auch nicht groß. Man blies sich nicht künstlich auf.

Die Club-Fans hingegen machten das Leben groß. Schorla fand das vulgär und großkotzig, sonst nichts. Nicht angemessen, nur maßlos und penetrant überzogen. Und trotzdem ging er mit den Jungen aus dem Dorf ins Stadion, mit dem Maschder, dem Schmidla, dem Usch und dem Risch. Weil er dabei sein wollte, und einer der ihren. Und wenn sie dann im Zug saßen auf der Fahrt nach Hause oder auf dem Weg waren vom Bahnhof ins Dorf hinein und die Fahnen schwenkten und nicht nur siegestrunken, sondern voll besoffen grölten, dann fror es ihn innerlich, so sehr lehnte er sich selbst ab. 1968 war es am schlimmsten. Einmal sangen sie die ganze Fahrt über »Die zehnte Meisterschaft ist nur ein Klacks, wir haben ja den Merkel Max. Die elfte Meisterschaft ist nur ein Klacks, wir haben ja den Merkel Max«. Die zwölfte ... dreizehnte ... vierzehnte ... bei der einhundertsiebenundzwanzigsten kam der Zug endlich an. Das war vielleicht fünf Bier später. Für jeden.

Oder sie zogen vom Bahnhof ins Dorf und skandierten »Tschick – tschack – Cebinac, tschick – tschack – Cebinac«, und er mittendrin – aber für sich selbst immer nebendran. Wenn die wüssten, was er für ein Doppelleben führte. Dass er überhaupt eines führte. Und wie er litt auf dem Hauptmarkt im dichten Gedränge, als der Club endlich Meister war! Er musste aber mit den Jungen dorthin, die duldeten keine Ausrede.

So führte der Schorla ein Doppelleben. Mitläufer hier, aber nie richtig dabei, heimlicher Fan dort, und dort auch nur Zaungast.

Manchmal wachte Schorla nachts auf, und das Leben war ein einziges Loch. Doch am Tag war das ja auch kaum anders. Schorla hatte Angst vor allem und jedem. War ständig verschreckt, im Dauerzustand des Erwischtwerdenkönnens.

Das war sein Leben, und so ein Leben gibt dir keine Chance. Da kann man nie angstfrei sein oder sicher, das ist ganz einfach nicht vorgesehen. Also kann man auch nichts dagegen tun. Und Kleinigkeiten machten das dann noch schlimmer. So sagte er immer »Schafskopf« statt »Schafkopf« und erntete Lachen. Er konnte dagegen nichts tun. Das war wie beim Kartenspielen selbst. Und einmal erntete er dafür wirklich einen Schafskopf. Einen stinkenden, blutigen Hammelschädel, den sie ihm in der Nacht über die Haustür hängten. Die anderen aus dem Dorf. Für die war das lustig, ein Streich. Für ihn aber war es schlimm. Es war so etwas wie ein Höhepunkt.

Dann starb der Schorla, mitten in einem Leben, das keines war. Da war der Hans, sein Sohn, noch klein. Der Schorla war weg, und der Hans blieb da. Das Loch aber, das das Leben des Schorla war, hatte er dem Hans hinterlassen. Groß und schwarz und unendlich tief. Das Loch war da, und es war tief und leer. Jetzt fiel der Hans hinein. In ein langes, grenzenloses, zeitloses Loch.

Und irgendwie war jetzt der Hans der Depp. Denn er hatte von seinem Vater nicht nur das Loch, sondern auch die Liebe zu Fürth geerbt. Oder auch nicht, das ist nicht so leicht zu ergründen.

Für Hans wuchs die Liebe zu Fürth anders. Sie war eine Reaktion. Er selbst würde das so erzählen: Als Kind lag er oft auf dem Boden, gemütlich auf dem Bauch, las Zeitung und träumte sich weg. Und las auch immer den Sportteil. Aber in der Zeitung, da war etwas, was ihn störte, was ihm aufstieß, ganz innen drin: Auf der ersten Seite stand immer der Club. Wie er wieder gewonnen hatte oder verloren, abgestiegen war oder aufgestiegen, und wie seine Spiele wieder schlecht waren, stümperhaft oder pomadig. Zwei Seiten nur Club, Club, Club. Erst auf der dritten Seite kam Fürth. Auch nur auf einer halben Seite. Dabei spielten sie oft in der gleichen Liga. Das ging Hans gegen den Strich. Es war für ihn ungerecht. So schloss er die Fürther ins Herz. Nahm sie in Schutz, ganz für sich. Er machte das ganz bewusst und konnte sich doch nicht dagegen wehren. Wie ein freiwilliger Zwang. Ich will das, es zwingt mich, ich muss das jetzt tun. Ich bin das, und das ist richtig. Das war die unentrinnbare Mechanik. Für Hans war sie stimmig, stand so nie zur Diskussion. Das war er, und so erlebte er sich.

Der Vater war tot. Er, Hans, aber lebte weiter. Und lebte weiter so. Da gab es nicht viel zu bedenken. Er hielt sich für einen Gerechten. Daraus bezog er Kraft. Nur mit dieser Kraft war das Loch zu schließen, das der Vater ihm hinterlassen hatte.

Nach dem Tod des Vaters kam Hans in ein Heim.

»Identifizieren Sie sich nicht mit Ihrer Arbeit.
Vergewissern Sie sich, dass der Schwerpunkt
Ihres Lebens irgendwoanders liegt.
Nur dann werden Sie in der Lage sein,
die Angriffe, die Ihnen ins Haus stehen,
fröhlich und selbstsicher zu bewältigen.«
Paul Feyerabend

7. Kapitel

Später Nachmittag des gleichen Tages, Polizeipräsidium Nürnberg am Jakobsplatz. Kommissar Friedo Behütuns machte mit seinem Team eine erste Bestandsaufnahme. Draußen hatte es sich zugezogen, es würde wohl eines der angekündigten Gewitter geben. Wie hatte es der Wetterochs in seiner Mail zum Tag geschrieben? »Wir werden wohl mit vereinzelten Gewittern rechnen müssen, und was das heißt, ist klar: Über Fürth wird sich etwas zusammenbrauen, über Nürnberg wird sich wieder alles entladen, und in Erlangen hört man nur das Gegrummel. Für Nürnberg heißt das wahrscheinlich wieder einmal vollgelaufene Keller, unpassierbare Unterführungen, Verspätungen bei der Bahn. Dies ist aber mit der gebotenen Vorsicht zu genießen und durch keinerlei verfestigbare Prognose gestützt – es ist ein reiner Erfahrungswert. Weil's immer so ist.« Er hatte wohl wieder einmal recht. Erfahrung schlägt ganz einfach die Wissenschaft.

»Den Kellerwirt haben sie nicht mehr zurückgeholt. Haben es nicht mehr geschafft. Aber die Rippen haben sie ihm gebrochen beim ersten Reanimieren. Knackknackknackknack hat's gemacht, so richtig schön in Reihe, ich hab es genau gehört. Kein schönes Geräusch, das tut richtig weh. Aber der war zu diesem Zeitpunkt wohl auch fertig mit der Welt. Wollte nicht mehr zurück. Und es war wirklich kein schöner Anblick. Für uns heißt das: Wir können ihn nicht mehr befragen. Irgendetwas wäre ihm sicher noch eingefallen, irgendetwas Ungewöhnliches. Da hätte ich drauf gewettet. Aber lasst uns der Reihe nach machen. Was haben wir bisher? Irgendjemand irgendwas Neues?« Behütuns drehte sich schon wieder eine Zigarette. Beruhigungsübung. Ein Zeichen für seine Anspannung.

Die Frage war an alle gerichtet, Dick aber hatte er zuletzt angeschaut. Deshalb wohl antwortete dieser als erster. Peter Dick. Im Grunde ein ruhiger Typ. Korpulent, ehemaliger Szenekneipenwirt. Er würde auch als Türsteher durchgehen. Ein muskulöses Kraftpaket und eigentlich ein richtiger Kumpel. Wenn er jemanden mochte, und eigentlich mochte er jeden irgendwie, dann nahm er ihn in Schutz. In seiner Gegenwart fühlte man sich sicher. Nur wenn ihm einer blöd kam, so richtig blöd, dann konnte er explodieren. Und das kam bei der Klientel, mit der er bei der Polizei manchmal zu tun hatte, durchaus öfter vor. Wenn er irgendwelche fiesen und verlogenen Kreaturen vor sich hatte, dann konnte es passieren, dass er laut wurde. Schlagartig laut, sehr laut. Nie handgreiflich, das brauchte er nicht, das machte allein seine Stimme. Sie konnte einen treffen wie eine Faust.

»Die Identität der Person wurde noch nicht ermittelt. Noch immer unbekannt. Alter circa 45, männlich. Das war ja kaum mehr zu erkennen. Wir haben keine Vermisstenmeldung bislang, die auf ihn zutreffen könnte. Auch keine Hinweise auf eine polizeiliche Erfassung vorher. Fingerabdrücke und so. Wir sind noch dran.«

»Papiere, irgendwelche Anhaltspunkte?«

»No. Keine Papiere, kein Ring, kein Schmuck. Wurde ihm, scheint's, alles abgenommen vorher. Kein Tattoo, keine auffällige oder größere Narbe bisher, sagt die Medizin, nichts. Auch die Taschen, alles komplett ausgeleert. Sind wohl erst mal auf die Zähne angewiesen.«

»Haben wir ein verwertbares Foto? War er schon fotografierbar?«

»Alles schon gemacht. Könnte im Zweifelsfall an die Presse. Würde ich aber noch mit warten, erstmal schauen, was wir herauskriegen. Kann ja eigentlich nicht so schwer sein.«

»Klamotten? Irgendwas Besonderes?«

»Auch hier leider nichts Besonderes, nichts Maßgeschneidertes. Alles hochwertig, aber von der Stange. Kann er überall gekauft haben.«

»Todesursache. Wissen wir schon mehr?«

»Na ja, dass er regelrecht zerfetzt war, haben wir ja gesehen.« Dick hielt sich den Bauch und blies in die Luft. »Die erste Analyse aus der Medizin lautet: Splitter im Bauch, Verbrennungsanzeichen. Vieles deutet auf einen Sprengsatz hin, meint der Doc, direkt auf dem Bauch explodiert. Handgranate, kleine Bombe, Mine, irgend so etwas. Deswegen auch überall das Blut. Muss er aber erst noch untersuchen, ist alles nur vorläufig bisher und eigentlich noch nichts spruchreif, nichts belegt, wie gesagt. Wir müssen erst den offiziellen Bericht abwarten. Wird mindestens noch bis morgen dauern.«

Die Tür ging auf, und Frau Klaus steckte den Kopf herein. Frau Klaus klopfte nie. »Alles in Ordnung bei den Herren?«, flötete sie. »Vielleicht noch einen Kaffee?« Allgemeines Kopfschütteln. »Dann geh ich mal. Ich will nämlich noch in die Oper«, und sie fuhr sich durchs Haar. »Tschühüß!«, und fort war sie.

Behütuns machte nahtlos weiter.

»Und das Trikot?«

Mit dieser Frage hatte er sich jetzt direkt an den nächsten in der Runde gewandt. Peter Jaczek. Ausgewiesener Fußballexperte, Gerechtigkeitsfanatiker, Perfektionist. Beinahe schon Pedant – eigentlich wirklich Pedant. Sehr überlegt in allem und äußerst genau, dadurch aber auch extrem entscheidungsunfreudig. Er wurde mit seinen Sachen nie richtig fertig, weil immer noch irgendwo irgendetwas zu klären oder zu recherchieren war. Und so gipfelten seine konkretesten Aussagen jedes Mal in einem entschiedenen »Vielleicht«. Jaczek gehörte zu jener Sorte Menschen, die immer zu spät kamen. Irgendwo in ihrem Leben hatten sie wohl einmal eine viertel oder halbe Stunde verloren, und es schien ihnen völlig unmöglich und außerhalb ihrer Reichweite, diese jemals wieder einzuholen. Also verzettelten diese Menschen sich ständig und kamen nie wirklich zu Potte. An was das bei den anderen dieser Spezies lag, war Behütuns schleierhaft. Bei Jaczek aber hatte er seine Theorie: Jaczeks Vater, das hatte Jaczek einmal auf einer Weihnachtsfeier erzählt, war Schrankenwärter gewesen. Seitdem war Behütuns alles klar. Denn da, so dachte er sich, kommen täglich viele Züge vorbei. Und was macht der Schrankenwärter? Schranke runter, Schranke hoch, Schranke runter, Schranke hoch, vielleicht 200 Mal am Tag. Da darfst du keinen Fehler machen, nicht ein einziges Mal – und das weit über 40 Jahre lang. Wenn du nur ein einziges Mal vergisst, die Schranke zu schließen, oder wenn du aus Versehen zwischen zwei Zügen einmal aufmachst und die Zeit reicht nicht aus, dann hat das katastrophale Folgen. Oder kann es haben. Bei so einem Job wirst du einfach sehr genau. Prüfst alles vier- und fünfmal nach. Und noch ein weiteres Mal. Und wenn du so bist, dann gibst du das auch so weiter, in diesem Fall an den Junior. Dann lebst du eine Notwendigkeit vor, die auf der anderen Seite zur Realität wird. Und was Realität ist in deinem Kopf, das ist nur sehr schwer veränderbar. Allerdings musste sich bei der Weitergabe vom Vater an den Sohn etwas verschoben haben. Denn die Gewissenhaftigkeit hatte sich eingestellt – sie war aber scheinbar so dominant, dass sie das Zeitmanagement blockierte. Untergrub. Scheinbar paradox, aber so musste es sein. Behütuns reichte das als Erklärung. Seitdem hatte er für Jaczek Verständnis – für die penible Seite wie für das Zuspätkommen. Nur dass er mit Letzterem immer Probleme hatte. Aber das eine hing ja mit dem anderen zusammen.

Klar, so ein Verhalten hat auch Vorteile, dachte sich Behütuns. Du fällst nie vorschnelle Urteile, und alles, was schnell geht, ist dir suspekt. Zutiefst. Der Nachteil wiederum ist, dass du von Misstrauen gegen alles und jeden geplagt bist. Nichts kann so sein, wie es ist, denn überall muss es noch ein Dahinter geben. Und dem musst du erst auf die Spur kommen. Tja, und so verlierst du vor lauter Denken, Prüfen und Überprüfen und nochmaligem Hinterfragen und Nachfragen ganz einfach den Anschluss, und alle laufen dir davon. Außerdem wirst du anfällig für Verschwörungstheorien gegen alles und jeden. Gleichzeitig jedoch wirst du gerecht. Denn wenn für dich alles immer nur vorläufig ist, alles immer nur ein Zwischenstand, dann kannst du auch nie jemanden verurteilen. Abschließend, also endgültig. So war Peter Jaczek einer der ganz Wenigen, die bis zu diesem Tag den alten Berti Vogts bis aufs Messer verteidigten. Und hier gaben ihm auch noch die Zahlen recht: Vogts war, an seinen Siegen gemessen, einer der erfolgreichsten Bundestrainer, den Deutschland je hatte. Aber trotzdem: Vogts?

Natürlich hat solch eine Seelenlage auch Nachteile, und zwar eindeutig im Bereich des Humors. So gab es niemanden, der Jaczek einmal so richtig frei heraus hatte lachen hören oder sehen. Das Höchste, was von Jaczek kam, war allenfalls ein unterdrücktes »Tssss... « oder ein aus der Nase strömendes »Chhhrrr... «, wenn andere längst vor Lachen brüllten. Weil: Hinter jedem Witz konnte – nein: musste! – eine Wahrheit stecken. Eine Wahrheit, die immer auch eine Gemeinheit, meist eine Ungerechtigkeit war. Und die war erst noch zu ergründen und daraufhin zu überprüfen, ob denn dann noch ein Lachen statthaft sei. So hatte alles in sich eine Logik. Trotzdem war Jaczek unterm Strich ein hochpatenter Kerl, und Macken hat doch schließlich jeder ...

Verrückt, wie viel einem zwischen einer Frage und der Antwort durch den Kopf gehen konnte, dachte Behütuns, als Jaczek antwortete:

»Das Trikot war ein Trikot des Clubs. Und zwar von dem Spieler Suess, Rückennummer 19. Größe XL. Aaron Suess. Bekommt man im Fanshop oder im Internet. Es wird wahrscheinlich nicht allzu häufig verkauft. Ich bin dran. Pikant: Suess kam von der Spielvereinigung. Vielleicht ein Hinweis ... Aber wie gesagt: Ich tappe noch völlig im Dunkeln, deshalb bitte nichts von dem Bisherigen nach draußen! Übrigens: Suess spielt im Mittelfeld. War ein ganz guter Einkauf. Außerdem ...«

»Okay«, unterbrach ihn Behütuns. Er wollte jetzt nicht ins Detail, und die Gefahr bestand. Jaczek musste man oft unterbrechen, er holte die halbe Stunde nie ein.

»… außerdem«, ließ Jaczek sich nicht beirren, »sind solche Wechsel heute völlig normal. Judt, Eigler, Yasar. Oder andersherum, also vom Club zu Fürth: Weiser, auch wenn's bei dem nur die zweite Mannschaft war – da kräht keiner mehr hinterher. Nicht so wie 1920 oder '30, als man sich spinnefeind war und …«

Behütuns war es jetzt genug. Wenn Jaczek erst einmal begänne, sein ganzes Wissen auszupacken … – und danach sah es aus. Er unterbrach ihn wieder, dieses Mal etwas bestimmter im Ton.

»Zurück zum Trikot. War das irgendwie beschädigt?«

»Es war blutgetränkt.«

»Und sonst?«

»Nichts. Es wurde dem Opfer ganz offensichtlich erst nach der Explosion in den Bauchraum gestopft.«

Behütuns verzog das Gesicht. »Ja, pfui Deifi, das ist ja widerlich. Wie muss denn jemand drauf sein, der so etwas tut?«

»Ich denk, so wie einer, der einen anderen mit ner Mine im Bauch sprengen kann.« Abend hatte das gesagt, Peter Abend, der vierte Mann im Raum. Und der dritte mit dem Vornamen Peter. Deshalb wurde die Truppe Behütuns von den Kollegen auch »Peterlesboum« genannt. Was aber keiner wusste: Auch Behütuns hatte den Vornamen Peter. Friedemann Joseph Peter Behütuns. Kein Mensch durfte das je erfahren. Dieser Name war einfach zu blöd. Aber sein Vater und dessen Bruder hießen nun einmal so. Joseph und Peter. Da war nichts zu machen.

»P. A., wie sieht's mit den Spuren aus?« Peter Abend nannte man hier P. A., Peh-Ah.

P. A. war der Youngster im Team. Und der einzige ohne Haare. Ihn zierte eine glänzende Glatze – die Flucht nach vorne vor einem mönchsartigen Haarkranz. Aber sie stand ihm gut.

Genauso wie bei Jaczek oder Dick wusste man eigentlich nicht, wie er zur Polizei gekommen war. Er hatte mal studiert, aber abgebrochen, dann eine Ausbildung zum Gärtner gemacht, eine Zeit lang geschweißt, anschließend Reifen montiert, war Hausmann gewesen und hatte schließlich etwas Neues gesucht. Etwas Sinnvolles. Und irgendwie war er bei der Polizei gelandet. Hätte er sich selbst nie träumen lassen. Er war ein Mann scharfen Verstands, der nicht zu schnell war in seinen Urteilen. Er fragte lieber noch einmal nach, wollte die Dinge verstehen. Nicht analytisch, wie Jaczek das tat, sondern einfach so. Plausibel. Auf der Hand, auf der Folie der Normalität. Das hing wohl auch damit zusammen, dass er Sportler war, Handballspieler in der Bezirksoberliga.

Überhaupt: Irgendwie war die Truppe Behütuns, die Peterlesboum, das Sammelbecken all derer, die sonst bei der Nürnberger Polizei keine Heimat fanden. Die anders waren. Zu anders. Vielleicht lag das aber auch an Behütuns, denn der zog sich seine Leute ja an Land.

P. A. übrigens, das noch zum Schluss, war ein echter Computerfreak. Wenn jemand etwas nicht wusste: P. A. fragen. Irgendwas im Internet recherchieren: P. A. Codes knacken: P. A. Zugang zu irgendwelchen Foren: P. A. Angeblich hatte er daheim *Sky* für sich geknackt, immer wieder neu. Zumindest wusste er schnell, wo man versteckte Informationen erhielt. Oder er fand einen Weg.

»Der Mann scheint definitiv im Keller verstorben zu sein, das, sagt der Doc, sei über die Spuren gesichert. Das Blut war überall frisch. An der Decke, auf dem Boden, an den Wänden. Ansonsten – Spuren auf dem Weg: bisher Fehlanzeige. Über den Kies sind zwei Sankas gefahren und zwei Fahrzeuge von uns – wäre aber auch sonst schwer was zu finden gewesen. Trotzdem: Was ging, wurde inzwischen sichergestellt. Muss aber alles erst noch untersucht werden. Ist alles im Labor.«

»Spuren auf dem Weg, auf der Wiese?«

»Ein paar hochhackige Damensandalen hat man gefunden,

bis zum Rand in die Wiese eingetreten. Sieht aber eher so aus, als habe die jemand beim Einsteigen nach dem Kellerbesuch abgestreift, mit sowas kann man ja nicht fahren. Und dann vor dem Auto vergessen. Scheinen auch von Autoreifen in die Wiese gedrückt worden zu sein. Aber wie gesagt, wir sind noch dran. Ansonsten auch hier das Übliche: Kippenschachteln, Kippen, Tempos, ein Schnuller. Was man halt so auf einem Parkplatz verliert. Oder fallen lässt.«

»Mülleimer, rund um den Keller, in der Schlucht?«

»Alles gesichert. Aber erst mal nichts wirklich Auffälliges. Zwei Trinkflaschen, Bonbonpapiere, Zigarettenschachteln, Brotzeitpapier, Essensreste, Plastikbestecke. Was die Leute so mit auf einen Keller nehmen.«

»Ja, da darf man seine Brotzeit noch mitnehmen«, fing Jaczek an zu schwärmen. »Schöne Tradition. Gerade im Sommer. Abends herrlich in der Sonne sitzen. Presssack, Stadtwurst, Käse und so hat der Keller, das kriegt man dort. Wer mehr will oder anderes, bringt seine Brotzeit von daheim mit und holt sich dort das Bier. War früher überall so. Ganz selbstverständlich. Aber heute ...«

»Machen wir weiter. Haben wir Spuren am Gebäude, Spuren von innen, irgendwas?«

»Sieht nach sauberer Arbeit aus«, antwortete Dick. »Soweit man von ›sauber‹ sprechen kann. Das heißt: Fingerabdrücke haben wir keine bislang, dafür aber Metallkratzspuren am Mauerwerk vom Aufhebeln, Werkzeug jedoch wurde keines gefunden. Muss ein massives Eisenteil gewesen sein. Bislang auch keinerlei Reste von Klamotten oder so, der oder die Täter scheinen höllisch aufgepasst zu haben. Keine Fußspuren oder Abdrücke im Keller, trotz des Waldbodens außen. Hatten sich vielleicht etwas über die Schuhe gezogen. Auch über die Hände. Nichts an der Leiche, nichts im Raum. Die haben den Körper professionell da reingebracht, abgelegt, gesprengt, das Trikot reingestopft – und selbst dabei scheinbar keine verwertbaren Spuren hinterlassen ...«

»Du sagst: ›Die‹. Was meint ihr, und ihr wart ja dort, habt das alles gesehen: Müssen das mehrere gewesen sein? Oder könnte das auch ein Einzelner ...?«

Behütuns ging hinüber zum Fenster, öffnete es, lehnte sich an das Fensterbrett und zündete sich die Zigarette an, mit der er die ganze Zeit über gespielt hatte. Das hatte er lange nicht mehr getan. Normalerweise ignorierte er das Rauchverbot nicht, das seit über zwei Jahren für das gesamte Gebäude galt. Er selbst hatte es mit initiiert. Immerhin hat es ihm geholfen, das Rauchen ganz spürbar zu reduzieren, und er benötigte seither am Morgen nicht erst drei Zigaretten, um sein Hirn hochzufahren. Nur nach 18 Uhr machte er hin und wieder eine Ausnahme. Wenn man schon lange arbeiten muss, sagte er. Der Himmel hatte sich weiter zugezogen, es grummelte laut, erste Böen fegten gegen das Haus. Sie bliesen den Rauch sofort zurück ins Zimmer. Die Unterseite der Wolken schien fast schwarz, der Horizont hinten, über den Dächern am Ende der Straße, aber schon wieder hell. Wird schnell vorbei sein, dachte er sich. In einer Plastiktüte drunten hatte sich der Wind verfangen, sie hochgehoben. Schon trieb sie auf Höhe des ersten Stocks. Klar und laut flötete eine Amsel vom First gegenüber, wie Amseln so oft, wenn sich Regen ankündigt. Es würde wohl nicht mehr allzu lange dauern, bis das Unwetter loslegte. Nach nur zwei Zügen machte Behütuns die Zigarette wieder aus, schloss das Fenster und setzte sich auf die Tischkante zu den anderen.

»Das kann auch einer allein gewesen sein«, sagte P. A.

»Ja«, gab ihm Dick sofort recht. »Das kann ein einzelner schaffen.«

»Ich wäre mir da nicht so sicher«, wandte Jaczek nachdenklich ein. Niemand hatte etwas anderes erwartet. Und keiner antwortete darauf. Denn was einer Nachfrage gefolgt wäre, das wusste jeder genau: ein langer Vortrag über die Fürs und Widers, sehr fundiert und bis ins Kleinste durchdacht. Darum ging es hier aber nicht. Einfache Frage, einfache Antwort.

Kann es einer allein? Kann. Also: Ja. Alles andere würde sich zeigen.

Behütuns saß auf der Tischkante. »Also gut, wir haben noch nicht viel. Erst mal scheinbar saubere Arbeit. Doch da kommen wir schon dahinter. Aber was haben wir sonst bisher: Die Klamotten geben nichts her. Noch nicht. Der Mann ist uns noch unbekannt, seine Identität werden wir jedoch schnell herausfinden. Wie er dorthin gekommen ist … – glaube kaum, dass wir das so schnell herausbekommen. Sieht doch alles sehr professionell aus. Aber lasst uns mal spekulieren. Ich sehe erst einmal zwei Dinge: Das Trikot und die Mine. Und gehen wir einmal davon aus, dass sich das bestätigen wird mit der Mine. Die faseln ja keinen Unsinn in der Medizin. Doch bleiben wir erst beim Trikot. Das ist doch eindeutig ein Zeichen, oder nicht? Irgendeine Botschaft muss das ja sein. Warum sollte es sonst in den Eingeweiden stecken? Oder es ist ganz bewusst eine Fehlspur. Beides denkbar. Allerdings – wenn's eine Fehlspur ist, brauchen wir nicht zu spekulieren. Das muss sich dann erst herausstellen. Wir müssen also erst mal davon ausgehen, dass es Bedeutung hat. Wie war das noch mal, Jaczek?«

Fußballexperte Jaczek war eigentlich schon immer Inhaber einer Dauerkarte im Stadion, leidgeplagt mit seiner Liebe zum Club und deshalb auch vielfach Opfer des Spotts der Kollegen. Allerdings gab es für ihn auch echte Highlights, gerade in den letzten Jahren. Der Pokal 2007, der gerade noch auf den letzten Drücker geschaffte Wiederaufstieg 2009. Der Klassenerhalt in der Relegation 2010. Auf jeden Fall: Peter Jaczek versäumte kein Heimspiel seines Clubs. Oder versuchte es wenigstens. Und er litt, wenn er eines versäumte. Oft aber auch, wenn er im Stadion war. Seit er die Zweieinhalb-Zentner-Grenze überschritten hatte, saß er auf einem Sitzplatz. Zwei Stunden stehen, alle sind größer als man selbst, und dann kriegt die Mannschaft noch eins auf die Mütze – nein danke, dann lieber im Sitzen. Nordkurve war also nicht mehr.

»Wie gesagt, Suess steht auf dem Trikot. Hinten. Vorn drauf steht der Name Savitas, standardmäßig, das ist der Sponsor des Clubs. Atomkraftunternehmen aus Frankreich. Beziehungsweise Erlangen. Trikot-Größe XL, Rückennummer 19. Suess wurde am 24. Juli '86 geboren. Spielte vorher bei Fürth, das macht es, wie schon gesagt, etwas pikant. Denn ihr wisst ja: Nürnberg – Fürth … – die Fans sind sich da nicht so grün.«

Behütuns fing an, Striche aufs Papier zu malen und dachte dazu laut. »Ich spinn mal einfach. Geh mal davon aus, dass das Trikot ein Zeichen ist. Also erstens Suess. Ist der nicht israelischer Staatsbürger? Irgendwas hab ich da noch im Hinterkopf. Jaczek?«

Jaczek tat genervt. »Wollte ich ja vorhin sagen. Aber du hast mich abgewürgt.«

Jetzt schaute Behütuns genervt. »Also was ist?«

»Genau das wollte ich sagen. Suess wurde in Isreal geboren. Ist Jude, hat aber die deutsche Staatsbürgerschaft. Wurde einmal bedroht, anonym. Hat Briefe gekriegt, Anrufe und so. Die Reifen wurden ihm mal zerstochen. Hatte eindeutig einen rechten Hintergrund, man hat die Täter aber nie erwischt, konnte sie nicht ermitteln. Das ist aber schon ein paar Jahre her, und seither ist nichts mehr gewesen.«

Das war erstaunlich präzise und knapp für Jaczek. Behütuns dachte nach.

»Wenn es tatsächlich um den Namen geht, könnte es brisant werden. Dann müssten wir in die rechte Ecke denken. Und da gibt es ja genügend Gesocks in der Umgebung. Die Demos in Gräfenberg. Die Übergriffe auf dem Land. Die Hochburg bei Neustadt an der Aisch. Gibt es den Hofinger eigentlich noch?«

Das wusste Peter Dick. Bei Rechten verstand er keinen Spaß, weil für ihn hier die Fairness aufhörte. Er war nicht politisch oder politischer als jeder andere. Er verspürte nur instinktiv einen riesigen Widerwillen. »Nazi-Hofinger lebt nach wie vor in Ermreuth in seinem Schloss. Ist inzwischen wohl über 70, aber zutrauen würde ich ihm alles. Ist zwar lange nicht mehr in Erscheinung getreten, aber wer so weit geht, im Libanon seine Leute umbringen zu lassen, dem trau ich einiges zu. Der konnte sich auch vom Oktoberfest-Attentat nie ganz frei machen – das ist ja alles nie richtig sauber aufgeklärt worden. Aber wie gesagt: Ganz offiziell ist der Hofinger abgetaucht in die Normalität. Modell unbescholtener, ach was sage ich: ehrbarer Bürger. Angeblich geachtet in dem Kaff hinterm Berg. Keinerlei Hinweise auf irgendetwas, schon seit Langem. Hat mal für die Rechten gebaut, eine Baufirma in den Sand gesetzt, lauter so Zeug. Aber ich habe nichts mehr gehört. Müssten wir beim Staatsschutz anfragen.«

»Damit haben wir sicher noch Zeit. Im Moment denken wir ja nur, spielen Mutmaßungen durch«, sagte Behütuns. »Aber der Hinweis allein über den Namen Suess ist doch wirklich sehr dünn. Also lassen wir das zunächst einmal außen vor.«

P. A. hatte inzwischen seinen Laptop aufgeklappt und war unterwegs im Netz. »Nein, nichts zu finden über Hofinger außer alten Artikeln, wieder Aufgewärmtem und den üblichen linken Verschwörungsdingern. Ich würde erst einmal sagen: ziemlich unergiebig.«

»Ja, das stimmt, Hofinger hat gesessen. Aber wir sollten ihn nicht verurteilen«, meldete Jaczek an. »Wir haben keine Fakten, und vielleicht tun wir ihm wirklich unrecht.«

»Ja, ja. Trotzdem. Wir waren ja nur bei dem Namen und haben festgestellt, dass er ein Ansatz sein könnte«, bündelte Behütuns wieder. »Mehr als eine Vermutung aber haben wir nicht. Nur gnade uns Gott, wenn sich in der Richtung ›rechts‹ etwas bewahrheitet. Mit denen habe ich lieber nichts zu tun. Verrückt genug und quer genug im Denken sind die reinrassigen Brüder ja. Aber mal den Namen bei Seite. Wäre denkbar, dass aus dem Fankreis irgendetwas ...?«

»Puh. Nö. Natürlich sind bei den Fans manche nicht sonderlich beschlagen. Also viele der Hardcore-Fans, die Ultras und so. Aber Mord? Und ganz offensichtlich geplant, zumindest hintenraus dann sauber abgelegt – no! Bis vor 20 Jahren haben die noch hin und wieder Steine geschmissen, wenn die Busse der anderen kamen. Ist aber auch nicht mehr so. Die Club-Fans ziehen beim Derby gern mal durch Fürth und machen Ärger. Laufen in Nürnberg los bis zum Ronhof und krakeelen, klingeln an den Häusern, provozieren. Da gibt's auch mal die eine oder andere Schlägerei. Aber die werfen ja nicht mal ein Auto um oder zünden es an, wie jetzt erst wieder in Hamburg. Oder am 1. Mai in Berlin. Außerdem: Aggressiver, leider, sind immer die Nürnberger. Reißen im Ronhof beim Derby die Sitze raus, toben sich aus wie die Affen. Ziemlich peinlich eigentlich, wenn man das sieht. Aber wenn es um den Spielerwechsel Suess' vom Kleeblatt zum Club ginge, dann wär's ja wohl plausibler, wenn man dem Toten ein grün-weißes Trikot durchs Gedärm gezogen hätte, oder nicht? Um anzudeuten, dass sowas nicht geht, ein Wechsel von Fürth zum Club. Nein, das macht, würde ich sagen, so und so keinen Sinn. Ich würde ne Fangeschichte ausschließen. So weit geht ein Fan nicht. Keiner. Einer der Spielvereinigung sowieso nicht, die sind eh viel gemütlicher. Aber auch keiner des Clubs. Allerhöchstens ... – nee, nicht mal im Vollrausch. Denn das Danach, so wie es sich uns hier bietet, kriegt der dann so nicht hin. Ich würde den Fußballhintergrund ausschließen.« Schon wieder so eine klare Aussage von Peter Jaczek. Das hatte Gewicht. Und damit stand es auch erst einmal fest.

»Aber wie wär's mit Savitas?« P. A. war noch immer im Netz. »Wenn es nun vielleicht nicht um den Spielernamen geht, sondern um den Sponsor? Der macht immerhin auf Atom. *Nuclear Company*. Und das ist für viele eine absolut spaßfreie Frage. Für mich übrigens auch. So richtige Atomgegner sind für sich ja Weltenretter. Die haben schon Anschläge geplant und verübt, Strommasten abgesägt oder gesprengt. Sollten wir vielleicht auch einmal andenken.«

»Ja. Bringt uns aber im Moment auch noch nicht richtig weiter. Und wünsche ich mir auch nicht, ehrlich gesagt. Genauso wenig wie die Glatzen. Es bleibt erst einmal dabei: Wir müssen rauskriegen, wer der Mann ist. Aber schau doch mal unter dem Stichwort ›Minen‹ nach.«

Draußen krachte inzwischen das Gewitter.

»War ich schon dabei. Heißer Kontext. Und auch wieder vor der Haustür, um nicht zu sagen: mittendrin. Nürnberg. Und Fürth. Hier zum Beispiel. Ein Bericht der *German Initiative to Ban Landmines*. Zwar schon ein paar Jahre alt, September zwozwo, aber ... puh: ›Die Diehl-Stiftung aus Nürnberg bietet aktuell die ‹hochmoderne› Flächenverteidigungsmine COBRA an, obwohl laut Co-Produzent Rheinmetall das Projekt eigentlich eingestellt wurde. Die Mine verschießt die Suchzündermunition SMART 155 in eine Höhe von 150 Metern, welche die Fahrzeuge dann von oben her attackiert. Hierbei kann nicht zuverlässig zwischen militärischen und zivilen Fahrzeugen unterschieden werden. Die Minen sind mit einer Aufhebesperre versehen, die auf jede Bewegung der Mine reagiert.‹ Oder gehen wir über die Stadtgrenze, nach Fürth. Hier: ›Gegen Personen gerichtete Claymoreminen werden nach wie vor von der österreichischen Firma Dynamit Nobel Wien angeboten‹; in Klammern: ›angeblich nur als fernzündbare Richtsplitterladung, die nicht mehr opferaktivierbar sein soll beziehungsweise nicht mehr mittels Stolperdrähten auszulösen ist.‹ Und weiter im Text: ›Kein ernstzunehmender Minenräumer beziehungsweise Feuerwerker allerdings teilt diese Einschätzung ...‹ Die Dynamit Nobel sitzt doch ganz fett in Fürth. Die machen also auch Minen. Schreibt zumindest das *Berlin Information-center for Transatlantic Security* BITS, Report 95.1. Zwar vom Oktober 1995, aber Fakt ist Fakt. Und hört: ›Dynamit Nobel: bis 1962 Panzerabwehrmine DM-11 produziert, auch Panzerabwehrmine AT-2 ‹Medusa›. Insgesamt 1,3 Millionen Minenverlegsysteme LARS, Skorpion, MARS ...‹ Schöne Namen, gell? Ist das ein Sumpf, mir kommt die Galle hoch. Also: Die

Noblen entwickeln auch selber Minen. Steht da so. Zumindest haben sie das bis vor 14, 15 Jahren gemacht. Diehl hält sich da die Weste sauberer: ›Diehl, Nürnberg: Schützenabwehrmine DM-11; Panzerabwehrmine AT-1‹ und und und – aber, hört her: ›... produziert überwiegend fremdentwickelte Minen‹. Toll, hä? Ich würde sagen: Die Mine, wenn es denn tatsächlich eine gewesen ist, ist auch ein Ansatz irgendwie, oder nicht?«

»Da haben wir ne Menge zu arbeiten«, sagte Behütuns. »Eine ganze Menge Recherche und Wissensermittelung. Wo fangen wir an?«

P. A. klappte den Laptop zu. »Jetzt brauch ich auch eine Zigarette. Oh, nee, der Rauchergott ist gegen mich. Schaut mal raus!«

Der Regen prasselte gegen das Fenster, das Wasser lief die Scheiben hinunter. Der Wind hatte sich zum böigen Sturm entwickelt. Schlagartig tobte es draußen richtig – oder hatten sie es jetzt erst bemerkt? Irgendwo in der Nähe schlug ein Blitz ein, Blitz und Donner fast gleichzeitig. Dann war auch schon das erste Martinshorn zu hören. Die Feuerwehr rückte wieder aus, Keller leer pumpen. Oder Äste wegräumen. Bei jedem kleineren Gewitter dasselbe Spiel.

»Ja. Die Mine. Und das Trikot. Und beides natürlich zusammen. Wir müssen es schaffen, die Sprache zu verstehen. Gibt's einen Profiler? Können wir den mal holen?«

»In Nürnberg haben wir keinen. Aber ich habe einen informiert. Will morgen früh hier sein, aus München.«

»Gut. Was ist also zu tun?«

»Das Bild des Opfers«, sagte Jaczek, »muss zu Savitas, Nobel und Diehl. Und zu den beiden Vereinen, Kleeblatt und Club.«

Das war schon wieder eine ganz klare Ansage von Jaczek. P. A. und Dick sahen sich an. Ihr Blick fragte: »Was ist da los?«

»Dann mach ich die Vereine!«, sagte Jaczek noch schnell, was die anderen noch mehr verblüffte. Jaczek. »Obwohl ... zu den Fürthern ...?« Das war als Spaß gemeint. Ein typischer Jaczek-Spaß. Wahnsinnig spontan und lustig. Damit war die Welt wieder in Ordnung.

»Okay, das machst du«, sagte Behütuns. »Und Nobel und Diehl?«

»Das übernehme ich«, meldete sich Dick.

»Und um die Rechten kümmer ich mich. Mal sehen, ob es da bei den Geheimen etwas Neues gibt. Vorausgesetzt, sie sagen es mir. Und P. A., du machst Savitas und hältst den Kontakt zu den Medizinern?«

P. A. nickte.

»Damit wären wir durch, oder? Ach ja: Treffpunkt morgen Mittag wieder hier. Elfdreißig. Das war's.« Behütuns ging zur Tür, hob noch mal die Hand und war weg.

P. A. ging hinüber ans Fenster. Fast wie auf Knopfdruck war das Gewitter vorbei. Es tropfte zwar draußen noch alles, auch am Fenster lief noch Wasser hinunter, aber die tief stehende Sonne kam schon wieder durch, und die Straße unten glänzte. P. A. öffnete das Fenster, sog tief die frische Luft von draußen ein, nahm sich eine Zigarette, atmete ein und sagte nur eine einzige Silbe:

»Aaahh ...«

There has been other bad news as well.
JON KRAKAUER

8. Kapitel

Im italienisch-schweizerischen Tessin, in Locarno, fährt ein Auto entlang des Sees. Es verlässt die Stadt nordwestlich, der Bahnlinie folgend, hinein ins Maggiatal. Parkt in der kurzen Stichstraße zu Campingplatz und Fluss am Ortsanfang von Gordevio – hier würde, zwischen all den Autos der Camper, ein Touristenauto nicht weiter auffallen, wenn es mehrere Tage steht. Das Wetter soll schlechter werden in den kommenden Tagen. Das passt dem Fahrer gut.

Hier am Campingplatz, das weiß er, gibt es die beste Pizza des Tals. Er ist im Jahr zuvor schon einmal hier gewesen zum Wandern. Die Pizzabäcker stammen aus Kalabrien.

Nach einem schnellen Kaffee im Lokal zieht sich der Mann, wieder am Auto, um, schultert einen kleinen Rucksack und nimmt den Bus an der Hauptstraße drei, vier Stationen die Maggia hinauf bis vor Someo. Es ist jetzt später Vormittag. Er quert auf einer langen Hängebrücke das breite Kiesbett der Maggia, geht auf der anderen Seite ein Stück am Flussbett entlang und findet schließlich den Einstieg für seine geplante Tour, einen steilen Pfad hinauf. Stufe für Stufe führt dieser Pfad, angelegt in einer anderen, weit zurückliegenden Zeit, über 800 Meter entlang der Steilwand hinauf, immer wieder mit einer atemberaubenden Sicht ins Tal. Der Mann aber hat keinen Blick für die Aussicht, kein Gespür für den Weg, der vor Jahrhunderten Stein für Stein und unter Mühen in die Wand geschlagen und gebaut wurde. Er sieht nicht die Nebel im Tal, nicht den Steinbruch, aus dem die granitenen Tische geschlagen werden, nimmt kaum die jahrhundertealte Brücke über der Schlucht wahr, die, aus Natursteinen gefügt und rund gebuckelt, selbsttragend hier aufragt. Er geht nur Schritt für Schritt und Stufe für Stufe hinauf. Nicht schnell, doch stetig, zügig. Ein ganz normaler Wanderer auf einer Tour.

Nach zweieinhalb Stunden endlich wird der Weg etwas flacher, die Stufenpassage ist geschafft. Eine Kapelle hat er bis dahin durchquert, die wie ein Tor über den Weg gebaut ist, und mehrere alte Bildstöcke passiert, den ersten davon noch im Tal. Er hat kein Auge dafür. Hüfthohe Mauern, mörtellos aus Naturstein gefügt, säumen jetzt seinen Weg, der Wald wird lichter und freundlicher. Links und rechts zwischen Bäumen vereinzelt verfallene Häuser, die Dächer schwer mit Granitplatten gedeckt, doch vielfach eingestürzt. Dann biegt er um eine Nase, und nach links hin erstreckt sich tief hinunter ein neuer, steil abfallender Taleinschnitt. Um den Nasenrücken herum erreicht er, jetzt auf bewirtschaftetem Wiesenland, die Soladino, wieder instand gesetzte alte Häuschen, niedrig über den schmalen Kammrücken verstreut. Ziegen kommen ihm entgegen, Hühner picken im kurzgefressenen Gras, scharren unter Büschen. Das Gelände ist halbwegs offen, das Grün der Wiesenflecken leuchtet. Zwei Frauen trifft er an, die, das erfährt er dann, hier den Sommer verbringen. Ihre Einladung auf einen Kaffee nimmt er an. Im Sonnenlicht sitzen sie zu dritt auf der Bank vor einem der alten Gebäude. Er ist ein ganz normaler Wanderer, niemand wird ihn später wiedererkennen.

Die beiden Frauen sind jung. Die Soladino, das gesamte Gelände, gehöre einem Rechtsanwalt aus Basel, erfährt er von ihnen. Er habe es von den ehemaligen Besitzern unten im Dorf gekauft. Sie hätten dafür keine Verwendung mehr gehabt. Ihre Vorfahren hätten sich aus der Mühsal der Berge, ihrer Arbeit, zurückgezogen und ihr Brot im Tal verdient. Niemand der Einheimischen wohne noch hier im gesamten Areal, früher seien es einmal weit über 200 gewesen, verstreut über die vielen, steilen Hänge. Damals seien die Menschen noch arm gewesen und hätten keine Wahl gehabt. Der Anwalt nun baue, so erzählen die Frauen, hier oben Haus für Haus wieder auf, für sich und seine Freunde – und wecke damit den Neid im Tal, bei den Nachkommen der alten Besitzer. Denn jetzt verstünden sie, was ihre Vorväter abgegeben hätten. Die Arbeit aber sähen sie nicht. So gebe es immer wieder Gezänk, sie wollen das Terrain zurück. Für Sommerfrischen für sich und zum Vermieten.

Die kleine Kirche zeigen ihm die Frauen zuerst. Sie war auch das erste, was der Rechtsanwalt aufgebaut hat. Ein kleines Gebäude, Granit, im Inneren mit viel Weiß und Holz, sehr licht. Anthroposophisch wirkt es auf ihn, eine Gruppe Künstler hat es bis vor Kurzem bewohnt, sie waren hier oben zum Malen. Jetzt sind sie wieder abgereist, und der Kirchraum steht leer, nein: ist unbewohnt.

Eine der Frauen, auch das alles erfährt er hier, ist schon seit Jahren hier oben, immer während der Sommermonate. Sie trainiert, Berg- oder Ultramarathon. Mehr als 80 Kilometer Laufen im Gebirge. Eher Rennen. Die andere kümmert sich um Hühner und Ziegen. Den Ziegenkäse probiert er. Dann macht er sich wieder auf, denn der Weg ist noch weit.

Kurz darauf, den Berg hinauf, quert er die Rotonda, eine weitere Ansammlung kleiner, verstreuter Häuschen auf einer größeren Lichtung. Ferienhäuser der Einheimischen, die meisten davon neu. Ganz anders als auf der Soladino. Vereinzelt wirken sie bewohnt, er trifft jedoch niemanden an. Dass er gesehen wird auf seinem Gang, nimmt er nicht wahr. Neto, ein Einzelgänger, bemerkt ihn, als er in seiner Hütte Wäsche wäscht. Er ist ein Gehilfe der Jäger. Auch er lebt im Sommer hier oben, und das schon seit vielen Jahren. Niemand kann sich hier bewegen, ohne dass Neto ihn sieht. Er kenne jede Gämse mit Namen, sagt man von ihm. Auch, dass er schon Jagdhütten gesprengt habe von heimlich Wildernden aus dem Nachbartal. Um Neto gehen viele Gerüchte.

Am frühen Nachmittag, zwei Stunden später, erreicht der Wanderer sein Ziel, die Capanna Alzasca, eine Hütte des Alpenvereins. Hineingeschmiegt in eine große Lichtung mit freiem Blick nach Osten, ins Tal, ducken sich hier in 1760

Metern Höhe zwei niedrige, steinerne Häuser mit granitenen Tischen davor. Einladung zum Bleiben und Leben. Frieden geht von diesem Areal aus, Geborgenheit, Seelenwärme. Waagerecht zieht sich die Rauchfahne des Holzherdes über die Wiese vor dem Haus, dann fällt sie mit dem Hang talwärts ab und verteilt sich. Drüben hellgrün der Lärchenwald.

Er sei der einzige Besucher, der erste heute aus dem Tal, erfährt er vom Hüttenwart, der vor der Hütte steht und raucht, ihn begrüßt. Die Gäste der vergangenen Nacht seien längst schon aufgebrochen, es seien auch nur vier gewesen. Erst am späten Nachmittag erwarte er die ersten zur Übernachtung, auch wieder nur vier. Von Someo herauf sollten sie kommen, den gleichen Weg wie er.

Im Brunnen neben der Hütte stehen Getränke. Limonaden, Wein, Bier, gekühlt vom Wasser aus dem Berg. Der Wanderer schenkt sich ein Weizenbier ein und plaudert mit dem Wirt. Er sei alleine hier oben, zwei Wochen im Jahr, nun schon zum dritten Mal. So sei das auf dieser Hütte: Freiwillige oder Ehrenamtliche, die Lust darauf haben und Kochen können – ja, das werde geprüft! – wechselten sich hier oben alle zwei Wochen ab. Bekämen den Proviant und versorgten damit die Gäste. Drei Gänge am Abend seien Pflicht, er selber serviere meist fünf, gestern Abend seien es sogar sechs gewesen. Ja, das sei anstrengend, doch ideal, um einmal völlig aus der Welt zu sein, schildert der Hüttenwart. So plaudern sie scheinbar belanglos dahin. Wie oft der Hüttenwart das seinen Gästen wohl schon erzählt hat? Es klingt immer noch echt. Er genieße die Zeit hier oben, ausgeblendet von allem und jedem.

Was er denn mache, sonst, im richtigen Leben?

Er sei in der Werbung, mache Kampagnen in einer großen Agentur. Weltweites Netzwerk, weltweite Kunden, Headquarter Paris. Er selber aber arbeite in München. Ein herrlicher Job, der schönste der Welt. Nur leider keine Zeit nebenher. Das Leben geht dir verloren bei 60 Stunden und mehr in der Woche. Deshalb sei das hier oben so schön. Die Welt dort unten lasse man hinter sich. Drunten im Tal, weit weg hinter den Bergen.

Alles stimmte. Das war der, den er suchte. Unser Mann ging nach hinten zur Toilette, und auf den hinteren Tischen der Hütte fand er, was er zu finden gehofft hatte: das Hüttenbelegungsbuch. Er hatte zwar angerufen, unter anderem Namen, doch für das, was er vorhatte, musste er sichergehen. Für die morgige Nacht kein Eintrag.

»Und morgen haben Sie keine Gäste?«, fragte er den Hüttenwart, als er wieder hinaustrat. Er hatte sich das Buch sehr genau angesehen.

»Nein, niemanden. Aber das Wetter wird ja auch schlecht. Schauen Sie, es zieht sich schon zu. Da scheut man den Weg hinauf. Das ist kein Spaß bei Nebel und Regen.«

»So ganz allein hier oben: Hat man da keine Angst?«, fragte der Mann wie im Spaß.

»Ach Quatsch«, antwortete der Hüttenwart. »Vor was? Ich werde die Zeit genießen! Zum ersten Mal völlig allein.« Glaubhaft war das, so wie er es sagte. »Und Sie, welchen Weg gehen Sie?«

»Ich will noch hinüber zur Ribia und morgen nach Vergeletto. Dann muss ich wieder ins Tal und zurück nach Deutschland, zur Arbeit. Sie ruft.«

»Ein schöner Weg hier oben über den Pass di Doia und drüben an der Alpe di Doia vorbei. Aber kein Spaß bei diesem Wetter.« Er deutete hinaus. Binnen Minuten war das gesamte Gelände zugezogen, lag in den Wolken. »Heute wird es jedoch noch nicht regnen, es zieht sich bloß zu. Morgen allerdings kann es schon anders werden. Es kommt, wie es kommt, egal. Grüßen Sie mir drüben den Senn. Und schauen Sie bei ihm hinein! Sein Käsekeller ist wirklich sehenswert. Auch wie er lebt. Das ist eine andere Zeit.« Der Hüttenwart zeigte zum Berg hinauf, der sich in einer Wolkenlücke zeigte. »Ach ja, droben kommen Sie auch noch am See vorbei. Halten Sie da mal die Füße rein, oder nehmen Sie ein Bad, falls es wieder aufklart! Kalt zwar, aber es lohnt sich. Und die Fische knabbern Ihnen die alte Haut ab. Na denn, guten Weg!«

»Ja, schöne Zeit noch hier oben!«

Sie gaben sich die Hand.

Dann ging der Mann davon, hinauf in Richtung Wald. Eine Zeit lang hörte man noch vereinzelt das Knirschen von Steinen durch seinen Schritt, dann war es wieder still. Alles vom Nebel verschluckt.

Durch lichten Wald ging es auf Pfaden zwischen niedrigem Blaubeergestrüpp, über Felsbrocken und loses Gestein hinauf zum See. Kein Mensch begegnete ihm. Still lag droben das kalte Wasser auf fast 2000 Metern Höhe. Felswand und Himmel spiegelten sich. Die Wolken waren wieder aufgerissen, nur weiße und graue Fetzen trieben vorbei. Nach einer Stunde war er am Pass di Doia, sah unten die Hütte liegen, spielzeugklein. Dann ging es über den Südhang hinab über steile und grüne Wiesen. Die Südseite hier war viel lieblicher als die schroffe im Norden. Der Mann ging zügig auf dem ausgetretenen Pfad. Öfter sah er ins Gelände, prüfte. Aber er hatte keinen Blick für den Adler, der hoch in der Luft über ihm querte, und auch die Murmeltiere nahm er nicht wahr, die in den Geröllhalden pfiffen. Das alles war ihm nicht wichtig. Sein Ziel war allein die Ribia, eine unbewirtschaftete Hütte. Er würde allein sein dort, hoffte er, denn die Hütte lag einsam weit ab und man erwartete schlechtes Wetter. Es zog auch immer mehr zu. Immer wieder trieben dicke Wolkenschwaden vorbei und verschluckten für Momente die Landschaft, dann riss es wieder auf, mal hier, mal da. Ideal für seinen Plan.

Entlang des Molinera und der Hänge des Cima di Catögn, des höchsten Berges im Umkreis, erreichte er mit der Dämmerung sein Ziel. Es war eine anstrengende Tour gewesen, doch er war tatsächlich allein. Nur eine Herde Schafe lagerte. Sie bewegten sich frei hier oben, wurden von niemandem beaufsichtigt oder bewacht. Er machte sich Feuer, denn die Nacht würde kalt werden. Die Schafe stöberten an seinem Rucksack, er verjagte sie. Doch die Tiere waren lästig. Kaum wendete er sich von ihnen ab, kaum zeigte er ihnen den Rücken, waren sie schon wieder am Werk. Sie hatten hier nichts zu fressen und sahen ihm dabei zu, wie er aß. Er warf Steine, erst kleine, dann etwas größere. Er zielte immer auf einen Kopf, und wenn er traf, machte es plopp. Ein hohles Geräusch. Dann wichen die Schafe zurück – um gleich darauf wieder nachzurücken. Der Mann bekam Wut, die Steine wurden größer. Aber es half nichts. Irgendwann griff er sich einen Stock, sprang auf, sprang Richtung Schafe und schlug auf Steine und Boden. Er hörte sich schreien. Da endlich wichen die Schafe zurück, das Rudel wendete und trabte in den Nebel davon. Jetzt würde er endlich Ruhe haben. Der Mann legte den Stock beiseite und sah, dass er blutete. Er wusste nur nicht wovon, spürte keinen Schmerz. Dann sah er es: im Daumenballen ein Loch. Nicht groß, aber tief. Eine Triangel in der Haut, tief hineingerissene Fleischwunde. Er besah sich den Stock und erkannte den Grund: Ein Aststück stand ab, spitz, kurz, aber hart, das hatte die Wunde wohl verursacht, als er mit Kraft auf die Steine schlug. Er öffnete seinen Rucksack, verarztete die Wunde, dann rollte er sich zusammen und schlief. Die Schafe kamen nicht mehr wieder.

Am nächsten Morgen ging er den Weg zurück. Es regnete dicht, und die Sicht war schlecht. Die Hand pochte leicht, aber schmerzte nicht. Dicke Nebelschwaden nahmen ihm den Blick ins Gelände. Aber er kannte den Weg, war ihn erst gestern gegangen. Nur manchmal musste er warten, wenn der Nebel zu dicht war. Zuweilen für mehrere Minuten. Dann harrte er und lauschte. Es überkam ihn eine große Ruhe. Das Pochen in der Hand war egal. Lästig zwar und ärgerlich, aber durchaus ganz gut zu ertragen. Morgen Abend, wieder daheim, würde er sich richtig darum kümmern. Erst hatte er noch zu tun.

Gerne hätte er auf der Alpe di Doia vorbeigeschaut, er erinnerte sich noch lebendig an den Eindruck vom Jahr zuvor. Im Dämmerlicht, Rauchschwaden fast bis auf Brusthöhe im tiefen

Raum, hatte im hinteren Teil wie in einer Höhle der Senn gestanden. So war sein Blick durch die geöffnete Tür hinein gewesen. Nur die Augen stachen durch die Rauchschwaden hindurch, verstärkt durch das seitliche Sonnenlicht vom Fenster. Auf offener Feuerstelle mitten im Raum verkokelte der Senn Wurzelstöcke. Seine Haare standen in alle Richtungen, sein Bart war nur mit der Schere geschnitten. Das hatte etwas Wildes. Alles in diesem Raum war ein anderes Jahrhundert. Sie hatten sich kaum verständigen können, denn der Senn sprach italienisch, und das nur sehr schwer verständlich. Als ob er seine eigene Sprache besäße, Ergebnis des vielen Alleinseins. Im rückwärtigen Teil des Raumes und nur gebückt betretbar, hineingehauen in den Fels das Käselager. Runde Laibe auf rohem Holz in Regalen, junge und alte, blanke und schimmelige. Und alle schon verkauft, wie der Senn ihm verständlich machte. Die Leute im Tal kauften den Käse, bevor es ihn gab. Milch hatte er getrunken aus einem schmierigen Blechbecher und vom Käse probiert. Dann war er weitergewandert. Heute aber ging er so, dass der Senn ihn nicht sah, die Wolkenfetzen taten ihr Übriges. Besser konnte es nicht sein.

Auf dem Pass oben über der Doia stand er im dichten Gewölk. Kalt pfiff der Wind durch die Scharte und schnitt ihm ins Gesicht. Ihm war es recht. So konnte der Wirt ihn von unten aus nicht kommen sehen. Dann schluckten ihn wieder die Wolken. Am See vorbei erreichte er endlich den lichten Wald am rückwärtigen Hang der Hütte. Dort schlug er sich seitwärts, verborgen von Büschen, einen Platz mit Blick auf die Hütte. Er wollte sie bis zum Abend beobachten.

Aus der Hütte kam hin und wieder der Wirt heraus, sah ins Gelände, rauchte. Einmal holte er Holz, dann brachte er Müll fort, abseits versenkte er ihn in einer Spalte. Futter für Füchse und Vögel. Ein andermal ging er ins Nebenhaus mit Eimer, Besen und Schaufel. Dann füllte er Getränke im Brunnen auf. Viel mehr geschah nicht. Nur ein Birkhuhn gurrte, als es dämmerte, immer wieder abseits, doch unser Mann schenkte ihm keine Beachtung. Kein Gast kam an diesem Nachmittag bei der Hütte vorbei, kein Versprengter zum Übernachten. Von hier oben konnte man sehen, wenn drinnen der Herd gefüttert wurde. Dichter Rauch quoll dann aus dem Abluftrohr. Später trat der Wirt wieder heraus, machte Übungen oder sah ganz einfach ins Tal. Minutenlang stand er dann regungslos.

Mit fortgeschrittener Dämmerung stieg unser Mann hinunter. Kein Gast war mehr eingetroffen, er würde mit dem Wirt allein sein. Sein Plan ging auf.

Die Tür der Hütte stand offen, gelb und einladend gemütlich quoll das Licht aus der Wärme hinaus. Mit dem Rücken an die Wand gelehnt saß der Hüttenwart am Tisch, die Beine lang ausgestreckt auf der Bank. Ein Buch, ein Glas Rotwein, sonst nichts. Draußen patschte der Regen, eine Windbö fauchte ums Haus.

Der Hüttenwart blickte auf, sah und erkannte ihn gleich, lachte. »Na, da hab ich ja doch noch einen Gast. Servus! Hier isses schöner als auf der Ribia, stimmt's? Und wärmer. Und besseres Essen. Und Wein.« Er legte sein Buch aufgeschlagen, mit den Seiten nach unten, auf den Tisch. Philippe Djian, *Betty Blue*. »Scheiß Wetter, gell? Gut, dass Sie es noch geschafft haben. Im Dunkeln ist das da draußen kein Spaß, da verliert man schnell seinen Weg. Sie bleiben doch über Nacht? Ach was, ich lass Sie gar nicht mehr gehen. Ich mach uns etwas zum Essen.« Stand auf und ging zum Herd, legte Holz nach, ging nach hinten und holte Töpfe. Dann stellte er seinem Gast Brot und Knoblauchbutter auf den Tisch. »Ein kleines Amuse-Gueule. Danach gibt es Suppe, einen kleinen Salat und schließlich Rinderbraten. Alles noch Reste von gestern. Sie werden es nicht bereuen, dass Sie wiedergekommen sind!« Währenddessen hantierte er am Herd, legte noch mal Holz nach und lachte. Das Dasein als Hüttenwirt war für ihn wirklich schön, das war ganz deutlich zu spüren.

»Ach ja: Ihre nassen Klamotten können Sie hinten auf den Wäscheständer hängen, Bergschuhe bitte hinten ins Regal, da finden Sie auch Hüttenschuhe. Nach dem Essen häng ich alles übern Herd, dann ist es morgen trocken.« Erste Düfte kamen schon aus dem Kücheneck, die ersten Töpfe dampften. Salat wurde serviert, dann Suppe. Der Wirt setzte sich zum Essen dazu.

Er wechselte jetzt zum »Du«, erklärte es. »Es gibt kein ›Sie‹ auf dem Berg. Was ist mit deiner Hand? Wenn du etwas brauchst: Hinter der Tür ist der Notfallkasten. Da ist alles drin. Ach ja, und das bitte nicht vergessen: ins Hüttenbuch eintragen. Name, Adresse und so.«

Der Gast blieb ziemlich schweigsam. Trotzdem tranken sie zusammen Wein, der Wirt mehr als der Gast. Dann zog sich unser Mann zurück, hinauf ins ihm zugewiesene Lager. »Frühstück um halb acht!«, rief der Wirt noch hinauf, »und eine gute Nacht!«

Er saß wieder auf seinem Platz, trank seinen Wein und las. Er fühlte sich nicht gut. Dann schleppte er sich ins Bett, in seine eigene Kammer direkt gegenüber dem Lager. Durch das Glasfeld in der Tür nahm er wahr, dass der Gast wohl noch las. Ein dünner Lichtschein, vermutlich eine Stirnlampe, schien hindurch. Benommen zog der Wirt die Tür seiner Kammer zu, legte sich aufs Bett und schlief ein.

Am frühen Morgen, noch in der ersten Dämmerung, vernimmt Alain einen Knall. Auch Alain lebt in der Rotonda, dem Weiler oberhalb Soladino, und kümmert sich um die Kühe. Sie haben, wie die Schafe auch, das gesamte Terrain für sich, bis oben hinauf zum See und rückwärtig zum Cansgei. Sie werden nicht gemolken, säugen nur ihre Kälber. Alain passt auf sie auf, und wenn es das Wetter erlaubt, geht er täglich die große Runde. Heute aber ist das Wetter zu schlecht, er würde warten bis morgen. Der Knall macht ihn für einen Moment stutzig, dann hakt er ihn ab. Vielleicht nur ein Baum, der gefallen ist, oder ein Stein, denn gejagt wird um diese Zeit nicht. Die Wolken verschlucken so viele Geräusche, verfälschen sie auch manchmal. Alain legt in seinem Herd ein Holzscheit nach und freut sich auf den Kaffee. Sein Hund hat nur kurz gelauscht. Nur im Liegen die Ohren aufgestellt und bewegt, dann gegrunzt und weitergeschlafen.

Auch Neto, der Helfer der Jäger, hört den Knall. Er hört ihn aber anders. Am frühen Morgen schon steht er vor seinem Häuschen unter dem Vordach und lauscht dem Klackern der Tropfen. Der Knall klingt für ihn wie ein Schuss. Nicht ganz, aber doch ähnlich trocken. Sehr viel massiver nur. Er kann ihn nicht richtig einordnen. Würde jetzt hier gewildert werden, schöbe man ihm das wieder in die Schuhe. Er selbst darf nicht jagen, es ist ihm verboten. Beschuldigt aber wird er immer wieder. Denn er kommt nicht aus dem Tal und gilt den Einwohnern als Fremder. Und Fremde haben es hier schwer. Er würde besonders wachsam sein heute und aufpassen, wer sich alles im Gelände bewege. Hinausgehen aber würde er nicht, solange das Wetter so bleibt.

In der Ansiedlung Soladino hört niemand den Knall. Die Frauen schlafen noch, auch liegt dieser Weiler tiefer. Vielleicht hat auch der Wald das Geräusch bis dort hinunter verschluckt.

Am gleichen Morgen noch sieht man an den Hängen der Südseite des tief eingeschnittenen Valle del Soladino einen einzelnen Mann absteigen. Der Weg ist glitschig und steil, doch der Mann hat einen sicheren Tritt. Er hat ganz bewusst diesen Weg gewählt, gerade bei diesem Wetter. Er gilt als gefährlich, manchmal von herabstürzendem Wasser überspült. So wird ihm niemand begegnen. Noch am frühen Vormittag kommt er weit unterhalb der Soladino auf der anderen Seite des Taleinschnitts durch den Weiler Piandalevi, doch der scheint menschenleer. Wäre der Himmel klar, könnte er im Blick nach oben die Häuschen der Soladino sehen. Dort trinken die Frauen gerade Kaffee. Auch sie gehen heute nicht oft vor die Tür und verrichten dort oben nur das Nötigste. Man genießt solche Tage auf dem Berg, wenn das Wetter die Arbeit verhindert. Den Rentner aus dem Tal, der einen Großteil seiner Zeit in Piandalevi verbringt, sieht der Mann nicht. Zu schnell und zu zielstrebig ist er unterwegs.

Mehrmals klingelt an diesem Tag auf der Alzasca das Telefon. Angelo aus Locarno, der Patron der Hütte, will den Hüttenwart sprechen, will wissen, ob alles in Ordnung ist. Denn bei starkem Regen macht die Turbine manchmal Probleme. Dann muss man die Filter säubern und die Einfassungen für das Wasser kontrollieren. Doch der Hüttenwirt meldet sich nicht. Die Hütte liegt still im Regen.

Unten nimmt der Mann wieder den Bus. Der fährt immer zur vollen Stunde. Am Auto zieht er sich um, als Wanderer fällt er nicht auf, es gibt so viele hier, und verstaut die Kleider in einem Beutel. Dann nimmt er die Straße Richtung Locarno. Auf einem Parkplatz noch in der Schweiz nimmt er Perücke und Brille ab, entfernt die aufgeklebten Koteletten, nimmt sich die Linsen heraus. Ebenso die Polster in den Backen. Das alles stopft er in einen Sack, einen zweiten. Dann fährt er zum Bernardino. Auf der Südseite der Alpen lässt er den Regen hinter sich und fährt in einen sonnigen Nachmittag. Erst bei Kempten entsorgt er den Sack mit den Kleidern in einem Container vor einem Edeka. Linsen, Perücke und Brille bei Ulm. Am frühen Abend ist er daheim.

»Communia Werbeagentur München, Empfang. Guten Tag. Sie sprechen mit Sylvia Lederlein. Was kann ich für Sie tun?« In der Rezeption der Agentur München hatte das Telefon geklingelt.

»Hölzer, Marketing Savitas. Bitte Herrn Hajo Schrader. Sofort.« Der Anrufer wirkte ungeduldig.

»Das tut mir leid, Herr Schrader ist derzeit im Urlaub. Kann Ihnen vielleicht irgendjemand anderes weiterhelfen?«

»Wann ist er wieder zurück?« Der Herr am anderen Ende der Leitung wirkte pampig.

»Nicht vor nächster Woche. Ich glaube, am Donnerstag kommt er zurück. Vielleicht aber auch erst am Freitag.«

»Verdammt, ich muss ihn sprechen. Wie kann ich ihn erreichen?« Das war jetzt schon etwas lauter.

»Das tut mir leid, Herr Schrader ist nicht erreichbar.«

»Geben Sie mir seine Handynummer!« Jetzt wurde der Mann richtig laut.

»Das wird Ihnen nicht weiterhelfen, Herr Schrader hat es abgeschaltet.«

»Dann schicke ich ihm eine Mail. Oder eine SMS. Er wird ja wohl zwischendurch mal seinen verdammten BlackBerry anmachen und nachsehen, oder?« Jetzt war der Herr schon unverschämt.

»Ich glaube, ich muss Sie enttäuschen«, flötete die Dame vom Empfang freundlichst zurück. »Dort, wo er ist, gibt es keinen Empfang.«

»Ja Sch...! Wo treibt der sich denn rum? Ich brauch ihn extrem dringend! Selbst in China geht doch jedes Handy.«

»Herr Schrader ist im Tessin auf einer abgelegenen Hütte. Dort gibt es keinen Empfang. Aber das sagte ich Ihnen ja bereits.« Jetzt war auch die Empfangsdame schon bereit, kleine Spitzen zu setzen. So unverschämt darf doch keiner kommen!

»Verdammter Drecksmist, verfluchter! Das wird Konsequenzen haben!« Mit einem Knacken war die Leitung tot.

In Erlangen bei Savitas kochte Herbert Hölzer am Telefon. »Verdammte Sch... Das kann doch alles nicht wahr sein! Dem haben sie doch das Hirn amputiert!«

Im Nebenzimmer horchte seine Sekretärin schon auf. Sie kannte den Unflat und die Wutausbrüche ihres Chefs, aber dieser war schon etwas Besonderes. So ungehalten und laut wurde er selten.

Vor Hölzer lag ein Zeitungsartikel auf dem Tisch. Anonym via Hauspost gekommen. Umso unangenehmer. Und da stand zu lesen: »Kein Alter. Postkarten mit peinlicher Pro-Atom-Propaganda«.

Der Text dazu lautete: »Man kann der deutschen Kernkraftlobby einiges vorwerfen – aber nicht, dass sie uns nicht immer wieder mit ihren Werbekampagnen amüsieren würde. Für die neueste bedruckte das Deutsche Atomforum hellblaue und zartrosafarbene Postkarten mit offenbar ironisch gemeinten Slogans. Etwa: ›Danke für die letzte Nacht!‹ Kryptisch? Anzüglich? Auf der Rückseite wird aufgelöst, ein deutsches Atomkraftwerk erzeuge genug Strom, um 50 Millionen Fernseher rund um die Uhr laufen zu lassen. Welche Vorstellung von einer gelungenen Nacht! Oder: ›Willst Du wirklich mit mir Schluss machen?‹ Leider fehlen auf der Rückseite die Kästchen, um ›ja‹, ›nein‹ oder ›vielleicht‹ anzukreuzen. Schön auch: ›32 ist doch kein Alter‹, gemeint ist natürlich die Laufzeit der deutschen Atommeiler. Ein Spielverderber, wer mit der Halbwertszeit des Atommülls daherkäme – im Vergleich dazu ist 32 tatsächlich kein Alter …« Und so ging das weiter.

Hölzer lief es heiß und kalt den Rücken hinunter, Schweiß stand ihm auf der Stirn. Wie lächerlich wurde er denn hier gemacht! Wenn das sein Chef zu lesen kriegte … Die ganze Sache war doch seine, Hölzers persönliche Idee gewesen! Er hatte das initiiert und für das Forum aus seinem Budget eigenmächtig finanziert. Seine schönen Sprüche! Und jetzt wurden sie so durch den Kakao gezogen. So lächerlich gemacht. Das nahm ihnen doch die ganze Kraft! Und die Karten musste er jetzt einstampfen lassen, vom Markt nehmen. So eine schöne Kampagne! Klar hatte der Schrader aus der Agentur ihm abgeraten. Hatte hin und her diskutiert und argumentiert. Hatte gewarnt, das sei nicht adäquat, dieses Thema könne man so nicht bearbeiten, das sei doch viel zu sensibel und weitreichend, da müsse man vorsichtiger sein und lauter so schwachbrüstigen Scheiß. Aber er, Hölzer, hatte sich nicht beirren lassen. Seine Idee war gut! War glänzend! War genial! Außerdem war er der Kunde, und der Auftragnehmer, also die Agentur, hatte zu tun, was er wollte. Er zahlte schließlich, brachte das Geld! Diesen ganzen Beratungsscheiß brauchte er nicht. Er wusste genau, was er tat, und da hatte ihm keiner dreinzureden! Basta! Also hatte er ganz einfach angeordnet, diese Kampagne zu starten. So viel Charme, so viel Gespür, so viel Sympathie! Das war doch eigentlich unschlagbar! Ja, genau so war's!

Und jetzt das! Doch seine Strategie war klar: Der Kreative sei es gewesen. Er mochte ihn sowieso nicht leiden. Er habe ihn falsch beraten, habe gegen seine, Hölzers, Bedenken darauf bestanden, habe ständig insistiert und dann auch noch ausdrücklich gegen, nein: ohne sein finales »Go!« die Sachen in den Druck und in die Verteilung gegeben. Der würde jetzt ganz schön bluten! Ja, so kam er, Hölzer, aus der Sache raus, zumindest einigermaßen. Nur – jetzt musste er diesen Kreativen kriegen. Verschanzt der sich in den Bergen. Was bildet denn der sich ein! Ich bin hier der Kunde, und wenn ich was brauch oder will, dann hat der verdammtnochmal da zu sein! Greifbar! Und zwar, wenn ich es will, nicht wenn der vielleicht mal Lust dazu verspürt oder kann. Na, dem werde ich es zeigen!

Ich werde schon mal eine Mail schreiben, dachte sich Hölzer. An die Geschäftsführungen der Agentur und hier im Haus. Vorpreschen ist die beste Verteidigung. Immer. Und mit offenen Karten spielen. Es war nicht ich, es war die Agentur! Böswillig und entgegen meiner ausdrücklichen Weisung, ja: hinter meinem Rücken einfach etwas gemacht, das jetzt womöglich der ganzen Branche schadet. Das in einer bundesweit erscheinenden und auch noch angesehenen Wochenzeitung steht. Da werden Köpfe rollen! Wehe ihm, wenn dieser Knallkopf Schrader von seiner Hütte zurückkommt. Dann muss er ausgeschlafen sein! Warm anziehen wird er sich müssen. Und vielleicht kostet ihn das ja seinen Job. Zufrieden lehnte sich Hölzer bei dieser Vorstellung in seinem Stuhl zurück. Das war die Macht, die er brauchte, und die er auch gerne verspürte.

Und Herbert Hölzer setzte sich an seinen Rechner, tippte eine Mail, setzte den großen Verteiler rein und ab.

Jetzt ging es ihm wieder besser. Aus der Nummer war er raus.

Hajo Schrader aber lag schon tot auf der Alzasca.

Wir müssen es erlernen, die Probleme allseitig zu betrachten, nicht nur die Vorderseite der Dinge zu sehen, sondern auch ihre Kehrseite.

Mao Zedong

9. Kapitel

Von dem Mord im Tessin war in Nürnberg noch nichts bekannt, genauso wenig wie in der Schweiz. Der Tote lag allein dort oben, niemand kam bei diesem Wetter vorbei. Nur der Adler und die Krähen hatten den Leichnam inzwischen entdeckt, auch Schafe hatten an ihm geschnuppert. Die Vögel aber machten sich über die freiliegenden Innereien her. Es regnete an diesem Mittwochvormittag noch immer im Süden der Schweiz, und die Wolken hingen tief. Nebelfetzen zogen im Wind und nahmen die Sicht. Es war kein Wanderwetter, kein Wetter für irgendwas. Regenschauer peitschten immer wieder über die Landschaft, dichte Wasserwände. Dann strömte das Wasser über die Hänge und Felsen, Bäche und Abflussrinnen schwollen an, rissen Steine mit sich und stürzten ins Tal. Es war kein Unwetter, nur Schlechtwetter, aber in den Bergen wirkt alles anders. Auf engem und steilem Raum entfaltet das Wasser seine ganze Kraft.

Über Nürnberg lachte zur gleichen Zeit die Sonne, und bei der Polizei hatte man inzwischen einiges herausbekommen. Jetzt, kurz nach elf am Vormittag, saß Behütuns' Mannschaft, die Peterlesboum, wieder zusammen und besprach die ersten Ergebnisse, zwei Tage nach dem Mord am Keller. P. A. fehlte zwar noch, war aber schon auf dem Weg, er hatte sich kurz gemeldet. Auf dem Frankenschnellweg war Stau, ein LKW hatte sich quergelegt. Man fing schon einmal an, Peter Jaczek begann.

»Ich kann es relativ kurz machen. Bei den Vereinen ist der Mann nicht bekannt. Ich war in den Geschäftsstellen und den Fanshops beim Club und bei Fürth, habe mit vielen gesprochen. Die Antworten wirkten auch sehr glaubhaft. Das ist zwar noch kein Beweis, und ich möchte das alles noch im Einzelnen überprüfen, fürs Erste aber würde ich sagen: 95 Prozent. Aber das ...«

»Irgendwas zu dem Trikot?«

»Ich war ja deswegen im Fanshop. Tsss ... Kann sich von euch noch jemand an Alfred Ekel erinnern? Oder besser noch an die Figur Motzki?«

Fragende Blicke trafen den Denker.

»Genau so einer ist der Chef des Fanshops beim Club. Tsss ... Chrrrr ...«

Jaczek prustete geradezu für seine Verhältnisse. Und der ungezügelte Humorausbruch löste Gelächter aus.

»Motzki, ja, das war geil. War das nicht gleich nach der Wende? So ein frustrierter Ostler? Motzend den ganzen Tag?«

Dick sah sich fragend um.

»Berliner. Ein geniales Format«, lachte Behütuns, »aber dann doch wieder ziemlich schnell abgesetzt. Die Zeit war wohl noch nicht reif dafür damals. Aber weiter: Was ist mit dem Trikot?«

»Nichts. Handelsübliche Ware, der Verkauf wird nicht kontrolliert – also nicht nach Spielernamen gesondert. Da zählt man nur die absoluten Verkaufszahlen. Wegen der Nachproduktion. Ich glaube auch, die Fußballspur bringt uns erst mal nicht weiter, zumindest gibt es keine Anhaltspunkte. Also ich meine die Fußballspur, insofern sie an die Vereine gekoppelt ist.«

Leicht fragende Blicke der anderen.

»Also ich meine, der 1. FC Nürnberg und die SpVgg Greuther Fürth als Vereine sind vielleicht nicht ...«

Stärker fragende Blicke der anderen. Was wollte der Denker ihnen sagen?

Jaczek machte eine kleine Pause, als dächte er nach. Jeder kannte das von ihm. In Wirklichkeit war die Pause gekünstelt, er spielte das Denken vom Tag zuvor nach und präsentierte dann den Gedanken:

»Lasst es mich anders sagen. Das habe ich mir gestern gedacht, auf meiner Fahrt zurück: Kennt sich eigentlich jemand mit Mafiamorden aus?«

Erneut fragende Blicke der anderen.

»Ich meine, so mit Zeichen, die manche Morde tragen ...«

Die Blicke der anderen wurden noch fragender.

»Also dass die Mafia manchmal Zeichen hinterlässt, wenn irgendjemand ermordet wurde. Insidergeschichten, die eine Botschaft sind. Ich bin da kein Fachmann, deshalb frage ich ja. Auch bei den Russen soll es so etwas geben. Und bei den Chinesen auch. Bei allem, was mafiös durchwachsen ist. Und ich dachte, vielleicht ist das Trikot ja auch so zu deuten? Ich meine, dass es ein Zeichen ist, ist ja wohl klar. Das Zeichen aber deutet womöglich nicht auf den Verein, sondern auf etwas völlig anderes.«

»Verstanden«, antwortete Behütuns, »interessanter Ansatz. Also Halbwelt, Unterwelt – vielleicht Wetten oder so etwas im Hintergrund.«

»Oder Rechte an Spielern, Spielervermittler und so.«

»Okay, geh dem mal nach und kümmere dich drum. Spannende Aufgabe. Was haben wir von Nobel und Diehl?« Die Frage ging direkt an Peter Dick.

Dick schüttelte den Kopf, überlegte.

»Schwierig«, begann er dann zu berichten. »Ich denke, wenn sich das bewahrheitet, dass es ein Sprengsatz wie eine Mine war, kann ich konkreter werden. Das müssen wir aber erst noch abwarten. Dann muss ich da sowieso wieder hin. Heißt: Darüber konnte ich mit denen also noch gar nicht reden. Ich habe ja keine Grundlage. Die Person aber ist bei denen nicht bekannt. Auf dem Foto erkannte ihn keiner.« Und nach einer kurzen Pause: »Das ist das, was sie sagten. Ganz sauber aber erschienen mir beide nicht. Das ist aber nur so ein Gespür. Als ob sie etwas verbergen: so eine ganz leichte

Unsicherheit ... Aber wie gesagt, reine Intuition, keine verwertbaren Sachen. Es ging mir einfach so. Vielleicht auch nur, weil ich Polizist bin. Da werden die Leute immer anders.«

Dick dachte einen Moment lang nach. »Ich denke ... das ist ja ein sensibles Geschäft, was die beiden Unternehmen betreiben. Waffen, Sprengstoffe, Munition und so. Und vielleicht ist es da ganz normal, dass man misstrauisch ist, wenn die Polizei auf der Matte steht? Und wer misstrauisch ist, wirkt leicht verdächtig. Ich muss sich das noch einmal setzen lassen; aber wie gesagt, ich muss ja vielleicht noch mal hin.«

Einen Moment noch überlegte Dick. »Trotzdem – bei der Nobel ..., das hatte schon was mit leichtem Erschrecken zu tun, war mein Eindruck. Und mit der Mühe, schnell etwas kontrollieren zu wollen, zu müssen, es sich nicht anmerken zu lassen. Nicht bei allen, mit denen ich sprach. Vor allem aber bei dem Alten aus dem Management. Wie hieß der noch gleich? Buschel. Oder Beuschel? Wartet ...« Er kramte ein paar Visitenkarten aus seinem Geldbeutel hervor und warf sie vor sich auf den Tisch. »Auf meine Visitenkarten warte ich übrigens schon über drei Monate«, beschwerte er sich. Die anderen kannten das Problem. Das fing schon mit den Büroklammern und so banalen Dingen wie einem Radiergummi an. Der Verwaltungsaufwand dafür überschritt, das hatten sie einmal bei einem Bier überschlagen, um mindestens das 150-Fache den Wert eines Radiergummis. Zwei Formulare, zwei Stempel – und wenn man diese Hürde genommen hatte, folgten vier bis sechs Wochen Wartezeit und schließlich noch einmal ein Empfangsformular, das dann wiederum statistisch ausgewertet wurde. Und wehe, du hattest innerhalb eines Jahres zufällig einmal zwei Radierer bestellt. Dann rechneten sie dir allen Ernstes vor, dass du den einen beim besten Willen nicht hättest komplett abradieren können. Und dann hattest du es entweder mit dem unausgesprochenen Vorwurf des Unterschleifs (wo kam dieses komische Wort eigentlich her? Dick nahm sich vor, es einmal nachzuschlagen, hatte es im gleichen Moment aber auch schon wieder vergessen) oder dem der Überlastung der Reinigungskräfte zu tun. Weil man so viel Abrieb erzeugte, der dann ja wiederum entfernt und entsorgt werden musste. Also war man wahrscheinlich mehr oder weniger direkt auch für die Staub- beziehungsweise Schmutzzulage des Reinigungspersonals verantwortlich. Ein einziger Fingerzeig der Sach- und Betriebsmittelverwalterin würde genügen, und du säßest auf der Straße und hättest alle deine Pensions- oder Rentenansprüche verspielt. Egal. Jeder im Öffentlichen Dienst Beschäftigte kann hiervon wahrscheinlich ganze Hitparaden vollsingen. Hatte sich eigentlich schon einmal jemand überlegt, wie viel man durch die Einsparung dieser Kontrolleursstellen einsparen könnte? In Radiergummis gerechnet? Oder in Büroklammern? »Broschel hieß er.« Dick war mit dem Kopf wieder zurück in der Besprechung, hatte vor sich auf dem Tisch die Visitenkarten mit dem Finger geordnet und deutete auf eine von ihnen. »Dipl. Ing. Aldowin Broschel. Dingsbums-Chief-Officer-blahblah. Der älteste, mit dem ich dort gesprochen habe. War nett, aber wirkte verunsichert. Irgendwas schien bei dem abzulaufen. Ich werde da sicher noch mal hingehen. Interessant wird das wahrscheinlich erst, wenn wir die Person identifiziert haben, ihren Namen kennen. Irgendetwas vermute ich da – aber wie gesagt, eine reine Vermutung, ein reines Gefühl. Ich kann damit auch völlig daneben liegen.«

»Was ich aber nicht glaube«, fügte Dick nach einer kurzen Pause noch an. »Das war's von meiner Seite.«

P. A. war immer noch nicht da.

»Na gut. Dann werde ich schnell zusammenfassen, was bei mir Sache ist«, übernahm Behütuns das Wort. Sonst ließ er sich immer erst von allen Bericht erstatten, ehe er selbst seine Ergebnisse präsentierte. So konnte er seine Gedanken besser sortieren und effizienter über die Dinge nachdenken. Und oftmals schon erste Schlüsse ziehen. Das erwartete man auch von ihm. Dazu aber brauchte er immer erst alle verfügbaren Erkenntnisse. Das würde sich jetzt nicht machen lassen.

»Wir brauchen endlich Klarheit über die Fakten«, begann er etwas unwillig. »Den Bericht aus der Medizin, die Analysen aus dem Labor, die Aussagen der Fachleute. Natürlich auch die Identität des Mannes, wir wissen ja eigentlich nichts. Hat der Mann noch gelebt, als das Ding explodierte? War er schon tot, war er betäubt? Gibt es Anzeichen für einen Kampf vorher, irgendwelche Spuren, die uns weiterbringen? In welchen Verhältnissen lebte er? Mit wem verkehrte er? Machte er irgendwelche Geschäfte? Wie kam der Mann in den Keller? Ist er da freiwillig rein, also auf eigenen Füßen, oder hat man ihn hingeschleppt? Was hat er vorher gegessen? Ich könnte noch 50 solcher Fragen stellen. Wurde irgendwo ein Auto gefunden? Eine Vermisstenmeldung von irgendwem, die dazu passt? Mein Gott, hier geht irgendwie gar nichts vorwärts.« Er machte eine kurze Pause, halb resigniert, halb genervt. »Wann kriegen wir die Berichte aus den Labors?«

»Ich denke, wohl kaum vor morgen«, antwortete Jaczek. »Das ist alles nicht ganz so einfach. Es ist ja kein Krimi, in dem immer alles flutscht. Das hier ist die Realität.«

»Okay«, fuhr Behütuns fort. »Dann weiter mit Mutmaßungen im Nebel. Und damit zu mir. Irgendwie habe ich das Gefühl, dass wir unsere Zeit verschwenden. Der Staatsschutz hat ziemlich gemauert. Nichts über die rechte Szene. Hofinger scheint unauffällig, die rücken mir da nichts raus. Baut Häuser im Osten irgendwie, oder baute. Alles nur vage Auskünfte. Nur eines habe ich in Erfahrung gebracht – das setzt aber voraus, dass es wirklich eine Mine gewesen ist, was wir ja noch nicht sicher wissen. Es gibt einen Anton Malter aus der Nähe von Ingolstadt. Der war einer von Hofingers Soldaten, damals in der Wehrsportgruppe. Und ist immer noch im rechten Spektrum unterwegs. 1999 wurden bei ihm unter anderem Tretminen, Granaten und Maschinenpistolen gefunden. Er hatte damit gehandelt. Hat dafür auch gesessen. Vielleicht sollten wir uns den einmal etwas genauer anschauen.«

In diesem Moment kam P. A. zur Tür herein.

»Sorry, ich konnte nicht eher. Am Frankenschnellweg war Stau. Alles dicht. Habt ihr schon was?«

Kopfschütteln und Schweigen waren die klare Antwort.

»Ich hab was«, sagte P. A., »zumindest für einen Denkansatz. Der Mann scheint Sauer zu heißen, Dr. Joachim Sauer. Sollte eigentlich zur Zeit in Brasilien sein, mit Sonderauftrag für Savitas. Thematik neue Projekte. Sie haben ihn aber nicht erreicht. War erst ziemlich schwierig, dort etwas zu erfahren. Haben ziemlich gemauert, dann viel telefoniert, ich glaube, mit der Zentrale in Frankreich. Erst als sie erfuhren, um was es geht, waren sie sehr offen. Die fürchten wohl schlechte Presse. Zunächst Mauern und Misstrauen, dann Freundlichkeit und Offenheit. Aber wie gesagt, alles nur unter Vorbehalt. Die Auskunft war, er könnte es sein, man sei sich aber nicht sicher. Man erkenne eine gewisse Ähnlichkeit, aber niemand sagte: »Der ist's!« Ob das Vorsicht war oder mit seinem Auftrag zusammenhängt, kann ich im Moment noch nicht beurteilen. Aber sie haben mir alle nötigen Informationen gegeben.« Und damit nahm er sein Notizbuch zur Hand und las vor:

»Dr. Joachim Sauer, Ingenieur. Geboren in Erlangen, ledig, 42. Wohnhaft in Kalchreuth. Vor sechs Jahren bei Framatome angeheuert, dem Vorgänger von Savitas, jetzt bei Savitas. Viel in der Welt unterwegs, in den unterschiedlichsten Ländern. Hat Vollmachten für Verhandlungen, bewegt sich in den höchsten Kreisen. Leiert international neue Projekte an – ist also überall dort, wo man sich überlegt, Kernkraftwerke zu bauen. Oder wo Savitas denkt, dass die politische Führung passt und man dort vielleicht eines bauen könnte.«

Die Spannung im Raum war zu spüren.

»Na also! Und dieser Sauer ist nicht zu erreichen? Auch nicht in seinem Haus?«

»Nein, seit vier Tagen haben sie keinen Kontakt. Und eigentlich sollte er ja noch in Brasilien sein, aber das sagte ich ja schon.«

»Bauen die da wohl schon wieder Kraftwerke?«

»Das haben sie anscheinend vor, sonst wäre er ja nicht drüben.«

»Na, der richtet kein Unheil mehr an. Wenn er es ist. Besser: war. Doch zur Sache: Wer übernimmt den Staatsanwalt? Wir müssen in seine Wohnung. Durchsuchungsbeschluss. Jaczek?«

»Gebongt.« Jaczek, dachte Behütuns, entscheidet ja immer schneller.

»Ich habe heute Abend noch einmal einen Termin bei Savitas«, ließ P. A. verlauten. »Und ich habe das Gefühl, die wollen sich noch ein wenig sortieren und dann geordnet mit der Information raus.«

»Okay, fahr hin. Dick?« Behütuns blickte ihn fragend an.

»Ich kümmere mich ums Labor. Werde auch den Medizinern mal auf die Finger gucken, dass wir endlich an die Fakten kommen. Sollte eigentlich P. A. machen, aber der hat ja keine Zeit.«

»Perfekt. Morgen früh um acht hier?«

Die Mannschaft stand auf, jeder hatte zu tun. Behütuns musste noch zur Presse, die unten wartete. Er würde ihnen nicht viel erzählen können und hatte das auch nicht vor. Sie hatten ja noch fast nichts, nur Vermutungen. Aber sie hatten eine erste Spur. Behütuns hatte das Gefühl, dass es endlich vorwärtsging. Nach zwei Tagen Stochern im Nebel. Er war gespannt auf den nächsten Morgen.

Wieder ein Tag, durch den Kopf
geschossen und verscharrt.
Charles Bukowski

10. Kapitel

Es gibt Tage, die starten mit großen Erwartungen und enden mit nichts. Immerhin nicht im Nichts, aber doch mit leeren Händen. Man gibt den ganzen Tag Gas und bemüht sich, und der Fahrtwind pfeift einem um die Ohren, aber wenn man abends aus dem Fenster schaut, ist die Umgebung noch die gleiche wie am Morgen. Kein Zentimeter Landgewinn. Dabei wollte man schon längst, wenn nicht auf einem anderen Kontinent, so doch wenigstens in einem anderen Land sein. Mehr Sonne, weniger Nebel, länger hell.

War aber nicht so.

Trotzdem war eine ganze Menge geschehen.

Man hatte noch am Nachmittag die Wohnung von Dr. Sauer durchsucht. Eine seltsam aufgeräumte Wohnung. Behütuns war nur kurz dabei gewesen, er hatte sich persönlich ein Bild machen wollen. Die Wohnung war lieblos, kalt. Kein Wunder, dass Sauer alleine lebte. Jede Frau musste hier sofort frösteln. Der Ort hatte überhaupt nichts Persönliches.

Man hatte Akten mitgenommen, den Rechner, das Handy. Es hatte mit den Papieren des Opfers auf dem Tisch gelegen, wie abgelegt bei einem Kleiderwechsel, um danach wieder eingesteckt zu werden. Vielleicht hatte er es vergessen, was erklären würde, dass der Tote nichts bei sich trug. Oder er war in Eile gewesen. Oder unter Druck. Alles nur Mutmaßungen. Behütuns hatte die Befragung der Nachbarn angeordnet, um herauszufinden, ob ihnen am fraglichen Abend etwas aufgefallen war. Auf die Ergebnisse würde er noch einen Tag warten müssen. Hier also noch kein Ergebnis.

Erfolglos auch da: Das Handy war wohl längere Zeit nicht benutzt worden, die letzten Gesprächs- beziehungsweise Anrufeingänge waren zeitlich identisch mit den Telefonaten seitens Savitas vom Tag zuvor, als man versucht hatte, Dr. Sauer zu erreichen. P. A. konnte das bestätigen.

Auch die Buchung des Fluges von Sauer aus Brasilien zurück war noch aktuell, er hatte den Flug nicht verschoben. Warum er in der Firma dann einen anderen Rückflugtermin angegeben hatte, war nur eine der neu auftauchenden Fragen. Fest stand: Der Rückflugtermin war schon frühzeitig bestimmt worden, Sauer hatte ihn so geplant. Also auch hier keine Antworten, nur wieder neue Fragen.

P. A., der am Vorabend noch einen Termin bei Savitas gehabt hatte, hatten sie versetzt. Begründung: Wichtige Verhandlungen. Man hatte ihm nur einen Tee bringen und ausrichten lassen, Dr. Joachim Sauer habe sich in Brasilien auf einer Urlaubsreise befunden, er sei nicht im Auftrag von Savitas unterwegs gewesen. Und man hatte ihm bedeutet, dass man »nicht daran interessiert sei«, dass das Privatleben von Dr. Joachim Sauer in Zusammenhang mit dem Namen des Unternehmens gebracht werde. Das stank, befand P. A., zumindest hatte es einen eigenartigen Beigeschmack. Es würde wieder staatsanwaltlicher Unterstützung bedürfen, hier die entsprechenden firmeninternen Unterlagen einsehen zu können. Und wahrscheinlich auch noch einer betriebsrätlichen Zustimmung. Das kann dauern, ärgerte sich Behütuns – und bietet dem Unternehmen alle Zeit und Chancen, sich die Wahrheit so hinzubiegen, wie es sie braucht. Wenn du es erst einmal mit den Rechtsanwälten zu tun hast, kannst du deine Ermittlungen eigentlich einstellen, wenn du nicht schon etwas Richtiges hast. Rechtsanwälte sind nie an der Wahrheit interessiert, nur am Verschleiern derselben. Als ob sich die Wahrheit um Verfahrensfragen schert.

In einem Punkt zumindest gab es erste Ergebnisse. Das Labor hatte verlauten lassen, allerdings nur unter Vorbehalt, dass der Todeszeitpunkt aller Wahrscheinlichkeit nach zwischen 22 und 23 Uhr gelegen habe. Auch, dass alles darauf hindeute, dass die Person bei lebendigem Leib »gesprengt« worden sei. Genau das war die trockene Wortwahl der hartgesottenen Mediziner gewesen. Behütuns hatte das erschreckt, aber er war von dieser Seite schon einiges gewohnt und nahm es nicht allzu ernst, hatte sogar ein wenig Verständnis dafür. Wenn man den lieben langen Tag nur an Leichen herumschnipselte, die manchmal wirklich nicht schön aussahen, dann verfiel man wohl ganz automatisch in eine sehr distanzierte, für Außenstehende oft auch erschreckende Wortwahl. Aus Selbstschutz. Auf diesen Gedanken war er vor langer Zeit gekommen, als er seinen ersten Ersthelferkurs gemacht hatte. Der alte Sanitäter, der diesen geleitet hatte, hatte von Unfällen und Opfern erzählt wie ein grobschlächtiger Metzger. Da flogen einem die bluttriefenden Leichenteile nur so um die Ohren, die Schicksale dahinter wurden komplett ausgeklammert.

Behütuns hatte erneut einen Aufruf an die Presse weiterleiten lassen: Wer war am fraglichen Abend auf dem Kalchreuther Keller? Wer hat möglicherweise einen gut gekleideten Mittvierziger gesehen? War dieser in Begleitung? Wer kann irgendwelche Angaben machen? Da würden sich wieder alle möglichen Schlaumeier mit den skurrilsten Beobachtungen und Verdächtigungen melden, das wusste er jetzt schon. Mit jeder Menge Arbeit für die Ermittlungen und kaum greifbaren Ergebnissen. Wer setzt sich schon abends auf einen Bierkeller, um Menschen zu beobachten? Da geht man mit Freunden hin, um sich zu betrinken. Oder man schaut allein ins Glas und sinniert über sich und die Welt. Auf jeden Fall ist man am Ende betrunken und kann sich an nicht mehr viel erinnern. Trotzdem musste dieser Aufruf raus.

Eine Meldung noch war aus dem Labor gekommen. Man hatte sich die Hilfe der Bundeswehr geholt, da man auf diesem Gebiet keine Kenntnisse hatte. Es hatte sich wohl tatsächlich um eine Mine gehandelt. Über Fabrikat, Herkunft, Bauart,

Funktionsweise et cetera aber konnte man noch keine Auskunft geben. Und das könnte auch noch dauern, immerhin gäbe es weltweit weit über 200 unterschiedliche Arten von Minen, ließ man Behütuns wissen.

Und auch hier Fehlanzeige: Die Kollegen in Ingolstadt hatten den Neo-Nazi Anton Malter, der wegen Minenhandels eingesessen hatte, nicht auffinden können. Er war verschwunden. Auch das war keine Spur, nur ein weiterer Ansatz für Verdacht. Der Tag war ganz einfach zum Kotzen.

Viel sachlicher, allerdings kaum wirklich hilfreich zum jetzigen Zeitpunkt, war da der Psychologe gewesen. Ein erfrischender Mensch. Der Münchner war zwar kurzfristig verhindert gewesen, hatte ihnen aber einen Kollegen aus dem Fürther Krankenhaus empfohlen, der ihnen auch würde weiterhelfen können. Er kenne ihn gut, der habe einen klaren Kopf. Dr. Hartung aus Fürth war dann auch gleich bereit gewesen, ins Präsidium zu kommen. Als ob er nur darauf gewartet hätte, seinem Klinikalltag zu entfliehen. Ein Hüne von einem Mann mit viel zu engem, kariertem Hemd, einem kurzen Mäntelchen und widerborstigem Haar. Es stand, kurz geschnitten, in alle Richtungen weg. Behütuns hatte ihn vom Fenster aus beobachtet, wie er seinem für ihn zu kleinen, aber offensichtlich nagelneuen Mazda unten auf dem Parkplatz entstieg. Abwrackprämie, fuhr es Behütuns durch den Kopf. Der größte Blödsinn aller Zeiten. 30 Prozent Überproduktion in der Automobilindustrie – und dann Milliarden dort hineinpumpen. Das war versenktes Geld. Vor Wahlen aber nahm man Geschenke gerne an, viel lieber als Versprechen. Hat eigentlich einmal jemand nachgerechnet, wie viel Geld Politiker auf Kosten der Steuerzahler regelmäßig unnütz versenken, nur um wiedergewählt zu werden? Und wird von denen jemals einer dafür zur Rechenschaft gezogen? Behütuns ging schon lange nicht mehr zur Wahl. Aus der politischen Teilnahme hatte er sich ausgeklinkt. Inzwischen hatte der Psychologe das Präsidium betreten, an das Produkt der Abwrackprämie unten pinkelte ein Hund; der Hund pisste, und sein Herrchen kratzte sich am Po. Er hatte ein Netzunterhemd an, vor dem Bauch hing es aus der Hose. Viele, die sich eigentlich kein neues Auto gekauft hätten, haben es mit der Abwrackprämie getan. War es nicht, von der Gesamtenergiebilanz her gesehen, sehr viel ökologischer, ein altes Auto bis zum Schluss zu fahren, anstatt sich ein neues, umweltfreundlicheres zu kaufen? Das hatte er einmal gelesen. Irgendwo lag dieser Artikel bei ihm daheim herum und wartete zusammen mit den vielen anderen darauf, endlich einmal systematisiert und abgeheftet zu werden. Das Chaos bei Behütuns daheim wurde immer größer. Gut, dass ich das mit den Frauen abgehakt habe. Das würde eine Katastrophe.

Es klopfte.

»Abwrackprämie?«, begrüßte Behütuns den Psychologen und deutete mit dem Kopf zum Fenster, hinunter auf den Parkplatz.

»Zweifünf für den Uraltgolfeins, zweifünf Rabatt, noch fünf gezahlt – mit Winterreifen, Navi, CD«, erwiderte der.

»Behütuns.« Der Kommissar streckte ihm die Hand entgegen.

»Ja, Gott behüt uns vor Politikern und Politik, vor Wahlen und Wahlversprechen, vor allem aber vor Dummheit! Hartung.«

Sie schüttelten sich die Hand, lachten und hatten sofort einen Draht. Der Kommissar schilderte ihm die Fakten. Der Psychologe überlegte.

»Also erst mal: Der Mann – oder die Frau, sagen wir halt: der Täter – ist nicht dumm. Und eigentlich bin ich mir sicher, dass es ein Mann ist. Den Keller aufzubrechen, erfordert Kraft. Andererseits scheint die ganze Tat geplant gewesen zu sein, und das spräche zunächst mehr für eine Frau. Frauen töten eher planvoll als Männer, dann aber im häuslichen Milieu. Männer morden eher im Affekt, oft irrational. Wenn sie planvoll morden, und das scheint mir hier so zu sein, dann wollen sie vernichten. Sich nicht befreien, wie das oft bei Frauen der Fall ist, sondern tatsächlich vernichten. Also das und der Kraftaufwand – da sehe ich einen Mann. Und dann sehe ich zwei Elemente: Rache. Und zwar aufgestaut, lange gereift. Das sagt die Brutalität. Man kann einem Menschen die Kehle durchschneiden, man kann ihm das Gesicht wegschießen, ihn vergiften, was auch immer. Ihn aber, und davon gehe ich nach Ihren Schilderungen aus, bei lebendigem Leib in die Luft zu sprengen, das spricht die Sprache von Vergeltung, das hat beinahe sadistische, eher aber würde ich sagen krankhafte Züge. Das hat etwas von zelebriertem Rachenehmen. Von krankhafter Genugtuung. Ich vermute hier einen psychischen Defekt. Der muss vielleicht gar nicht bewusst sein und kann sich auch hinter scheinbar vernünftigen, also für den Täter vernünftigen, Argumenten verschanzen. Das heißt, der ist dem Täter so nicht bewusst, er sieht sich im Recht. Vor sich selbst. Komplizierte psychische Struktur.«

Hartung machte eine Pause.

»Und das zweite Element verwirrt mich ein wenig, muss ich gestehen. Macht aber nichts. Es ist das Trikot. Das ist eindeutig ein Zeichen. Es wurde ja erst nachträglich angebracht; eingeführt, wie Sie gesagt haben. Das hat sicher etwas mit der Kränkung, dem Trauma des Täters zu tun. Da habe ich keinen Zweifel. So etwas macht man nicht einfach so. Das Trikot aber kann jetzt mehrerlei sein. Einmal ein Zeichen an das Opfer, gesetzt von einem kranken Kopf. Oder ein Zeichen an die Nachwelt, die Finder, wen auch immer. Möglicherweise ist es auch nur ein Zeichen an Personen, die es verstehen. Also eventuell das Opfer kennen, irgendetwas aus dessen Umfeld. Immer jedoch will der Täter damit gleichzeitig auch seine Macht demonstrieren. Ob das etwas mit dem Club zu tun hat oder mit dem Spielernamen, ob die Bedeutung in der Rückennummer zu suchen ist, beim Hersteller des Trikots, beim aufgedruckten Sponsor oder sonst welchen Konnotationen – keine Ahnung.«

Wieder machte er eine Pause.

»Aber da sage ich Ihnen sicher nichts Neues«, fügte er an. Ich denke, Sie sind erfahren genug, um das alles schon selbst zu wissen oder zumindest geahnt zu haben.«

»Stimmt«, sagte Behütuns. »Sie waren mir keine Hilfe. Nicht wirklich.«

Sie lachten.

Dann schwiegen sie. Behütuns sah auf seine Hände.

»Eine Frage nur«, fuhr er dann fort. »Ein Gedanke, den ich noch nicht hatte: Sie sagten, das Trikot sei vielleicht auch ein Zeichen an Eingeweihte? Wie ist das zu verstehen ...?«

»Es wird jemand umgebracht. Das ist schon ein Zeichen an sich – es führt zurück auf den Mörder, auf das Motiv. Dann wird vom Mörder bei oder an dem Opfer ein Zeichen hinterlassen. Das ist eindeutig ein Hinweis des Mörders, an wen auch immer. An die Welt, an bestimmte Dinge in der Welt, an Personen in der Welt. Personen, die in seiner, also des Täters Welt, eine ganz bestimmte Rolle spielen. Es lässt Rückschlüsse auf die Erlebenswelt des Täters zu, seine psychische Konstitution, seine Art zu denken und zu empfinden. Auf der Ebene aber, auf der das Zeichen an die Welt gerichtet ist, sind zwingend Personen oder Sachverhalte involviert. Und je eindeutiger diese Zeichen sind, desto leichter sind sie zu entschlüsseln, desto leichter ist ihre Zuordnung. Hier aber lässt sich das Zeichen nur schwer oder eigentlich gar nicht zuordnen. Jede Eindeutigkeit fehlt. Und damit stehen mehrere Möglichkeiten offen. Die eine: Der Täter wird eine Botschaft nachschicken. Einen Brief, irgendetwas. Er muss sich erklären, sonst macht seine Tat ja nicht einmal vor ihm selbst Sinn. Darauf können Sie jetzt warten. Die zweite Möglichkeit: Der Täter hat gar kein Interesse an der gewissermaßen öffentlichen Dechiffrierung seiner Nachricht. Er wendet sich ganz bewusst nur an Personen, die das Zeichen verstehen.«

»Was bedeuten würde, wir haben möglicherweise mit weiteren Morden zu rechnen?«

»Ganz klar, ja. Insider, also Personen, die die Sprache des Täters verstehen, werden jetzt Angst bekommen. Und zwar hoffentlich. Denn dann melden sie sich vielleicht bei der Polizei. Das aber ist nur die eindimensionale Sichtweise. Die mehrdimensionale ist leider sehr viel komplizierter. Und deshalb vermute ich auch, wie ich eingangs gesagt habe, dass der Täter hochintelligent ist: Der Täter setzt bewusst ein Zeichen, das viele Sprachen spricht. Das in viele Richtungen weist. Weil er mit vielem unzufrieden ist und vieles aufgedeckt sehen möchte. Der 1. FC Nürnberg – und wer weiß, was dahinter steckt; vielleicht Fußball ganz allgemein, mit all seinen Veränderungen; vielleicht Spielervermittler, Wettgeschichten, was weiß ich. Oder Savitas – also die Atomwirtschaft generell, die ja absolut nicht sauber ist. Oder die Nazis, Neonazis und das Gesocks; Waffenproduktion beziehungsweise Rüstungsindustrie ... Bei einer derart vielschichtigen Botschaft muss, das ist meine Einschätzung, fast zwingend mit einem oder mehreren weiteren Morden zu rechnen sein. Der Mörder will ja mit der Sprache raus. Das fordert seine Seelenhygiene.«

Behütuns dachte nach und schwieg.

Dass der Psychologe mit seiner Einschätzung der Dinge sehr viel früher recht bekommen würde, als beide befürchteten, konnten sie da noch nicht ahnen.

Wenn man am Ufer der Seine entlanggeht,
zieht all das seine Aufmerksamkeit auf sich, was sie
befördert. Beim Anblick der Hundeleichen ...
Emmanuel Bove

11. Kapitel

Am nächsten Morgen, früh, kurz vor fünf. Frau Pfannenmüller, Wirtin des gleichnamigen Gasthofes in Oberndorf bei Erlangen, lässt endlich ihren Schäferhund hinaus. Seit über zwei Stunden schon hat er gewinselt und immer wieder an der Tür gekratzt, zwischendurch auch einmal, wie auffordernd, kurz gebellt. Dieses hohe, spezielle Bellen. Schließlich hat sie es nicht mehr ausgehalten, ist aufgestanden und hat ihn hinausgelassen. Schlafen konnte sie ohnehin nicht mehr. Endlich draußen vor der Tür aber bleibt der Hund nur stehen und hält, den Kopf hoch, leicht schräg, die Schnauze in den Wind. Schnuppert. Und winselt wieder. »Jetzt hau schon ab, geh kacken!«, schickt Regine Pfannenmüller das Tier weg, leicht unwirsch im Ton. »Hast mich jetzt zwei Stunden genervt« und »Blödmann«, wirft sie ihm noch halb zärtlich hinterher. Der Hund bewegt sich, als wäre er unentschlossen, ein paar Schritte über die Gästeterrasse in Richtung Weiher, dann bleibt er wieder stehen. Sieht sich nach ihr um, bellt sie an, bewegt sich ein paar Schritte. Fordert sie auf. Doch Regine Pfannenmüller ist nicht bei ihm, sie ist bei sich, beim Licht des anbrechenden Tags. Was für ein herrlicher Morgen! Barfuß und in ihrem Pyjama geht sie die paar Schritte zum Hund. »Na, was ist denn«, ihre Hand streicht über seinen Kopf. Für den Hund ist sie jetzt nicht da. »Ach, Rex«, ein klassischer Schäferhund. Doch eigentlich ein Mischling. Tiefschwarzes Rückenfell, hochstehende Ohren, schwarze Augen. Angespannt bis in die Vorderpfoten, leicht seitlich im Gang. Ein Wolf. Rex bewegt seinen Kopf noch einmal fast auffordernd und winselt kurz. »Ach, geh schon«, weist Regine Pfannenmüller ihn an. Einen Moment denkt sie darüber nach, sich auf die Stufen zu setzen, die von der Terrasse hinunterführen unter die Bäume, es ist so schön heute; so selten, ein solcher Morgen; doch dann sagt sie sich: »Wenn ich schon einmal um diese Zeit draußen bin ...«, und geht die drei, vier Stufen von der Terrasse hinunter, unter den Weiden hindurch, an den Biergartentischen vorbei die paar Schritte durchs Gras an den See. Den Weiher, wie er genannt wird. Sie setzt sich auf die alten, inzwischen unregelmäßig schiefen Betonstufen, die sich dort am Ufer befinden. Alte Anlegestelle, auch einmal Einstieg gewesen in den See und bis heute noch Ort für die Fischkästen. Sie setzt sich dorthin, denn der Platz liegt schon in der Sonne.

Goldgelb leuchtet die Oberfläche des algengrünen Wassers im flachen Gegenlicht. Die Sonne steht noch ganz tief. Und schon die ersten Fliegen. Auf dem See keine einzige Bewegung. Wie lange habe ich hier so schon nicht mehr gesessen, denkt sie sich. Dabei könnte ich das jeden Tag ...

Regine Pfannenmüller rückt zwei Stufen tiefer, stellt ihre Füße bis an die Knöchel ins Wasser. Drüben springt ein Karpfen. Ein lautes Platsch. Ringförmig breiten sich die Wellen von dort aus und verebben nach und nach. Vergehen. Die Autobahn drüben, die das Regnitztal entlangführt, ist um diese Zeit noch sehr ruhig. Erst gegen sechs schwillt der Verkehr an. All die Menschen, die nach Erlangen, nach Nürnberg oder Fürth zur Arbeit fahren. Aggressiv ist das Brummen des Verkehrs dann, die Luft geladen von unruhigem, drängelndem Lärm. Wie ein Schwarm losgelassener Hornissen – dabei sind gerade Hornissen nicht aggressiv. Egal. Es geht um das Gefühl. Allein über 70 000 Autos fahren tagtäglich nach Erlangen, die anderen, die nach Nürnberg und Fürth, noch gar nicht eingerechnet. Ist das nicht krank? Und die meisten dieser Fahrzeuge fahren hier vorbei. Früher verlief dort, wo jetzt die Autobahn ist, der alte Kanal. Ihr Vater hat sich damals noch gegen den Bau aufgelehnt. Weil es Blaukehlchen gab am Kanal. Und Wasseramseln. Beide sind seither nicht mehr da, ihr Vater hatte recht behalten. Und trotzdem war es sehr ungewohnt, nicht »normal« gewesen, diesen alten Mann protestieren zu sehen, mit anderen Alten und Transparenten. Das taten damals nur die Studenten – alle links und »politisch«. Und die nahm hier keiner ernst, ganz im Gegenteil: Man schimpfte über sie. Und plötzlich protestierte ihr Vater ...

Regine Pfannenmüller hat die Ellbogen auf die Knie gestützt, hält Kinn und Wangen in beiden Handflächen. Wie ein Mädchen fühlt sie sich jetzt. Erst gestern, auf der Fahrt durchs Nachbardorf, sah sie zwei Mädels auf dem Gehsteig sitzen. Zehn Jahre vielleicht, oder zwölf. Die saßen einfach so am Straßenrand, die Arme um die Knie geschlungen, und plauderten, lachend und aufgeregt. Die beiden waren sich einig und nah. Auch da hat sie dieses Gefühl gehabt, zumindest eine kurze Ahnung. Ein Anflug der Erinnerung. An dieses Alter, in dem die Welt einen trägt und die Zeit so lang ist. In dem die Wärme nur warm und der Sommer Sommer ist und schön. In dem man sich hineinredet in die Welt, sich hineinfasst, hineinfühlt. In dem man aufgehoben ist, aufgeht, sich vergisst. Warum ist das alles weg? Jetzt ist es beinahe wieder da ...

Ja, hier gleich links neben der Treppe, über der Sandsteinmauer, wo jetzt das neue – aber was heißt denn neu? Es steht ja auch schon seit 20 Jahren! – Karpfenschlachthaus steht, war an der Wand früher die alte Dusche. Unsere Dusche. Die Kinderdusche. Ein Wasserhahn, ein Schlauch. Und wenn man aus dem Wasser gekommen ist nach dem Baden, hat man sich einfach abgespritzt. Damals standen auch noch Kühe im Stall. Und Schweine. Und Hühner liefen herum. Keinen Menschen hat das gestört, denn es war halt so. Doch der Stall ist jetzt weg, ist jetzt Wohnhaus. Und hier rechts, dort drüben, an der Stirnseite des Sees, stand damals unser Sprungturm. Ja, die Reste davon sieht man noch. Zumindest die alten Stützen.

Das Dunkle zwischen dem Schilf. Ein Dreimeterbrett, von dem wir uns ins Wasser gestürzt haben. Immer und immer wieder. Mit Anlauf, und bei wem es am meisten spritzt. Und uns Mädchen haben die Jungen oft hineingeworfen. Einfach gepackt und gezerrt, und wir haben laut gekreischt. Grob waren die, aber schön war das. Wie eigenartig das doch in einem bestimmten Alter ist. Ja, und das einzige Mal in meinem Leben, dass ich je einen Köpfer versucht habe, war da. Genau so versucht, wie es die anderen gesagt haben. Gerade hinstellen, Arme über den Kopf nach oben ausgestreckt, die Hände wie ein Pfeil zusammen und dann steif bleiben, einfach nach vorne fallen lassen. Dann kann überhaupt nichts schiefgehen. Ging es aber. So schief, dass ich es nie wieder versucht habe. Gesicht und Bauch habe ich mir geprellt. Ein Lächeln huscht über ihr Gesicht. Und die Schwiegeroma hat dort, wo heute das Schankfenster ist, Senfbrot verkauft. Und Schmalzbrot. 15 und 20 Pfennig. Die Brotscheiben vom Laib geschnitten mit der Hand, vorm Bauch. Richtig dicke Scheiben. Und das Mehl hing ihr immer am Kittel, ganz weiß war der. Mein Gott, ich denke schon wie die Alten! Und wie viele Kinder damals immer hier gewesen sind zum Baden. Den ganzen Sommer lang. Das war schön. Aber jetzt will ich das nicht mehr haben!

Die Zweige der Trauerweide hängen bis ins Wasser. Ein Eisvogel schießt über den See. Glitzernd blaugrün sein Gefieder. Dann macht er eine Kehre und zeigt seinen rostbraunen Bauch. Er ist also wieder da! Das ganze Jahr habe ich ihn noch nicht gesehen. Aber wann habe ich denn auch Zeit dazu? Ich sollte mir die Zeit einfach nehmen. Vielleicht wird das Leben dann langsamer? Da kommt der Eisvogel wieder und schlüpft in ein Loch in der Uferböschung, direkt gegenüber, nicht weiter als 15 Meter entfernt. Und dann noch ein zweiter. Nach einer Weile kommen beide wieder heraus. Sie füttern wohl ihre Jungen. Wieder pflatscht ein Karpfen. Hinter der Autobahn rollt ein ICE vorbei. Muss eine schöne Art sein zu reisen.

Nach und nach nimmt Regine Pfannenmüller das wahr, was eigentlich immer da ist, sie aber sonst nie erreicht. Die Meise, die ganz leise knäckernd das Geäst der Weide abgrast nach Spinnen und kleinem Getier. Die Jungen, die von drüben ihr Frühstück fordern. Der Zaunkönig, der unglaublich laut herüberpfeift, als ob er sich beschwere, sich aber nur ganz kurz zeigt, kleine, warmbraune Kugel mit aufgestelltem Schwanz. Oder der Kleiber, der in den Nischen und Falten der furchigen Weidenrinde kopfüber das Frühstück für seine Familie sucht. Die Amsel, die ... ach ja. So schön ist ihr Gesang. Aber sie singt ja gar nicht, sie sitzt nur still da und legt den Kopf schief, linst und scheißt. Die beiden habe ich schon früher immer verwechselt: Es ist ja die Grasmücke, die so schön singt. Nur vielleicht nicht ganz so bauchig. Oder kehlig. Auch vielleicht nicht ganz so breit in der Tonhöhe. Ein Wunder überhaupt, dass ich sie noch alle erkenne. Wie lange habe ich ihnen schon nicht mehr gelauscht! Oh wie arm ist doch so ein Leben. Und wie reich, wenn man einfach nur dasitzt.

Regine Pfannenmüller lässt die Stirn auf die Knie sinken und spielt mit den Händen im Wasser. Wie weich doch das Wasser ist. Jetzt kann sie auch die paar hartnäckigen Schwimmer verstehen, die, obwohl es das offizielle Bad nicht mehr gibt, trotzdem doch immer wiederkommen, um hier zu schwimmen. Warum gehe ich eigentlich nicht selbst hinein? Ich könnte das doch beinahe täglich. Dieser Weiher, nur 15, 20 Meter breit, dafür aber fast 500 lang, war, so sagte man, ein ehemaliger Arm der Regnitz. Früher, vor mehr als 100 Jahren, hat dieser Fluss wohl öfter mit den ein oder zwei jährlichen Hochwassern, die den breiten Wiesengrund überschwemmten, sein Flussbett verändert oder neu gesucht. Und dieses Stück Wasser ist dann irgendwann einmal übrig geblieben. Eigentlich ein großes Glück! Wenn man es denn zu nutzen versteht. Regine Pfannenmüller umspült mit den Händen ihre Fesseln. Lässt das Wasser über ihre Schienbeine laufen. Über die Waden. Dann stützt sie ihren Kopf wieder auf.

Rex stupst sie von hinten an. Kaltfeucht seine Schnauze im Nacken. »Ach, lass«, sagt sie, »lass mich hier einfach sitzen.« Rex bellt sie kurz an, läuft los, bleibt wieder stehen, winselt. »Ach, Hund.« Mit einer Handbewegung nach hinten in die Luft wehrt sie ihn ab. Gibt ihm zu verstehen, er solle ruhig sein. Sie will noch einen Moment für sich. Über den Himmel zieht ein Falke, verfolgt von einem Schwarm Schwalben. Sie verteidigen ihre Brut, ihr Revier, greifen den Falken an. Im Sturzflug, von oben, von hinten. Dann drehen die Schwalben ab. Früher hatten wir ganz viele im Stall, als wir noch Kühe hatten und Schweine. Das geht alles nicht mehr mit der EU. Dürfen nicht mehr schlachten, haben kein Milchkontingent … weiter will sie hier nicht denken. Es geht auch nicht mehr mit der Arbeit. Das Gasthaus ist Arbeit genug. Wo die Schwalben jetzt wohl wohnen? Wahrscheinlich drüben beim Bauern, dessen Stall ist ja groß genug.

Regine Pfannenmüller will es nicht glauben: Sie fühlt sich glücklich – und hat Tränen in den Augen. Sie laufen ihr übers Gesicht. Sie schnieft, zieht den Rotz hoch. Wenn mich jetzt jemand hier sieht, denkt sie. Und alles nur wegen des Hundes. Was er nur hat? Rex stößt sie wieder von hinten an. »Ja, ja, mein Dicker, ich komme.« Sie reißt sich vom Weiher los, froh, da von den eigenen Tränen verunsichert, und folgt dem Hund ins Gras. Dorthin, wo er hingezeigt hat. Dorthin, wo früher der Badestrand war und die Liegewiese. Dorthin, wo jetzt das Gras hüfthoch steht, weil sie es nicht mehr mähen. Um die Badegäste abzuhalten und zu vergraulen. Was, bis auf die wenigen, die sich nicht abhalten lassen, ja auch gelingt. Zielstrebig führt der Hund sie durchs Gras, geht voran. Man hört das Rascheln der Halme, der Tau an den hohen Halmen macht ihre Beine nass, Grassamen hängen ihr an den Waden, eine Amsel ruft noch in den Morgen – oder war es doch wieder eine Mönchsgrasmücke? …

Dann hört man einen markerschütternden Schrei. Hysterisch, nicht mehr enden wollend. Dann ein großes Pflatsch.

Regine Pfannenmüller ist ins Wasser gegangen. Sie wusste nicht mehr, wohin. Der Anblick ist einfach zu schrecklich. Das kalte Wasser aber tut ihrem Schock gut. Tropfnass läuft sie ins Haus und ruft die Polizei. Dann sitzt sie in der Küche und zittert.

In aller Ruhe starrte der Mönch in seinen Tee.
Leon de Winter

12. Kapitel

»Nummer zwei«, stellte Kommissar Behütuns trocken fest. Aus reinem Selbstschutz. Er war von den Kollegen der Nachbarstadt gerufen worden, weil man bei der Polizei Erlangen gleich einen Zusammenhang mit dem Mord auf dem Kalchreuther Keller vermutet hatte. Die Handschrift war doch sehr ähnlich: ein wie durch eine Explosion zerfetzter Bauchraum der Leiche und ein Trikot des Clubs. Allerdings ohne Namen. Und: Das Trikot war, obwohl das Opfer nicht damit bekleidet war, ebenfalls zerfetzt.

Auch hier hatten schon wieder zwei oder drei Beamte, die das Pech gehabt hatten, rechtzeitig da zu sein, der Spurensicherung die Arbeit verkotzt. Aber das war nur zu verständlich. Je näher man der Leiche kam, desto dichter waren die hohen Grashalme mit Fleischspritzern, Blut und Kot aus Leib und Gedärmen des Toten verschmutzt. Und das hing einem dann an Hosenbeinen und Schuhen, und nirgendwo konnte man sich das Zeug richtig abwischen. Die getötete Person schien ziemlich korpulent gewesen zu sein.

Kommissar Behütuns hatte die halbe Nacht wachgelegen und gegrübelt. Immer wieder hatte er die vielen Möglichkeiten gewälzt, die sich im Zusammenhang mit der Leiche am Keller auftaten. Doch nichts fügte sich zum anderen. Bisher, das war sein Eindruck, machte das alles keinen Sinn. Erst gegen Morgen endlich war er eingeschlafen. Die ersten Amseln hatten draußen vor seinem Fenster schon zu singen begonnen, der neue Tag langsam gegraut und die Dunkelheit der Nacht vertrieben. Als dann gegen halb sechs sein Handy geklingelt hatte, war er zwar müde gewesen, gleichzeitig aber auch beinahe erleichtert. Denn irgendwie hatte er sofort gewusst, dass es jetzt weiterging, dass irgendetwas geschehen war, was ihm neue Informationen versprach. Deshalb war er auch wenig überrascht gewesen, als ein neuer Mord gemeldet wurde und man ihn bat, vorbeizuschauen.

Diesmal war die Sachlage allerdings ein wenig anders. Die Identität des Opfers war bereits festgestellt, als er am Tatort eintraf. Die Leiche musste zwar noch von Angehörigen identifiziert werden, nichts aber sprach dagegen, dass die Leiche nicht auch tatsächlich mit der Person übereinstimmte, auf die alles hinwies. Denn es war ein Ausweis gefunden worden, am Waldrand hatte man einen Geländewagen ausgemacht, der auf die Person zugelassen war, und in der Brieftasche des Opfers befanden sich Kreditkarten, eine Krankenkassenkarte, eine Mitgliedskarte des Golfclubs, Miles&More-Karten verschiedener Leihwagen- und Fluggesellschaften, alle auf denselben Namen ausgestellt.

Behütuns hatte, während die Spurensicherung den Tatort großräumig sondierte, mit einem der Einsatzbeamten der Erlanger Polizei im Garten des Gasthauses an einem der Tische unter den Bäumen direkt am Weiher Platz genommen. Sie hatten die Wirtin noch einmal kurz zu befragen versucht, dies aber dann abgebrochen. Sie stand schwer unter Schock und wurde medizinisch betreut, zusätzlich stand ihr der örtliche Pfarrer, ein Nachbar, zur Seite. Die Tochter der Wirtin hatte Kaffee gebracht und ihnen die Identität des Opfers beinahe schon bestätigt. Ihrer Mutter nämlich, berichtete sie den Polizisten, sei der Mann bekannt, zumindest dem Namen nach. Sie, die Tochter, habe ihn nur einmal als Gast gesehen, ihn sich aber gemerkt, da ihre Mutter dann in der Küche Geschichten über ihn erzählt hatte; diese nämlich kannte ihn aus ihren Jugendtagen, hatte aber seither keinen Kontakt mehr mit ihm, nur die Geschichten wurden, wie das in den Dörfern so ist, weitergetragen.

Der Name des Mordopfers war Franz-Josef Pitsch. Er war 43, das hatten sie aus seinen Papieren, ebenso wie seine

Adresse im Knoblauchsland. Dass er verheiratet war und Vater zweier Kinder, fanden sie mithilfe des Computers heraus. Und dann teilte ihnen die Tochter der Wirtin ein paar Dinge über die Person mit, alles unter Vorbehalt, da sie es nur vom Hörensagen wusste. Ihre Aussagen aber stimmten zum weitaus überwiegenden Teil mit der Wirklichkeit überein, wie die später nachfolgenden routinemäßigen Recherchen ergaben.

Franz-Josef Pitsch, so erzählte die Tochter, sei der Betreiber der Kantine bei Savitas am Standort Erlangen gewesen. Zudem habe er auf dem Stadiongelände des 1. FC Nürnberg zwei Bratwurststände besessen. In seiner Jugend und darüber hinaus sei er beim 1. FC Nürnberg Amateurboxer gewesen, und aus dieser Zeit haftete ihm auch ein wenig der Ruch der Halbwelt an. Zumindest habe das ihre Mutter erzählt, auch dass er immer mal wieder zusammen mit Bordellbetreibern gesehen worden sei. Behütuns hakte dies erst einmal unter der Rubrik Gerüchte ab, ihm war aber klar, dass er solche Aussagen auch würde überprüfen lassen müssen. Wegen der Würste an seinen Bratwurstständen übrigens, erzählte die Tochter noch ganz bedeutungsvoll, weil in dieser Geschichte ein großer Name vorkam, soll er »fei« einmal in einen Prozess gegen die in Franken sogenannte »Bratwurstmafia« verwickelt gewesen sein – eine Gruppe von Geschäftsleuten um den berühmten Uli Hoeneß, Mitinhaber mehrerer Bratwurstfabriken hier in der Region, die sich das Monopol an der Marke »Nürnberger Bratwurst« teilten. Niemand außer ihnen dürfe für seine Würstchen diese Bezeichnung führen. Darüber aber wisse sie nichts, fügte sie gleich mit an, und sie könne dazu eigentlich nichts sagen. Es schien Behütuns, dass ihr während ihrer Erzählung plötzlich klar geworden war, dass ihre Geschwätzigkeit nicht mehr von den Fakten, sondern viel eher vom Empfinden ihrer eigenen Wichtigkeit getrieben wurde und sie besser irgendwie die Flucht aus ihren Aussagen anträte. Behütuns aber machte sich Notizen und würde dies durchaus überprüfen lassen. Im Moment war alles von Bedeutung. Und immerhin hatte er hier gleich eine ganze Menge Ansatzpunkte für Ermittlungen und musste nicht, wie bei dem Mord am Bierkeller, erst einmal viel Zeit investieren, um die Identität der Person festzustellen. Hier fühlte er sich gleich von Anfang an schon viel weiter, und außerdem zeichneten sich interessante Verbindungen zwischen den beiden Fällen ab. Dass hinter beiden Morden derselbe oder dieselben Täter steckten, stand für ihn außer Frage. Aber selbst das wäre noch zu überprüfen, die Handschrift immerhin schien relativ gleich.

Behütuns lehnte sich zurück und blickte zum See. Inzwischen war es halb neun, der Verkehr auf dem Frankenschnellweg hatte nachgelassen, die meisten Pendler aus dem Hinterland waren inzwischen wohl an ihren Arbeitsplätzen, und wenn er in der nächsten halben Stunde losführe, würde er aller Voraussicht nach staufrei ins Präsidium kommen. Ob es endlich etwas Neues aus der Gerichtsmedizin gäbe? Kommissar Behütuns rief im Präsidium an und ließ sich mit Jaczek verbinden.

Peter Dick meldete sich am anderen Ende.

Nein, Jaczek sei noch nicht im Büro.

Natürlich – die halbe Stunde Lebensverspätung! Behütuns konnte sich damit nicht anfreunden, und deshalb vergaß er es wohl auch immer wieder. Und eigentlich, dachte er sich, war das doch ziemlich paradox: Derjenige, der von ihnen allen der Genaueste und letztlich Gewissenhafteste war, scheiterte gerade an dieser Gewissenhaftigkeit, weil sie ihm Zwänge bereitete, die die Schnittstellen zur Außenwelt hin sprengten. So verursachte dieser Zwang zur Genauigkeit eine ständige Ungenauigkeit, und diese zeigte sich in seinem Terminverhalten. Behütuns huschte ein Lächeln übers Gesicht. Solche Gedanken hatte er am liebsten. Wenn die Logik des Geschehens gerade dieses auf den Kopf stellte, und wenn hinten etwas ganz anderes herauskam, als man vorne gedacht hatte. Trotzdem würde er Jaczek wieder einmal dazu anhalten müssen, mehr auf seine Pünktlichkeit zu achten.

Es liege noch kein endgültiger Bericht aus der Gerichtsmedizin vor, informierte ihn Dick.

Dann werde er, Behütuns, einmal dort anrufen, vielleicht könne er ja auch gleich vorbeifahren. Die Gerichtsmedizin der Uni Erlangen lag ja beinahe auf seinem Weg.

Für elf Uhr beraumte Behütuns eine Lagebesprechung an, Jaczek solle doch bitte pünktlich sein, dass man ihm das auch ausrichte. Dann legte er auf.

Über dem freien Feld zwischen Autobahn und Weiher durchkurvte ein Kiebitz die Luft mit seinem abenteuerlichen Flug, weiter drüben war noch ein zweiter. Im Vordergrund saß auf dem Stromdraht ein Kuckuck und rief. Ganz nah der Klang, ganz deutlich die dunkle Färbung der Stimme, das beinahe Rauchige. Im vergangenen Jahr hatte er einmal einen Kuckuck beobachtet, der nicht so scheu war wie diese Vögel sonst. Denn in der Regel hörte man den Kuckuck nur, mal von fern, mal von nah, doch man bekam selten einen zu sehen. Dieser hier aber schien keine sehr große Scheu vor den Menschen zu haben. Er zeigte sich ganz offen auf dem Leitungsdraht, weithin sicht- und hörbar. In diesem Moment flog er auf und landete zwei Masten weiter. Kein Wunder, dass dieser Vogel nicht brütet, schoss es Behütuns unwillkürlich durch den Kopf beim Anblick des Kuckucksflugs. Bei diesem kleinen Kopf ... Wieder musste er schmunzeln. Schade, dass er viel zu wenig Zeit hatte, um hinauszugehen und sich mit den Vögeln zu befassen, sie zu beobachten. Denn er mochte sie, und sie bereiteten ihm Freude. Irgendwann, vielleicht im Alter, würde er ganz sicher die Zeit dazu finden.

Dann wurde er nachdenklich. War das normal, dass er solche Gedanken hatte? Während wenige Meter abseits eine grässlich zerfetzte Leiche, Resultat eines Mordes, aufgenommen und untersucht wurde, dachte er vergnügt an den kleinen Kopf des Kuckucks? Doch schon an dieser Stelle brach Behütuns die Beantwortung seiner eigenen Frage und damit das Nachdenken darüber ab. Er wollte hier nicht weiterdenken. Man kann sich alles zerstören, wenn man zu viel darüber nachdenkt. Diesen Gedanken nahm er als Abschluss seiner kurzen Irritation. Und auch dieser Gedanke gefiel ihm. Irgendwann würde er einmal damit beginnen, sich solche Gedanken zu notieren, nahm er sich vor. Denn heute belustigen sie mich – aber morgen habe ich sie wieder vergessen. Zu blöd. Aber wie er sich kannte, würde er den Vorsatz sicher nicht in die Tat umsetzen. Für wen auch.

Behütuns rief in der Gerichtsmedizin an.

Der Professor sei heute nicht da, erfuhr er, aber sie hätten interessante Ergebnisse für ihn.

Ach, er wolle vorbeikommen? Jetzt gleich? Prima, das passe sehr gut! Dann also bis gleich!

Ach ja, fügte Behütuns wie nebensächlich an, ihr kriegt heute wieder Arbeit. Noch so eine zerfetzte Leiche.

Schweigen am anderen Ende.

Wieder und wieder schmissen sich drüben die Kiebitze durch die Luft. Streiften beinahe den Boden, schossen senkrecht hinauf, kurvten rasant über die Wiese. Ihr Weiß blitzte auf, und mit ihren breiten Flügeln konnten sie scheinbar spielend jede Bewegung in der Luft vollführen, auch nach Belieben ihr Tempo ändern. Dann landete einer in Ufernähe drüben und stand im Gras, deutlich war sein schwarzer Schopf zu sehen. Der Kuckuck war inzwischen fort, das war Behütuns entgangen. Aber er hörte ihn vom Wald her rufen, sein Klang jetzt leiser. Warum ein Kuckuck wohl ruft? Er hat für die Ernährung seiner Brut doch kein Revier abzustecken und zu verteidigen. Aber vielleicht kennzeichnet er so etwas wie ein Legerevier? Auf der anderen Seite – vielleicht macht er es ja auch wie die Eulen. Denn die Eule, das hatte er einmal gelesen – und auch noch in einem Kriminalroman, das wieder ließ ihn schmunzeln –, hat ihre eigene Art zu jagen. Während sich die meisten Tiere wie etwa Katzen normalerweise still auf die Lauer legen und auf den Fehltritt der Beute warten, um sie dann überraschend und blitzschnell zu schlagen, wählt die Eule einen anderen Weg: Sie, so hatte das dort gestanden, setzt sich offen auf einen Ast und ruft und ruft und ruft. Jedes mögliche Beutetier in der Nähe ist jetzt gewarnt und verharrt. Ist gebannt in ängstlicher, panischer Starre. Irgendwann aber hält eines der potentiellen Opfer das nicht mehr aus und rennt los, verlässt also sein sicheres Versteck. Darauf wartet die Eule, schlägt zu. Eine listige Art zu jagen.

»Wie es scheint, habe ich recht behalten«, sprach ihn eine Stimme von hinten an. Dr. Hartung, der Psychologe vom vergangenen Tag, stand, sein Fahrrad haltend, hinter ihm, die Haare noch verwuschelter als beim ersten Mal. »Ist aber auch ein Scheißjob, den Sie haben. So früh schon solche Sachen.«

Behütuns war einen Moment verwirrt. Wie kam denn der hierher? Hatte ihn jemand informiert? Und ein Satz des Psychologen tauchte unwillkürlich aus seinem Gedächtnis auf: »Der Täter ist hochintelligent.« Stimmt. Er sah den Psychologen an. Prüfend, musste er sich eingestehen, kein bisschen freundlich. Distanziert.

Der Psychologe schien die Situation zu erkennen. Er war schnell im Lesen. »Der Krimi beginnt, das Verderben nimmt seinen Lauf. Unbescholtener Bürger, mäßig intelligent, ist zur falschen Zeit am falschen Ort und wird sofort verdächtigt. Kein Mensch glaubt ihm mehr. Einmal drin in der Maschinerie, kommt er nicht mehr raus. Eins passt zum anderen oder wird passend gemacht. Schwache Argumente werden stark, starke schwach, unterdrückt oder verdreht. Die Wirklichkeit wird vom gewünschten Ergebnis her gedacht, da hat sie keine Chance. Ein Teufelskreis beginnt, das Leben dreht sich nach unten und immer weiter nach unten, nichts ist mehr so, wie es mal war, und schließlich geschieht ein Verbrechen. Aber Schuld ist nicht die Ursache, sondern der Auslöser, frei nach Franz Beckenbauer.«

Behütuns wusste nicht, wie ihm geschah. Schmunzelte der Psychologe, oder war er irr? Was war das für eine Art von Humor? Dachte der immer so?

Der Psychologe deutete auf den Korb seines Fahrrads. »Komme seit Jahren, wenn es das Wetter erlaubt, in den warmen Monaten zum Schwimmen her. Mal abends, mal morgens. Macht den Kopf frei und die Glieder locker.«

Behütuns brummte. »Setzen Sie sich. Und guten Morgen.« Sie gaben sich die Hand.

»Sie werden mich doch jetzt nicht um mein Schwimmen bringen, oder? Bin ich verdächtig? Leider«, und damit wurde er förmlich, »habe ich nicht viel Zeit. Würden Sie mir vielleicht Ihr Handy leihen, damit ich meinen Anwalt …«

Jetzt lachten beide gemeinsam. Gefühl hatte Verstand besiegt, Verstand war für nichts gut, Verstehen kam nicht von Verstand. Verstehen war etwas anderes, fand woanders statt, auf keinen Fall im Kopf.

»Kann man denn hier überhaupt schwimmen? In dieser Brühe?«

Der Psychologe beugte seinen Kopf nach vorn, dem Kommissar entgegen, und flüsterte bedeutungsvoll: »Psssst. Und nicht weitersagen! Das Wasser ist irrsinnig verdreckt. Kloake in den Köpfen der Menschen. Nicht einer will mehr den Fuß hier reinhalten. Nur 20, vielleicht 25 Verrückte gehen hier schwimmen. Früher war es hier immer voll. Bis die Presse endlich mal schrieb, dass das Wasser ungesund sei, voll giftiger Algen und Keime.« Er wurde noch geheimnisvoller, flüsterte beinah. »Der Redakteur geht heute noch hier schwimmen! Das mit der Kloake hat gewirkt. War ein abgekartetes Spiel. Die Wirtsleute haben dann die Wiese nicht mehr gepflegt, zwei oder drei Jahre lang, ließen hier Schafe weiden. Für jeden, der herkam, war das Kloaken-Bild damit bestätigt. Schafsscheiße am Ufer, Blätter auf der Wasseroberfläche. Was einmal im Kopf ist, will nicht mehr raus, das ist so bei den Menschen. Der Mensch hält daran fest. Wissen wird dann zur Wirklichkeit, hat aber oftmals nichts mit ihr zu tun. Ist trotzdem Wirklichkeit. Schön paradox.«

Der Psychologe Dr. Hartung lehnte sich zurück. »Ha! Und

ich gehe in der Kloake schwimmen! Kommen Sie mit, es wird Ihnen guttun.«

Er stand auf und begann sich umzuziehen, hing seine Kleider über sein Rad. Schräg schien die Morgensonne auf den Weiher. Behütuns lehnte dankend ab. Ein Beamter, zur Überwachung der Absperrung der abseits liegenden Fundstelle der Leiche am anderen Ende der Wiese abgestellt, wollte Hartung den Zugang zum See verwehren. Behütuns winkte ab. Hartung stieg an den Stufen ins Wasser. »Sie haben ja meine Nummer«, rief er dem Kommissar noch zu, dann tauchte er in den See. Mit kraftvollen Zügen zog er davon und verschwand hinter dem Haus. Lange noch trieben die Wellen des Schwimmers zum Ufer hin. Dann lag der See wieder ruhig.

Behütuns saß noch eine Weile da. Er würde den Psychologen sicher wieder befragen, und er freute sich schon auf die Begegnung. Dann verabschiedete er sich vom Einsatzleiter der Erlanger Polizei, verließ den Ort des Verbrechens und ging hinüber zum Parkplatz, wo sein Wagen stand. Der Raps war bereits verblüht, das Korn stand noch grün und der Mais drüben nicht einmal kniehoch. In wenigen Wochen wäre der Raps trocken und braun, das Korn gemäht, dachte er, dann wären hier Stoppelfelder und der Mais so hoch gewachsen, dass man selbst stehend kaum mehr über ihn hinwegblicken würde können. Wie schnell die Zeit immer vergeht. Aber was nützt dir das, wenn dir der Bauch zerfetzt wird, wenn du ermordet wirst?

Was Kommissar Behütuns anschließend von dem Assistenzarzt in der Gerichtsmedizin erfuhr, war selbst für einen erfahrenen Beamten wie ihn nicht ganz leicht zu ertragen. Es wühlte ihn auf, und er spürte, dass es ihn persönlich berührte, und zwar unangenehm. Er begann, sich emotional gegen den Täter zu stellen. Keine guten Voraussetzungen für überlegte Ermittlungen. Er musste auf sich aufpassen, dies an sich beobachten. Mehr konnte er nicht tun. Er kannte diesen Moment schon von anderen Ermittlungen. Er kam in eine kritische Phase.

Der Tote am Keller, Joachim Sauer, darüber informierte man ihn, sei bei lebendigem Leib regelrecht gesprengt worden. Er habe 0,93 Promille im Blut gehabt, alles deute darauf hin, dass dies von Bier herrühre, auch habe der Mann wenige Stunden vor seinem Tod Presssack und Bauernbrot mit Senf gegessen, dies hätten die Analysen aus Magen und Darm beziehungsweise deren Resten ergeben. Besonders an die Nieren aber ging Behütuns Folgendes: Es deute vieles darauf hin, dass das Opfer nicht nur lebendig, sondern womöglich auch noch bei Bewusstsein gesprengt worden sei, zumindest bei wieder erwachendem. Man habe eine ganze Reihe Substanzen im Blut des Opfers gefunden. Jede für sich nicht sonderlich bedeutsam, zusammen als Cocktail aber vielleicht doch. Ein Mix, so eine Art K.o.-Tropfen, informierte man ihn. Das müsse man noch untersuchen.

»Die kriminaltechnische Untersuchung hat ergeben«, informierte ihn der Arzt, »dass der Sprengsatz unter dem Opfer zur Explosion gekommen sein muss. Dass die Leiche dann auf dem Rücken lag, muss man dem Explosionsdruck zuschreiben. Der hat den Körper herumgeworfen. Und«, referierte der Arzt weiter, »wenn man, wie ich hörte, davon ausgeht, dass der Sprengsatz eine Mine war, dann könnte es sein, dass man das Opfer, noch bewusstlos, bäuchlings auf diese Mine gelegt hat – und in dem Moment, in dem sich das Opfer bewegt, also wieder zu sich kommt, macht es ›Wumms!‹« Er machte eine kurze Pause. »Rätsel gibt uns noch der Cocktail auf, vor allem das Zusammenspiel seiner Substanzen. Das kriegen wir aber noch raus.«

Behütuns war bedient. Das war schon ziemlich viel für einen sonnigen Morgen. Und, folgerte er auf der Fahrt ins Präsidium, dann hatte der Mörder bis zur Detonation gewartet. Denn das Trikot war eindeutig hinzugefügt, es war kein bisschen zerfetzt.

Was soll ich jetzt bloß sagen, denkt er und
geht einige Möglichkeiten durch.
MARGRIET DE MOOR

13. Kapitel

Um drei viertel elf war Behütuns zurück im Präsidium. In 15 Minuten wollte er seine Kollegen zur Besprechung treffen. Zum täglichen Update. Auf seinem Schreibtisch lagen die Zeitungen der vergangenen Tage. Er hatte sie noch nicht gelesen, hatte noch keine Zeit dazu gefunden. So überflog er schnell die Artikel. Er kannte den Stand der Informationen draußen noch nicht, musste ihn aber kennen. Spätestens zur Pressekonferenz um eins.

Meldung in den *Nürnberger Nachrichten*, ohne Bild, vom Dienstag, der ersten Gelegenheit der Presse, über den Mord am Kalchreuther Keller von der Nacht von Sonntag auf Montag zu berichten. Unter der Überschrift »Toter im Felsenkeller«, deren Überzeile »Brutaler Mord in Idylle« und der Subhead »Polizei hat noch keine Anhaltspunkte« stand hier im Einstiegstext zu lesen: »Am Tag nach dem Kirschenfest in Kalchreuth wurde im Felsenkeller abseits der Straße nach Neunhof vom Wirt des Kellers eine Leiche gefunden. Die Polizei geht von einem Mord aus. Das Opfer ist noch nicht identifiziert. Untersuchungen dauern an.«

Der Text des eigentlichen Artikels lautete folgendermaßen: »Am Morgen des gestrigen Tages fand der Wirt des Felsenkellers Kalchreuth eine Leiche. Wie die Polizei berichtet, war der Wirt früh zum Keller gefahren, um dort aufzuräumen. Er fand den Keller aufgebrochen vor, und auf der Treppe im Vorraum lag eine Leiche. Es muss ein schrecklicher Anblick gewesen sein, denn der Bauchraum der Leiche war geöffnet. Nähere Informationen gab die Polizei nicht bekannt. Bei dem Toten handelt es sich um eine männliche Person mittleren Alters, wahrscheinlich zwischen 40 und 50 Jahren. Bei der Person wurden keinerlei Papiere gefunden. Noch hat die Polizei keine Anhaltspunkte, wer die Person ist. ›Wir haben bislang keinerlei Spuren gefunden, die auf den Täter hindeuten‹, so Kommissar Behütuns. Der Körper des Opfers weise alle Anzeichen auf, wie sie für Opfer von Explosionen typisch seien. ›Unsere Spezialisten gehen davon aus, dass die Tat dort stattgefunden hat‹, so ein Sprecher der Polizei. Das Opfer habe gute Kleidung getragen. Der genaue Todeszeitpunkt konnte noch nicht festgestellt werden. Obwohl vieles auf eine Mordtat hindeute, könnte der Tote auch Opfer eines Unfalls geworden sein. Dies alles aber müssten erst weitere Nachforschungen sowie die Obduktion ergeben. Sie wurde von der Staatsanwaltschaft angeordnet. Die Polizei hat für den heutigen Abend eine Pressekonferenz anberaumt. Wir werden weiter berichten. Wie kurz vor Redaktionsschluss mitgeteilt wurde, ist der Wirt des Kellers, wahrscheinlich infolge der Aufregung, an Herzversagen verstorben.«

Das entsprach zum Zeitpunkt der Presseinformation vom Montagnachmittag den bekannten Fakten. Behütuns griff zur *BILD*-Zeitung vom Dienstag. Dieses Blatt hatte den Fall als Aufmacher-Meldung auf der Titelseite inszeniert, mit Bild: »Horror-Mord im Killer-Keller! Leiche bestialisch zerfetzt! Auch Kellerwirt tot.« Subhead: »Club-Trikot im offenen Bauch!« Der kurze Text dazu lautete: »Von einer grausigen Explosion zerrissen lag der Tote da. Die Gedärme hingen heraus, und die Leiche guckte ihn an, als Kellerwirt Johann Dinder gestern seinen Bierkeller öffnete, um nach dem Rechten zu sehen. Blut, Blut und überall Blut! Bestialischer Höhepunkt der Tat: Durch die offenen Gedärme des Toten hatten die Täter ein Club-Trikot gezogen. Fankrieg? Rache im Milieu? Unterwelt? Die Polizei sucht noch nach Gründen.«

Text zum Bild des Wirtes: »Johann D., der Kellerwirt: ›Ich hab erst mal gekotzt. Sowas Grausames habe ich noch nie gesehen.‹ Danach blieb Dinders Herz stehen. Tot. Die Aufregung.«

Text zum Bild der Leiche: »Das bisher einzige Bild vom Blutmord. Wie kam das Trikot unter die zerfetzte Leber?«

Und wie kam das Bild an die Presse?, fragte sich Behütuns. Und wie die Information von dem Club-Trikot? Diese Zeitung war einfach nur zum Kotzen. Er nahm sich die Ausgaben vom Vortag vor. So viel Zeit hatte er noch.

Meldung in den *Nürnberger Nachrichten*, Mittwoch, mit zwei Bildern. Überschrift: »Opfer noch nicht identifiziert.« Überzeile: »Polizei tappt im Dunkeln.« Subhead: »Im Mordfall viele Fragen offen.« Texteinstieg: »Noch keinen Schritt weitergekommen ist die Polizei bei ihren Ermittlungen. Sonderkommission ermittelt in alle Richtungen.« Text: »Wie die Polizei berichtet, ist man bei den Untersuchungen rund um den mysteriösen Leichenfund vom Montag dieser Woche (wir berichteten) noch nicht weitergekommen. Man suche noch nach einer ersten Spur. Im Felsenkeller Kalchreuth war eine verstümmelte Leiche gefunden worden. Als Todeszeitpunkt vermutet der Pathologe bislang noch unter Vorbehalt ›zwischen 22 und 23 Uhr‹. Bisher konnte keiner der Anwohner – der nächste wohnt, ohne Sichtkontakt zum Ort des Geschehens, allerdings über einen Kilometer Luftlinie entfernt – Hinweise geben. Niemand scheint etwas beobachtet zu haben. Dennoch der Aufruf der Polizei: Wer hat am Sonntagabend im Großraum Neunhof, Kalchreuth, Heroldsberg, Eckental, Gräfenberg oder der weiteren Umgebung Verdächtiges wahrgenommen, zum Beispiel eine Detonation gehört? Wer war am Sonntagabend auf dem Keller und kann der Polizei Informationen geben? Sachdienliche Hinweise nimmt jede Polizeidienststelle entgegen.

Wie der Polizeisprecher betont, ist noch immer nicht eindeutig geklärt, ob es sich tatsächlich um einen Mord handelt. Allerdings spreche nach dem jetzigen Stand der Ermittlungen die Sprache der Spuren im Keller sehr deutlich für eine kriminelle, beinahe professionelle Tat. ›Das war saubere Arbeit‹, so der ermittelnde Kommissar und Chef der Sonderkommission, Friedo Behütuns. Ersten Erkenntnissen zufolge könnten die schweren Verletzungen des Opfers durch die Einwirkung eines Sprengsatzes, etwa einer Handgranate oder einer Mine, hervorgerufen worden sein. Um welchen Typ und Hersteller es sich dabei handelt, muss noch untersucht werden – bei weit über 200 unterschiedlichen Typen weltweit allein an Landminen keine leichte Aufgabe. Deshalb rechnet die Polizei auch mit langwierigeren Untersuchungen.

Unklar ist bislang auch die Bedeutung des Trikots, das bei dem Toten gefunden wurde. Es ist eines der bei Fans sehr beliebten Trikots des 1. FC Nürnberg mit der Rückennummer 19 und dem Namen des im vergangenen Jahr von der SpVgg Greuther Fürth zum Club gewechselten Mittelfeldspielers Aaron Suess. Trikots wie dieses gibt es im Fan-Shop des FCN zu kaufen. Auf der Brust befindet sich der Namenszug des aktuellen Hauptsponsors des Vereins. Auch hier die Frage der Polizei: Wer kennt jemanden mit diesem Trikot? Wem ist es womöglich abhandengekommen?

Bei der Leiche wurden keinerlei persönliche Dinge gefunden. Der Mann trug hochwertige Markenkleidung, jedoch keine Maßanfertigungen.

Die Sonderkommission der Polizei, bislang vier Personen, soll nach Auskunft von Behütuns noch heute um weitere Spezialisten erweitert werden.«

Text zu Bild eins: »Ein Trikot dieser Art, Größe XL, wurde bei dem Toten gefunden. Wer vermisst eines?« Text zu Bild zwei: »Die Polizei fragt: Wer kennt diesen Mann? Dunkle Haare, Alter ca. 45, keine Narben, kein Tattoo, Körpergröße 1,87 m, Gewicht 82 kg. Sachdienliche Hinweise, die zur Aufklärung beitragen können, nimmt jede Polizeidienststelle entgegen.«

Behütuns war einigermaßen beruhigt. Das entsprach immer noch zu weitesten Teilen den Tatsachen. Nichts von Savitas war bisher nach außen gesickert, nichts von dem Verdacht in Richtung rechte Szene. Gut. Aber mit mulmigem Gefühl nahm er die *BILD*-Zeitung zur Hand.

Hier war der Fall wieder die Aufmacher-Meldung auf der Titelseite, garniert mit nicht weniger als vier Bildern. Headline über die halbe Seite: »Fan-Krieg Nürnberg – Fürth?« Subhead: »Bestialischer Minen-Mord führt direkt in Fürther Fankreise!« Text: »Der Bierkellermord vom Sonntag hält eine ganze Region in Atem. Die Leiche wurde durch die Explosion einer Mine im Bauchraum völlig zerfetzt. In den offenen Bauch hatten die Monstertäter ein Club-Trikot von Aaron Suess gesteckt, unter der schwer beschädigten Leber und der Lunge hindurch! Suess hatte erst letzte Saison von Fürth nach Nürnberg gewechselt. Die Polizei geht von einem bestialischen Racheakt aus und ermittelt bereits intensiv in den Fankreisen.« Ein Bild zeigte das Trikot, dazu der Text: »Mit Blut und Rache besudelt: Das Trikot des Spielers Suess.« Das zweite Bild zeigte das Gesicht des Toten, die Bildunterschrift lautete: »Noch unbekannt: Das Opfer. Ein Nürnberger?« Ein drittes Bild schließlich zeigte den Bierkeller, dazu die Bildunterschrift: »Gestern noch Idylle, heute ein Ort des Grauens: Der Kalchreuther Felsenkeller macht seinem Namen ›Teufelsbadstube‹ alle Ehre.« Das letzte Bild schließlich zeigte Michael B. Grün, den langjährigen, inzwischen aber im Ruhestand befindlichen Club-Präsidenten mit folgendem Zitat: »›Ich kann das nicht glauben, dass Fußball zu so etwas führt. Aber die Täter sollen sich schon einmal warm anziehen!‹ Michael B. Grün, langjähriger Präsident des Clubs und Teppichhändler.«

Die Zeitungen von heute lagen nicht da. Hatten sie ihm diese aus reinem Selbstschutz nicht hingelegt? Seine Kollegen kannten ihn. Er hatte keine Zeit mehr, dieser Vermutung nachzugehen. In wenigen Minuten musste er hinüber zu den Kollegen, dann würde sich das schon klären. Eine Mappe aber fiel ihm noch ins Auge bei der Durchsicht des Chaos' auf seinem Platz. Auf ihr klebte ein gelber Zettel: »Fanforen. Schau mal rein. Gruß Jaczek«. Was hatte denn das zu bedeuten? Behütuns nahm die Blätter aus der Mappe. Es waren Screenshots aus dem Internet.

Beschriftet mit »Offizielles Fan-Forum der Spielvereinigung Greuther-Fürth, heute früh« las er da:

»Hey Leute, *BILD* gelesen? Solln das? *DOWN*

einmal jude, immer jude *Shortfeeter88*

Mal langsam, Leute. *BILD* schreibt ganz große Scheiße! Außerdem: der Aaron isn klasse Kerl. *matzikase.*

Hatn der Suess mit dem Mord zu tun? Versteh die ganze Aufregung nicht. Blasn so Bekloppte n Typ weg und soll was mit uns zu tun haben? Ham doch ein an der Waffel! Cool down, Leute, die Polizei muss ran. Alle Grünen für die Grünen! *kleeplatt*

Wenns losgeht, sagt mir bescheid. der knüppel zittert schon! der klopft schon richtig im schrank! Clubschädel spalten!!! Oahhhhhhhhhhhh !!!! :-) *morekiss18*

NN lesen!!!! *FN* lesen!!!!!! *BILD* macht wild! unddummundblödundbeklopptundscheisseimkopp! *kläblattunser*

Kleeplatt hat Recht. Matzikase auch. kläblattunser: DANKE! Lasst euch doch von der Gossenpresse nicht den Geifer ins Gesicht treiben! Weiß nicht, was die im Schild führen, aber wenn ihr die *Fürther Nachrichten* lest (und sogar die *Nürnberger Nachrichten*!!), klingt die Sache gaaaaaaaaanz anders. Nix ist klar bisher in dem Fall und mit Fußball hat er erstmal garnichts zu tun. Also sportlich bleiben!! *dosenpfand*

Yeah! Gut sprochen! *Laller*

Ganz meine Deinung! *lobhudel*

Moinmoin. Isn bei euch da los? Schon mal beim glubb auf die Seiten geschaut? Dass sich da mal nichts zusammen braut!! Leute, bleibt cool. Irgendjemand scheint mir hier ein ganz ein komisches Spiel zu spielen! Totenkopfgrüße an alle Kleeblätter und Glubberer! *Exilfrange aus sanktpauli*

Beim Olli von der Weißen Rose ham sie die Fensterscheiben eingschmissen! *kleepunk.de*

Der Knüppel ruckelt immer mehr ... *morekiss88*

In Gostenhof sollen 100 Clubärsche stehn!!!! *nojoke4*

Liebe Leute, jetzt mal aufgepasst. Ich mische mich ja ungern ein, aber irgendwas scheint hier fundamental schräg zu laufen. Verbale Attacken sind ja das eine, da drücken wir schon mal ein Auge zu, auch wenns mal etwas deftig ausfällt. Weils doch meistens nicht so ernst gemeint ist und der Spaß im Vordergrund steht. Aufruf zur Gewalt aber ist etwas ganz anderes. Mal sachlich: Die *BILD*-Zeitung hat Scheiße geschrieben, die Sachlage ist doch völlig anders. Es ist ein Mord – und nichtmal das ist sicher! – passiert, und irgendwer hat sich nen ziemlich schlechten Scherz gemacht, weit jenseits des Erträglichen, warum auch immer, und da ein Trikot mit dazu gelegt. Was das bedeutet, weiß bislang kein Mensch, geschmacklos ist es auf jeden Fall. Lest bitte andere Zeitungen als bloß *BILD*, überall steht das ganz anders drin. Okay, die Clubfans sind nicht unsere besten Freunde – aber genau deshalb lieben wir sie doch! Verbal Dampf ablassen, sportlich aufm Platz, und ab und zu mal vielleicht ein kleines Foul. Dann gibts die Gelbe Karte und gut is. Tacklings gehören zum Spiel. Tätlichkeiten nicht! Also sportlich bleiben und fair. Was Sache ist, sagt immer noch der Schiri, und das ist in diesem Fall die objektive Sachlage und das, was die Polizei bekannt gibt. Also bitte keine wilden Hetzereien, keine Aufrufe zu Gewalt, keine Unfairness. Sonst müssen wir die Seite sperren, so leid es uns tut. Alles klar, Männer? Hipphipp.... ??? *Webman und Crissy von den Fans*

... Hurrahh! *wolfsschluchtdoldi*

Und was ist mit der Scheibe vom Olli? Und den 100 Clubfans in Gostenhof? *nixangsthase*

Gerüchte, da ist nix dran!! *Olli, Weiße Rose*

Weiße Rose, scheißt sich in die Hose!! *UnserClub5000*«

Die Ausdrucke verschiedener Einträge privater Fan-Foren des Clubs ersparte sich Behütuns. Er musste jetzt hinüber. Wir werden etwas unternehmen müssen, dass hier nichts aus dem Ruder läuft, war sein Gedanke. Die Zeitungen und die Mappe mit den Screenshots unter dem Arm, wechselte er hinüber in den Teamraum. Alle waren da. Sogar Jaczek. Behütuns verkniff sich eine Bemerkung, er nahm es einfach zur Kenntnis. Jede Bezugnahme auf Jaczeks Pünktlichkeit hätte jetzt nur Gegenteiliges bewirkt. Schön, dass er da war. Und bei dem Gedanken beließ er es.

Ich verlor den Überblick über meine Gedanken.
SIRI HUSTVEDT

14. Kapitel

Die Sitzung verlief ergebnis-, aber nicht erkenntnisreich. Die Sonne schien ungebremst in den Raum, die Abdunkelung war defekt, die Tische blendeten. Behütuns schwitzte. Er berichtete vom Treffen mit dem Psychologen. Der auf einen Verrückten tippte, so verkürzte es Behütuns. Hochintelligent, aber irgendwo durchgeknallt. Dass die Zeichen – Trikot, Name, Nummer, Verein, Sponsor et cetera – sich noch nicht deuten ließen und mit weiteren Morden zu rechnen sei. Was ja nun eingetroffen sei.

Er berichtete von den bisherigen Befunden aus der Gerichtsmedizin. Dass das Opfer aller Wahrscheinlichkeit nach bei lebendigem Leib, womöglich sogar bei Bewusstsein gesprengt worden war. Jetzt benutzte er schon selber diesen Jargon. Es ekelte ihn vor sich selbst.

Die Wohnungsdurchsuchung bei Dr. Sauer, dem ersten Opfer, hatte nichts gebracht, an den Rechnern war man noch dran, aber irgendwie drängte sich das Gefühl auf, dass dieser Mann geheimdienstmäßig unterwegs gewesen sein musste. Oder die Wohnung eine Scheinwohnung oder Deckwohnung war, aus welchen Gründen auch immer. Nichts, aber auch gar nichts Verwertbares bisher in den Räumen und unter den Hinterlassenschaften des Dr. Sauer über seine Tätigkeit für Savitas. Nur die Buchungen seiner letzten Reisen. Iran, Russland, Brasilien, Finnland, Frankreich und wieder Brasilien. Anfragen diesbezüglich an Savitas wurden nicht beantwortet. Das Unternehmen mauerte, ließ nichts verlauten und drohte inzwischen ganz unverhohlen durch seine Anwälte. Das würde noch eine harte Nuss werden, wollten sie hier weiter kommen.

Der Nürnberger Rüstungskonzern Diehl als möglicher Produzent der Minen war inzwischen abgehakt, zumindest vorläufig. Man wollte von den Fachleuten erst genauere Angaben über die Mine haben. Wenn es denn eine war – auch das war ja noch nicht eindeutig geklärt.

Auch bei Dynamit Nobel schickte man inzwischen die Anwälte vor. Die Industrie zeigte sich kooperationsbereit wie immer. Das ganze Gebaren der Unternehmen war wieder einmal äußerst ärgerlich und machte sie damit hochverdächtig. Sie gaben einem allen Anlass, nur und ausschließlich schlecht von ihnen zu denken und fütterten den Verdacht mit jeder nur möglichen Verlautbarung. Das war wie eine hermetische Welt jenseits der Gesetze. Solange man sie in Ruhe agieren ließ, verhielten sie sich ruhig und machten ihre Geschäfte. Ging es um etwas, von dem sie profitieren konnten, durfte man auf jede nur erdenkliche Weise kooperieren. Savitas sponserte sogar den überregionalen Ball der Polizei, und das nicht zu knapp. Eckten sie aber einmal irgendwo an oder gerieten sie, und sei es durch Zufall oder auch ungerechtfertigt, in einen Verdacht, fuhren sie die Zugbrücken hoch und die Geschütze aus. Lebt ihr in eurer Welt, lasst uns in unserer und tun und lassen, was wir für richtig halten, dann kommen wir gut miteinander aus, und ihr habt auch etwas von uns, das schien die Botschaft zu sein. Behütuns kannte das schon.

Bei den Rechten, also was die Nachforschungen um den Ingolstädter Neonazi und verurteilten Minenhändler Anton Malter und den Schlossherren Hofinger anging, war man nicht einen Schritt weiter gekommen. Sie wurden als nicht auffindbar gemeldet und waren erst mal verschwunden. Das war's. Der Nachrichtendienst schien auch nicht mit besonders großem Engagement nach ihnen zu suchen – diesen Eindruck äußerte Jaczek, der sich darum gekümmert hatte. Der BND gab keine Erkenntnisse über die rechte Szene preis, das Argument dafür war der Schutz von Informanten. Eigenartig, dass jede Aktion und jeder Aufklärungsversuch, sobald man sich der rechten Szene näherte, immer unter dem Hinweis auf die Sicherheit der Informanten unterbunden und blockiert wurde. Die Informanten waren inzwischen der größte Schutz der Rechten und hatten letztlich schon beim Scheitern des NPD-Verbotes eine ganz zentrale Rolle gespielt. So trug der BND schon lange ganz direkt und entscheidend zum Fortbestand der Rechten und ihrer Aktionen bei. Da konnte man schon einmal auf komische Gedanken kommen. Wessen Interessen wurden denn hier eigentlich verfolgt? Und auf wessen Betreiben? Aber so etwas durfte man nicht einmal halblaut denken. Ja, der Job des Polizisten war manchmal ein beschissener.

Blieb letztlich nur das Feld der Vermutungen rund um den Fußball, den 1. FC Nürnberg und eventuelle Verbindungen oder Verstrickungen in die Wettszene oder zu irgendwelchen Fanfeindschaften. Das aber war Behütuns alles zu diffus. Und – diese Frage stellte er – was hat es zu bedeuten, dass gerade die *BILD*-Zeitung, die ja dieselben Informationen hatte wie die anderen Zeitungen auch, einzig und allein auf dieses Umfeld setzte und es in ihren Berichten instrumentalisierte? Dass sie alle anderen Ansatzpunkte, die fraglos vorhanden waren, wiesen sie nun in Richtung Rüstungsindustrie oder in Richtung Atomindustrie, nach außen hin völlig ausließ, ja geradezu totschwieg und nur über den Fußball berichtete? Auch hier kam man an einem diffusen Verdacht kaum vorbei: Die Rüstungs-, genauso wie die Atomindustrie waren doch seit jeher mit der Macht verbandelt. Der Lobbyismus blühte, die Argumente der Politik waren die der Industrie, da gab es keinen Unterschied. Und: War *BILD* nicht schon seit Jahrzehnten mit der Macht verquickt?

Man könnte Anhänger von Verschwörungstheorien werden, seufzte Behütuns. Aber das hilft nichts, wir brauchen Fakten. Außerdem sind solche Überlegungen, so nahe sie auch liegen, unterm Strich doch ziemlich haltlos, dachte er sich. Und damit schloss er die Bestandsaufnahme ab.

Dann kam er zu dem neuerlichen Mord, dem am See. Schilderte seinen Kenntnisstand, der erst vorläufig war. Kam auf die Person des Opfers zu sprechen, Franz-Josef Pitsch. Betreiber der Savitas-Kantine, irgendwie verzahnt mit dem 1. FC Nürnberg, also mit dem Fußballgeschäft, durch seine Bratwurststände im Stadiongelände, angebliche Halbweltvergangenheit in Verbindung mit seiner Boxerkarriere. Soll einmal einen Prozess geführt haben gegen Hoeneß und die Bratwurstfabrikanten.

»Wir sollten uns auf die Gemeinsamkeiten konzentrieren. Alles andere später.«

»Also Savitas und der Club«, sagte Dick.

»Mehr sehe ich im Moment nicht. Immerhin, Savitas ist der Sponsor, richtig?«

»Stimmt. Bei Savitas sprechen wir mit den Anwälten. Beim Club stochern wir im Nebel und haben keine Anhaltspunkte.«

»Vielleicht bekommen wir ja welche, wenn wir uns um die Bratwurstbuden kümmern. Jaczek?«

»Ich werd's versuchen.«

Ab diesem Moment überschlugen sich die Ereignisse.

Erst steckte Frau Klaus den Kopf zur Tür herein, der Teamassistent. Die Teamassistentin.

»So sehr es mir leid tut, ich muss die Herrenrunde stören«, und reichte ein Fax herein.

»Uhlala, bei euch riecht es aber streng. So richtig schön männlich. Hmmm.« Und war schon wieder draußen. Dick und P. A. grinsten, P. A. drehte affektiert die Handflächen seitlich nach oben, Dick nahm den Kopf zurück und strich sich durch das kurze Haar. Sie lachten.

Jaczek sah sie vorwurfsvoll an. Für diese Art von Humor hatte er überhaupt kein Verständnis. Für welche Art überhaupt?

Behütuns hielt das Fax in der Hand, wollte lesen.

Dann klingelte das Telefon.

»Behütuns bei der Arbeit.« Behütuns reagierte unwillig. »Frau Klaus? Ja, Sie stören!«, flötete er und wollte schon wieder auflegen. Dann schwieg er, hörte zu.

»Stellen Sie ihn durch.«

»Kommissar Behütuns, Kripo Nürnberg. Grüß Sie Gott!«

Der Kommissar stellte auf laut.

»Kommissär Alberto Lugio, Kriminalpolizëi Locarno aus dr Schwiz«, meldete sich die Stimme auf der anderen Seite in schweizerischem Singsang. »Nur eine kurze Frage hätte ich, odr?«

»Ja?«

»Sie hatten doch den Mord bei sich mit der Sprengung. Handgranate oder Mine, odr?«

»Ja.«

»Und mit dem Trikot, odr?«

»Ja.«

»Hättmr in dr Zeitig gläse.«

» - - - «

»Wir haben auch einen.«

» - - - «

»'n Deutschr.«

» - - - «

»Dachten, 's intressieret Sie, odr?«

Dick und P. A. hielten sich den Mund, Jaczek schaute vorwurfsvoll.

» - - - «

»Münchner.«

» - - - «

»Auch gesprengt.«

»Wo haben Sie ihn gefunden?«

»Auf einr Hütte im Tessin.«

»Wann?«

»Heute Morgen. Lag abr schon längr da.«

»Wie lange schätzen Sie?«

»Zwi odr dri Tag. Hat net guet ausglueget.«

»Wann können Sie das genau sagen?«

»D' Untersuchungi laufet noch.«

»Wie heißt der Mann, wissen Sie das?«

»Schradr. Schradr Hajo.«

»Ein Tourist? Ein Wanderer, Urlauber?«

»Hüttewart.«

»Ein was?«

»Hüttewart, odr. Hat'd Alzasca g'macht. Eine Hütte im Tessin.«

»Ein Deutscher macht dort Hüttenwirt?«

»Zwei Wochen nur, dann wird gewechselt.«

»Also Urlaub?«

»'s is kein Urlaub, 's is Arbit, odr.«

»Versteh kein Wort. Was hatte er für einen Beruf?«

»Werbr. Reklame und so.«

»Und wissen Sie, wo?«

»Communia, ne Werbiagentur aus München.«

Während Behütuns sich mit Alberto Lugio unterhielt und sich die Fakten geben ließ, googelte P. A. die Agentur im Netz.

»Hab sie schon.«

Dick sah mit auf den Bildschirm.

»Ziemlich großer Laden, Communia. Französisches Unternehmen, weltweit unterwegs. Über 100 Agenturen. Fünf Mal in Deutschland, allein in München über 200 Mann, um die 50 in Nürnberg. Nie gehört.«

P. A. klickte sich durch die Seiten.

Behütuns hatte sein Gespräch beendet.

»Hier: Hajo Schrader! Creative Director. Keine Ahnung, was das ist. Diese Fantasiebezeichnungen der Werbefuzzis. Ah, da steht's: Konzeption, Strategie und Text. Und hier, festhalten: Macht auch Werbung für Savitas!«

Schweigen in der Runde.

»Schon wieder Savitas! Nur macht's noch keinen Sinn.«

Behütuns hatte als erster das überraschte Schweigen gebrochen. »Sie wollen, dass ich komme.«

Fragende Blicke sahen ihn an.

»D' Schwizr, odr.«

Er lachte etwas gequält. »Macht ja auch Sinn, dass ich mir das anschaue. Wer weiß, wie die da ermitteln in den Bergen.«

»Und ich habe noch etwas!«, fuhr Behütuns fort. »Ein Fax aus einem Hotel.«

Er nahm das Fax, das Herrfrau Klaus vorher hereingereicht hatte, wieder auf. Sah es sich an und las dann vor.

»Hotel Esplanade, Iquique, Tarapacá, Chile. Weiß jemand, wo das ist?«

Jaczek räusperte sich. »Tarapacá, nördlichste Region von Chile, Hauptstadt Tarapacá; von Charles Darwin noch als elendes Nest beschrieben, wirkt heute fast wie Miami Beach, zumindest dort, wo die Leute das Geld haben. Genug?«

Er wirkte gequält. Beinahe so, als ob es ihm lästig war, sein Wissen an ganz offensichtlich Unwissende weiterzugeben. Es herzugeben. Wissen, das für ihn das Banalste der Welt zu sein schien.

Manchmal konnte man sich über das Wissen von Jaczek nur wundern. Je abseitiger etwas war, desto größer die Wahrscheinlichkeit, dass Jaczek es wusste. Manchmal kam er ihnen wie ein wandelndes Lexikon vor. Allerdings auch genauso freud- und humorlos. Trockenes Wissen, abgespeichert in irgendwelchen Hirnecken, das Staubwolken aufwirbelte, wenn man es hervorzog.

Behütuns sah auf die Uhr.

»Abgeschickt um 7.22 Uhr Ortszeit.«

Er sah noch einmal auf seine Uhr.

»Wie viel Zeitunterschied haben wir nach Chile?«

»Vier Stunden minus« gab Jaczek emotionslos von sich.

Behütuns sah immer noch auf seine Uhr.

»11.32 Uhr. Also ganze zehn Minuten alt.«

Und dann las er das Fax vor. Es kam von einem Pal Weber, einem Erlanger Ornithologen. Das war Behütuns sofort sympathisch.

»Und? Weiß jemand, was das ist?«, fragte er in die Runde.

»Ein Vogelkundler.«

Langsam schien Jaczek wirklich gelangweilt. Als ob er es mit lauter Idioten zu tun hätte. Er hatte den Spaß nicht verstanden.

Dieser Pal Weber also, fuhr Behütuns fort, sei derzeit in besagtem Hotel in Chile, wo er an einem weltweiten Ornithologenkongress teilnehme. Er komme erst in einer Woche wieder zurück, weil er im Anschluss an den Kongress noch nach Feuerland fliege. Heute früh habe er im Internet unter *nordbayern.de* seine Heimatzeitung angeklickt und von dem Mordfall am Kalchreuther Keller gelesen. Er wisse nicht, ob es wichtig sei und überhaupt mit der Sache zu tun habe, aber er wolle auf jeden Fall diese Information einmal deponieren.

Und dann beschrieb er in erstaunlich klaren und sachlichen Worten, was er am Tag vor seiner Abreise im Wald erlebt hatte. Nach der etwas schwülstig-umständlichen Einleitung war das so kaum zu erwarten gewesen. Und er beschrieb auch genau die Stelle, mit Gemarkungsnummer und -namen, an der er seine Beobachtung gemacht hatte. Mit grober Skizze dabei.

Behütuns hatte geendet.

»Ziegenmelker? Jaczek?«

Er rief ihn auf wie in der Schule.

Jaczek zuckte mit den Schultern.

»Sonst jemand, der sich einen Stern verdienen will?«

Schweigen.

»Vogel. Nachtschwalbe. Taubengroß. Perlen vor die Säue.« Behütuns zuckte hochnäsig mit dem Kopf. Dann wurde er wieder sachlich.

»Es tut sich etwas, Leute, es scheint, wir haben eine erste Spur: Ein – wie heißen die Dinger? Schützenpanzer. SUV. Sport Utility Vehicle. Ob BMW, Renault, Mitsubishi, Audi oder sonst was wissen wir nicht. Wir wissen aber, dass er dunkel ist und kennen Fragmente des Kennzeichens. N, etwas mit P und zwei Zahlen, eine davon möglicherweise eine Neun. Los geht's, suchen!«

Frau Klaus kam wieder zur Tür herein, ein Blatt Papier in der Hand.

»Wird euch interessieren: Das Ergebnis der Bundeswehrfachleute. Hach, die haben so schöne Uniformen! Und riechen besser als ihr.« Die Dame war schon wieder draußen.

Jaczek machte das Fenster auf.

Behütuns sah auf das Blatt.

»Diehl und Nobel sind raus. Wir haben die Analyse der Mine. Oder besser: erst mal die Bestätigung, dass es eine Mine war. Und dann auch noch, was für eine: eine sogenannte Entlastungsmine.«

Behütuns machte eine kurze Pause und las weiter. Dann fasste er zusammen:

»Entlastungsmine bedeutet, man legt auf das Ding was drauf. Einen Stein oder so. Und wenn das jemand wegräumt, geht die Mine los.«

»Dann macht die Beschreibung von dem Vogelfritzen Sinn«, stellte Dick fest. »Der hat ja geschrieben, dass der Typ da was draufgelegt und das dann mit einer Schnur weggezogen hat.«

Behütuns las noch einmal nach.

»Entlastungsmine als Personenmine. Also keine Panzermine. Soll Personen verletzen oder verstümmeln. Der verwendete Typ war nur sehr schwer zu ermitteln, deshalb hat es auch so lange gedauert. Stammt aus Russland, wurde nur eine kurze Zeit Anfang der 1970er-Jahre gebaut, dann wieder eingestellt. Man hielt, makaber, makaber, die Sprengkraft für nicht ausreichend. Exemplare dieser Mine sind aber wieder im Kosovo aufgetaucht. Es sind also noch Exemplare im Umlauf. Diese Information stammt von den NATO-Spezialisten der KFOR-Truppen.«

»Leute, wir kommen vorwärts.«

Behütuns spürte, wie der Jagdtrieb in ihm erwachte. Ein leichtes Prickeln, eine innere Unruhe, durchaus nicht unangenehm, viel mehr belebend. Diesen Zustand kannte er. Immer dann, wenn er das Gefühl hatte, zielgerichtet suchen zu können, stellte er sich ein. Wieder sah er auf seine Uhr.

»Sch... – schon fünf nach zwölf. Ich muss zur Presse. Denen werde ich jetzt erst mal den Marsch blasen, vor allem den *BILD*-Leuten. Unverantwortlich, was die für einen Müll schreiben.«

Er wusste, dass eine Standpauke bei der Presse genau das Gegenteil dessen bewirken würde, was er beabsichtigte. Aber bei der Presse konnte man nur immer alles falsch machen. Die schrieben nach Auflage, nicht nach den Fakten. Was man ihnen erzählte, drehten sie einem im Mund herum, bliesen es auf und fantasierten. Er hatte es aufgegeben, sich mit diesen Schwachköpfen von *BILD* Mühe zu geben. Und jetzt freute er sich darauf, Dampf abzulassen!

»Ihr wisst, was zu tun ist? Dann los! Oder will einer mit zur Presse?«

Abwesend sahen die drei Peters zur Decke oder zum Fenster hinaus. Plötzlich waren sie sich alle einig. Hatte gerade jemand etwas gesagt?

»Also: Wir müssen eine Liste der in Frage kommenden Autos erstellen. Das dürfte ja nicht allzu schwer sein. Dann überlegt mal, wie die drei Personen in Verbindung stehen könnten. Wir brauchen das Ergebnis, bevor es eine vierte Leiche gibt. Also fährt am besten einer mal zu dieser Agentur nach München und spricht dort mit den Leuten.«

Damit verließ er den Raum, seine Mappe unter den Arm geklemmt.

Auf dem Weg zur Presse sah Behütuns noch schnell gegenüber bei Frau Klaus hinein. »Besorg mir bitte ein Ticket nach Locarno, Schweiz, Tessin. Ich fahre so bald wie möglich. Oder fliege. Was schneller geht.«

»Geld spielt keine Rolle«, konnte er sich gerade noch verkneifen. Trotzdem: Damit war auch schon der Ärger mit dem Chef vorprogrammiert. Reisekosten senken und minimal halten, hatte es zu Jahresanfang geheißen.

Doch jetzt wollte er erst einmal bei der Presse Ärger machen, besser gesagt bei den Vertretern der *BILD*.

Er hätte nicht geglaubt, dass sein Donnerwetter Früchte tragen würde. Doch am nächsten Tag titelte die *BILD*: »Leiche Nr. 3! Atommafia?« Und sie schrieb, dass sich die Fußball-Spur als falsch erwiesen habe. Brav so, freute sich Behütuns, als er am nächsten Tag per Telefon darüber informiert wurde. Savitas konnte man ruhig einmal diffamieren und auch falsch verdächtigen. Die sollten endlich einmal raus mit der Sprache. Am liebsten mit dem Rücken zur Wand.

Das war seine Meinung.

Wieviel Neues auch immer mitzuteilen ist,
es muss ausdrücklich zu dem in Beziehung
gesetzt werden, was schon bekannt ist.
Judith Macheiner

15. Kapitel

Am frühen Morgen kam Behütuns am Bahnhof von Locarno an. Nach einer Nacht im Zug. Elf Stunden und 53 Minuten Reisezeit, Umsteigen in München, Zürich, Bellinzona. Wer da noch Zug fährt, spinnt. Zurück würde er den Flieger nehmen.

Alberto Lugio hatte ihn mit einem »Grüezi!« abgeholt. Ein gedrungener Mann mit fettem Schnauzbart und einem Lachen in den Augen. Der Schweizer tat schon am Morgen gut.

Sie waren in das Krankenhaus gelaufen, hatten zuvor am See einen Kaffee getrunken. Nur alte Menschen waren unterwegs, fast ausschließlich Touristen, das war eindeutig zu sehen. Behütuns verkniff sich eine Bemerkung. Als ob man hier die Rentner busseweise hergekarrt und ausgesetzt hätte, am frühen Morgen schon. Und er wusste: Hier würde er nie Urlaub machen.

Sie gingen in den Keller, in die Kühlkammer. Dort hatten sie den Mann halbwegs vorbereitet, trotzdem sah er noch schrecklich aus.

»Die Adlr hatten sich schon übr ihn hergmacht«, erklärte ihm Kommissar Lugio. »Die gehen gerne auf die Augen, denn sie sind weichr. Und auch dr Fuchs. Undr hat zwei Tage im Regen gelegen. Das alles macht ihn ja nicht schöner, odr?« Das Schweizerisch des Kommissars belustigte Behütuns, die so ganz andere Betonung. Er rollte das »r«, verschluckte oft das letztsilbige »e« und sprach das »ch« wie »chrr«. Nicht »nicht«, sondern »nichrt«. Dabei wusste Behütuns, dass Lugio sich bemühte, hochdeutsch zu sprechen.

Er übergab ihm die Kopien der Nürnberger Befunde, auch die Unterlagen über die mutmaßliche Mine. »Dann brauchen Sie hier nur noch zu überprüfen, ob es die gleiche war.«

»Das macht die Sachre leichtr, odr?«

Sie ließen sich zum Startplatz fahren, die Sonne kam schon über die Berge. Kaum sechs Minuten Flug mit Plexiglas unter den Füßen, und sie waren in einer anderen Welt.

Die Hütte war nach dem Fund der Leiche gesperrt worden, alle Gäste, die sich angemeldet hatten, wurden informiert. Das ließ sich bei dieser Hütte machen, erklärte Lugio, denn sie sei ausschließlich zu Fuß erreichbar, von der einen Seite, von Someo herkommend, in einem Aufstieg von viereinhalb Stunden, von der anderen Seite, von Vergeletto aus, über den Grat der Doja in circa vier Stunden, oben am See vorbei. Er deutete hinauf zum Wald. Dort musste also irgendwo ein See sein. Behütuns fragte nicht weiter nach. Er war gefangen von dem Frieden. Der Hubschrauber war sofort wieder weitergeflogen, in beinahe senkrechtem Sturzflug die Schneise hinunter ins Tal. Jetzt war es absolut ruhig, waagerecht zog der Rauch aus dem Abzug in Richtung Tal und roch nach Holzfeuer, nur das Wasser im Brunnen plätscherte leise vor sich hin. Getränke standen im Brunnen, einem ausgehöhlten Baumstamm.

»Den Gästen kann man absagen, denn fast alle rufen vorher an. Keinr geht vier Stunden Weg odr mehr hier hinauf, um dann vor einr vollen Hütte zu stehen, odr? Undr Hüttenwart nimmt bei dr Anmeldung die Mobiltelefonnummrn auf. Als Rückvrsichrung, abr auch, um rückfragen zu können, wenn sich die Leute vrspäten. Nichrt selten, dass sichr einr vrläuft. Und hier ist's steil, odr, da findescht du deinen Weg nichrt, wenn es dunkel wichrd.«

Behütuns saß noch immer auf der steinernen Tischkante vor der Hütte, die Arme verschränkt, und sah der Sonne entgegen ins Tal. Tief duckte sich das niedrige Steingebäude hinter ihm an den Berg. Hier ein paar Tage bleiben, dachte er ...

Dann riss er sich von dem Gedanken los.

»Lass uns beginnen. Du zeigst mir alles?«

Kommissar Lugio lachte ihn an.

»Hast rechrt. Wir sind zwar nichrt hinaufgestiegen, abr einmal oben, sollten wir uns duzen. Wr auf dem Berg war, duzt sichr, odr. Ichr bin Alberto.«

Er reichte ihm die Hand.

»Friedo.«

»Und darauf einen Roten.«

Alberto ging hinüber zum Brunnen und nahm eine Flasche heraus. Ging in die Hütte und kam mit zwei Gläsern zurück. Zog den lose aufgesteckten Korken und schenkte auf dem Steintisch ein.

»Willkchommen!«

»Zum Wohl!«

»Setz dichr erst einmal.«

Aus der Hütte kamen zwei Beamte in Uniform. Das passte nicht und erinnerte Behütuns sofort an einen Heimatfilm. Sie salutierten locker und stellten sich vor. Dann kam ein lockiger Mann aus dem oberen Haus. Schlank, fast drahtig, mit weichen Gesichtszügen. »Enrico«, stellte er sich vor. Die Stimme weich wie das Gesicht, kaum schweizerische Aussprache.

»Ich organisiere die Hütte. Vom Alpenverein Locarno. Ich habe den Toten gefunden. Bin vorgestern heraufgestiegen im Regen um nachzusehen, nachdem er einen ganzen Tag nicht ans Telefon ging.«

Sie gaben sich die Hand, Enrico setzte sich dazu.

Hier oben schien es nur nette Menschen zu geben. Oder lag das an der Luft?

Enrico erzählte von der Hütte. Behütuns hatte ihn gefragt, wie es käme, dass ein Deutscher hier oben Dienst tut.

»Der Hajo war schon das dritte Jahr hier. In jedem Jahr zwei Wochen. Er war einmal wandern hier, mit Freunden, und hat die Hütte kennengelernt. Und hat sich gleich beworben.«

Behütuns verstand überhaupt nichts.

»Wir machen die Hütte seit 30 Jahren«, klärte ihn Enrico auf. »Sie wird den Sommer über von Freiwilligen bewirtschaftet, die Lust darauf haben, so etwas einmal zu machen. Immer zwei Wochen, dann kommt die nächste Besetzung.«

»Leute, die in ihrem Urlaub arbeiten?«

»Sie empfinden das nicht so.«

»Aber hier ist doch viel zu tun ...«

»Schon. Aber es macht auch Spaß, hier oben zu sein.«

Behütuns dachte nach. Ja, er konnte sich das vorstellen.

»Und wie ist das mit den Vorräten? Kommt dann immer der Hubschrauber?«

»Den Proviant bringt der Heli, zusammen mit dem Hüttenwart. Also Vorräte für zwei Wochen Proviant, damit muss man auskommen, egal, wie viele Gäste heroben sind. Da muss man schon manchmal improvisieren.«

»Kann es sein«, wandte er sich an Alberto, den Kommissar, »dass der Täter mit dem Hubschrauber ...?«

Alberto Lugio schüttelte den Kopf.

»Nein. Das haben wir schon überprüft. Das Wettr war auchr viel zu schlechrt.«

Behütuns wandte sich wieder an Enrico.

»Und wie viele Gäste kommen so im Schnitt? Ich meine pro Tag?«

»Selten unter 20, es können auch einmal 30 sein oder mehr. Mein Rekord lag bei 46.«

»Die bleiben über Nacht?«

»Die bleiben über Nacht und gehen am nächsten Morgen weiter. Für die muss er abends kochen. Und wenn die Lager voll sind – wir haben 32 Plätze, hier im Haus und nebenan – dann wird auch in der Küche geschlafen. Manchmal geht es hier schon sehr eng zu.«

»Das heißt, der Wirt kocht hier am Abend 20 bis 30 Portionen.«

»Nicht 20 bis 30 Portionen – 20 bis 30 Menüs!«

Enrico lachte.

»Wissen Sie, diese Hütte ist etwas Besonderes: Hier gibt es immer drei Gänge. Minimum, meistens vier.«

Und nach einer kurzen Pause fügte er hinzu: »Hajo hat meistens fünf, manchmal sechs gemacht.«

»Sechs Gänge auf einer Hütte?«

»Er hat das gern gemacht. Und gut! Warten Sie.«

Enrico ging hinein und kam mit einem Zettel wieder heraus.

»Hier, den Speiseplan habe ich drinnen gefunden. Stammt wohl von einem der letzten Abende, bevor das schlechte Wetter kam. Und dann …«

Er stockte.

Behütuns sah sich den Zettel an. Darauf stand:

»Today's fine food

Amuse-Gueule:
Kräuter-Knoblauchbutter, Salamiwürfel, Brot
*
Hors d'œuvre froid:
Salat mit frischen Kräutern, Croûtons
*
Hors d'œuvre chaud:
Suppe des Tages (Tomatensuppe) mit frischen Kräutern
*
Entrée chaude:
Spaghetti in Olivenöl mit Knoblauch, getrockneten Tomaten und Chili
*
Plat de résistance:
Rinderbraten, 24 h niedrig gegart, Steinpilz-Rotweinsoße (Pilze vom Berg), Wurzelgemüse, Kartoffelpüree mit Butter und Zwiebelnest
*
Entremet de fromage:
Kuhkäse von der Doja, Ziegenkäse von der Soladino
*

Pièces montées:
Kuchenbuffet (mit Himbeeren und Schwarzbeeren vom Berg), Kaffee;
Caffè Corretto für alle, die abspülen
(mit Grappa Spezial aus Someo)

Alle Speisen und Zutaten aus der Region und biologisch.
Getränke in Selbstbedienung. Bitte aufschreiben.«

Behütuns machte nur »Tsss«.

»Hajo hat sich einen Spaß draus gemacht. Und er war Werber. Er wusste: Wenn du etwas richtig präsentierst, ist es mehr wert. Ein Essen nach so einer Speisekarte auf so einer Hütte schmeckt doppelt so gut. Das vergisst du dein Leben lang nicht mehr.«

Sie sahen ins Tal und schwiegen. Behütuns leerte seinen Wein, Alberto trank schon den zweiten.

»Von allem ist noch etwas da«, sagte Enrico. »Ich werde es uns später machen. Salat mach ich uns frisch.«

Wieder entstand eine Pause. Schwere hing in der Luft.

»Ja, der Hajo hat gut gekocht. Und gerne. Das kann man im Hüttenbuch lesen. Es ist voll von begeisterten Einträgen der Gäste.«

Enrico redete gegen den Kloß im Hals an.

Behütuns durchbrach die bedrückende Situation. »Das Hüttenbuch sehe ich mir nachher an. Wer zeigt mir jetzt die Hütte und den Fundort der Leiche? Ich muss mir einmal ein Bild machen.«

Kommissar Lugio und Enrico standen auf. Zu dritt gingen sie in die Hütte, die Uniformierten saßen davor.

Behütuns sah sich um. Gleich links eine kleine Küche. Holzherd, Gasherd, Anrichte, Geschirr. Und hier für 30 Leute kochen, dachte er. Auf zwei Quadratmeter Raum ... Rechts in Reihe vier Tische, hinter einer Halbwand links noch einmal zwei.

»Hier ist auch der Belegungsplan der Hütte.« Enrico zeigte auf einen der Tische. Lose zusammengeheftete Blätter lagen da, mit handschriftlichen Eintragungen.

»Alle Belegungen werden hier eingetragen. Mit Name, Datum, Telefonnummern. Und hier«, er zeigte auf Notizen, die in einer anderen Farbe an den Rand geschrieben waren, »hat Hajo die Absagen eingetragen. Schön zu sehen: Als das Wetter schlecht wurde, haben alle abgesagt. Kein Eintrag über einen Besucher.«

Behütuns sah sich das Belegungsbuch an.

»Hajo hat sehr gewissenhaft Buch geführt.«

»Und im Hüttenbuch? Ist da ein Eintrag?«

Enrico nahm es aus dem Regal.

»Nein, nichts. Nicht zur fraglichen Zeit. Manchmal tragen sich die Gäste auch erst früh ein. Das wird der Täter auch so gemacht haben ... oder es Hajo so gesagt haben. Und dann ... «

Enrico zeigte ihm das Lager unter dem Dach, Alberto stieg hinterher.

»Abr wir gehen davon aus, dassr hier übrnachrtet hat. 's waren zwi Tellr im Abwasch, zwi Gläsr, Besteckrch und so«, informierte der schweizerische den deutschen Kommissar. »Nur leidr alles abgespült. Und der, den wir suchet, hat nichrt reserviert. Auch im Reservierungsbuchr ist kein Eintrag.«

»Das heißt aber, wir haben im Schlaflager womöglich Spuren. Haare, Hautschuppen, Faserreste?«, fragte Behütuns. Sein Ermittlerhirn sprang an.

»Sichrlich. Nur ... die Bettbezüge werden nur zweimal im Jahr gewechrselt. Und die hier«, er deutete auf die 16 Betten im Lager, »sind seit zwienhalb Monaten druf. Also auchr Spuren von hundrtn Leuten, odr.«

Gegenüber dem Lager lag der Eingang zur Kammer des Hüttenwirts. Zwei Matratzen, Wäsche, Bücher, ein Rucksack, ein Schlafsack, Schuhe, Socken des Opfers und dergleichen mehr. Nach hinten führte ebenerdig eine Tür hinaus zum Hang. Sie stand offen.

»Hier hinaus hatr das Opfr gebrachrt.«

Sie verließen die Hütte.

»Und drt hinten, auf dr Wiese, wod Absperrig ist … «

Mehr brauchte er nicht zu sagen.

» … odr.«

Die schweizerische Spurensicherung war schon überall gewesen. Behütuns ließ sich die gesamte Hütte zeigen, auch das zweite Haus etwas abseits und hinten die Nothütte. Sie zogen um das Gelände, er machte sich ein Bild. Er vertraute den Schweizer Kollegen. Was sollte er auch anderes tun. Gegen Mittag saßen sie wieder vor der Hütte.

Kommissar Lugio bekam einen Anruf. Man vermutete den Todeszeitpunkt in der Zeit zwischen fünf Uhr früh und 14 bis 15 Uhr am Nachmittag, genauer könne man das kaum mehr sagen. Zu entstellt sei die Leiche schon. Die Tendenz gehe zwar mehr zu früh hin, die Verifizierung aber nehme noch ein paar Tage in Anspruch.

»Das bedeutet, er kann auch erst am Tag des Mordes hochgekommen sein?«, fragte Behütuns Lugio.

»Wir gehen davon aus, dassr schon hier übrnachtet hat.«

Und er berichtete von den Ergebnissen der bisherigen Nachforschungen. Was die jungen Frauen auf der Soladino ausgesagt hätte, dass da ein Wanderer hinaufgegangen sei. Sie hätten ihn auch sehr gut beschrieben, ein Phantombild werde erstellt.

Auch dass Neto, der Jagdhelfer, der oberhalb der Soladino den Sommer verbringe, ihn gesehen habe und dessen Beschreibung sowie der von ihm angegebene Zeitpunkt mit den Aussagen der Mädels übereinstimme.

»Keiner kann sich hier in den Bergen unbeobachrtet bewegen. Wegen den Chrämsen und der Jagd. Übrall liegt einer mit dem Glas und lueget. Und grad dr Neto kennt jede Chrämse fast prsönlichr.« Behütuns werde alle Ergebnisse und Unterlagen sofort bekommen, sobald sie fertig seien.

Allerdings – der Todeszeitpunkt war der Mittwoch, ob nun früh oder nachmittags, das war egal. Den Wanderer aber hatten die Mädels und Neto ganz eindeutig am Dienstag gesehen. Von Dienstag auf Mittwoch jedoch hatte Schrader, schenkte man seinen Aufzeichnungen Glauben, hier oben keinen Gast gehabt.

Alles wurde so schön langsam hier oben.

Behütuns hatte noch einmal in der Kammer des Hüttenwartes gestöbert. Im Rucksack hatte er ein kleines rotes Notizbuch gefunden, A6, beinahe voll, mit handschriftlichen Aufzeichnungen, allerdings kaum lesbar. Unmögliche Schrift. Ob es aktuell war oder alt, konnte er nicht beurteilen. Er fand keine Datumsangaben. Er würde es in Absprache mit Alberto Lugio mitnehmen und zu Hause prüfen lassen. Außerdem hatte er in den Körben für die Privatsachen der Hüttengäste ein dickes Bündel Blätter gefunden – scheinbar ein Manuskript, mit handschriftlichen Korrekturen. Über 200 Seiten gedruckter Text, überschrieben mit »Raus jetzt!« Die an die Ränder und in die Texte eingefügten Korrekturen wiesen auf die gleiche Klaue hin wie die des Notizbuches. Zumindest mutmaßte Behütuns das, er war ja kein Grafologe. Er würde auch dieses mitnehmen und prüfen lassen. Zudem gehörte es zu den persönlichen Dingen und stand den Angehörigen zu. Lugio hatte nichts dagegen. Jetzt saßen sie bei einem weiteren Glas Roten an den Steintischen vor der Hütte und warteten auf den Hubschrauber. Behütuns würde alleine hinunterfliegen, Lugio wollte zu Fuß hinabsteigen, Enrico blieb mit den Beamten hier oben. Übermorgen würde die Hütte wieder geöffnet. Ob sie je wieder so werden könnte, wie sie einmal war?

Zwei Stunden später stürzte sich der Heli mit Kommissar Behütuns hinunter ins Tal. Da lag die Hütte schon im Schatten, die Sonne war hinter die Berge gekrochen.

Der frühreife Mond schob,
rachitisch krumm, übern Bahndamm.
ARNO SCHMIDT

16. Kapitel

Natürlich war ihm kein Flug genehmigt worden. Kollegen der schweizerischen Polizei hatten ihn zum Bahnhof in Locarno gefahren und tschüss. Der nächste Zug ging erst um kurz nach neun, und er würde am nächsten Tag um halb acht in Nürnberg sein. Doch schon so früh. Beinahe pünktlich zu Dienstbeginn. Herrliche Aussichten.

Seine Telefonate würde er erst vom Zug aus führen, die Zeit bis zur Abfahrt wollte er sich noch Locarno ansehen. Wenigstens ein paar Eindrücke gewinnen, wenn er doch schon einmal hier war. So aß er im *Ristorante Villino Chalet* gleich neben dem Bahnhof eine Pizza und trank ein Bier. Nein, zwei. Dann mischte er sich unter die zahlreichen Alten, die draußen am See flanierten. Das hatte schon etwas Seniles, dachte er sich und sah auf das ruhige Wasser. Still lag die riesige Fläche da und spiegelte den Himmel. Das wiederum hatte Charme. Ja doch, er konnte es sich jetzt vorstellen, hier einmal Urlaub zu machen. Aber auch oben auf der Hütte, vielleicht auch einmal als Wirt? Aber Behütuns konnte nur Nudeln machen, Spiegeleier braten und Brote schmieren, ansonsten Bratwürste oder Schnitzel bestellen, mit Bier dazu. Bei dem Gedanken an ein schönes dunkles Hetzelsdorfer, Hohenschwärzer oder Aufsesser bekam er schon fast ein wenig Heimweh. Ein Franke fährt nicht gerne fort. Wie hatte es der alte Wirt im Hersbrucker Land (auch dieses Gasthaus wird hier nicht verraten) einmal im Mai gesagt, als die Sonne wärmte und das Licht so frohtraurig durch das frische Grün der Bäume sickerte? Der alte Wirt, dessen Frau im Jahr zuvor gestorben war und der an diesem Tag sein Wirtshaus zum ersten Mal seit ihrem Tod wieder geöffnet hatte? »Wer edds in Urlaub fährd, der g'hörd derschlong.« Ein Satz wie ein Beil, danach musste er sich schnäuzen. Die feuchten Augen wischen und sich hinsetzen.

Das Bier im Zug war wässrig und schmeckte nach Dose, die Täler lagen schon im Schatten. Ab Bellinzona war es dunkel, in Zürich, später, dann endlich Nacht.

Das Bier im Zug blieb wässrig-schal.

Behütuns nahm sich das rote Büchlein von Hajo Schrader vor und versuchte, die Handschrift zu entziffern. Lag es am Ruckeln des Zuges oder an seiner Müdigkeit und Entspanntheit? Scheinbar ohne Konzentration gelang es ihm fast wie von selbst, sich in die Handschrift einzufinden.

»Man baut sich Gebäude aus Worten. Und hat dann Angst, darin zu leben«, las er.

Und:

»Geradlinige Menschen sind mir suspekt. Denn das Leben ist paradox – es lebt von seinen Widersprüchen.«

Viele kurze Sätze fand er darin.

»Halten will man nur, was schön ist. Weil es schön ist. Aber Halten ist immer Stillstand. Und Stillstand gibt es nicht. Nirgendwo.«

Es schien eine Art Aufzeichnungsbuch für Gedanken zu sein. Vielleicht auch für Beobachtungen? Behütuns blätterte nach hinten. Oder waren es Zitate, Textstellen, die er irgendwo heraus- und sich aufgeschrieben hatte?

»Eine Dohle fällt durchs Geäst wie ein Lappen.«

Einer von vielen Einträgen.

Dann las er von hinten nach vorn. Er wollte ermitteln, nicht schnüffeln. Dieses Heftchen schien private Aufzeichnungen zu enthalten, eine Art Tage-, nein, besser: Gedanken- und Beobachtungsbuch. Behütuns wollte diesen Hajo Schrader nicht ausleuchten, ihm nicht seine Privatheit nehmen. Er wollte seinen Mörder finden. Und dazu musste er ihn befragen. Das konnte er vielleicht mit diesem Heft, ohne jedoch bei ihm herumzuschnüffeln. Sollte dies nötig werden, würde er es sicher tun, ganz klar. Noch aber erschien es Behütuns nicht nötig. Trotzdem blätterte er noch einmal nach vorne. Schlug wahllos eine der Seiten auf. Nur ein einziges Mal noch, er konnte nicht widerstehen.

»Wenn mir das Hinausgehen gelingt, ist es mir eine Belustigung: Es macht mich lustig.«

Und gleich darauf folgend:

»Der zweitschönste Satz über den Winter? ›Lass mich hinausgehen in die Kälte, das Herz zu wärmen.‹«

»Und der schönste? ›Lass uns …‹«

Ja, das war sehr privat. Und schön, musste Behütuns gestehen. Denn es berührte ihn. Doch das war ganz sicher im Winter geschrieben worden, und der war ein halbes Jahr her. Also ganz nach hinten im Heft, zu den letzten Eintragungen, nach vorn in der Zeit.

»Der Falke sitzt auf dem Fahnenmast und frühstückt. Dann fliegt, nein segelt er an mir vorbei wie zum Gruß und pfeilt hinab ins Tal, ab in den Nebel, fort.«

Dann, nach vorn in der Zeit, also danach:

»Die Fahne am Mast ist so schwer, dass es sie ständig herunterzieht. Das viele Wasser des Regens – der Regen setzt die Fahne auf Halbmast.«

Das könnte die Fahne vor der Hütte sein, dachte sich Behütuns. Blau-Rot, die Farben des Tessins.

»Wenn es regnet, habe ich hier nichts zu tun. Nichts. Doch dies ist ein Nichts, das keine Angst macht. Es beruhigt.«

Ja, das war auf der Hütte geschrieben worden. Die nächste Eintragung lautete dann:

»Die sich mit ›Dr.‹ vorstellen, haben es wohl nötig.«

Und dann:

»Das Birkhuhn zeigt sich nicht. Nur seinen – ja was: Gesang? Ich hatte dieses ›Girrr-Girrrr‹ zuvor noch nie gehört und wusste doch sofort! Da gibt es keinen Zweifel.«

Behütuns hatte noch nie ein Birkhuhn gehört, geschweige denn gesehen. Fast war er ein wenig neidisch. Es gab Vögel, die waren für ihn immer mit etwas wie einem Geheimnis umgeben. Vielleicht sollte er auch einmal auf dieser Hütte ...

So langsam dämmerte er davon. Tatammtatammmmm – tatammtammmm, machte der Zug, und draußen zogen Seen vorbei. Ich dachte, ich bin in den Bergen ... gibt's in der Schweiz doch so viele große Seen? Ich habe keine Ahnung von dem Land ... Und auf der Hinfahrt hatte er geschlafen.

»Wie schnell jemand im Nebel verschwindet. Auch mit seinem Geräusch.«

Die Augen fielen ihm beinah schon zu, klappten einfach nach hinten. Doch er las weiter.

»Bei geschlossenen Augen ist das Zirpen der Heuhüpfer wie ein Wogen über die steilen Wiesen.«

Das war auch ganz sicher auf der Hütte geschrieben worden. Also auch das davor. Irgendetwas hatte ihn schlagartig wieder munter gemacht. Er las noch weiter nach hinten:

»Schließe ich draußen die Augen, um zu lauschen, tue ich das immer talwärts.«

Zu diesem Zeitpunkt war noch schönes Wetter und der Mörder noch nicht da.

Was hatte ihn nur so elektrisiert?

Er las noch einmal, die Eintragungen jetzt chronologisch rückwärts.

Der letzte Eintrag war das Birkhuhn.

Dann, davor, kam das Nichts-zu-tun.

Dann:

»Wie schnell jemand im Nebel verschwindet. Auch mit seinem Geräusch.«

Dann die regennasse Flagge.

Dann:

»Die sich mit ›Dr.‹ vorstellen, haben es nötig.«

Dann der Falke.

Jetzt drehte er die Reihenfolge wieder um, die richtige Chronologie war die:

Der Falke frühstückt am Fahnenmast und verschwindet dann im Nebel. Da wird das Wetter schlecht. Dann erscheint einer und stellt sich mit »Dr.« vor. Ein Eingebildeter, dem Schrader kommt er zumindest komisch vor. Vielleicht auch standesdünkelhaft, zumindest eigenartig. Und ihm deshalb eine Notiz wert. Dann ist das Wetter schlecht: Die Fahne senkt sich, sie zieht es vor Nässeschwere auf Halbmast. Dann geht einer im Nebel davon. Dann regnet es, und er hat nichts zu tun. Er ist allein, hört das Birkhuhn gurren.

Behütuns legte das Heft auf den Sitz neben sich.

Eine Stunde hatte er wohl geschlafen. Das Heftchen war ihm aus der Hand gerutscht, lag vor ihm auf dem Boden. Er nahm es auf und legte es zu seiner Tasche auf den Nebensitz. Der Zug war leer. Dann nahm er sich das Manuskript, das Lugio, der Schweizer Kommissar, ihm gegeben hatte. Das Manuskript aus der Kammer des Hüttenwirts. 240 Seiten lang, mit handschriftlichen Korrekturen. »Raus jetzt!«, stand auf dem Titelblatt. Die Seiten waren angestoßen, fleckig zum Teil und offensichtlich vielfach durchblättert. »Warnung«, stand unten auf dem zweiten Blatt, »Dieses Buch hat keine Handlung. Es schwadroniert, assoziiert, denkt nach, geht kreuz und quer und lebt vom Zorn. Wer das nicht mag – … na ja …«

Und auf der nächsten Seite stand: »Alle Ereignisse, Gesellschaften und Personen in diesem Buch sind frei erfunden. Sollte dennoch der eine oder andere Ähnlichkeiten mit sich entdecken, ist dies bedauerlich, denn gerade diese Personen sind es – mit Ausnahme weniger – nicht wert, verewigt zu werden.«

Und dann begann der Text: »Aus. Ende. Schluss! Ich höre auf! Verlasse dieses Affenhaus!« Behütuns las mit Interesse. Dies schien eine Abrechnung zu sein, im Frust geschrieben von einem, dem sein Job zwar sehr lange Spaß bereitet hatte, der dann aber auf Ignoranz gestoßen war. Er schrieb von

Machenschaften und Intrigen, von Lügen, Rücksichtslosigkeiten, neuen Chefs und immer wieder davon: Hinterhältigkeit und Ignoranz. Asozialem Verhalten. Sozialer Degeneration. Das Manuskript schien sehr authentisch. Das Innenleben eines Unternehmens wurde hier offengelegt, und damit auch die Verlogenheiten und Betrügereien seiner Führung. Die Hauptpersonen hießen Hase, Iltis, Pups. Hase, das war ganz offensichtlich der Schreiber selbst, Iltis und Pups die beiden anderen Hauptpersonen, ganz offensichtlich seine Chefs.

Behütuns bemerkte nicht, wie schnell die Zeit verging. Draußen vor dem Fenster wurde es schon wieder hell, das Allgäu flog vorüber. Hier in Deutschland rauschte der Zug, er ruckelte nicht mehr. Ganz anderes Reisen, dachte Behütuns. Es sind die Dinge, die sich fast unmerklich einschleichen in den Alltag, die vom Fortschreiten der Zeit künden, sinnierte er. Gestern noch tattaammm – tattaammm auf den Schienen, und heute schhhhh… – und trotzdem nicht wirklich schneller. So wie sich damals dieses eine unmerkliche Wort von »Bitte einsteigen, die Türen schließen, Vorsicht bei der Abfahrt!« geändert hat in »Bitte einsteigen, die Türen schließen selbsttätig, Vorsicht bei der Abfahrt!«.

Er ließ sich einen Kaffee kommen. Haarsträubendes stand in dem Manuskript. Behütuns las sich in das Innenleben einer Agentur ein. Saftige Sommernebel lagen draußen über Wiesen und Weiden, und eine frische Sonne schien sie seitlich an. Zuweilen wirkten sie wie golden. Was, dachte sich Behütuns, wenn die hier beschriebenen Gestalten, genannt Herr Iltis und Herr Pups, von dieser Abrechnung etwas erfahren hätten, etwas wussten? Die Fakten klangen hart und waren hart beschrieben in diesem Manuskript. Oder war dies alles nur erfunden, rein fingiert? Behütuns hakte diesen Gedanken ab. So etwas schreibt man nur, wenn man etwas weiß – und das gut. Wo immer Behütuns die Seiten aufschlug, sprachen augenscheinlich begründete Kritik, Empörung, manchmal Unverständnis und vielfach Zorn. Er las von Mobbing, von

Falsch-, Verlogen- und Hintertriebenheiten. Einer der beiden tat sich hier scheinbar ganz besonders hervor. Er war zuvor aus einer hohen, leitenden Position entlassen worden – man hatte ihm nahegelegt, »freiwillig zu gehen«, so der offizielle Sprachgebrauch – aufgrund »finanzieller Ungereimtheiten«, wie eine Quelle zitiert wurde. Damals, stand da geschrieben, hatte er auch eine Sammlung großer, teurer Autos besessen. Einen Schluss daraus zu ziehen, überlies der Schreiber dem Leser. Ansonsten wurde, so Friedo Behütuns' Eindruck, in diesem Manuskript sehr sprachgewandt und scharfzüngig beschrieben und beobachtet. Dies, das war Behütuns klar, würde schon die nötige Kraft haben, um, wenn es denn einmal veröffentlicht würde, Staub aufzuwirbeln und sicher auch dem einen oder anderen die Karriere zu verderben. Ein Grund, es zu verhindern. Auch würde es kein gutes Licht auf den Führungsstil dieser Agentur werfen, bis ganz hinauf. Ganz offensichtlich lag hier einiges im Argen.

An einer Stelle dann, im Querlesen, stieg jäh Behütuns' Puls. Der Mann, genannt Pups, war Militariasammler und -fan. Besitzer eines Panzers sei er gewesen, las er. Eine Spur vielleicht zu den Minen? Doch wie wäre dann der Zusammenhang zu den Morden am Keller und am See?

Behütuns schob den Stapel Blätter zurück in seine Tasche. Jaczek sollte das lesen und dann überprüfen, oder Peter Abend. War das Manuskript denn tatsächlich zur Veröffentlichung geplant gewesen? Und wussten die Beschriebenen davon? Das wäre ein Motiv. Die Herren gingen, so konnte man da lesen, zwar nicht über Leichen, aber sie waren hart. Sie spielten die Klaviatur der Angst und der Macht. Ja, so ist das moderne Management, dachte Behütuns, das hört man ja immer öfter. Denkt nur in Zahlen und Gewinn, kein bisschen mehr an die Menschen. Es geht um Erfolge in möglichst kurzer Zeit. Nach mir die Sintflut, was morgen kommt, ist egal. Heute müssen die Zahlen stimmen, dann mach ich mich eh davon.

Die Zeit verroht, dachte Behütuns, und niemand lehnt sich dagegen auf. Die Macht, das Geld, die Perversion schlagen immer stärker und immer heftiger zu, und trotzdem kann sich Reichtum noch scham- und angstlos in der Öffentlichkeit zeigen. Und Reichtum wird geachtet. Zeit wird es, dass Reichtum endlich Angst bekommt und Fairness sowie Menschenwürdigkeit erlernt.

Wie sagt es der Kabarettist Robert Griess in seinem Programm so schön? Isch bin für Revoooolte! Dann schlief Behütuns ein. Tattammtatammm machte der Zug jetzt wieder und rollte durch den Morgen. Es waren wohl alte Gleise.

Ich starrte auf den stummen Fernseher in der Ecke.
JEFF TORRINGTON

17. Kapitel

Behütuns' Kopf hämmerte, ihm fehlte einfach der Schlaf. Die kurze Zeit im Zug war viel zu wenig gewesen. Inzwischen war es Abend, die Peterlesboum hatten Besprechung. Berichte zum Stand, zur Lage. Behütuns saß vor einem Bier, eine Flasche gegen den Druck im Kopf. Half meistens zwar nichts, eher war das Gegenteil der Fall, war aber eine Gewohnheit. Außerdem: Kopfweh ist Kopfweh, das kann bleiben oder vergehen, mehr geht nicht. Von daher war es egal. Die anderen tranken nichts.

Dick war mit P. A. in München gewesen, in der Agentur. Verwirrendes kam von dort. Und vielleicht Interessantes. Ein SUV hatte in der Tiefgarage gestanden, Dick hatte ihn entdeckt. Dunkler BMW, X5, Nürnberger Nummer, JP, also mit einem P im Kennzeichen, dazu eine zweistellige Nummer, eine Ziffer davon eine 9. Das passte zu der Beschreibung des Ornithologen. Es war der Firmenwagen eines der Chefs der Agentur, im Manuskript »Herr Pups« genannt, ganz ohne jeden Zweifel. P. A. hatte mit ihm gesprochen, ihn befragt. Nur so, ganz allgemein.

Die Figur hatte verkniffen gewirkt. Fies und verschlagen traf es besser. Irgendwie sei er ihm wie jemand erschienen, der sich ständig auf der Lauer befindet, berichtete P. A. Wie ein Hund, der einen umstreift und nur darauf wartet, in einem unbeobachteten Augenblick von hinten zubeißen zu können. Dick war er zutiefst unangenehm. Solche Kerle hatten bei ihm früher, während seiner Zeit als Kneipenwirt, immer die Alarmglocken schrillen lassen. Denn sie spielten den großen Max, lief aber auch nur eine Kleinigkeit schief oder kam ihnen einer quer, rasteten sie aus. Jäh meist und unkontrolliert. Das waren Kerle, die etwas sein wollten. Die vorgaben, Großes zu sein, aber unsicher waren – und deshalb extrem verwundbar. Das Eis, auf dem sie ihr Selbstvertrauen gründeten, war brüchig und dünn.

Vom Tod Hajo Schraders hatte er nichts gewusst und schien auch ehrlich entsetzt. »Doch das sagt nichts, das habe ich schon oft erlebt«, schilderte P. A. seine Begegnung.

Ob sie Streits gehabt hätten, Auseinandersetzungen?

Sie hätten immer harmoniert, seien ein gutes Team gewesen, hatte Jürgen Plötz berichtet, so war der Name des Herrn. Er habe immer große Achtung vor Schrader gehabt. Sicher, eigenwillig sei er manchmal gewesen, der Hajo, hatte er hinzugefügt. Kritisch. Nicht immer leicht zu haben. Aber gut. Sogar sehr. Genaueres hatte er nicht gesagt. Ja, sie seien ein gutes Team gewesen.

Wo er, Plötz, gewesen sei in den letzten vier Tagen, hatte ihn P. A. befragt. Er müsse das fragen, reine Routine. Von dem Kennzeichen hatte er nichts erwähnt. Die Angaben des Ornithologen waren ihm viel zu vage, und es gäbe sicher Dutzende Fahrzeuge, auf die diese Angaben zutreffen könnten. Da wolle er erst einmal die Liste aus der Zulassungsstelle abwarten.

Und dann lachte P. A. auf. »Auf der Fahrt hatte ich dieses Manuskript gelesen, Dick fuhr ja, war mein Chauffeur. Und im Radio auf *Bayern 2* kam eine Sendung über etwas, das ich nicht verstanden hatte. Neuronales Marketing oder so. Irgendetwas, das wohl innerhalb der Werbung gerade groß aufgeblasen wird als neueste Erkenntnis der Hirnforschung. Und instrumentalisiert wird, um Kunden zu imponieren. Ich hatte das nur so am Rand mitverfolgt. Trotzdem blieb bei mir etwas hängen. Der Professor in der Sendung nämlich sagte ganz klar: Unsinn. Alles ohne jeden Hintergrund. Nicht verstanden, falsch interpretiert, rein wissenschaftlich völlig unhaltbar. Nur aufgeblasener Unsinn, als Verkaufsargument benutzt. Er schien vom

Fach. Und wisst ihr, was der Plötz mir gesagt hat? Dass er zwei Tage in Karlsruhe war, Vorträge gehalten hat genau zu diesem Thema. Allerneueste Erkenntnis, hochspannend für sein Metier! ›Das wird die Werbung revolutionieren!‹, sagte er wichtig wie sonst was. ›Und wir sind ganz vorne dabei!‹ Er erwartete wohl von mir einen Kniefall vor Ehrfurcht. Ich spürte richtig, wie wichtig er das nahm; sich nahm.«

P. A. grinste und strich sich über sein Kinn. »Konnte ich mir natürlich nicht verkneifen, gleich zu kontern. Das frisch Gehörte repetiert.«

Sein Grinsen wurde breiter. »Ihr könnt euch nicht vorstellen, wie der angelaufen ist. Der hat sich wahnsinnig beherrscht. Am liebsten hätte er mich angeschrien, hab ich ganz deutlich gespürt. Denke, dass der so auch mit seinen Leuten umgeht, würde zum Gesamteindruck passen.«

Er blätterte in seinem Notizbuch, las etwas nach, legte das Buch dann auf den Tisch zurück.

»Dick hat auch noch ne schöne Geschichte zu erzählen, doch ich mach erst mal zu Ende«, fuhr er fort. »Ein bisschen war er also schon aus der Fassung. Dann hab ich ihn zu den anderen beiden Tagen befragt. Und zu den Nächten. Am Tag war er in der Agentur, dafür gibt es viele Zeugen. Wegen nachts aber habe ich nachgebohrt.«

Süffisant schwieg P. A. einen Moment lang.

»Aber auch dafür hatte er Zeugen. Denn wisst ihr, was er gemacht hat?«

Triumphierend sah P. A. in die Runde. Peter Dick hielt still, der kannte die Geschichte schon. Die anderen schauten fragend. Behütuns hatte einen Verdacht, klopfte mit der Handfläche auf die hohle Faust, sah P. A. fragend an.

»Genau«, grinste Dick, »Praktikantinnen gevögelt.«

»Der ist doch Chef, oder nicht?«

»Ja. Aber das scheint in der Branche so zu sein. Dieser Ruf hat sich dann auch bestätigt, doch dazu weiß Dick mehr. Egal. Das lässt sich alles überprüfen, die Daten habe ich hier.«

Dann fasste er resümierend zusammen: »Die Angaben müssen wir noch gegenchecken, ich gehe aber davon aus, dass sie stimmen. Das sagt mir mein Bauch. G'scheid peinlich war es ihm nur, kann ich euch sagen. Und um Verschwiegenheit hat er gebeten. Gebettelt eigentlich mehr. Seine Fassade war schon kaputt. Jämmerlich ist er mir vorgekommen, und er sich selber wohl auch. Ich habe nur gegrinst, innerlich. Hat mir Spaß gemacht, ihn so zurückzulassen. Hängenzulassen. Er ist wirklich ein Unsympath. Nicht mein Typ. Aber egal. Für mich ist er raus – nicht aus dem ganzen Fall, aber wohl als direkt Verdächtiger. Im Kontext ist vieles noch nicht stimmig. Das mit der Vorliebe zu Waffen und Panzern; das hat er auch offen zugegeben. Da sei doch nichts dabei! Trotzdem: Da könnte man vielleicht mal im Umfeld forschen, ob's da Verbindungen gibt – Militariasammler, Munition, Granaten, Minen und so. Aber auch zu Savitas gibt es eine Verbindung. Denn die Agentur macht Werbung für Savitas, die sind deren Kunde. Da besteht also auch irgendwie ein Zusammenhang. Ist aber alles sehr dünn, das reicht nicht mal für Mutmaßungen, nichts Handfestes dabei.«

Damit war P. A. fertig, und der zweite Peter machte weiter. Behütuns nahm einen Schluck Bier.

»Das fing schon gut an«, berichtete Dick. »Wir kommen in die Agentur, die haben da unten so ein Café, im Eingang am Empfang. Und da treff ich gleich jemanden, den ich kenne. Ein Mädel aus meiner Kneipenzeit. Hat früher mal bei mir gejobbt. Bedient. Ist jetzt bei der Agentur. Macht Grafik, schon seit fast drei Jahren, hat sie erzählt.«

Dick lehnte sich zurück, war im Kopf wohl kurz in der alten Zeit.

»P. A. sollte ja den Plötz interviewen, ich hatte mir den anderen vorgenommen. Wisst ihr, wie der heißt? Also mit wirklichem Namen? Ratet mal!«

Schweigen in der Runde, nur fragende Blicke.

»Na, in dem Manuskript wird er Iltis genannt – das wäre schon mal eine Fährte.«

Widerwillig machte Jaczek einen Versuch. Wollte das Spiel wohl so schnell wie möglich beenden. »Zobel?«

»Ja, das ist schon warm.«

»Frettchen?«, fragte Behütuns.

»Das würde auch passen, ist auch warm. Charakterlich vielleicht wärmer.«

»Skunk?«, legte Behütuns nach.

Dick lachte auf. »Ihr seid schon auf der richtigen Fährte. Vom Grundwesen her könnte das alles passen. Aber denkt doch mal ganz normal ...«

»Marder«, sagte Jaczek lapidar. Ihm machten solche Spielchen wirklich keinen Spaß.

»Bingo. Ein Punkt für dich.«

Jaczek machte am Gaumen ein Schnalzgeräusch mit der Zunge. Ihn langweilte das.

»Ja, Marder heißt der Herr. Und nomen est omen. Aber der Reihe nach. Ich komm also in den Empfang der Agentur und treffe da dieses Mädel. Sylvie. P. A. konnte gleich rauf, Plötz hatte zufällig Zeit. »Ein Zeitfenster«, wie man's dort nennt. Herr Marder aber war noch bei einem Kunden, wurde jedoch gleich erwartet. Also plauderte ich mit meiner Bekannten, trank mit ihr einen Kaffee. Da kann man sich schön ins Freie setzen, hinter der Agentur. Wir saßen also in der Sonne. Und es sprudelt nur so aus ihr raus. Über das Klima in dem Laden, wie sich das verändert hat. Mit der neuen Führung. Wie sie geknechtet werden und unfair behandelt, genau so, wie es auch in dem Manuskript steht. Ist also ein Bild der Wirklichkeit. Natürlich lenkte ich das Thema auf Marder, wegen dem war ich ja hier.«

Er machte eine kleine Pause.

»Wisst ihr, was sie gesagt hat? Sie wolle nicht schlecht über ihn sprechen, sie habe ohnehin schon zu viel gesagt. ›Aber ich erzähle dir eine Geschichte. Pass auf: Herr Marder hat, als er vor zwei Jahren in den Laden kam, sich in München ein Haus gemietet. Von einem Kunden, das war aber reiner Zufall. Spielt auch keine Rolle. Auf jeden Fall ist dieser Kunde ein hohes Tier, Chef bei einem Weltunternehmen. Und weißt du, was der mal gesagt hat?‹, fragte sie mich. Oder gesagt haben soll? Das: ›Wenn der Marder in der Siedlung auf die Straße tritt, holen die Mütter ihre Kinder ins Haus.‹ Damit ist alles gesagt. Puh«, machte Dick. »Und das war dann auch genau mein Eindruck. Der Mann ist kalt, eiskalt. Ein Messer. Und ein Rambo. Unglaublich. Und sowas in der Werbung. Ich dachte immer, da regiert der Spaß?«

Dick ging hinüber zum Fenster. Unten auf der Straße ein Mann mit Hund. Der gleiche wie schon in den Tagen zuvor, der gleiche Hundehalter im gleichen ärmellosen Muscle-Netzhemd.

»Die Nachricht vom Tod Schraders hat ihn in keinster Weise beeindruckt. Das steckte der einfach so weg. Ganz im Gegenteil. Er erzählte, er komme gerade von einem Kunden, dem Werbeleiter von Savitas. Der habe ihn ganz schön ins Eck gestellt, der Schrader habe da was verbockt. Was, sagte er nicht. Aber dass der sich eh hätte warm anziehen müssen nach seiner Rückkehr aus dem Urlaub. ›Der‹, sagte er.«

Die Erinnerung an das Gespräch schien in Dick wieder zu arbeiten. Das war emotional.

»Und wisst ihr, wie er das gesagt hat? Wie wenn es so, wie es ist, eigentlich besser wäre für ›diesen Schrader‹. Das hätte dem viel erspart. Und der hat das nicht so gesagt, als ob es Spaß wäre – was ohnehin schon völlig daneben wär. Völlig Panne, total asozial. Der hat das ernst gemeint! Unglaublich, was es für Figuren gibt.«

Sämtliche Peters schüttelten den Kopf. »Ansonsten aber scheint er mir sauber. Seine Alibis erscheinen fest. Wasserdicht, so wie es aussieht.«

Und nach einer kurzen Pause schob er nach: »Aber ihr glaubt nicht, wie gerne ich dem etwas anhängen würde. Der hätte es wirklich verdient!«

»Also bitte«, schob er in die Runde nach, »wenn ihr irgendetwas findet gegen den, egal was es ist, auch jenseits von unserer Geschichte: Bitte steckt es mir. Ich weiß dann schon damit umzugehen.«

Keiner der Anwesenden sagte ein Wort, keiner erhob irgendwie Einspruch, nicht einmal Jaczek, der ewig Gerechte.

»Eins hast du aber noch vergessen«, mahnte P. A. jetzt bei Dick an.

Der blickte fragend zurück.

»Vergessen? Was?«

P. A. machte die Geste des Telefonierens. Faust mit abgespreiztem Daumen und kleinem Finger am Ohr.

»Ah, ja!« Das schien Dick wieder Freude zu bereiten. »Wir hatten den beiden nichts erzählt von dem Auffinden des Manuskripts. Also vom Manuskript überhaupt. Auf der Rückfahrt aber konnte ich es mir dann nicht verkneifen. Ich rief die beiden an, jeden einzeln. Und setzte sie in Kenntnis von dem Manuskript, auch von dessen Inhalt ganz grob, und der Ausführlichkeit. Und dass sie, da wir vom Wahrheitsgehalt des Manuskripts ausgingen und sie darin die massiv Beschuldigten seien, trotz aller scheinbaren Alibis für uns als Verdächtige gelten. Denn sie hätten für uns ein Motiv, sogar ein ziemlich schwerwiegendes.«

Er grinste schon wieder, oder noch immer. Und das Grinsen wurde noch breiter, fast diebisch oder schadenfreudig, auf jeden Fall unterlegt mit einer guten Portion Zufriedenheit. »Und wenn mir was stinkt, kann ich auch eine richtige Drecksau sein. Und bin's dann auch gern! Dem Marder hab ich das gesteckt mit den Panzern und dem Waffenhobby vom Plötz und dass wir uns darum kümmern werden. Auch wegen der Übereinstimmung mit den Fragmenten seiner Autonummer. Und dem Plötz hab ich gesteckt, dass wir Herrn Marder für verdächtig halten, zumindest im Moment, denn seine Reaktion sei so abartig gewesen, so menschenverachtend und kalt, dass wir ihm als erfahrene Kriminaler vom Grundsatz her alles zutrauen. Die brodelten richtig am anderen Ende der Leitung. Jeder für sich. Die Totenstille war richtig laut.« Dick grinste.

Ja, so machte die Arbeit Spaß! Die anderen grinsten auch – bis auf? Jaczek natürlich.

»Wahrscheinlich streuen sie jetzt Gerüchte, ein jeder über den anderen. Vielleicht.«

Behütuns hatte sein Kopfweh vergessen. Oder war es das Bier, das wirkte? Das wäre dann schon bedenklich.

»Trotzdem: Sackgasse«, sagte er in die Runde. »Oder seh ich das falsch? Jaczek, was hast du denn?«

Jaczek hatte sich mit seinem Stuhl zurückgelehnt, die Fußsohlen an der Tischkante, und kippelte. Das machte er oft, wenn er dachte. Und manchmal fiel er auch um. Jetzt aber hatte er die Wand hinter sich und konnte sich mit der Lehne abstützen. Zum Umkippen bestand also keine Gefahr. Auf dem Fenstersims landete eine Taube, und alle außer Jaczek schrien auf. Behütuns warf eine Papierkugel gegen die Scheibe. Panisch stob die Taube davon. Ihre Flügel klatschten, und sie stieß ein erschrecktes oder empörtes »Gurrr« aus.

»Ratten!«, zischte Behütuns. Selbst Jaczek war kein Freund der Tauben, nur zeigte er es nicht so. Er kommentierte aber auch nicht die Aktion. Das war bei einem wie ihm schon als Zustimmung zu werten.

Auch Jaczek war den ganzen Tag über unterwegs gewesen. Bei Savitas hatten sie wieder gemauert. Die Strategie war ganz offensichtlich: Was der Mann, Dr. Joachim Sauer, gemacht hat, geben wir nicht preis, das müsst ihr selbst in Erfahrung bringen, und grundsätzlich stritten sie alles ab. Man drohte sogar, gegen Verdächtigungen in der Presse gerichtlich vorzugehen, auch gegen die Polizei, die man schon im Vorfeld als Urheber deklarierte. Denn die hegte ja irgendeinen Verdacht, sonst würde sie nicht so herumschnüffeln.

Auch bei den Sprengstoffern war das nicht anders. »Hier aber«, unterbrach Jaczek seinen Bericht und schaute bedeutungsvoll, »hier wird noch was kommen, das habe ich so im Gespür. Hab mich mit ein paar Alten unterhalten, eher zufällig, die standen draußen vorm Zaun, waren auf dem Weg zu den Fürthern, hinter zum Trainingsgelände, ein bisschen zuschauen. Was man im Alter so macht. Da freu ich mich auch schon drauf. Irgendwann später mach ich das auch. Als Rentner den ganzen Tag kiebitzen. Rentner gucken zu, wissen alles – und alles ein bisschen besser als die anderen.«

Einen Moment lang setzte er sein *11Freunde*-Gesicht auf. Das hatte er sonst nur, wenn er die Zeitschrift las. Geschichten mit eckigen Torpfosten aus Holz.

»Die waren total informiert. Waren ihr Leben lang bei der Dynamit gewesen. Bei der Geschichte mit den Minen schauten sie so. Wie wenn da irgendwas blitzte, ganz weit hinten im Kopf. Gesagt haben sie nichts, aber ich habe da etwas gesehen. Gespürt. Hab mir ihre Namen notiert und ihnen meine Karte gegeben. Vielleicht kontaktiere ich die noch mal. Ist aber besser, wenn sie kommen, von sich aus, meine ich.«

Behütuns nickte. »Wenn die was wissen oder ahnen, ist's der bessere Weg. Kommt mehr bei raus.« Er wusste auch, dass Jaczek besonders gut konnte mit der älteren Generation. Baute sofort Vertrauen auf. Wie oft hatte sich das schon ausgezahlt. Man musste ihn da nur lassen. Vielleicht lag's ja daran: Er hatte die Zeit, und die Alten hatten sie auch. So spürt man sich gegenseitig, rennt nicht aneinander vorbei. Vielleicht.

»Okay«, kommentierte Behütuns. »Und was ist mit der Nummer zwei? Oder eigentlich Nummer drei, dem Würstchenbudenbesitzer?«

Jaczek schnalzte wieder mit der Zunge und schüttelte gleichzeitig den Kopf. »Undurchsichtige Geschichte.«

Er schwieg.

»Ja und?«

Jaczek schwieg noch weiter.

»Schwierig zu erzählen,« sagte er dann.

»Schwierig zu erzählen gibt's nicht«, fuhr P. A., dazwischen.

»Nee, gibt's nicht«, pflichtete ihm Peter Dick bei. »Komm, raus mit der Sprache, wir sind neugierig!«

»Und kippel nicht immer so, ich kann das gar nicht sehen. Nachher fliegst du wieder um.«

»Quatsch«, sagte Jaczek, »das letzte Mal ist schon lange her.«

Setzte sich dann aber gerade hin und erzählte seine Geschichte. Dieser Franz-Josef Pitsch war offensichtlich ein ganz Schillernder, ganz nach Jaczeks Geschmack. Das meiste von dem, was die Tochter der Wirtin erzählt hatte, stimmte offenbar. Pitsch hatte überall irgendwie seine Finger drin gehabt, Jaczek hatte – natürlich – noch kein abschließendes Bild. Pitsch hatte die Würstchenbude am Stadion und die Kantine bei Savitas gemacht, ein bisschen in der Halbwelt gewildert, hatte da auch ein Kind »nebennaus«, wie man sagt, hatte im Moment keinen Führerschein, war aber wohl trotzdem mit dem Auto unterwegs gewesen, denn sein Wagen stand ja am Tatort. War überhaupt viel nachts unterwegs gewesen, hatte man Jaczek immer wieder gesagt. Ein netter Kerl wohl, von allen gemocht, aber von niemandem so richtig durchschaut. Aber jemand, auf den man sich hatte verlassen können.

»Da gibt's sicher noch manches zu heben«, schloss Jaczek fürs Erste ab. »Auch im Kontext mit der Kantine. Da ist wohl etwas gelaufen, so ganz sauber scheint das nicht gewesen zu sein. Muss ich aber noch recherchieren. Soll vielleicht geschmiert haben bei der Ausschreibung oder der Vergabe.«

»Ja was, ist das ein Verdacht? Oder ist da was dran?« Behütuns wollte nichts Vages.

Jaczek sah ihn nur vorwurfsvoll an. Das kapierte Behütuns. Klar! Wenn der Jaczek was sagt, ist was dran, wie konnte er das vergessen. Jaczek verdächtigte niemanden »nur so«, dazu war er viel zu gerecht. Wenn Jaczek einen Verdacht äußerte, dann würden die anderen das bei gleicher Sachlage schon als bewiesen ansehen, dann gingen sie schon zum Staatsanwalt. Nur für Jaczek war so einer noch unschuldig, unschuldig bis zuletzt.

Respekt, dachte sich da Behütuns. Aber Spaß machte so etwas nicht!

»Okay, bleib dran und berichte, wenn sich da etwas verfestigt.«

Draußen wurde es schon langsam dunkel. »Wir haben weiß Gott nicht viel. Na gut, viel schon – aber nicht wirklich etwas, das ein Bild ergibt. Vielleicht noch schnell zu den Nazis. Beim Verfassungsschutz mauern sie immer noch, beim BND auch. Alles, was ich bei denen raushör', ist: Lasst die Finger von diesem Hofinger, der ist unserer, und wir wissen, was er tut. Sonst braucht das niemand zu wissen. Das stärkt nicht gerade das Vertrauen. In dieser Richtung also sind wir überhaupt nicht weiter. Und wie ist es bei den Vereinen? Club? Fürth?«

Jaczek schüttelte nur den Kopf.

Es entstand eine kleine Pause. Behütuns kramte seinen Tabak hervor und begann, sich eine zu drehen. Die Besprechung wäre also gleich vorbei, das Zigarettendrehen war ein untrügliches Zeichen dafür.

»Wenn ich einen groben Strich ziehe, bleibt das: Wir haben drei Morde, die alle auf die gleiche Art begangen wurden. Also wahrscheinlich der oder die gleichen Täter. Bei allen war ein Club-Trikot mit im Spiel, überall dieses einheitliche Zeichen. Das erste Trikot trug noch einen Namen, Aaron Suess. Die anderen dann nicht mehr, hatten auch keine Nummern drauf. Nur noch den Sponsor. Ich kann das alles nur so zusammenfassen: Wir haben noch keine Ahnung. Immerhin: Alle Personen stehen in irgendeiner Beziehung zu Savitas, diesem Atomunternehmen. Aber was das Gemeinsame ist, was sie verbindet, da tappen wir völlig im Dunkeln. Das macht alles überhaupt keinen Sinn. Ich will morgen überhaupt gar nicht Zeitung lesen. Die heizen uns wahrscheinlich sauber ein. Leute«, wandte er sich an die anderen, »bewegt eure Ärsche und kriegt etwas raus. Das ist hier schon lange kein Spaß mehr. Und ich weiß genauso wenig wie ihr.«

Hilflos sah er in die Runde.

Hilflose Blicke kamen zurück.

Jaczek schniefte, P. A. zupfte sich am Kinn, Dick sortierte auf dem Tisch seine Papiere. Ratloses Schweigen im Raum.

Von draußen hörte man eine Amsel. Geschmetterter Abendgesang, faszinierend freudig und klar. So kam es hier innen an. Dabei ist eine Amsel nicht freudig, sie singt, weil sie singen muss. Markiert ihr Revier, das sind eher Warnrufe oder Kriegsandrohungen als etwas anderes, und wehe, ein anderes Männchen dringt ein. Die Amselfrau unterdessen muss arbeiten. Die sitzt irgendwo auf den Eiern, hat wahrscheinlich Hunger, kann aber nicht weg. Weil das Männchen singt. Fröhlich? Abendstimmung in der Stadt.

Behütuns zündete sich seine Zigarette an. Damit war die Besprechung beendet.

Wenn ich aufwache, steht mir der Mund offen.
EMMANUEL BOVE

18. Kapitel

Kriminalkommissar ist ein asozialer Job. Oder ein sozial unverträglicher. Hast du keinen Fall, bist du mit Verwaltung beschäftigt. Hast nichts als Formulare um die Ohren, Papierkram, Akten. Dann bist du unzufrieden, unausgelastet, gereizt, genervt und erträgst keine Menschen um dich herum. Auf deinem Schreibtisch staubt es, und deine wichtigsten Werkzeuge sind Stempel, Büroklammern, Locher. Sollte man nicht glauben, wo heute doch alles per Computer geht. Ginge. Aber mit den Kisten im Präsidium ... die brauchen ja schon den halben Vormittag, um hochzufahren. Und selbst wenn: Der Nachweis, dass Computer Papier einsparen, also den ganzen Verwaltungsbürokratiewahn vereinfachen oder beschleunigen, ist noch nicht erbracht. Weil er sich nicht erbringen lässt. Was nicht ist, lässt sich auch nicht beweisen. Also. Hast du als Kriminalkommissar keinen Fall, dann schaust du den Staub an den Fensterscheiben an und fühlst dich genau so. Überflüssig, fehl am Platz, zum Wegwischen. Dann geht dir alles auf den Geist und du den anderen. Vor allem: Dann kann man dich keiner Frau zumuten. Aber hast du einen Fall, dann hast du ihn 24 Stunden, rund um die Uhr, manchmal wochenlang. Du bist der Fall, du lebst ihn. Nichts anderes hat daneben mehr Platz, schon gar nicht eine Frau. Deshalb sind Kriminalkommissare meistens Singles. Oder leben in Trennung, in Scheidung, in Streit. Man muss sich nur diese ganzen Filme ansehen, da ist das überall so. Wie machen denn das Manager? Die arbeiten doch auch den ganzen Tag. Sind nie daheim oder wenn, dann mit dem Kopf woanders. Wahrscheinlich kriegen die einfach mehr Geld. Können ihre Frauen verwöhnen, ihnen etwas bieten, sie zumindest ruhigstellen. Wenn Frauen sich genügend Schuhe kaufen können, mit den Freundinnen ins Café, zum Frisör, zur Pedi- und Maniküre gehen, vielleicht noch den Tennis- oder den Golfplatz mit ihrem schnuckeligen Mini besuchen – dann ist schon viel gewonnen für den Familienfrieden. Bei Kommissaren geht das nicht. Da muss ein Paar Schuhe länger reichen als nur von der Einkaufstüte bis in den Schrank, und an einen Mini extra ist gar nicht zu denken. Oder lag Behütuns damit falsch? Er wäre jetzt gerne heimgefahren zu einer Frau. Zu einer liebenden. Ein schönes Essen auf dem Tisch, Verständnis, ein paar sanfte Worte. Sich ablenken und den ganzen Scheiß einfach für einen Abend vergessen. Aber das war ja das Problem: Den Scheiß konnte man nicht vergessen. Den trug man mit sich herum, der arbeitete in einem, in den Gedärmen, dem Kopf. Der bestimmte einfach die Gedanken. Also hatte eine Frau da keinen Platz. Und wäre eine da, würde sie binnen Kurzem das gemeinsame Terrain verlassen. Sie wäre nur überflüssig oder störend. Es sei denn, auch sie wäre eine Kommissarin. Das wäre natürlich ein Traum! Eine Kommissarin als Frau! Die an den gleichen Fällen arbeitete! Gigantische Vorstellung! Aber wer kümmerte sich dann um die Kinder, um den Hund? Nein, so verlockend diese Vorstellung auch war – eine Frau hatte neben einem Kommissar keinen Platz. Undenkbar, zumindest auf Dauer. Vielleicht sollte sich Behütuns an Frau Klaus halten? Wäre das vielleicht eine Lösung? Eine pflegeleichtere? Das war jetzt wieder sein destruktiver Humor. Diese Vorstellung wollte er für sich nicht einmal annähernd konkretisieren. Nee, daran war nicht wirklich zu denken. Nicht für ihn. Behütuns machte das Licht aus und verließ das Büro. Schöne, langsame Mittsommerdämmerung draußen. Es wurde einfach nicht dunkel. Jetzt heimfahren? Das war keine Lösung. Was sollte er da? Die Wohnung war leer, der Kühlschrank auch, das Bett nicht gemacht, die Wäsche nicht gewaschen. Wahrscheinlich nicht einmal gelüftet. Also wohin?

Ziellos steuerte Behütuns sein Auto aus der Stadt. An der Burg vorbei, an der U-Bahn-Baustelle am Friedrich-Ebert-Platz, am Schöller vorbei in Richtung Norden. Kaufland, Metro, der ganze Müll. Dieses Knoblauchsland war ein einziges Geschwulst. Eigentlich schön flach, viel Acker- und Salatland, und auch der Name war schön. Manchmal, wenn man hier durchfuhr, roch es so richtig schön frisch nach Zwiebeln! Aber das waren nur kurze Momente. Augenblicke, in denen die Illusion das Sehfeld besiegte. In denen der Geruchssinn stärker war als das Auge. Im Grunde aber war das Knoblauchsland so: Überall stand etwas herum wie hingeschmissen. Wie »hingeschissen«, ging es ihm durch den Kopf. Genau so war es. Hingerülpst, hingekotzt, alles nur Brocken, »Bröggerla«, nichts hatte einen Zusammenhang, alles stand nur herum. Verstreut. Betriebe, Hallen, Fabriken, Werke, Gärtnereien, Kaufmärkte, Tankstellen, ein Wohnhaus und wieder von vorn: Fabriken, Hallen ...

Ein Bus überholte Behütuns. Was ist das für ein Typ, der so etwas macht? Kann das einer überhaupt allein schaffen? Behütuns drapierte sich im Kopf einen Zeitplan. Rollte ihn aus. Er musste die Dinge plastisch haben. Sichtbar, visuell. Also. Sonntagabend oder irgendwann nachts auf dem Keller der Mord. Er musste die Dinge einmal trennen. Erst die Fakten, dann das ganze Drumherum. Mittwoch früh irgendwann, das hatten die Untersuchungen aus der Schweiz ergeben, war der Mord auf der Hütte passiert. Der Täter, er ging jetzt einmal von einem aus, war also frühestens Sonntagnacht oder am Montag in die Schweiz gefahren. Sechseinhalb oder sieben Stunden Fahrt. Dann ist er nachmittags da. Zu spät, um noch auf die Hütte zu kommen. Vielleicht aber auch nicht. Am Mittwoch früh war der Mord. Hatten die in der Schweiz eigentlich mal entlang des Weges gefragt? Besser: entlang der Wege hinauf zur Hütte? Da gab es ja etliche, von allen Seiten. Denn woher auch immer einer kam auf seinem Weg hinauf – irgendwo musste er doch vorbei kommen. Und vielleicht auch gesehen werden. Da waren doch sicher ein paar Ansiedlungen oder Hütten irgendwo. Er würde gleich morgen mit dem Schweizer telefonieren. Wie hieß der noch gleich? Ja: Lugio. Alberto Lugio, odr?

Hinter ihm hupte ein Auto, blendete auf. Kein Wunder: Die Ampel war grün, aber Behütuns stand. Wie lange schon? Schande. Er gab Gas. Bei der Abzweigung nach Kraftshof bog er rechts ab und stellte sich dort auf einen Ackerstreifen. Er konnte jetzt so nicht Auto fahren, er war ja gar nicht da. Nicht anwesend. Behütuns musste jetzt erst einmal nachdenken.

Mittwoch früh der Mord auf der Alzasca, Donnerstag früh der Mord am See. Das geht. Abstieg von der Hütte, gegen Mittag aus der Schweiz los, dann bist du abends hier und kannst dich um den Nächsten kümmern.

Was hatten die Mediziner gesagt? Wie lange wirkte der Cocktail? Drei bis vier Stunden, vielleicht auch nur zwei oder weniger, je nach Menge und Statur der Person. Dann wurde das Opfer wach oder regte sich zum ersten Mal. Und wie lange dauerte es, bis der Cocktail wirkte? Auch wieder unterschiedlich. Circa eine Stunde nach der Einnahme war die Wirkung voll eingetreten, vielleicht ging das aber auch schneller. Hängt auch wieder von der Menge ab und der Person. Alles so vage, alles so ungewiss.

Behütuns hatte das Seitenfenster heruntergekurbelt. Es war noch immer nicht dunkel draußen, die Sonne aber war schon längst hinter dem Horizont verschwunden. »Untergegangen«, dachte Behütuns, was für eine falsche Redensart. Die Erde dreht sich weg – das aber war Wissen, das andere Beobachtung. Das Sehen, die Erfahrung. Und in der Erfahrung geht die Sonne unter, nur das zählt. Ein Rotkehlchen saß gegenüber auf dem Verkehrsschild, knäckerte ihn wie empört an und wippte dabei mit dem Schwanz. Drüben landete ein Flugzeug, das dritte schon seitdem er hier stand. Wie kann man hier nur wohnen, bei diesem ständigen Fluglärm? Und die fliegen ja bis spät in die späte Nacht hinein. Egal, noch einmal von vorn.

Vor dem Abendhimmel tanzten die ersten Fledermäuse. Also: Das erste Opfer stirbt in der Nacht. Hat am Abend etwas zu sich genommen, wahrscheinlich gegen Ende der Bierkelleröffnungszeit. Der hat am fraglichen Abend so um halb neun zugemacht, haben die Ermittlungen ergeben. Sagen wir neun, dann sind auch die Letzten weg, denn am Waldrand dort wird es kühl. Also neun. Dann ist das Opfer um halb zehn oder zehn weg. Bewusstlos. Je nachdem, wann es das Mittel geschluckt hat. Dann musst du es runterschleppen zum Keller, irgendwie ablegen, immer wieder lauschen, den Keller aufbrechen, den Betäubten reinschleppen, alles so weit richten, auf die Mine legen und fort. Lass es da zehn sein oder halb elf. Dann musst du zwei, drei Stunden warten, denn das mit dem Trikot will ja noch getan sein. Eklig. Also wird es zwei, halb drei, drei. Wenn du dann losfährst, bist du um acht oder neun in der Schweiz, spätestens, da ganz im Süden, in Locarno. Wenn du die Nerven dazu hast. Normalerweise aber musst du nachts erst noch mal heimfahren. Bist also gegen zwei oder drei daheim. Klamotten wechseln, Zeug packen für die Berge, also kommst du vor halb vier nicht los. Ob du dann fahren kannst nach all der Aufregung? Muss wohl gehen. Vielleicht ist der Täter ja gar nicht aufgeregt, vielleicht eher befriedigt, vielleicht angenehm angespannt oder von Wut getrieben, von Rachegefühlen und Vergeltung. Ich kenne ja seine Motive nicht – aber das alles gäbe ihm Kraft. Also halb vier los. Dann bist du auch um zehn Uhr unten und hast einen ganzen Tag. Oder du fährst tagsüber, dann kommst du abends an und musst irgendwo übernachten. Kannst erst am Dienstag auf den Berg. Dienstag aber musst du oben sein, sonst kannst du Mittwoch früh niemanden umbringen.

»Kommissar Lugio, Locarno. Wer ist dran?«

»Behütuns hier, Nürnberg. Sorry, dass ich so spät anrufe. Ich hab nur schnell eine Frage.«

»Grüezi Friedo! Kommtr voran?«

»Wir? Na ja. Wir sind auf euch angewiesen, Alberto. Deshalb rufe ich an. Alberto, nur ganz kurz: Was habt ihr herausgekriegt? Ist auf dem Weg hinauf an den Tagen zuvor jemand beobachtet worden?«

Zwei Minuten später wusste Behütuns Bescheid. Der Bericht würde übermorgen kommen, das wichtigste aber wusste er jetzt schon: Der Letzte auf dem Weg zur Alzasca wurde am Montag gesehen. Am späten Vormittag. Von zwei Frauen auf der Soladino und einem Jäger weiter oberhalb. Gehe ich davon aus, dass das unser Mann war, überlegte Behütuns, dann ist er nachts noch losgefahren. Bis zwei hier fertig am Keller, heim, um drei los. Oder um halb vier. Egal. Mit dem Auto ins Tessin, vielleicht um neun Uhr dort. Um zwei auf der Hütte, vielleicht um drei. Im Hüttenbuch stand nichts von einer Übernachtung, also ist er, wenn er zur Hütte hinauf ist, dann weitergegangen. Wohin? Oder ist er gar nicht zur Hütte am Montag, sondern erst woandershin? Auch hier die Frage: Wohin?

Noch einmal rief er Kommissar Lugio an. Ja, sagte der, da gäbe es noch eine Möglichkeit. Ribia. Eine unbewirtschaftete Hütte, wenige Stunden entfernt. Behütuns sah zwei Möglichkeiten des Täters: Am Montag direkt dorthin und am Dienstag auf die Alzasca oder am Montag über die Alzasca hin zur Ribia und am Dienstag dann zurück. Sie würden, gab Lugio durch, morgen zur Ribia fliegen, nach Hinweisen suchen, nach Spuren.

Behütuns stieg aus seinem Wagen und ging einen Feldweg entlang. Schon wieder donnerte eine Maschine herab, hinten sah man schon die Lichter der nächsten im Landeanflug. Und noch weiter hinten vor dem Abendhimmel eine dritte. Wie Perlen an einer Schnur, mit drei Minuten Abstand. Im Osten war der Himmel schon dunkel, nicht schwarz, eher tiefblau, der ganze Westen aber war noch hell. Gelb, blau, rot, violett über den ganzen Horizont. Das Knoblauchsland war flach, das machte die Landschaft weit, vor allem nach Westen hin. Mit dem Fuß kickte er einen Stein vom Weg. »Die sich mit ›Dr.‹ vorstellen, haben es wohl nötig«, hatte in den Aufzeichnungen

Schraders gestanden. Und später dann: »Wie schnell jemand im Nebel verschwindet. Auch mit seinem Geräusch.« Das könnte ein Gast gewesen sein, vielleicht der letzte Besucher. Vielleicht unser Mann? Doch das war nicht, was er jetzt klären wollte. Zunächst ging es nur um den Zeitplan. Was auch immer zwischen Montag und Mittwoch passiert war, holte sich Behütuns zu seinen Ausgangsgedanken zurück und duckte sich instinktiv, als der nächste Jet inzwischen direkt über ihn hinwegdonnerte, um drüben, jenseits des Zaunes, zwischen den Lichtern der Landebahn aufzusetzen – Mittwoch früh kann der Täter erst absteigen, denn nachts ist der Weg nicht zu machen. Wenn er Mittwoch früh losgeht, ist er am Mittag unten. Also gegen 19 oder 20 Uhr wieder hier. Da kann er locker den Nächsten umbringen. Was er in der Nacht zum Donnerstag dann auch tat.

Behütuns war wieder zurück am Auto. So könnte er gewesen sein, der Zeitplan von Sonntag bis Donnerstag. Und daraus konnte man schon eine ganze Menge ablesen: Der Mann ist sportlich, denn das Programm ist tough. Das Programm ist geplant, und zwar im Detail. Alles greift gut ineinander, ist bestens verzahnt. Und weil es so gut geplant ist, hat der Mann – und dass es ein Mann sein muss, daran hatte Behütuns überhaupt keinen Zweifel mehr – ein Motiv. Und Motiv bedeutet: Es gibt einen Zusammenhang zwischen den Opfern. Aber den sehen wir noch nicht. Nichts, aber auch gar nichts zu erkennen. Es gibt zwar bei jedem Opfer Verdachtsmomente, nein: Momente, an denen man einen Verdacht anknüpfen könnte, es gibt aber nicht dieses eine, vereinheitlichende Moment. Die kannten sich ja nicht einmal untereinander, hatten, soweit das zu beurteilen war, nichts miteinander zu tun. Zumindest hatten die Ermittlungen bisher noch nichts in diese Richtung ergeben. Das aber müssen wir finden, davon war Behütuns überzeugt. Und was die anderen Verdachtsmomente betraf, da kannst du dir jeden anschauen, und du findest überall etwas. Die heile, gute Welt ist nur Fassade, dahinter stinkt's. Bei jedem.

Und noch etwas jagte Behütuns durch den Kopf: Wer oder was sagt uns denn, dass das, was der Täter vorhat, vollbracht ist? Immerhin, seit Donnerstag waren schon zwei Tage vergangen, heute war Samstag. Aber das sagte nichts.

Er konnte jetzt nicht nach Hause und schlafen gehen.

Behütuns sah auf die Uhr. Kurz vor neun. Er wählte die Nummer des Psychologen. Samstagabend, aber das war ihm jetzt egal.

Er sei schon beim dritten Schnappbier, könne unmöglich mehr fahren, sagte der. Behütuns sah ihn förmlich auf seiner Terrasse sitzen. Aber sie könnten sich bei ihm treffen, im Biergarten, bei ihm ganz in der Nähe. *Zum Schloss*, genannt *Schlössla*, in Tennenlohe, ob er das kenne?

Behütuns fuhr los. Tennenlohe war nicht weit weg, er stand quasi schon vor der Haustüre.

Dr. Hartung hörte sich alles an. Er trank fast schneller als Behütuns, der auch schon beim zweiten Bier war. Sie saßen auf Bierbänken auf dem Wiesengeviert hinter dem Schloss, einem alten, schweren Sandsteinhaus mit einem Schweinestall daneben. Eigentlich war das *Schlössla* ein Bauernhof. Der Wirt machte die Landwirtschaft, die Tiere, war Metzger und Wirt. Was die Leute so alles schaffen, gleichzeitig. Und trotzdem wirkte er fröhlich. Seine alte Mutter humpelte ans Küchenfenster zum Biergarten und stellte zwei Teller aufs Fensterbrett. Eine Holzkiste diente außen als Stufe zum Sims. »Di Brohdwäaschd!«, rief sie zum Hof hinaus und verschwand wieder nach innen. Ob das jemand gehört hatte, ging sie nichts an. Der Ventilator der Küchenlüftung rauschte, die Alulamellen klapperten leise, sonst war es ruhig im Garten. Hinten stand eine Schaukel, aber Kinder waren keine da. Sie quietschte auch nicht im Wind, denn es war windstill. Drüben saßen drei Alte und starrten ins Bier. Als ob es da etwas zu erkennen gäbe. Sonst war nichts los. Nur die Fliegen summten. Kein Wunder, beim Stall nebenan. Behütuns' Unterarme pappten am Biertisch. Der klebte ein wenig, wahrscheinlich von den Läusen im Laub. Die Plätze befanden sich unter einem Laubbaum. Behütuns kannte sich damit nicht aus. Ob er den Psychologen fragen sollte? Ach was. Inzwischen war es fast dunkel, zumindest hier unterm Baum. Irgendjemand schaltete von drinnen die Beleuchtung an, eine Glühbirnenkette über den Tischen, am Hauseck ein brennheller Strahler. Sah aus wie eine Baustellenbeleuchtung aus dem Baumarkt, Halogen. Er hing nur an einem Nagel, die Leitung lose und schräg vor der Wand, die Steckerverbindung umklebt. Binnen Sekunden tanzten die ersten Falter. Behütuns holte die Teller.

Dr. Hartung hatte lange geschwiegen.

»Ich spreche jetzt mal ganz aus dem Bauch heraus«, sagte er dann zwischen zwei Bissen Bratwurst, »einfach was mir so in den Sinn kommt. Also ganz ununterfüttert. Und ob das dann wirklich hilfreich ist, kann ich nicht sagen.«

Behütuns schwieg, hörte zu und aß. Zwischendurch holte er noch einmal Bier.

»Also erst einmal sortieren. Wir haben drei Leichen. Diese hatten, zumindest nach dem bisherigen Erkenntnisstand, nichts miteinander zu tun. Die Verbindung kennt nur der Mörder. Aber wir haben Gemeinsamkeiten: die Todesart und die Trikots. Die Todesarten weisen wiederum Gemeinsamkeiten auf: die Art der Betäubung und die Art der Hinrichtung. Die Art der Betäubung, so vermute ich, benötigt gewisse medizinische Vorkenntnisse. So einen Mix muss man erst einmal basteln, dass er auch zuverlässig auf die gewünschte Art wirkt. Also so, dass die Personen relativ schnell außer Gefecht gesetzt sind und dass sie aber auch sicher nach einer gewissen Zeit wieder aufwachen. Außerdem waren da, wie Sie sagten, Barbiturate drin. Die bekommt man nur gegen Rezept. Oder man kommt qua Profession daran. Es gibt also Hinweise, dass der Mörder aus dem medizinischen Bereich stammt. Ein Arzt, ein Pfleger, ein Sanitäter, was auch immer.

Für einen Arzt, würde ich sagen, spricht, dass die ganze Planung relativ hohe Intelligenz erfordert. Das läuft ja alles wie minutiös ab. Dann ist es auch kein alter Mensch, denn er muss ja einigermaßen fit sein. Auch mal mit wenig Schlaf auskommen, schwere Körper schleppen, zwischendurch einfach so auf einen Berg steigen, also immerhin fast vierzehnhundert Höhenmeter bewältigen – da gehört schon etwas dazu. Also ich sag mal: eine Person mittleren Alters, zwischen 20, 25 und 40, 45, fit, intelligent, medizinisch bewandert. Das grenzt ja schon einmal ein.

Viel schwieriger aber sind die Zeichen. Das Trikot ist eines. Das weist eindeutig in Richtung Fußball, eigentlich in Richtung Club. Damit aber kann ich gar nichts anfangen, da kenn ich mich nicht aus. Auch der Name auf dem Trikot, oder dass nur das erste einen Namen trug – das müssen Sie deuten. Oder vielleicht die Rückennummern? Waren denn auf den anderen Trikots Nummern?«

Behütuns schüttelte den Kopf.

»Es wäre schon interessant, dahinter zu kommen, woran das liegt. Vielleicht findet sich ja hier eine Erklärung. Im Grunde aber glaube ich, dass das erst zweitrangige Zeichen sind. Das wichtigste ist für mich das: die Todesart selbst. Um einen Menschen wegzusprengen, ja regelrecht hinzurichten, bedarf es schon einer besonderen Energie. Und diese Energie resultiert nicht aus einer situativen, jungen oder aktuellen Wut und dem damit einhergehenden Vergeltungsdrang. Denn um Vergeltung geht es. Und zwar um eine ganz private, denn wir haben sonst keine Botschaften. Der Täter befriedigt sich selbst, er fährt seinen ganz persönlichen, ganz privaten Rachefeldzug. Und, das würde ich jetzt einmal so in den Raum stellen, er will damit bei sich Wunden heilen. Die Art des Mordens und die Art der Wunde sehe ich in einer gewissen Korrespondenz.«

Hartung schwieg und nahm einen tiefen, langen Schluck. Sein Krug war schon wieder leer.

Behütuns wartete ab, sah ihn fragend an.

Hartung schwieg weiter.

»Scheiße! ... oh sorry, ist mir so rausgerutscht«, entschuldigte sich Behütuns. »Aber sehen Sie!«, und er hielt Hartung seinen Bierkrug hin. Ein fetter Falter strampelte auf der schaumlosen Oberfläche, die übersät war mit staubigen Teilchen der Falterflügel. Er schüttete das Getränk in die Wiese.

»Auch noch eins?« Nahm beide Krüge und stellte sie auf den Fenstersims. Da würde sie der Wirt schon entdecken. In der Tiefe der Küche klapperte Geschirr.

»Wenn jemand so mordet, ja so zerfetzt«, überlegte der Psychologe weiter, »dann drückt er ein Pendant dazu in sich selbst aus. Also zu etwas, das auch ihn so zerfetzt hat. Das weiß er wahrscheinlich selber gar nicht, es ist ihm nur ein Bedürfnis. Denn wenn er es wüsste, es ihm also bewusst wäre, würde er es, bei seiner Intelligenz, reflektieren und nicht mehr in die Tat umsetzen. Meine Meinung. Wunden solcher Tiefe entstehen erfahrungsgemäß nur in der Kindheit, werden da geschlagen. Vernarben, brechen immer wieder auf, sind ständig präsent, meistens in Form irgendwelcher Störungen. Emotionaler. Die sich dann möglicherweise zeigen in Kontaktarmut oder -unfähigkeit, Beziehungsschwächen, Gefühllosigkeit, was weiß ich. Nach außen, also im Alltag, gegenüber anderen, muss sich das gar nicht so zeigen. Irgendwelche Macken haben wir ja alle, Macken sind völlig normal. Aber nach innen, im Eigenleben, blutet und schmerzt die Wunde täglich. Da tiefer einzudringen, ist ein weites Feld. Aber da wird es jetzt interessant: Haben Sie schon einmal in der Kindheit der Opfer nachgeforscht? In deren Vergangenheit? Vor 20, vielleicht 30 Jahren? Vielleicht ergibt sich hier ja eine Verbindung, die uns dem Täter näherbringt?«

Wieder machte er eine kurze Pause. Behütuns nutzte sie und holte das Bier. Es stand am Fenstersims bereit. Diesmal brachte er auch zwei Bierfilze mit und deckte damit die Krüge ab. Denn ein Bier ist ein Getränk und kein Falterbad!

»All die anderen Zeichen sehe ich als nachgelagert. Natürlich sagt uns das Trikot auch etwas, und das auch mit voller

Absicht. Diese Sprache aber versteht im Moment nur der Täter selbst. Da muss er noch mehr zu uns reden.«

Behütuns hakte ein: »Also noch weiter morden?«

»Ja.«

Das kam trocken und hart.

»Die Sprache der Trikots, die erst auf der zweiten Ebene stattfindet, ist sehr viel schwieriger zu verstehen als die der Taten selbst. Denn sie baut auf der ersten auf. Haben wir diese verstanden, haben wir alles verstanden. Dann ist alles ganz einfach und wird uns auch als einfach erscheinen. Als völlig offensichtlich, logisch, konsequent. Noch aber verstehen wir die Grundsprache nicht.«

»Und die Minen?«

»Die sehe ich eher als Werkzeug, denn als Zeichen an. In ihrer Wirkung aber schon, also in ihrer Grausamkeit. Diese Grausamkeit spricht für mich die erste Sprache. Genugtuung für eine tiefe Verletzung. Die Minen mögen Zufall sein, vielleicht auch Ansatz für eine Spur. Aber sie haben keine Bedeutung, ich meine über ihre Sprengkraft hinaus, Sie verstehen? Also kriegen Sie hier etwas raus: Hatten die drei Opfer als Kinder etwas miteinander zu tun? Ich denke, nur so kommen Sie weiter.«

Die drei Alten saßen noch immer da, drüben im Eck des Biergartens. Hatten sie sich überhaupt schon bewegt? Behütuns hatte nicht aufgepasst. Jetzt sah er hinüber. Ja doch, sie atmeten. Jetzt schnaufte sogar einer aus. Die ganze Last des Lebens. Ja, diese Alten hatten das Leben verstanden. Sitzen, tagträumen, den Alkoholpegel halten. Die Arme auf dem Tisch, die Körper vornübergebeugt, zwischen den Fingern eine Zigarette, in Reichweite das Bier. Was willst du mehr?

Dr. Hartung und Kommissar Behütuns gingen. Die Alten saßen noch da. Als sie um das Wirtshaus bogen und vorne die Straße erreichten, ging der Eckstrahler aus. Nur noch die Glühbirnen brannten. Behütuns kramte seinen Autoschlüssel hervor, gemeinsam gingen sie zu seinem Wagen.

»Muss ich jetzt die Polizei benachrichtigen, wenn Sie sich ans Steuer setzen?«, fragte Hartung.

Behütuns zuckte mit den Schultern.

»Aber das hab ich ja gerade«, lachte er. »Alsdann, fröhliche Heimfahrt. Und gute Ermittlungen. Informieren Sie mich, wenn Sie was Neues haben. Das interessiert mich.«

Vier Bier, und Behütuns fuhr trotzdem. Ein Viertel hatte er ja weggeschüttet, wegen des Falters.

Am Morgen summte eine fette Stubenfliege
innen an meinem Fenster rum ...
Sachte sprühte ich die Fliege ein,
bis sie sich nicht mehr bewegte.
Dann hob ich sie vorsichtig hoch, öffnete
das Fenster, legte sie raus aufs Brett.
ANDREW VACHSS

19. Kapitel

Die Wirklichkeit kam den Gedanken zuvor. Und die Fakten den Ermittlungen. Beginnen wir mit den Fakten.

Sonntag ist der Tag des Eies. Man schläft lang, einmal so richtig aus, räkelt sich noch ein wenig und grunzt, draußen läuten schon die Kirchenglocken, entweder um halb zehn zum Kirchenbeginn oder gegen viertel, halb elf zum Vaterunser. Dir ist das egal. Kirchen schaust du dir nur im Urlaub an, in Frankreich oder in Italien, warum weißt du selber nicht genau. Du schleppst dich in die Küche, kochst dir ein Ei, machst ein paar Toasts und ziehst dich dann mit deinem Frühstücksteller, einem fetten Kaffee, der Sonntagszeitung, einem Buch oder, wenn du sonst nichts hast, einem Sudoku zurück ins Bett, um klebrige Eidotterflecken oder jene Brösel zu produzieren, die dich dann die ganze Woche über im Bett zwicken und piesacken. Nicht selten hast du sowieso einen dicken Kopf vom Samstag, da ist es gut, es etwas langsamer angehen zu lassen. Aaaalleees gaaaanz schöööön laaaaangsaaaaam ...

Behütuns war gerade in der Normandie in einer Werft, und die Werftsirene brüllte. Dann war die Werft in Nürnberg, und ein Kran kreischte. Nein, das war überhaupt keine Werft und auch kein Kran, das war ein Güterzug am Hafen, der ohne Lok einen Abhang hinunterdonnerte und immer wieder so ein komisches Geräusch machte. Ein Güterzug? Ja, mit einem

Blasorchester darauf, rumänisches Blechblasorchester, das immer näher kam. Ganz deutlich sah er schon deren diabolische Fratzen. Wie konnten die nur so laut und schrill und schräg blasen bei ihrem breiten Grinsen? Dann war das Bild weg – das schrille Geblase aber noch da.

»Scheiße!« Behütuns tastete nach seinem Handy. Kurz vor dem Tod soll das ja ähnlich sein: man rekapituliert noch einmal im Schnelldurchlauf sein ganzes Leben. Behütuns rekapitulierte nur langsam, mühsam durch eine zähe Masse. Komisch trotzdem, wie die Gedanken früh immer wieder zu dem gleichen Punkt zurückfinden, an dem man selber ist, und dass da nichts vertauscht wird. Dass die sich nicht verirren oder so. Vor allem, wenn es noch dunkel ist. Und sonntags wird es vor neun nie hell, da ist es immer dunkel, auch wenn die Sonne noch so hell ins Zimmer blendet.

»Behütuns?« Er konnte gar nichts sehen, so hell war es. Es stach regelrecht im Kopf.

Die Bayreuther Polizei, ob er Hetzles kenne?

Er tastete nach seinem Stift, notierte sich eine Adresse. Sie ging vom Hörer direkt aufs Papier, erst gar nicht in einen Zwischenspeicher, der war noch nicht an. Noch nicht hochgefahren. Überhaupt schien das gesamte Gehirn noch absolut im Tilt-Modus und nahm den Befehl »Neustart« nicht an.

Erst langsam kam es in die Gänge, trotzdem hatte es schon eine ganze Reihe Automatismen aktiviert. Überlebensmodus wohl. Oder steuerten sich die Muskeln selbst? Immerhin bemerkte sich Behütuns irgendwann, dass er schon halb bekleidet war und nach einem frischen Hemd suchte, als die ersten Sauerstoffmoleküle durchs weiße Gallert drangen. Wo hatten die nur den Sauerstoff her? Behütuns öffnete das Fenster. Abgestandene Luft quoll hinaus, vermischte sich mit Stadtluft.

Zwei Minuten später saß Kommissar Behütuns im Auto und programmierte das Navigationsgerät. Seit es diese Dinger gibt, findest du überallhin, aber weißt nie, wo du bist, dachte er sich. Früher hast du auf die Karte geschaut und eine

Ahnung von der Topografie gehabt, heute schaust du aufs Navi und fährst wie blind. Blöd eigentlich – aber saubequem. Lieber ankommen und nicht wissen wie, als andersherum. Aber Moment mal, meldete sich Behütuns' selbstständig arbeitende Leitzentrale, während er die notierte Anschrift programmierte, früher ist man doch auch angekommen, oder nicht? Also haben wir etwas verloren mit den Navigationsgeräten. Nämlich die Orientierung. Und außerdem weiß Big Brother immer, wo du bist. Auch wieder komisch, diskutierte man in der Leitzentrale intern. Da fährst du hier unten herum und weißt nicht, wo du bist, und gleichzeitig hinterlässt du Spuren im All. Beziehungsweise via All auf irgendeinem Server. Weiß eigentlich irgendjemand genau, was das ist, ein Server, und wie der funktioniert? Nein, oder? Da gehen Daten rein und raus, da bleiben Daten drin – das weiß man und gibt sich damit zufrieden. Funktioniert ja auch alles. Aber Daten? Kann man die sehen? Anfassen? Begreifen? Be-grei-fen? »Information« sagt man immer, als ob man die nicht begreifen müsse. Oder Wissen. Aber Wissen, das ich nicht begreife – ist das denn etwas wert, also für mich?

Resignierende Rückmeldung von der Leitzentrale: Ich begreif gar nichts mehr ...

Untrügliches Zeichen: Jetzt war er wach, denn er dachte wieder. Da oben wurden Botschaften hin- und hergeschickt. Fragen und Antworten wurden jedoch nicht gegeben, sie gab es nicht oder nur ganz wenig, und die Erkenntnis wuchs, dass Fragen keinen Sinn haben, weil sie nicht Antworten, sondern nur neue Fragen produzierten. Antworten sind reine Illusion, wurde oben gerade an die Fragenadresse verschickt, und von der kam als Antwort zurück: Dann braucht's ja auch keine Fragen mehr. Das wäre aber schade, schickte man zurück. Und langweilig, wurde die Bemerkung von irgendwoher kommentiert. Und dazu wiederum unkte es aus irgendeiner Ecke: Langeweile ist gut! Denn je langweiliger das Leben ist, desto länger dauert es.

Geht doch, dachte sich Friedo Behütuns, da oben ist sogar am Sonntagmorgen etwas los, auch wenn man einmal nicht ausschläft. Und das hat auch einen Vorteil: Ich hab keine Brösel im Bett in der kommenden Woche. Die alten hab ich schon längst durchgerieben.

Bei ihm lief jetzt alles rund, und es juckte ihn, die anderen Peters anzurufen, sie am Sonntagmorgen zu quälen. Aber er ließ Gnade vor Gemeinheit ergehen. Es genügte, wenn einer sich das ansah. Er.

Das Navi war scheiße. Sorry für den Ausdruck, der fällt schon zum zweiten Mal an diesem Tag. Aber das konnte er gar nicht anders sagen. Denn das Navi war genau so und kein bisschen anders. Sicher, es führte ihn über herrliche Straßen, vor allem für einen sonnigen Sonntagmorgen. Aus Nürnberg heraus auf die Kalchreuther Höhe hinauf und auf dem Weg dorthin auch noch am Keller des ersten Mordes vorbei. Am Hinweisschild an der Straße waren Blumen aufgestellt worden und auf einem Zusatzschild stand: »Wegen Todesfall geschlossen«, außerdem war quer über den Weg ein Absperrungsband gespannt. Gewesen. Es war zerrissen worden und lag auf dem Weg. Trotzdem – oder deshalb? – fuhren gerade vier Fahrradfahrer den Weg über die Wiese hinüber zum Keller. Das auf jeden Fall sah er, dann war Behütuns schon daran vorbei. Von Kalchreuth aus führte das Navi ihn den langen Abhang zwischen Kirschbäumen und Wiesen hinunter in die Senke und dort über Dormitz und Neunkirchen nach Hetzles. So weit, so gut. Irgendwann würde er sich diese Orte alle einmal ansehen, dachte er. Eigentlich laden sie alle ein. Jetzt aber war keine Zeit dafür – und dieses Vorhaben, die Orte einmal anzuschauen, würde er sofort wieder vergessen, das wusste er längst. Das passte zeitlich nie, und wenn man einmal Zeit dazu hatte, hatte man keine Lust. So war das, und daran war nichts zu ändern, sonst wäre es ja schon geschehen. Man muss sich nehmen, wie man ist, und gut ist's. Alles andere ist nur Quatsch und stresst dich, frisst dich auf. Warum willst du ein andrer sein? Ich will's doch gar nicht. Also.

Das Navi sprach und führte. So ging es aus Hetzles raus und auf schotterigem Weg den Berg hinauf. Ein Waschbrettweg, alles im Auto klapperte. Harte, regelmäßige Wellen, von Stoßdämpfern geschlagen. Entweder ganz langsam fahren und im Rhythmus schön durch jedes Bodenwellental oder ganz schnell und nur von Bodenwellenkamm zu Bodenwellenkamm fliegen, den Weg also nur touchieren. Er entschied sich für Letzteres. Im Rückspiegel sah er die riesige Staubfahne, die er aufwirbelte. Die meisten Autofahrer entschieden sich wohl so, denn die Büsche und Bäume entlang der Strecke waren weiß vor Staub. So ging's bergan.

Nach einem steilen Waldstück schließlich war er oben, ein weites, baumloses Plateau, der Hetzles ist ein Tafelberg. Dann lenkte ihn das Navi nach rechts auf einen lösigen Feldweg. Das wollte es zumindest. Doch Behütuns war wach. Ohne Traktor wäre er dort wohl schön hinein-, niemals aber mehr herausgekommen. Der Weg bestand aus schwernassem, tiefem Boden, sonst war da nichts.

Wer programmierte eigentlich diese Geräte? Wer speiste ihnen die Karten ein, und mit welcher Erfahrung? Das zählt mit zum Ärgerlichsten, das dir passieren kann: das Ziel vor Augen – und du kommst nicht hin. Denn drüben, wo sich das Plateau des Berges fast unmerklich senkte, sah er den Tower, sah Motor- und Segelflugzeuge und auch Menschen stehen. Dort war der Flugplatz, und dort musste er hin. Er telefonierte kurz, dann lief er über das Feld. Mit dem Auto, hatten sie ihm gesagt, würde er mehr als 20 Minuten brauchen. Ganz weit im Bogen außen herum. Da wäre er zu Fuß doch schneller. Sie winkten ihm schon von drüben.

Hoch oben flogen Lerchen und jubilierten unter dem blauem Sonntagshimmel, unten stapfte er mit seinen Schuhen, die immer dicker und schwerer wurden, über den Acker. An den schienbeinhohen Halmen glitzerte noch Tau und benässte ihm die Hose. So kam er an – mit feuchten, erdverschmierten Jeans und Elefantenfüßen. Fünf Kilo fetter Lös an jedem Schuh, und das ohne einen Schluck Kaffee im Bauch. Außerdem schwitzte er. Wahrscheinlich roch er auch noch aus dem Hals, er schmeckte noch den Schlaf im Gaumenraum. Gab es hier irgendwo Wasser? Er sehnte sich nach einem Glas.

In den Tiefen seiner Hosentasche, Gott sei Dank, fand er ein altes Päckchen Fisherman's Friend, grün. Schon einmal mitgewaschen, so wie es aussah. Völlig zerzaust und aufgelöst, doch innerhalb der Folie trocken. Was für ein Wunder! Unbemerkt versuchte er, sich daraus einen Drops zu fingern.

»Ach, könnte ich bitte auch eins haben?« Ein Polizist in Uniform bat ihn darum. Es war ihm peinlich, dieses Tütchen anzubieten. Dem Polizisten schien es egal zu sein. Auch bei ihm war wohl der schlechte Geschmack im Mund stärker.

Überall stand Polizei und blasses Volk herum. Der Grund für den schlechten Geschmack im Mund: ein sauber zerfetzter Körper in einem fast ebenso zerfetzten roten Clubtrikot. Es war bizarr. Ein Segelflugzeug mitten auf der Wiese zwischen anderen, nur in der Mitte aufgesprengt, die langen Flügel beide lahm am Boden, die Schnauze vorne weggekippt, das lange Heck genauso, nur leicht auf der Seite, und in der Mitte, wo einmal die Führerkanzel war, Gestänge, Fetzen, Kleidung, Fleisch. Viel Rot.

»Er war gerade eingestiegen, setzte sich zurecht, die Kanzel war noch offen ... Wumms!«

Die Sprache sucht die Komik, will sie Schreckliches verdauen und am Leben bleiben, dachte sich Friedo Behütuns. Man kann Gesehenes nicht einfach so beschreiben, vor allem, wenn man es am liebsten nicht gesehen haben will, weil es so schrecklich ist. Wir haben keine Worte für die Bilder, und trotzdem bleiben sie im Kopf und gehen dir nach. Sie rauben dir den Schlaf, die Selbstverständlichkeit, die innere Ruhe. Es dauert lange, bis da etwas drüberwächst, die Bilder kommen immer wieder. Sie blubbern auf, unkontrolliert, rülpsen dich von innen an. Das ist nie mehr zu löschen, vielleicht zu überschreiben, bruchstückhaft, doch im Vergessen wird es nie versinken. Es sei denn, dein Gehirn macht schlapp, zersetzt sich. Das nimmst du mit ins Grab, erst dann ist Ruhe, hoffentlich.

Fett muss der Mann gewesen sein, schloss Kommissar Behütuns aus dem Anblick. Es lag so viel herum. Zumindest reichlich korpulent. Dass sowas fliegen kann, so etwas Schweres – mit so leichtem Gerät. Das Flugzeug nämlich wirkte ziemlich zierlich, fast fragil. Der Kopf des Mannes war seitlich weggesunken, schräg nach hinten, Behütuns lupfte kurz das Tuch, das darüber lag. Er sah nicht gut aus, dieser Mann. Nicht wegen der Verletzungen, sondern einfach so. Es war ein fieses Schweinsgesicht.

Schon fühlte sich Behütuns besser.

Seitlich des Hangars kamen sie dann zur Sache. Sie hatten sich abseits auf eine Biertischgarnitur in die noch kühle Morgensonne gesetzt, ohne Sichtkontakt zum Ort des Geschehens. Behütuns mit dem Rücken an die Wellblechwand.

»Auch das noch!«, stieß Behütuns aus. Die Bank war nass. Der Tau. Sein Hintern war jetzt auch noch feucht. Mit einem Stöckchen kratzte er sich die Sohlen ab, doch der Lös war zäh. Er gab es auf. Zum Autofahren würde er die Schuhe wohl am besten ausziehen, sonst würde er den Dreck im Fußraum auch noch im Winter mit sich herumfahren, er kannte sich.

Zwei Beamte der Bayreuther Polizei waren mit am Tisch, sie waren die ersten am Tatort gewesen, dazu noch ein Herr Soundso, Behütuns hatte seinen Namen gleich wieder vergessen. Aber der war ja irgendwo notiert. Er war auf jeden Fall als Lotse eingeteilt für diesen Vormittag und hatte die Explosion gesehen. Das Opfer heiße Herbert Hölzer, sei Marketingchef drunten bei Dings, na, bei Savitas gewesen, berichtete er beim Befragen. Dieser Atomgesellschaft. Er sei der erste heute auf dem Platz gewesen, er komme immer ganz früh. Sei etwas eigen gewesen, habe nicht viele Freunde gehabt. Ziemlich vulgär im Grunde und laut. Rotzig und überheblich immer, oft schweinisch in den Witzen, ein Angeber, sonst nichts. Im

Wesen ziemlich jämmerlich. Nie nett, auch hier oben keine Freunde. Das passte zum Gesicht, dachte Behütuns. Wie unabwendbar doch das Wesen im Gesicht steht, in den Zügen. Aber besessen vom Fliegen, sprach der Lotse weiter. Habe allerdings niemanden an seinen Flieger gelassen, sei auch immer nur allein geflogen.

»Ich selber saß gerade droben im Tower und habe meine Papiere sortiert. Meldungen von gestern, Anmeldungen für heute, Anfragen und so, was halt alles zu tun ist vor Dienstbeginn.«

Zum Wörtchen »Dienstbeginn« machte er mit Zeige- und Mittelfinger beider Hände Gänsefüßchen in die Luft. Der Dienst war wohl mehr ein Hobby.

»Hölzer hat unten an seinem Flieger rumgemacht. Ich grüßte ihn per Lautsprecherdurchsage quer über das Feld, es war ja niemand außer ihm da, ein kleiner Spaß unter Fliegern. Aber er beachtete das gar nicht, nicht die kleinste Regung. So war er halt. Dann stieg er ein, wohl so zur Probe, es war ja noch kein Schlepper da, er hätte gar nicht fliegen können, denn ohne Schlepper kommst du nicht hoch. Und überhaupt, die fliegen erst, wenn Aufwind ist. Nicht morgens, erst ab dem Vormittag.«

Er sah nach unten und zur Seite, als ob er dem, was er jetzt sagen musste, irgendwie entweichen wollte.

»Er stieg in seinen Flieger, die Haube war noch hochgeklappt, setzte sich zurecht, ich überlegte gerade, ob ich ihm noch einmal über Lautsprecher einen guten Flug wünschen sollte, um ihn ein wenig zu ärgern oder mich zu rächen für die Ignoranz ... dann war es wie im Film. Ein scharfer Knall, ganz hell, ein bisschen Rauch, ein Ruck ging durch das Flugzeug, ganz von vorn bis nach hinten, dann kippte langsam alles seitlich weg, und in der Mitte war nur Rot.«

Der Lotse schluckte, strich sich mit der Hand übers Gesicht. Obwohl es laut war um sie herum, war es hier doch still. Nur die ersten Fliegen summten. Am Himmel malten Jets weiße

Streifen, von links nach rechts, von rechts nach links und auch über Kreuz. Schräg über den ganzen Himmel. Sie waren nicht zu hören. Nicht vorstellbar, dass auch dort oben Menschen saßen, das Wissen nur abstrakt. Und über – unter? – alldem von hoch droben Lerchengesang. Das hier war ihr Terrain.

Der Lotse hatte sich gefangen.

»Ich hab das gar nicht begriffen, und trotzdem wusste ich: Da brauchst du nicht mehr hin, da ist nichts mehr zu helfen. Ich hab den Notdienst angerufen.«

Dann wieder Schweigen. Stille, Fliegen, Lerchen, Himmelsstreifen.

»Hmm. Eine Frage hätte ich noch: Das Trikot, das Clubtrikot – hat er das oft getragen?«

»Eigentlich immer. Ich kenn ihn gar nicht anders. Hier oben hatte er es immer an.«

»War er denn so ein großer Fan?«

»Ach was! Der war Bemberla Wichdich. Nichts ohne seinen Job. War doch ein Chef bei der Savitas drunten, der Chef der Reklame da. Und die ha'm sich doch den Club gekauft, der spielt doch jetzt Werbung fürs Atom. Auf jedem Trikot steht's doch bridscherbrahd. Savitas-Savitas-Savitas, und kein Mensch stört sich dran. Das, sag ich Ihnen, das ist Geld, das stinkt!«

Behütuns sah hinunter ins weite Tal. Ganz hinten, weit im Dunst und bläulich, sah man die alte Burg. Zwei Bussarde kreisten über dem Tal und schrien ihr »Kiäh«.

Knapp eine halbe Stunde später machte er sich wieder auf den Weg. »Vom Acker nicht«, ging es ihm durch den Kopf, sondern »über den Acker«. Am Auto angelangt, hatte er wieder Elefantenfüße, nur seine Hose war nicht nass, die Halme waren inzwischen getrocknet.

Ans Auto gelehnt, kratzte er sich den Dreck ab, doch der Dreck war zäh. Es dauerte ein Weilchen.

Wie man es macht, macht man es verkehrt.

Der alte Mann an der Bushaltestelle

20. Kapitel

Behütuns popelte in seinen Sohlen, kratzte zähen Dreck ab. Das dauerte.

»Ja guten Morgen! Seh ich recht? Schau! Welche Überraschung! So früh schon unterwegs? Das hätte ich Ihnen gar nicht zugetraut, vor allem nicht nach gestern Abend!«

Kommissar Behütuns hob den Kopf. Das kann nicht sein!, durchfuhr es ihn. Der Psychologe Hartung stand vor ihm, nein saß, verschwitzt, bunt wie ein Papagei mit Helm, auf seinem Bergfahrrad. Mountainbike. Der ganze Rücken dreckbespritzt.

Behütuns' Denkmaschine ratterte.

»Jetzt machen Sie sich aber schon langsam verdächtig, mein lieber Dr. Hartung. Das kann, das darf ich von Berufs wegen schon nicht mehr als Zufall werten. Ich glaub, ich muss Sie festnehmen und aufs Revier bitten. Ich hätte da etwas zu klären.«

Der Psychologe sah ihn fragend an.

»Ein Mord am See – Sie tauchen auf. Ein Mord am Flugplatz – und Sie fliegen vorbei. Das spottet doch jeder Wahrscheinlichkeit. Sehen Sie: Die Welt ist riesengroß, es gibt, gerechnet auf die gesamte Fläche, weiß Gott nicht viele Morde. Und die Wahrscheinlichkeit, genau dann immer dort zu sein, ist schon verdammt gering. Bei einem Mal mag das noch Zufall sein – beim zweiten Mal hat's mit dem Mord zu tun, das sagt uns die Stochastik. Als Zufall ist das nicht mehr vorgesehen. Deshalb: Sie haben jetzt die Wahl: Entweder, Sie gestehen gleich, oder ... – dann eben nicht.«

Er machte eine Pause, lachte.

Der Psychologe lachte nicht.

»Aber Sie werden lachen«, sagte dann Behütuns, »ich habe vorhin tatsächlich kurz daran gedacht, sie anzurufen. Es schien mir nur zu früh.«

»Am Tag«, schob er nach, »denn immerhin ist heute ja schließlich Sonntag, Tag des Ausschlafens.«

»Ja, und warum wollten Sie mich anrufen?«

Der Psychologe schien tatsächlich irritiert zu sein. Ein Ausdruck, der Behütuns nicht entging.

»Weil ich Ihnen am liebsten brühwarm erzählt hätte, dass Sie sich das mit Ihrem Kindheitstrauma höchstwahrscheinlich an den Hintern schmieren können.«

Behütuns grinste.

Hartung nicht.

Unglaublich viel ging Kommissar Behütuns während seiner Worte durch den Kopf. Täuschte er sich? Oder täuschte der ihn? Oder täuschte er sich in sich?

»Was ist passiert?«

»Der vierte Mord. Der vierte Mord mit, so wie es aussieht, einer Mine – und mit ganz eindeutigen Verbindungen zum Atomkonzern Savitas. Und wieder das Trikot.«

Der Psychologe schwieg und blickte irritiert. Man sah sein Hirn arbeiten.

Behütuns sprach weiter – und sah sich dabei wie von außen weitersprechen und wusste, dass er jetzt nur weitersprach, um diesen Mann, den Psychologen, dabei zu beobachten, was sich bei ihm tat, während er redete. Ich spreche hier und beobachte mich dabei, wie ich beobachte – und kann gleichzeitig noch Gedanken denken und auch formulieren. Unglaublich, was das Hirn so leistet, dachte er sich und sagte zur gleichen Zeit:

»Die Nummer greift nicht mehr mit dem Verschieben des Motivs in die graue Vorzeit unseres Täters. Ich glaube das nicht mehr. Sehen Sie: Die Zeichen zu Savitas sind doch nicht von der Hand zu weisen. Und die sind aktuell.«

»Ich sagte doch, dass alles sehr viel komplizierter ist«, antwortete Hartung. Und dann nach einer kurzen Pause: »Es gibt nichts Einfaches, das denken wir uns nur. Es gibt nichts auf dieser Welt, das nicht äußerst vielschichtig ist. Wir rücken uns nur im Denken alles ganz einfach zurecht. Das Hirn ist so gebaut, nein, nicht das Hirn, sondern die Art, wie wir es nutzen. Wir denken, wie wir sprechen, wir sprechen, wie wir lesen – von links nach rechts und dann langsam nach unten, Zeile für Zeile. Halt linear. Wenn – dann, wenn so – dann so. Kausal sagt man dazu.«

Jetzt war es Behütuns, der etwas irritiert dreinblickte, und der Psychologe lächelte.

»Die Welt ist einfach – und nicht zu begreifen. Denn irgendwie hängt alles mit allem zusammen. Ein schöner Satz übrigens. So wie wir Dinge gleichzeitig erfassen können und auch denken – aber niemals sagen können! –, so ist auch die Welt. Und noch viel mehr die Psyche. Da gibt es überall und kreuz und quer, versteckt und manchmal überraschend, Drähte von einem Unwahrscheinlichen zum nächsten. Und nichts macht scheinbar mehr Sinn, und plötzlich doch wieder alles. Aber alles wirkt immer und gleichzeitig zusammen und befeuert sich.«

Das klingt irgendwie so wie das, was ich heute früh gedacht habe, schoss es Behütuns durch den Kopf, nur anders formuliert.

Jetzt grinsten beide. Augen blitzten. Sie hatten sich verstanden.

»Trotzdem«, schob Kommissar Behütuns nach, »die Lage der Indizien spricht vorderhand jetzt eindeutig für ›irgendwie Savitas‹, oder nicht?«

»Kommen Sie, lassen Sie uns das bei einem Getränk besprechen. Da vorn den Weg hinunter, gleich unterhalb der Bergkante, in einem alten Steinbruch links, gibt es ein schönes Wirtshaus. Nur sonntags geöffnet, da haben wir heute Glück, aber mit ganz vorzüglichem Essen. Sie kommen mit?«

»Gebongt. Bis gleich.«

Der Psychologe stieg aufs Rad, Behütuns ohne Schuhe in sein Auto.

Dann saßen sie auf Gartenstühlen unter Bäumen vor dem Wirtshaus. Ein flacher Bau, viel eher als Baracke oder Datscha zu beschreiben. Buchfinken schmetterten, Meisen hüpften von Ast zu Ast, Lichtspiele auf den Tischen. Die Sonne schien durchs Laub. Zwei Spezi kamen, dann zwei Schweinebraten, zwei dicke Scheiben jeder, schön mit Fett und Kruste, goldgelber Kloß, Soße, Salat. Schon saßen Fliegen darauf. Behütuns wedelte sie weg. Die ersten Wespen kamen.

»Mein Frühstück«, sagte er.

»Meins auch.«

»Und damit ist der ganze schöne Trainingseffekt auch gleich wieder zum Teufel«, schob Dr. Hartung nach. »Egal.«

»Trotzdem: Ich bleib dabei.«

Hartung schob den leeren Teller von sich weg, wischte sich den Mund ab, nahm einen Schluck.

»Die Wurzel sehe ich tief verankert in der Kindheit. Das mit Savitas, die Verbindung zum Club – das mögen noch Verstärker sein. Jeder für sich vielleicht, vielleicht aber auch zusammen. Es gibt ja auch Verbindungen, Gemeinsamkeiten zwischen beiden. Savitas bezahlt den Club, der Club spielt für Savitas.«

Hinter vorgehaltener Hand suchte er zwischen seinen Zähnen nach einem Stückchen Schweinebraten, einer Faser Fleisch.

»Und gegen Savitas kann man durchaus etwas haben, also gegen das, was die tun.«

Was hatte der Hobbylotse ihm vorher gesagt? »Das, sag ich Ihnen, das ist Geld, das stinkt!«

»Für mich ist das natürlich einfacher«, überlegte Hartung nach einer kurzen Denkpause. »Ich muss niemanden finden. Sie brauchen die Person – ich denk nur im Profil. Und trotzdem: Ich kann Ihnen sicher ein paar Schablonen liefern, die, wenn Sie sie übereinanderlegen, vielleicht hilfreich sind. Denn mit jeder weiteren Schablone wird der Mann konkreter.«

Behütuns sah nach oben in die Bäume. Ein Grünspecht klopfte da.

»Ein Buntspecht«, sagte Dr. Hartung, und: »wie schön. Schon lange hab ich keinen mehr gesehen.«

Behütuns sah ihn mitleidig an. »Buntspecht, Herr Doktor? Grünspecht!«, verbesserte er Hartung.

»Ach ja?« Hartung schien irgendwie ertappt.

»Ein Buntspecht ist schwarz, weiß, rot. Der hier ist grün. Also Grünspecht, okay?«

»Aber auch bunt«, trotzte Hartung.

»Nee, grün. Und ein bisschen rot.«

Einen kurzen Moment lang herrschte Schweigen.

Dann retournierte Hartung:

»Sie sind mir schon ein toller Specht. Wohl Vogelkundler, oder was? Schräge Vögel jagen und in den Käfig bringen ... ja doch, das macht mir Sinn.«

Er lachte über sein Wortspiel, aber er lachte allein.

»Grün-Rot ist doch viel bunter als Schwarz-Weiß-Rot«, schmollte er nach. Dann fuhr er fort zur Sache.

»Ich war bei den Schablonen. Erste Schablone: Kindheitstrauma irgendwie. Das scheint sehr vage, aber suchen Sie erst bei den Opfern. Es muss dort irgendetwas geben.«

»Zweite Schablone: SUV«, ergänzte Behütuns.

»Noch ne Schablone: Jemand mit irgendwie medizinischem Know-how. Wegen der Cocktails, der speziellen Mischung.«

»Kriegt man die nicht übers Internet?«

»Vielleicht. Aber nicht die Medikamente. Barbiturate, wie gesagt. Also nicht einfach so.«

Behütuns nickte.

»Okay. Dann: Intelligenz. Sportlichkeit. Trainiertheit.«

»Beziehung zum Club. Oder massiv gegen ihn.«

»Autokennzeichenfragmente möglicherweise.«

»Eindeutig gegen Atomkraft. Massiv.«

»Und im Besitz von Minen ... warum gegen Atomkraft?«, wollte Behütuns wissen.

»Ich mutmaße nur, aber mit einer Logik. Sehen Sie, nur Atomkraft ist ein Thema, das wirklich spaltet. Vereinsliebe oder Vereinshass, also Fußball, gehen nie so weit, das ist fast gar nicht denkbar. Wer so krank ist, fällt auf. Aber Atomkraft ... schauen Sie: Atomkraft stützt sich seitens ihrer Verfechter eindeutig auf Vernunft und Argumente. Das geben sie so vor. Auf technischen Verstand und Ratio. Berechenbarkeit. Und auf das Retten der Welt. Langfristvernunft, wenn Sie so wollen. Im Grunde aber und bei Licht besehen, stützt sich der Standpunkt doch nur auf einen Glauben; und auf Vertrauen – und daraus resultiert dann Ideologie. Dann sind wir bei der Religion. Das ist dann nicht mehr diskutabel.«

»Das geht mir jetzt zu schnell«, hakte Behütuns ein. »Stopp, stopp! Ich kann da nicht mehr folgen!«

Hartung verscheuchte eine Fliege und holte noch einmal aus:

»Man muss erst an die Technik glauben, ehe man sich auf sie berufen kann. Denn erst der Glaube an die Technik generiert ja das Vertrauen in die Technik. Nicht ihre Resultate. Was bei der Atomkraft jedoch im Namen von Vernunft und Berechenbarkeit getan wird, das stellt jede Erfahrung auf den Kopf. Denn die Atomkraft braucht, um den Menschen nicht zu gefährden, Jahrtausende der Sicherheit. Berechenbare politische Verhältnisse. Stabilität. Und schauen Sie sich um: Wo gibt es die? In Österreich? Brasilien? Pakistan? An Afrika gar nicht zu denken. Ja nicht einmal in Bayern gibt es das. Da sind die Grünen auf dem Vormarsch, und die CSU stirbt aus. Die Welt ist in Bewegung, ständig.«

»Schön wär's!«

»Was wäre schön?«

»Das mit der CSU. Das sehe ich so nicht«, schüttelte Behütuns den Kopf.

»Man muss in größeren Zeiträumen denken, lieber Behütuns.« Hartung grinste. »Die Zahlen sprechen klar für meine These. Die CSU wird alt und älter, also ihre Wähler, und langsam sterben sie aus. Das ist Biologie.«

Behütuns hörte zu, tat sonst nichts.

Hartung sprach, dachte weiter.

»Zum Kern zurück: Man muss Vertrauen haben. Vertrauen aber entsteht nur durch Glauben. Aus dem Glauben. Das ist nichts Religiöses, dass wir uns da nicht missverstehen. Der Mensch ist so gestrickt. Hat er Vertrauen, akzeptiert er viel – ja tausendfach höhere Risiken, ganz gegen die Vernunft. Das sagt die Wissenschaft. Misstraut er aber, hilft auch nicht das Argument. Er wird sich nicht umstimmen lassen, es bleiben immer Zweifel. Bis er Vertrauen fasst – und dazu muss er glauben. Vernunft ausblenden.«

Behütuns bestellte noch ein Spezi, Hartung wollte nichts.

»Die Wissenschaft weiß heute: Der Mensch entscheidet nicht vernünftig. Vernunft kommt erst ex post, zur Hintertüre rein. Man braucht sie, um Entscheidungen zu unterfüttern. Hinterher. Das ist die Krux.«

Das Spezi kam.

»Doch jetzt zurück zum Ausgangspunkt. Warum Atomkraft als Motiv im Hintergrund dienen könnte? Deshalb: Atomkraftmacher glauben. Die Gegner glauben auch. Wir können gar nicht anders. Schon das allein ist dazu angetan, Gewalt zu schaffen. Weil unterschiedliche Glaubensansichten aufeinanderprallen. Der hier glaubt das, der andere das. Den Gegnern der Atomkraft geht es um viel: Die Atomkraft bedroht in ihrem Denken nicht nur die eigene Existenz, sondern die der ganzen Welt, der Menschheit. Das ist nicht mehr privat. Im Gegenzug ...«, und jetzt bestellte Hartung auch noch ein Getränk, »... ist das Argument der Atomkraftmeier ebenso stark: Wir retten die Welt vor CO_2 und so, verstehen Sie?«

Behütuns nickte. So hatte er das noch nie gesehen.

»Also zurück. Man ist dafür und Weltenretter oder dagegen und Weltenretter. Für beide Seiten hört der Spaß hier auf. Vor allem, weil bei den Atomkraftmeiern auch noch massive wirtschaftliche Interessen ins Spiel kommen. Da geht's ums große Geld, ums ganz große. Doch das ist nicht der Punkt. Wer hier agiert – und ›hier‹, das ist jetzt hier im Mordfall, also auf der Täterseite –, der zieht, so würde ich das sagen, seine Kraft aus der Hilflosigkeit gegenüber dieser Übermacht. Sie kulminiert in Wut, in gnadenloser. Denn nirgends ist der Mensch verletzlicher und näher an der Aggression als im Ausgeliefertsein, in der Hilflosigkeit. Nur so kann ich mir die gemeinsame Verbindung zu Savitas auch erklären: Der Kampf gegen die Atomkraft kann ein zweiter Motor sein. Vielleicht auch ein Verstärker. Nur so macht's Sinn.«

Behütuns sah ihn zweifelnd an.

»Sie hatten mich gefragt«, schob Dr. Hartung nochmals nach. »Und ich versuche irgendwie, die Elemente zu deuten. Das eine ist privat, da steh ich zu. Sie müssen etwas über die Vergangenheit der Opfer herausfinden. In diesem Kontext muss ein Trauma unseres Täters stehen. Das andere, die Verbindung zu Savitas, könnte noch ein Hinweis sein. Ein Nebenpfad vielleicht, vielleicht auch ein Verstärker. Aber wir stellen fest: Die Verbindung zum Atom ist einfach da. Nicht zu leugnen. Bei jedem Opfer irgendwie. Zwar immer anders, und das ist das – oder eines der vielen – Rätsel. Der Konnex aber ist da. Vielleicht lieg ich auch völlig falsch – ich versuche es nur zu deuten.«

»Mir bleibt das alles rätselhaft«, schüttelte Behütuns den Kopf.

»Na klar, mir auch«, lachte Hartung. »Gehn wir? Ich lade Sie ein.«

Er rief den Ober und bezahlte. Sie standen auf, gingen hinüber zu Auto und Rad. Der Parkplatz war jetzt gut gefüllt, an allen Tischen saßen Menschen.

»Soll ich Sie vielleicht nach Hause fahren? Ihr Rad passt locker in den Kombi.«

»Ach wo, vielen Dank. Ab jetzt geht es für mich doch nur mehr bergab.«

Das konnte sich Behütuns in diesem Augenblick nicht vorstellen. Allein der Gedanke, sich jetzt aufs Rad zu setzen ... der Schweinebraten machte träge. Sein Blut war im Bauch und hatte dort zu tun, da war nicht mehr viel übrig für das Denken.

»Nur eine Frage habe ich noch: Das Morden – geht das weiter?«

»Ja doch, mit Sicherheit.«

»Und jeder von Savitas kann betroffen sein?«

»Nein, so würde ich das nicht sagen. Nur der, der irgendwie Verbindung hat zu dem, was ich mit Kindheitstrauma meine.«

Sie standen, schauten in den Wald und auf die Menschen dort im Wirtsgarten.

»Der Sonntag ist doch eigentlich ein schöner Tag«, sagte Dr. Hartung. »Da geben sich die Menschen dem hin, was sie wirklich brauchen. Nichtstun, Essen, Trinken.«

»Ja, das tut gut – und wieder nicht.« Behütuns strich sich über seinen Bauch.

»Das ist das Paradox. Und das findet sich überall.«

Behütuns sah ihn an.

»Darf ich Ihnen noch eine Frage stellen?«

»Ja bitte, jederzeit.«

»Ich frage mich, wenn ich Sie so reden höre: Sie als Psychologe, haben Sie denn das Leben ganz und gar durchschaut?«

»Um Gottes willen nein! Das will ich ja auch gar nicht. Kaum etwas wäre wohl langweiliger und öder.«

»Wie aber können Sie dann solche Dinge hier erzählen?«

»Ach wissen Sie, das mit dem Leben und dem Sinn ist so: Der Sinn ist Quatsch, der Unsinn ist der Sinn. Nur – man kann so nicht reden. Sein kann man so, bestens sogar, begründen kann man's nicht. Man muss sich halt zufriedengeben. Der

Rest sind Worte, Logik, Kombiniererei. Das hilft uns, bringt uns auch voran, Sie sehen es ja am Mordfall. Im Grunde aber ist es nicht so wichtig.«

»Versteh ich nicht.«

»Ich auch nicht.«

Sie gaben sich die Hand. Dr. Hartung schwang sich auf sein Rad, klickte die Füße ein und verschwand auf dem Weg im Wald. Behütuns kratzte Vogelscheiße von der Windschutzscheibe.

Ich spiele nicht, was da ist. Ich spiele, was nicht da ist.
MILES DAVIS

21. Kapitel

Behütuns fuhr nach Nürnberg ins Büro. Ins Präsidium. Niemand war da, die machten alle auf Wochenende. Er verkniff sich seine Gedanken, ließ das Rollo hinunter, weil die weißen Wände blendeten, sah die Papiere durch.

Ein Fax der Schweizer. Hatten auf der Ribia, einer benachbarten, unbewirtschafteten Hütte, abseits unter einem Stein ein Papiertaschentuch gefunden. Blutig. Sah schon älter aus.

Hatten innen, an die Wand gelehnt, einen Holzstock gefunden mit einem Aststück. Blutspuren. Hautpartikel.

Hatten in der Abfalltonne auf der Alzasca-Hütte ziemlich weit unten ebenfalls ein Papiertaschentuch gefunden. Auch Blut daran. Das alles war nicht erwähnenswert, erst das:

Sie hatten das Blut untersucht: Identisch.

Das musste nichts heißen, zumal das Tuch auf der Alzasca in der Tonne ganz weit unten und die Mülleimer in der Hütte noch nicht geleert waren. Trotzdem wollten sie die Meldung weitergeben. Genauere Analyseergebnisse würden folgen.

Gründliche Arbeit, dachte Friedo Behütuns. Aber die Randbedingungen sprachen erst einmal nicht für einen heißen Zusammenhang. Trotzdem.

Eine Liste der SUVs mit N, mit P und einer 9 im Nummernschild. Im Ganzen 57 Fahrzeuge.

Eine zweite Liste aller weiteren zugelassenen Fahrzeuge analog mit N, P und 9. Im Ganzen 294 Fahrzeuge.

Behütuns sah beide Listen durch und kreuzte verschiedene Halter an. Sie sollten zuerst vorgenommen werden. Seine Kriterien dafür: Selbstständige, soweit das ersichtlich war, und alles, was einen Titel hatte. Dr., Prof., Dipl.-Ing., Dipl.

Phys., Dipl. sonst was. Grundlage dafür war die Aussage des Psychologen bezüglich der vermeintlichen Intelligenz des Täters. Außer den eingetragenen Titeln hatte er erst einmal keine Kriterien. Im Einzelnen wäre das noch zu überprüfen. Den Namen »Plötz« strich er durch, da verließ er sich auf seine Leute. Der war nicht intelligent genug, er erschien ihm zu dumm. Hatte auch keinen Titel. Dahinter in Klammern: »Oder vielleicht doch?« Sicher ist sicher. Und es fiel ihm ein: In dem Notizbuch dieses Hajo Schrader hatte doch gestanden »Die sich mit Dr. vorstellen, sind alle irgendwie komisch« oder so. Oder »haben es nötig«, wie war die genaue Formulierung? Vielleicht hatte das ja auch irgendwie Bedeutung? Und er schrieb noch auf die Liste: »Aufzeichnungen H. S. nachlesen!« Könnte er eigentlich gleich tun. Wo waren die? Er hatte keine Ahnung. Dazu bräuchte er Frau Klaus.

Irgendwie hatte er nicht den Eindruck, dass das sinnvoll war, was er machte. Aber er brauchte das Gefühl, irgendetwas zu tun, irgendwie vorwärts zu kommen. Auch wenn das Ergebnis Stillstand war. Und oftmals Selbsttäuschung. Das musste er noch lernen: auch einmal auszusetzen.

Er schrieb eine Anweisung: Namensliste engagierter Atomkraftgegner, wenn möglich nach Intensität sortiert. Und in Klammern dazu: »Keine Ahnung, ob uns das wirklich weiterbringt. Gibt's sowas überhaupt?«

Dann kam ein großer Stapel eingegangener Hinweise. Telefonnotizen meist, oder E-Mails. Das Übliche. Und Briefe, die meisten davon anonym. Manche sogar noch geklebt, wie albern. Trotzdem ging er sie alle durch. Was die Leute bewegt, solche Sachen zu schreiben und für wichtig zu halten. Da hatte einer ein Auto fahren sehen, bei einem anderen war einer in ein Auto eingestiegen. Ein Mann hatte »verdächtig« circa fünf Minuten an der Straße gestanden, eine anderer war nachts in ein Auto gestiegen und hatte telefoniert. Bei wieder einem war der Nachbar spät nachts aus dem Haus gegangen und erst am Morgen wieder heimgekommen. Und dazu immer die volle

Nummer. Die Menschen sind krank im Kopf, dachte Behütuns.

Eine anonyme Anzeige legte er auf die Seite: »1967 ist bei der Dynamit Nobel eine Kiste mit 24 Minen drin verschwunden. Hat man damals vertuscht. Sollten Sie vielleicht mal nachfragen.« 1967 – meine Güte, war das lange her! Wie lange die Leute Zeug mit sich herumtragen! Wie lange das in denen lagert und womöglich bohrt. Aber gut. Ist sicher auch nicht von Bedeutung, ganz sicher auch so ein Wichtigtuer, dachte er. Allerdings könnte auch etwas dran sein. So gesehen auf jeden Fall nicht so, dass man es gleich wegschmeißen sollte. Soll sich Jaczek mal drum kümmern, und er schrieb an den Rand »Jaczek!«.

Dann war er durch mit dem, was da war. In der Vergangenheit forschen, hatte der Psychologe gesagt. Wie konnte er das tun, jetzt, von hier aus? Und erst einmal schrieb er hinter »Jaczek« auf dem letzten Hinweis noch »Mitarbeiterliste 1967«. Konnte auf jeden Fall nichts schaden.

Im Internet forschen könnte er. Konnte er aber nicht. Das war nicht so sein Medium. P. A. sollte sich da mal drübermachen. Und er schrieb einen weiteren Anweisungs- oder Merkzettel: »P. A.: Vergangenheit erforschen von Dr. Joachim Sauer, Franz-Josef Pitsch, Hajo Schrader, Herbert Hölzer. Aufgewachsen, Schule, Besonderheiten?«

Einen Versuch könnte er ja machen, dachte er. Todesanzeigen anschauen. Vielleicht gab es ja da einen Hinweis.

Er ging hinüber ins Büro von Frau Klaus. Waren die Zeitungen noch da? Normalerweise lagen sie irgendwo im Regal. Bei Frau Klaus roch es nach Parfum. Wie sich Männer nur so eindieseln können, schüttelte er den Kopf. Und hob die Achseln, schnüffelte. Ich sollte auch noch duschen heute, kam es ihm. Hab heute noch kein Wasser gesehen. Frau Klaus' Parfum stand im Regal, er nahm es, sah es an, er hatte keine Ahnung von solchem Zeug, sprühte einmal. Puh, roch das schwu... – nein: süß! Das erste unterdrückte er. Hoffentlich kommt jetzt keiner rein ... Ich hätte ja auch vorher daran riechen können.

Die Zeitungen lagen im Papierkorb. Typisch. Wenn man Sachen nicht braucht, liegen sie herum. Braucht man sie dann, sind sie entsorgt. Diesmal war es ein Zwischending. Sie waren eigentlich schon fort – und doch noch da. Gut, dass sie hier sparen mussten und am Freitag keiner mehr kam, um die Büros zu säubern. Kamen die denn überhaupt noch täglich? Behütuns hatte keine Ahnung. Das ging ihn auch nichts an. Noch mehr: Es war ihm wurst. Er legte den Stapel auf den Tisch. Montag der erste Mord, also frühestens Dienstag eine Anzeige.

Fehlanzeige.

Mittwoch?

Nichts.

Donnerstag?

Fehlanzeige.

Freitag?

Da war etwas, mit Absender Savitas. Normale Größe, unverfänglicher Text mit »verdienter Mitarbeiter« und »Führungskreis« (aha!), sonst nichts. Nichts Familiäres jedenfalls.

Und Samstag?

Nichts. Die Samstagszeitung war nicht da. Frau Klaus war samstags aber auch nicht da, also lag die Zeitung wahrscheinlich noch in der Post. Er sah hinüber in die Ablage. Die Zeitung war nicht da. Bei P. A. im Fach aber lagen zwei aktuelle Eingänge. Er sah sie sich an. Sie waren wohl über die Pforte gekommen, sonst lägen sie nicht hier. Die stopften das Zeug immer irgendwo rein, Hauptsache sie waren es los, und es war weg.

Das eine war eine handschriftliche Telefonnotiz. Von Samstag, 23.35 Uhr, eingegangen über eine Handynummer. Die ganze Notiz war mit einer krakeligen Sauklaue geschrieben. Völlig unharmonisch und ungelenk. Er musste denen an der Pforte einmal sagen, dass sie deutlicher zu schreiben hätten.

Aber das kann ja heute keiner mehr. Handschrift wird nicht mehr geübt. Man sitzt den ganzen Tag am Computer und hackt seine Buchstaben hinein, schreibt SMS oder E-Mails, chattet, twittert, was weiß ich – aber schreibt nichts mehr per Hand. Kein Wunder, dass die Notizen so aussehen. Schrieben die Leute heute überhaupt noch Briefe? So richtig per Hand? Grüße aus dem Urlaub vielleicht, Ansichtskarten, aber sonst nichts. Traurig war das. Man hatte einfach keine Zeit. Oder nahm sie sich nicht. Das war einem der andere nicht mehr wert.

Während all dessen hatte er auf das Blatt geschaut, auf diese krakelige Handschrift, und nichts entziffern können. Er war mit den Gedanken woanders. Er verschob das Entziffern auf später und nahm sich den anderen Eingang vor: Das Ergebnis der Untersuchung aus dem Wald. Von der Stelle, die der Ornithologe angegeben hatte.

Was er dort las, machte ihn erst stutzig, dann schüttelte er den Kopf, dann wurde er sich der Tragweite dessen, was dort stand, bewusst: Es warf die Ermittlungen zurück. Denn hier stand schwarz auf weiß: Was dort explodiert war, war keine Mine, es war eindeutig eine Handgranate, genauer: eine relativ ungefährliche Übungshandgranate. Letztlich ein größerer Böller, aus Bundeswehrbeständen. Hier war auch genau der Typ bezeichnet, die Bauart, der Hersteller. Eine Handgranate mit sehr begrenzter Wirkung. »Spaßhandgranate« meldete sein Kopf.

Das hieß, fuhr es ihm durchs Gehirn: Die Autokennzeichenfragmente sind jetzt für die Katz – die eigentlich wichtigste Spur, die wir bisher haben! Schei... – nein! Nicht schon wieder! – ...benkleister! Nein, Scheibenkleister reicht nicht: Scheiße! Nur schnell auf andere Gedanken kommen. Also die Telefonnotiz. Er nahm sie an sich und ging hinüber in sein Büro.

Es ging doch! Wenn man sich entspannt, an nichts denkt, kann man alles lesen. Anruf Herr Plötz, aus Darmstadt. Von Communia München und Nürnberg. Er bitte dringend um

Kontakt, er habe eine Aussage zu machen. Man könne ihn auch jederzeit unter seiner Handynummer erreichen, es sei wichtig.

Plötz. Der Halter des Wagens mit den übereinstimmenden Kennzeichenbruchstücken. Und der Herr Pups aus dem Manuskript. Der hatte eine Aussage zu machen? Den hatte er doch offiziell schon ad acta gelegt! Und jederzeit anrufen? Friedo Behütuns wählte schon die Nummer.

»Der gewünschte Gesprächsteilnehmer ist vorübergehend nicht erreichbar.«

Behütuns legte auf.

Drückte die Wahlwiederholung.

Belegt. Aha, der war nicht schnell genug am Apparat. Also erreichbar.

Friedo Behütuns legte auf, drückte erneut die Wahlwiederholung.

Tuut – tuut – ... »Plötz, Chief Creative Officer Communia Deutschland Süd, Guten Tag?«

Na, ging doch! Aber die erste Einheit ist schon vorbei, bis der alles gesagt hat – meldet der sich mit dem kompletten Titel, dachte sich Behütuns. Das kann ich kürzer.

»Behütuns, Kripo Nürnberg, Grüß Gott. Sie baten um einen Rückruf.«

Kurzes Schweigen am anderen Ende. »Der Leitung« kann man ja nicht mehr sagen bei einer Handynummer.

»Ähh, ja ... ach ...« Die Stimme am anderen Ende wurde leiser, gedämpft. »Oh, das ist jetzt gerade ganz schlecht ...«

Behütuns ging sofort auf Konfrontation. Der will angerufen werden, es ist dringend, und dann passt es nicht? Im Hintergrund hörte er Vogelgezwitscher.

»Hören Sie, Sie haben ausrichten lassen, es sei dringend. Ich denke, dass Sie uns sprechen wollen, hat mit einer Mordsache zu tun, in die sie möglicherweise verwickelt sind. Zumindest gelten Sie als verdächtig. Und dann passt es nicht?«

Behütuns hörte den anderen atmen.

»Hören Sie, ich bin gerade auf dem Golfplatz. Da ...«, und die Stimme wurde wieder leiser, »ist Handyverbot. Ich kann hier nicht telefonieren ... Kann ich Sie vielleicht später noch einmal ...«

Behütuns wurde bestimmt.

»Wir ermitteln in einem Mordfall, wir hatten heute das vierte Opfer ... Und! – Sie! – Sprechen! – Jetzt! – Mit! – Mir! Ihre Etikette auf Ihrem Golfplatz ist mir sch...egal! Und! – Sie! – Sollte! – Ihnen! – In! – Ihrer! – Situation! – Eigentlich! – Auch! – Egal! – Sein!«

Mein Gott, kann ich pampig sein. Dabei fühle ich mich eigentlich gar nicht so, grinste Behütuns in sich hinein. Aber es wirkte.

»Gut, warten Sie ...«

Undefinierbare Geräusche waren zu hören, gedämpfte Stimmen, wahrscheinlich deckte er gerade das Sprechmikro ab, hatte einen hochroten Kopf, entschuldigte sich bei seinem Flightpartner mit irgendwas wie »wichtig« oder »unaufschiebbar« und »Geschäft, wichtiger Kunde«, nahm seinen Caddy und bewegte sich vom Fairway ins Rough. Jetzt meldete er sich wieder.

»Sind Sie noch dran? Hallo? Entschuldigen Sie bitte, aber jetzt kann ich sprechen.«

»Geht doch«, sagte Behütuns lapidar. »Ich arbeite ja auch am Sonntag.«

Und dann erzählte ihm der »Chief Creative Officer« – was musste einem denn fehlen, wenn man so einen Titel am Telefon nannte und man noch nicht einmal wusste, wer anruft?, dachte sich Behütuns – eine abenteuerliche Geschichte. Dass er früher einmal in einem Militaria-Kreis gewesen sei. Dass er einen ausgemusterten Schützenpanzer besessen hätte, »nicht so mit Kette, sondern mit Rädern«, und einen alten Militärjeep. Das sei lange her, und er habe dies alles schon wieder verkauft. Dass sie, alles natürlich ganz legal und offiziell, auf privatem, abgesperrtem Gelände damit auch herumgefahren seien, nur so zum Vergnügen. Das mache wirklich Spaß! Und dass sie manchmal auch damit »geballert« hätten, aber nur mit Übungsmunition. Über seine Bekanntschaften sei er schließlich auch einmal an echte Übungshandgranaten der Bundeswehr gekommen, zehn Stück. Die seien alle schon verbraucht, auf privatem Gelände, wie gesagt, das einem Regierungsmitglied aus Hessen gehöre. Alles natürlich legal und überprüfbar. Nur eine habe er sich damals aufgehoben. Und die habe die ganze Zeit über auf ihm gelastet. Er habe sie daher eines Nachts in einem Wald »entsorgt«, also gezündet. Es sei aber weit und breit kein Mensch in der Nähe gewesen. Ja, sicher, das sei eine Dummheit gewesen. Und jetzt ... aber mit dem Mord habe er nichts zu tun ... und so weiter und so fort ... und bitte, das dürfe nicht an die Öffentlichkeit, das gefährde seine Stellung, seine berufliche Position ...

Windelweich wurde der Kerl da.

Kommissar Behütuns blieb förmlich. Ob der so eklig aussah, eklig war, wie er ihn sich vorstellte?

»Herr Plötz, ganz herzlichen Dank für Ihre Aussage. Es war sehr wichtig, dass Sie uns informiert haben. Ich muss Sie bitten, diese Aussage morgen hier bei uns vor Ort im Präsidium ...«

»Ach bitte, morgen ist bei mir ganz schlecht ...«

»Morgen! – Hier! – Bei! – Uns! zu wiederholen und zu Protokoll zu geben. Und wir werden das alles natürlich überprüfen müssen.«

»Aber Sie werden Stillschweigen bewahren?«

»Ich danke Ihnen für Ihre Aussage und erwarte Sie morgen um zehn. Auf Wiedersehen, Herr Plötz.«

Und legte auf.

Wie war das?, überlegte Behütuns. Wenn man jemanden nicht mag, kann der tun und machen, was er will. Man wird ihn trotzdem nicht mögen. Wen man nicht mag, der hat es bei einem schwer. Um fair zu sein, müsste ich jetzt eine Ethik strapazieren. Hab ich aber grad keine Lust dazu. Bis Morgen, Herr Plötz!

Damit war die Sache mit den Kennzeichenfragmenten plötzlich rund. Tot zwar für den Fall, das war jetzt eine andere Baustelle, aber wenigstens erst einmal ohne weitere Fragen. Da würde er sich nicht mehr darum kümmern müssen. Aber sonst hatte sich der Weg ins Büro heute nicht gelohnt. Man sollte am Sonntag einfach nicht arbeiten.

Behütuns blickte noch einmal quer durch den Raum, dann zuckte er die Schultern und gab auf. Er würde heute nicht weiterkommen. Halb drei. Ein letzter Blick um zu sehen, ob alles passte, dann ging er hinaus. Der Wachhabende unten an der Anmeldung – war das der mit der Sauklaue? – tippte nur kurz mit den Fingern an die Stirn, dann war Behütuns draußen.

Eigentlich war das Ganze sehr frustrierend. Keinen Schritt weiter, zwei Schritte zurück. Oder drei. Trotzdem. Irgendetwas arbeitete in Behütuns. Er kannte diesen Zustand. Leichte Erregung, leichte Unzufriedenheit, kein Zustand zum Sitzenbleiben. Und doch war das dann meist das Beste. Sich hinsetzen und gar nichts tun. Nur Sitzen, Starren, nicht mal Grübeln. Schweigsam sein, den Kopf ausschalten. So wie die Alten – war das erst gestern gewesen? – im *Schlössla*, Tennenlohe. Die saßen Stunden lang. Saßen still. Nur ab und zu ein »Hmmpffhh ...«

Nicht selten fährt man automatisch Auto. Du denkst an alles andere, nur nicht ans Fahren selbst. War die Ampel gerade rot oder grün? Wer hatte Vorfahrt? Keine Ahnung. Behütuns fuhr so, aus der Stadt raus, übers Land. Er kam nach Eckental, nach Pettensiedel, Etlaswind. Ein Wirtshaus war hier angeschrieben, etwas abseits, das er bisher noch nicht kannte. So steuerte er dahin. Und als er eintrat, war es ihm sofort sympathisch.

Draußen im Biergarten saßen die Fahrradfahrer, die Kinder lärmten, Sonntagsausflügler bei Kuchen und Kaffee, bei Spezi und Bier. Das war nicht seins. Heute musste er hinein. Und hier fand er, was er suchte und so gerne hatte: Drei Männer am Stammtisch. Er grüßte, einer hob langsam die Hand, und Behütuns setzte sich abseits.

»Ein Bier!«

Denn scheinbar Nebensächliches summiert sich und
wird jählings schwergewichtig.
Markus Werner

22. Kapitel

Die Männer am Tisch sagten nichts.

Staub tanzte in den Sonnenstrahlen.

Blendende Sommersonnenhelle und Raumtiefendunkelheit: Licht und Schatten mit scharfen Kontrasten auf Tischen und Holzfußboden. Die Vorhänge waren kariert.

Fliegen summten verzweifelt am Klebestreifen. Andere kreisten im Raum oder krabbelten auf den Tischen umher.

An der Theke tropfte der Hahn.

Manchmal kam der Wirt, eine valentinesk dürre Gestalt. Kinderschreispitzen von draußen. Die Wirtin war dick, die Gartenbedienung Studentin. In der Küche klapperte es. Es roch nach Braten und Kraut.

Die drei Männer am Tisch sagten nichts. Staub tanzte in den Sonnenstrahlen. Das alles ist gut, so könnte es weitergehen. Oder bleiben. Kommissar Friedo Behütuns saß vor einem Glas Bier. Und vor einem Scherbenhaufen. Nein, dachte er, das ist falsch. Das Bier steht vor mir, also sitz ich dahinter, nicht davor. Aber: Ich hab es noch vor mir. Schön!, und nahm einen tiefen Schluck. Was macht man nur ohne Bier ...

Aber der Scherbenhaufen blieb, das also stimmte: Ich, Behütuns, sitze vor einem Scherbenhaufen.

Die Männer am Tisch sagten nichts. Sie kamen alle aus dem Ort. Auch wenn Behütuns sie nicht kannte: Wer so dasaß, war von dort, wo das Wirtshaus stand. Wären diese Männer daheim, würden sie jetzt auf dem Sofa liegen, auf dem Kanapee in der Küche, dem Schäslong. Sie würden in den Fernseher gucken, Springreiten oder Zirkus oder etwas anderes.

Sport. Denn die Filme mit Hans Moser kamen nicht mehr. Aber auf das Schäslong legten sie sich ohnehin, später, wenn sie heimgingen. Noch war es hier besser. Und deshalb sagten sie nichts. Außerdem war alles gesagt, schon seit Jahren. Was sollte man da noch reden?

Die drei Männer saßen am Tisch, sagten nichts. Es könnte immer so weitergehen. Behütuns fühlte sich gut. Der Staub tanzte noch immer im Sonnenlicht. Da wurde die Ruhe gestört: Zwei Frauen kamen herein. Missmutig, gehässige Über-andere-Herzieh- und Zetergesichter. Sie setzten sich zu den Männern. Und redeten auch sofort los. Über die Nachberi hier und die Nachberi dort, über Gott und die Welt. Der Staub tanzte nicht mehr im Sonnenlicht, die Fliegen hörten auf zu summen, die Lichtkontraste auf dem Boden zogen sich zurück.

Sie zogen über alles her. Gehässige Schandmäuler, sagte man hier.

Die zwei Frauen waren dick. Die drei Männer am Tisch schwiegen, höchstens dass mal einer grunzte.

Behütuns dämmerte vor sich hin, die Frauen waren ihm egal. Das Bier war gelb, die Lichtkontraste kamen langsam zurück, die Fliegen summten wieder und krabbelten über den Tisch. Die Frauen wurden zur Kulisse.

»In ganzn Tag könnst di ärchern in dera Welt.«

»Ich mich ah. Gesdern erschd widder, wasst. Die Gerda, meine Nachberi, mahnst die kehrt ihr Strass'? A su a Sauerei!«

»Hat sie's wieder net kehrt?«

»Naa, wieder net. Und dabei hat ihr Alder in ganzn Tag Erdn g'fahrn. Die Strass' schaut vielleicht aus! Lauter Lahmerbatzn.«

»Und das am Wochenend!«

»Voller Dreck alles! Aber a G'schichtn hat's erzählt!«

»Was'n?«

»Na, von denni Mord.«

»Mord?«

»No fraili. Hast du des g'lesn von dem Sauers Jochi? In der *BILD*? Den's da um'bracht ham? Mei Nachberi, die Gerda, hat den fei 'kannt, hats g'sagt. Also ned den Jochi, aber den sein Vadder, den Ding, na, den – ach is ja auch woschd.«

»Naa!! Den hat's kennt?«

»Ja!«

»Weierla! Erzähl!«

Die drei Männer am Tisch sagten nichts.

»Wart nur, des wird nu besser!«

»Allmääächd!«

»Weil – den Vadder vom andern hat's ah 'kennt, fei, hat's g'sagt, die Gerda, den ... mein Got, etz fällt der mir net ei! Na, der aus der *BILD*! Wassdscho! Den Vadder vo dem aus der Schweiz, sag'mers halt, wie der heißt! Etz weiß ich doch nimmer, wie der sich nennt ...! Ich hab'nern ja ah ned 'kennt. Na also den, den's do ah um'bracht ham, dem sein Vadder, in der *BILD* war's doch g'standn, weißt du's nimmer? Letzte Wochn is doch erst g'wesn – nah, däi Wochng sogoa!«

»Allmächd na, die hat den 'kennt?«

»Wennersdersohch!«

»Ich kann mich fei nimmer erinnern.«

»Mensch Gunda, des kann doch net sein?«

»Wennersdersohch.«

»In der *BILD* war's g'standn. Die ganze Wochn war's voll! Immer auf der ersten Seite.«

»Des hab ich net g'lesn.«

»Mensch Gunda, ja liest'n du gar nichts?«

»Außer mei'm Rätsel nichts, nah.«

»Also horch, mei Nachberi hat die zwei 'kennt, also denneri Vädder, weil die warn aus Bummrait, und mei Nachberi is ah von dort, und die warn mit'nander in der Schul, fei gell! Die warn mit'nander, also net die Gerda, aber ihr Bruder hat's g'sagt, die warn mit'nander in der Schul. Kaddld ham's immer, hat's g'sagt, hat er g'sagt.«

»Allmächdnah!«

»Ja!«

»Und?«

»Aber glau'm brauchst des net. Die is a alde Ratschn.«

»Wieso?«

»Die macht sich immer wichdig. Zu an jedn Dreck weiß die was und will dabei g'wesn sein. Ich glaub der ka Wort!«

»Hast recht. Die Gerda red't immer so viel, ich glaub der ah nichts.«

»Beim Schdock unten am Bahnhuf warn's immer, hat's g'sagt. Aber kannst vergessen.«

»Ich glaub der a nichts.«

»Immer muss's überall dabei sein und ihr'n Senf zugebn. Ihr Strass'n soll's lieber kehrn.«

»No!«

»Aber da dazu hat's ka Zeit.«

Und weiter zogen sie über die Nachbarschaft und über Gott und die Welt her.

Die Männer saßen am Tisch, sagten nichts.

Schade um den tanzenden Staub, um die Fliegen auf dem Tisch, um so vieles hier. Behütuns war plötzlich hellwach. War wieder voll im Beruf.

Sollte er die Frauen befragen? Hier, jetzt? Sie um ihre Namen bitten, um ihre Adressen?

Ach wo, die waren hier bekannt. Sollte sich Jaczek morgen darum kümmern oder ein anderer. Mit solchen Frauen zu reden, war kein Spaß. Einer von den Peters würde den schwarzen Peter schon bekommen. Er hatte ja ein paar wichtige Stichworte. Bubenreuth und *Stock*, das hatte er sich gemerkt. Und Bubenreuth kannte er nicht. Er würde einfach mal hinfahren. Wie sinnvoll doch das Sitzen im Wirtshaus sein kann! Und wahrscheinlich redeten sie in vielen Wirtshäusern heute so. Die Morde waren ja Thema und die Welt im Grunde klein.

Die Frauen zeterten weiter, über dies und jenes. Nichts und niemand war vor ihren Tiraden sicher. Für sie war die Welt nur etwas, über das man richtete. Seinen Geifer ausgoss und darin rührte. Die Frauen waren einfach nur eklig. Wie konnte man mit solchen Frauen zusammenleben? Undenkbar, dachte Behütuns. Kein Wunder, dass die Männer schwiegen. Jedes Wort würde ihnen im Mund umgedreht, jede Bemerkung käme als Dolch zurück. Aber die Männer waren klug: Sie saßen am Tisch und schwiegen.

Behütuns trank aus und ging. Draußen spielten und tobten die Kinder, die Menschen saßen unter den Bäumen und wedelten die Wespen von ihren Gläsern.

»Wo sind wir denn, Konrad?« fragte das Mädchen.
»Ich weiß es nicht«, antwortete er.
ADALBERT STIFTER

23. Kapitel

Ob es das Wirtshaus noch gab? Und jemanden dort, den er befragen konnte? Das war nicht sehr wahrscheinlich. Und auch nicht sehr professionell. Behütuns aber folgte schon längst seinem Gespür, da wurden Vernunftgründe zweitrangig. Erst hinterher würde die Vernunft wieder alles ordnen. Das war ihre Pflicht, sonst verstand man's nicht. Oder die Fehler erklären. Nach Ausreden suchen oder Strategien hinterlegen.

Was soll's, dachte Behütuns. Außerdem war es jetzt Sonntagnachmittag und er verbuchte das, was er tat, als Sonntagnachmittags-Zeitvertreib und damit als privat. Herumfahren, schauen, was sich so ergab.

Behütuns fuhr langsam durch Bubenreuth. »Hauptstraße« stand auf dem Straßenschild. Zur Linken ein Wirtshaus, neu renoviert, ausladend große Sonnenschirme im Garten, sperrige Limousinen davor. Hier gab es nur teure Gerichte, ganz sicher aber bei den Wirtsleuten keine Geschichte, das sah er schon von außen. Wirtshäuser wie diese gab es im Einzugsbereich der Städte im Dutzend. Fränkische Küche, meist sparsam drapiert, Schweinebraten an Kloß vielleicht und Salate mit Rucola. Die Preise gesalzen, und alle fünf Jahre wechselte der Wirt. Geschichtslos und damit auch gesichtslos. Alles nur hingeschminkt. Das waren für Behütuns Mickey-Mouse-Wirtshäuser, fränkische Tradition als Abziehbild.

Mauer an Mauer mit diesem ein zweites, mit Metzgerei immerhin. Seit Neuestem durfte man ja nicht mal mehr schlachten, oder wenn, dann nur mit hohen Auflagen der EU.

Vielen Schlachtschüssel-Gaststätten im Land brach das jetzt das Genick. In was sich diese Bürokraten alles einmischten. Als wenn es nicht meine eigene Verantwortung wäre, was und wo ich esse, dachte Behütuns. Blut- und Leberwürste, Schlachtschüssel, Geselchtes. Alles wird sterilisiert, alles wird jetzt normiert, alles wird nur noch Einheitsbrei. Woschdsubbm ade. Aber die Pflege der Kultur im Statut haben. Inzwischen gab man den Menschen wieder Würmer als Mittel gegen Allergien. Das hatte Behütuns gelesen und mit zu seiner Sammlung getan. Wie absurd das alles war, wie paradox. Die Menschen hatten Allergien, weil sie als Kinder keinen Dreck gefressen hatten, sondern nur diesen sterilen EU-Einheitsmansch. Nicht auf der Erde gespielt, nicht mit der Erde gespielt, sondern auf glänzenden Fliesen mit Meister-Proper-Geruch. War das nicht krank? Auch vor diesem Wirtshaus aber nur dicke Autos, Stadtvolk auf Landpartie, »Originales« schnuppern. Auch das also war nicht sein Wirtshaus. Kein bisschen Geschichte zu erwarten, es sein denn an der Fassade. Die wenigstens war original.

Eine S-Kurve, eine Massenbäckerei, eine Bank – und er kam schon wieder auf der anderen Seite des Ortes heraus. Viel war das nicht. Unter der Bahn hindurch ging es ins Industriegebiet. Ganz Deutschland sah heute so aus. Tankstellen, Supermarkthallen, Parkplätze. »Wege hinaus in die Felder«, das waren die Weitblicke von früher gewesen, zwischen den Häusern hindurch ins Land. Heute schaust du auf Großmärkte, Silos, Hallenwände. Im Kreisverkehr fuhr er nach rechts, er wollte jetzt auf die Autobahn, weg von hier, A 73, Frankenschnellweg – Franken? schnell weg! – Richtung Nürnberg. Und da! Auf der linken Seite ein Haus, älter als all das Industriegebietszeug, und senkrecht zur Straße ein Wirtshausschild. »Zur Einkehr, Inh. H. Stock«. Scharf fuhr er nach rechts durch den Kies und raus auf den Bahnhofsparkplatz. Kein Auto außer dem seinen hier. Das Wirtshaus sah nicht sehr besucht aus, wahrscheinlich war es auch zu. Prüfend sah

Behütuns hinüber, während er sein Auto abschloss. Er hatte noch eines mit Schlüssel.

Nichts deutete darauf hin, dass das Wirtshaus geöffnet habe. Nicht einmal ein an die Mauer gelehntes Rad.

Behütuns wartete den Verkehr ab und überquerte die Straße.

Die Tür ließ sich öffnen. Ein Vorraum, dann alter Zigarettenrauch- und Ölofengeruch. Ölofengeruch, mitten im Sommer! Der Gastraum offen und lichtlos, die Fenster zur Straße hin, nach Norden, die Vorhänge zugezogen. Im Dämmerlicht vor dem Tresen ein Stuhl, darauf eine alte Frau, scheinbar eingenickt. Langsam hob sie den Kopf.

»Zeann Essn hommer fei niggs.«

»Grüß Gott erst einmal«, gab Behütuns freundlich zurück. In dieser abweisenden Muffeligkeit fühlte er sich sofort zu Hause. Derhamm.

»Aber ein Bier?«

»Könner S' hab'm.«

Dürr war die Frau, spindeldürr. Eigentlich kann man das nicht mehr sagen, dachte der Kommissar, denn keiner weiß ja mehr, was eine Spindel ist. Zerbrechlich wirkte sie, Arme und Fesseln kaum tennisschlägergriffdick. Ein Lächeln huschte über sein inneres Gesicht. Saublöder Vergleich, aber wie es sonst sagen?

Die Alte, sie mochte wohl 80 sein, wirkte trotzdem recht drahtig. Sie öffnete den Sicherungskasten, machte das Licht an. Erst eines, »da?«, dann ein anderes, »oder da?« Behütuns zeigte ins Eck. Gelblich das Licht über dem Tisch, klack, klack, die anderen schaltete sie wieder aus. Nur das über dem Tresen blieb an. Sie brachte das Bier, ein Seidla, und setzte sich zu ihm hin, seitwärts auf die Bank.

»Nicht sehr viel los hier, gell?«, startete Behütuns einen Versuch.

Blitzschnell fing die Alte eine Fliege von ihrer anderen Hand und zerrieb sie auf ihrem Unterarm. Machte sie rund. Ließ sie dann auf den Boden fallen, trat drauf.

»Ja, ja, die Zeiten sind vorbei.«

»Seit sie den Supermarkt drüben ’baut ham, die Tankstell und ’n Kreisverkehr, verirrt sich kaner mehr her.«

»Aber Sie machen trotzdem noch weiter.«

Irgendwie kam er sich vor wie bei *Gernstl unterwegs*. Ein Gespräch führen und irgendwie steuern.

»Na ja, eh ich nichts tu. Ich war hier mei Lebn lang, da kann ich die letztn paar Tag das auch noch machen. Auch wenn kaner mehr kommt.«

»Und es kommt wirklich keiner mehr?«

»Ach, hin und wieder einer ausm Dorf. Aber seltn. Nur Freitagahmd spielen’s Karten.«

»Am Freitagabend ist es hier voll?«

»Zwei Tische, manchmal drei. Aber meistens nur zwei, mit Brunzkaddler. Sonst geht die Sach’ ja net auf.«

»Aber dann machen Sie schon etwas zum Essen?«

Wieder fing die Alte eine Fliege. Behütuns staunte erneut, wie schnell sie war.

»Kein Misthaufen in der Näh’, und trotzdem immer die Fliegen! Aber scho wieder anne weniger.« Sie zerkrümelte sie zwischen den Fingern, ließ sie zu Boden fallen, trat drauf. »Weiß gar net, wie viel tausend ich scho derschlohng hab. Nein, so richtig zum Essen nichts mehr. Bratwürst’ mit Brot oder ein Käs’brot, manchmal noch Bratwurstg’häck, das aber eher selten. Seit es im Dorf kan richtigen Metzger mehr gibt …«

»Und hier beim Rewe?«, Behütuns dachte an den neuen Supermarkt gleich hinter dem Haus, »da kriegen Sie keins?«

»Ach genners, das is doch ka Fleisch. Nur lauter Wasser und Dreeg. Ich hab’s mei Leben lang vom Metzger geholt, ein besseres kriegen Sie nicht.«

Behütuns verstand das gut.

»Wenn die hier karteln, was wird da gespielt?«

Natürlich wusste Behütuns das. Hier spielte man Schafkopf, sonst nichts. Aber er wollte das Gespräch in Richtung Kartenspiel lenken, das war ja das Stichwort von den Schandmäulern aus den *Drei Linden* gewesen. Vielleicht konnte er ja irgendetwas erfahren.

»Schafkopf natürlich, was sonst? 'n kurzen Vierer. Wissen S', was des ist?«

Behütuns lachte. »Klar. Bei uns spielt man aber den langen.«

»Ach so, a Närmbercha!«

Sie sah ihn etwas prüfend an: »An irgendjemanden erinnern Sie mich. Sie waren net scho mal hier?«

»Nein, sicher nicht. Ich hatte bis vorhin keine Ahnung, dass es dieses Wirtshaus gibt.«

»Und wieso kommen S' dann rein?«

»Einfach nur so, aus Interesse.«

Aber er merkte: Fränkischen Frauen konnte man nichts vormachen. Die Alte war misstrauisch geworden.

»Lügen S' net. Das glaub ich Ihnen net.«

Die Alte sah ihn forschend an. Hellwache, kleinbrennende Augen, dicht faltenumlegt.

»Ja, ja, Sie haben recht, es stimmt nicht.«

Behütuns hatte schon kapituliert. Und er hatte es gern getan. Denn genau hier war der Knackpunkt.

»Hab ich doch g'wusst. Das hat ja noch nie jemand g'macht, net ahmoll in 60 Jahrn. Einfach so reinkommen aus Neugier, und am Sonntagabend scho gar net. Da fahrn die Leut rum, da kommen's aus der Fränkischen, da wolln's nach Haus aufs Kanapee.«

Noch immer sah sie ihn prüfend an.

»Also, warum sind Sie hier?«

Behütuns druckste keinen Moment. Jetzt mit der Wahrheit raus, ganz direkt auf den Punkt. Anderes hatte bei der Alten keinen Zweck. Keine Spielchen! Die Alte wollte es direkt.

»Ich bin auf der Suche nach Namen.«

»Na also dann, mal los!«

Die Alte ging wirklich keine Umwege. Behütuns zog sein Notizbuch hervor.

»Sie senn vo der Polizei.«

Auch das kam bestimmt. Reine Feststellung. Keine Ausflüchte denkbar. Die Alte war wirklich erstaunlich. Behütuns nickte. Dann las er seine Namen vor, jeden einzeln für sich.

»Sauer. Schrader. Hölzer. Pitsch.«

»Tisch drei.«

Das hatte keine Sekunde gedauert.

Senkrecht schoss Behütuns' Puls nach oben. Er wartete, sah die Alte an. Das klang nach einem echten Volltreffer!

»Mein Gott, ist das lang her.«

Die Alte schwieg. Eine Fliege landete auf ihrer dünnen Hand.

Nichts.

Die Fliege krabbelte, putzte sich.

Nichts.

Die Fliege flog weg.

Die Alte nestelte ein Taschentuch aus ihrem Schürzenkittel und wischte sich damit die Augen.

»Mein Gott, ist das lang her ...«

Es waren Tränen, die sie sich wegwischte. »Das sind doch ganz bestimmt scho 40, 50 Jahre ...«

Und dann erzählte sie.

Die vier hätten hier immer gekartelt. Waren ein fester Tisch gewesen, der Schorla dabei manchmal der Brunzkaddler.

»Die saßen immer an Tisch drei. Das is der da, an dem wir sitzn. Der Schorla war ah so einer. Aber der steht ja net auf der List'n. Irg'ndwann ging das dann ausernander, der eine is dahin, der ander da, wie des so is im Leben. In den 70ern muss das g'wesen sein. Es bleibt ja kaum einer mehr da. Aber das erzähl ich gleich noch. Die vier warn a wilder Haufen. Ham manchen Blödsinn g'macht. Aber auch das war früher anders, da hat ma' noch aus'teilt. Man hat ja auch einsteckn müssn. Früher, da hat's ka Kerwa ohne Rafferei ge'hm, das gehörte einfach dazu. Hat man sich net 'prügelt, hieß es, da war nichts los. Aber wenn die damals g'rafft ham, dann ham die g'rafft, nichts mit Bierkrüg und Messer und so, oder mit

Eintreten aufn andern oder mehrere gegen einen. Das hätt' sich mal einer trauen solln! Ja, die vier ham scho manchen Blödsinn g'macht.«

Fliege Nummer drei musste gerade daran glauben. Dann legte die Alte die Hände in den Schoß, nestelte an ihrer Schürze.

»Also der Richard Sauer, den haben alle nur ›Risch‹ genannt«, erzählte sie. Der habe immer da gesessen. Und sie zeigte auf den Platz gegenüber.

»Der war immer aweng anders. Hatte studiert, das hatte damals ja keiner sonst. Warn alles ganz einfache Leut. Wie die Leut so warn. Aber heut studiert ja jeder. Trotzdem aber war der Risch immer einer von hier, auch wenn sei Vadder net von hier war. Dem Risch aber hast du das net ang'merkt, das Studieren, der war nich wie a Besserer. War immer ganz normal. A guter Kerl. Später war er dann weg und in der ganzn Welt. In Brasilien, in Persien, was weiß ich. Hat Atomkraftwerke gebaut. Der soll heute in Brasilien leben, erzählen sie hier, wenn der noch lebt, schon lange. Aber darüber weiß ich nichts, das erzähln nur so die Leut. Der Risch war halt irgendwann weg und ich hab'n nie mehr g'sehn. Der kam auch nie mehr hierher. Reich soll er sein, sagen die Leut. Mehr kann ich über den Risch net sagn.«

»Wissen Sie, ob er Kinder hatte?«

»Geheiratet hat er g'habt, ham die Leute g'sagt. Aber net hier, ich hab die Frau net 'kannt. Ich glaub das war in Amerika, und Kinder? Keine Ahnung. Darüber weiß ich nichts.«

Sie zeigte auf den anderen Platz gegenüber.

»Der Schrader hat immer da gesessen.«

Das war der Platz daneben.

»Beim Schrader ist das ganz anders. ›Usch‹ ham sie den genannt. Der lebt heut am Chiemsee, sagen sie. Is aber a alter Mann. Der hat scho zwei Schlaganfälle g'habt, das wird nichts mehr mit dem, sagn die Leut. Sitzt im Stuhl und kann nichts mehr machen. Kriegt nichts mehr mit. Hört nicht mehr, kann nimmer reden. Der sabbert nur noch, sagen sie. Der Schrader hat damals die Tankstelle g'habt, untn, wenn S' nach Erlang' reinfahrn, auf Derlang. Da sieht ma heut nichts mehr davon, da is heut die Autobahn. Da bei den Werkern, zwei Häuser stehn da noch. Früher war das a ganze Siedlung. Aweng verrufen, aber das stimmte nicht. Das ham die Leut nur so g'sagt. Heut ist da der Damm mit der Autobahn drauf. Da – aber das kommt dann beim Maschder. Ja, der alte Schrader lebt noch ... – aber Leben kann man das net nenn'n. Damals mit der Autobahn hat der alles verkaufen müssen, aber viel Geld 'kriegt dafür. Hat einen Block 'baut davon, so nen Wohnblock, drunten am Chiemsee, wo er Verwandte hatte, und dann den Hausmeister g'macht, von den Mieten g'lebt. Der war fleißig, aber hat viel 'trunken. Das schaffen die Männer immer net, was zu haben und dann nicht zu trinken. Dabei kann man so alt wern, wenn man was hat. Du musst gar nichts tun, bloß net saufen. Ich bin doch a alt g'wor'n so. Ja, der Usch, dem ging's lange gut. Jetzt geht's ihm schlecht, und Schlechtgehen dauert länger, viel länger als Gutgehen, auch wenn's net so lange ist. Beim Schlechtgehen ist die Zeit ganz langsam, beim Gutgehen vergeht's im Flug. Und beim Usch wird es nie wieder besser. Für den wär's jetzt besser, der stirbt.

»Und dieser Schrader, hat der Kinder gehabt?«

Behütuns hatte ständig mitgeschrieben.

»'n Sohn ja, den Hans-Joachim. Hajo ham's immer g'sagt. Aber was mit dem ist, weiß ich net. Der hat lang studiert damals, das weiß ich noch. Und mit den Eltern g'stritten. Der is dann nach Berlin, wegen dem Barras, wissen S', denn wer in Berlin g'wohnt hat, der musste da nicht hin. Aber was der dann g'macht hat – keine Ahnung.«

Behütuns war fasziniert. Diese Frau war wie ein Geschichtsbuch. In ein paar Jahren ist das alles weg. Man sollte viel öfter mit den Alten reden. So, dachte er sich, möchte ich auch alt werden. Nur – dazu sollte ich vielleicht nicht trinken. Das ging aber nicht.

»Könnte ich vielleicht noch ein Bier haben?«

Behütuns deutete auf sein leeres Glas.

Die Alte nahm es, stand auf, ging zum Tresen.

Gelb floss das Getränk ins Glas.

»Nach dem Maschder ham S' noch g'fragt, stimmt's? Der saß immer da, wo Sie etz sitzn. In Wirklichkeit hat der Pitsch g'heißn, der Pitsch'n Wolfgang. So hat ihn aber keiner g'nannt. Maschder, des war sei Name. Weil er immer der Kapo war.«

Mit einem weißen, flachen Plastikschaber strich sie den Schaum ab in ein anderes Glas. Dann kam sie wieder zurück, stellte das Glas vor ihm ab.

»Der Maschder war a ganz Schlauer. Wirklich, der war richtig schlau. Eigentlich hatte der Maurer g'lernt, aber der hatte es richtig im Kopf. Das mit dem Damm, was ich vorher g'sagt hab, da, wo der Schrader sei Tankstelle g'habt hat, wo heut die Autobahn drauf is. Das alles hat der Maschder g'macht. Der war schlau. Der Strauß, der hat doch damals 'n Kanal 'baut, 'n Rhein-Main-Donau-Kanal. Und der Maschder hat das erkannt. Und dann hat der a paar Leute 'kannt, die ham ihm was g'sagt. Dann hat er sich Laster 'kauft. Einfach ganz viele Laster. Und hat sich Sand-Pitsch g'nannt. Ja, ja, das muss ich Ihnen erzählen, das weiß ja heute kaner mehr. Die am Kanal ham ja gebaggert wie die Blöden, der ist ja richtig breit. Und tief. Was da Erde wegg'musst hat! Und die musste man fahrn und die musste irgendwohin. Das hat der Maschder g'macht. Sand-Pitsch. Den gibt's heut noch. Hat halt die richtigen Leut gekannt. Da wurde ja immer gemauschelt damals, das war ganz normal. Und wissen S' was? Das alles ist jetzt der Damm, wo die Autobahn drauf is, der Frankenschnellweg. Aber das muss ich Ihnen erklärn. Die waren ja damals ganz schön gefuchst vom Amt, und die Erlanger, die G'studiertn, warn nicht so schlau. Die hatten den altn Kanal, und der hatte ja auch nen Damm, links und rechts. Aber nicht hoch, und auch nicht breit. Und dann haben's den Erlangern von der Autobahn erzählt, was heute der Frankenschnellweg is, und dass die gut ist, aber das es gefährlich is wegen dem Hochwasser. Und dass man so eine Autobahn deshalb recht hoch baun muss, weil wenn das Hochwasser kommt und sie überschwemmt, dann kann man net fahrn. Das hat den Erlangern eing'leuchtet. Blöd warn's. Hochwasser ham wir hier jedes Jahr, manchmal sogar zweimal. Aber nur vielleicht nen Meter hoch, wenn überhaupt. Die Autobahn heut ist aber sechs Meter hoch – und 30 breit. Ganz anders als der alte Kanal. Aber der Damm musste her, damit die Autobahn sicher ist, das ham's denen erzählt. Aber wissen S', warum die Autobahn in Wirklichkeit so hoch ist? Weil der Strauß den Kanal 'baut hat. Und weil's die ganze Erde wegbringen ham müssen vom Bau, vom Buddeln hintn bei Baiersdorf, und was weiß ich. Da hat der Maschder jahrelang zu fahrn g'habt. Und viel verdient – und andre auch. Das ging doch linke Tasche rechte Tasche so beim Strauß. Und die ganze Erde liegt jetzt bei Erlangen unter der Autobahn. Der Strauß hat seinen Kanal g'habt, und die Erlanger ham den Lärm. Bis heut. Der Damm da, wissen S', der is viel zu hoch. Ich hab mir immer gedacht, die Erlanger sind doch alle studiert mit ihrem Siemens und der Universität – das aber ham sie net g'merkt. Ein Meter hätt für den Damm genügt, ich denk mal allerhöchstens zwei. Aber sechs Meter ham sie 'kriegt. Und heute klagn sie über den Lärm und dass sie keinen Lärmschutzwall drauf machen können und dass man dann die Stadt nimmer sieht und so. Die Erlanger sind net sehr klug, wirklich. Aber den Pitsch hat das reich g'macht. Der hat net studiert, der war bloß schlau. Net so wie die Erlanger. A richtig's Schlitzohr, sagt man da. Der hat überall seine Finger drin g'habt. Der Pitsch ist dann weggezogn, hat sich ein großes Haus gebaut, drüben bei Nürnberg. In Poxdorf, glaub ich, war's. Ob's den Pitsch selber noch gibt, weiß ich net. Den Sand-Pitsch gibt's noch, da hab ich erst kürzlich nen Laster g'sehn. Und Sie brauchen mich gar net fragen, ich weiß scho, was Sie interessiert: Kinder hat der auch g'habt. Zwei oder drei. Die sind alle wie der Vater, machen alle G'schäfte. Aber welche, weiß ich net. Der Maschder war mal hier, vielleicht so vor zehn Jahrn. Is einfach reingekommen wie Sie. Da hat er mir das erzählt.«

Behütuns hatte weiterhin Notizen gemacht.

»Ja, schreiben S' das alles nur auf. Die Erlanger wissen das gar net, die G'scheidn. So dumm können G'scheide sein. Rennen immer nur dem Siemens hinterher und von Politik ka Ahnung. Der Pitsch aber, der hat das erkannt. Der war schlau.

Und dann mach ich mal gleich weiter. Da jetzt, wo ich sitz, war des Schmidla immer g'sessen. Der Hölzers Wolfgang. Der war einer von den Egerländern, die nach dem Krieg 'kommen sind. Der hat dann in den Schmidthof reing'heirat', des war einer von den großen. Vier große Bauernhöfe hat es 'geben in Bubenreuth, dazu noch ein paar kleine. Die sind jetzt alle weg. Den Hölzer hat man das Schmidla genannt. Das ist hier halt so. Der Name vom Hof ist der Name, net der von dem, der den Hof hat. Der hat nachher alles verkauft, das ist heute da drüben, wo die Vogelsiedlung ist. Da heißen die Straßen alle nach Vögeln. Amsel und Drossel und so. Das war auch in den Siebzigern. Der hat seinen Hof dann verkauft und ist nach Australien. Soll sich da wieder Land 'kauft haben und Bauer sein. Aber genauer's weiß ich net. Der Hölzer war immer aweng komisch. Wie soll ich das sagen? Der hat immer so angegeben, auf großen Mann g'macht. Der kam doch mit nichts hierher, der war doch a Flüchtling, und hat dann hier reich g'heiratet. Und dann so getan, als wär das alles seins. Das war mir immer aweng komisch. Und der Hölzer hat'n Sohn gehabt, der muss genauso g'wesen sein. Der ist nachher hierher zurück'kommen, der hat hier g'lernt. Ich weiß net was. Der war mal hier im Dorf, vor ein paar Jahren, das ham sie mir erzählt. Da war er beim Bürgermeister und hat sich alles zeign lassen, was sein Vater einmal g'habt hat. Felder und so, und wo die Häuser jetzt stehn. Der muss sehr komisch g'wesen sein, hat der Paul erzählt, unser Bürgermeister. Und angeh'm hat er genauso wie sei Vater.«

Die Alte legte die Hände auf den Tisch.

»Ja, früher, des war a schöne Zeit. Aber könner S' etz damit was anfangen?«

Behütuns schrieb noch und sah von seinen Notizen auf.

»Das weiß ich noch nicht. Ich bin ja erst noch beim Sammeln.« Der Alten konnte man nichts vormachen.

»Ja aber sagn S' doch amal, warum wolln S' denn des alles wissn? Des ist doch scho so lang her.«

Behütuns dachte nach. Sollte er jetzt die Wahrheit sagen?

»Ich weiß eigentlich gar nicht, was ich wissen will. Das ist ja das Blöde. Aber vielleicht kann ich das alles brauchen.«

»Und für was, wenn ich fragen darf?«

Der Kommissar blieb bei der Wahrheit.

»Weil von jedem von denen ein Sohn ermordet worden ist. Der letzte erst heute früh.«

Die Alte sah ihn an und überlegte.

»Ach, die Sachen von Oberndorf drüben und von Kalchreuth? Die hängen alle z'samm?«

»So wie es aussieht, ja.«

»Das ist ja ...!«

Die Alte schwieg. Dann wischte sie mit ihrer zerbrechlichen Hand über den Tisch. Da war nichts wegzuwischen.

»Darf ich Sie noch etwas fragen?«, fragte Behütuns.

»Fragen S' ruhig.«

»Wissen Sie, ob die Söhne von denen irgendetwas miteinander zu tun hatten? Haben Sie vielleicht einmal etwas gehört?«

Die Antwort war eindeutig:

»Nein.«

Und nach einem Augenblick fügte sie hinzu:

»Die waren doch alle weg, also die Väter. Glaub nicht, dass sich die Söhne überhaupt gekannt ham. Sind ja ganz woanders geboren wordn und aufg'wachsen. Der Pitsch, also der Maschder, ja net, der ist ja hier'bliebn. Aber die andern warn alle weg. Australien, Brasilien, am Chiemsee. Früher waren die a richtiger Haufen. Sind zu jedem Clubspiel g'fahrn, ham krakeelt, ham die Meisterschaft g'feiert achtersechzig. Da war was los, kann ich Ihnen sagn. Und haben auch viel Blödsinn gemacht. Die warn bekannt im Dorf. Wenn irgendwo etwas war – die steckten garantiert dahinter.«

»Was zum Beispiel war das?«, fragte Behütuns nach.

»Lausbubensachen. Gartentürchen ausgehängt, Autos in den Straßengraben g'schoben, den Kerwasbaum im Nachbarort abg'schält, mit den Mopedern im Wald rumg'fahrt, dem Erwin habn sie mal nen Bullen aus dem Stall geklaut und in'n Wald getrieben, mit Autos sind's über die Äcker g'jagt, dem Schorla haben sie nachts mal 'en Betzenkopf über die Tür g'nagelt – lauter so Sachen. Blödsinn alles, nichts Böses. Aber dann wurden sie älter und vernünftiger. Wie das so ist. Und irgendwann sie weggezogen, jeder woandershin.«

Interessante Geschichten waren das, aus einer anderen Zeit. Aber Behütuns sah keinen Zusammenhang. Ob es überhaupt einen gab? Sie würden die Opfer durchforsten müssen, um herauszufinden, wo der Zusammenhang war.

Behütuns trank aus.

»War nett, mit Ihnen gesprochen zu haben. Und auch, Sie kennengelernt zu haben.«

Das war aufrichtig gemeint, er hatte Respekt vor der Alten.

»Was bekommen Sie?« Er deutete auf sein Bier.

»Ach, lassen Sie's gut sein. Sie sind ja im Dienst.«

Die Alte winkte ab.

»'s ist komisch, wenn man so weit zurückdenkt. Und auch komisch, was man noch alles weiß. Was alles so in seinem Kopf drin steckt ...«

Behütuns gab ihr die Hand. Klein und zerbrechlich war die ihre, aber der Händedruck fest.

»Vielen Dank! Vielleicht komme ich ja mal wieder.«

»Ja, kommen S'. Es kommen eh viel zu wenig.«

Langsam ging er hinaus. Noch wusste er nicht, was er mit der Geschichte anfangen sollte. Aber die Alte würde er gern mal wieder besuchen. Das Wirtshaus nahm er in seine Liste mit auf. Manchmal kann man doch noch richtige Perlen entdecken!

Die tief stehende Sonne zur Rechten, fuhr er über den Frankenschnellweg nach Hause, an Erlangen vorbei auf dem Damm. Der Damm war wirklich hoch, das war ihm noch nie so aufgefallen. Er lag fast über der Stadt, man sah auf sie hinab. Ob an der Geschichte etwas dran war, die ihm die Alte erzählt hatte?

Man kann ein Arschloch nicht tadeln,
wenn es sich wie eins verhält.
John le Carré

24. Kapitel

Das frühe Aufstehen hatte sich schon gelohnt: Er hatte eine Flughafenfahrt bekommen. Da fängt der Tag doch gleich ganz anders an. Denn auf eine lukrative Fahrt zum Flughafen spekuliert jeder Taxifahrer, wenn er sich früh aus dem Bett quält; dann, wenn die Letzten endlich schlafen gehen und die anderen noch in den Federn kuscheln. Von den vielen Firmen der Stadt nämlich flog jeden Tag bestimmt eine Hundertschaft zu irgendwelchen Besprechungen in der ganzen Republik. Die mussten dann nach Nürnberg, das waren etwa 20 Kilometer, also 30 Euro mit Trinkgeld – und Trinkgeld gaben die immer. Eigentlich kein richtiges Trinkgeld, denn die meisten fuhren »auf Schein«, das war mit den Unternehmen so ausgemacht; das war ein Formular, da trug er nur den Betrag ein, der Fahrgast musste unterschreiben, und der Taxler reichte das dann ein. Das dauerte zwar immer ein paar Tage, aber das Geld war sicher. Und gerade »auf Schein« waren die Gegelten mit dem feinen Tuch immer sehr generös. »Schreiben Sie 30«, hieß es dann großzügig am Flughafen, wenn die Uhr auf 26 zeigte, manchmal auch »35«. Also 60, 70 Mark. Das klang doch gleich viel besser! Dafür kann man schon mal früh um vier aufstehen, zumal man um sechs oder sieben vielleicht noch eine zweite Fahrt bekam, wenn die erste gleich so früh war. Danach war das Flughafengeschäft vorbei und die Arzt- oder Krankenfahrten setzten ein. Da war dann nicht mehr so viel zu holen. So aber hatte er es gern. Gleich zu Beginn eine Flughafenfahrt.

Um vier hatte der Wecker geklingelt. Andere kommen da nicht aus dem Bett, Kroner aber hatte damit kein Problem.

Er hatte sich einen Espresso gemacht, mehr brauchte er früh nicht, hatte sich ein Brot geschmiert und für später eingepackt, sich in sein Taxi gesetzt und war in Richtung Stadt gefahren. Er wollte zu seinem Standplatz. Der Morgenhimmel hellte sich hinten schon auf, der Tag schien wolkenlos zu werden und heiß. Noch aber war es angenehm frisch. Gerade war er aus dem noch kühleren Hangwaldstück herausgekommen, auf dem sich zum Höhenrücken hin nur noch eine Wiese erstreckte, darauf ein einzelner, gut doppelmannshoch dicker Eichenstumpf mit zwei, drei Aststummeln. Diesen Rest hatte man von einer kranken Eiche stehen lassen und gehofft, sie würde sich wieder erholen. Seit zwei Jahren aber stand dieser Stumpf jetzt kahl. Er würde wohl nicht mehr werden. Die Straße führte hier, an der Grenze von Wald und Wiese, nach rechts, am Waldrand entlang, links auf den Wiesen wuchsen Kirschbäume. Vorne kreuzte ein Reh, ein zweites folgte. Hier muss man immer langsam fahren um diese Zeit, mit seinem Motorrad war er einmal nur knapp einem Reh entkommen. Seither fuhr er hier vorsichtiger. Ist ein ganz schöner Schock, wenn so ein Tier vor dir über die Straße springt. Die Straße machte einen Bogen, über die Höhenkuppe hinweg, um dann auf der anderen Seite in den Wald einzutauchen. In Serpentinen ging es den Berg hinab in die Stadt – da hatte sich der Funk gemeldet. Einmal Bushäuschen am Eichenwald, Flughafenfahrt, der Gast warte dort. »57«, hatte Kroner sich sofort gemeldet – 57 war seine Taxinummer –, »bin am Waldkrankenhaus, in einer Minute da.« War ein klein wenig gelogen, er hatte noch gut zwei Minuten bis zum Waldkrankenhaus, aber sicher ist sicher, dachte er sich. Den Dreiß'ger hab ich schon mal. Dann bin ich bis halb sechs zurück, und wer weiß, vielleicht habe ich noch mal Glück?

Knapp zwei Minuten später lenkte Kroner sein Taxi in den Eichenwald, ein kleines, parkähnliches Stück Wald hier am Stadtrand, wo die Reichen ihre Villen hatten, und fuhr unten entgegengesetzt zur Fahrtrichtung beim Bushäuschen vor. Es war ja kein Verkehr. Ein schönes hölzernes Bushäuschen mit gerahmten Glasfeldern und Schindeldach. Original 1950er-Jahre. »Och, nee … – *den*! Das ist doch ein Joke, oder?«, dachte er, um sich sogleich selbst zu beruhigen, »na, der Fahrgast wird sicher noch kommen.« Er stellte den Motor ab, ließ das Fenster herunter und sah hinaus. Im Bushäuschen saß ein stadtbekannter Kranker. Tourette. Ein Lehrstück für dieses Symptom. Eigentlich eine arme Figur. »Am Arsch wichsen, am Aaaaarsch wichsen, am Aaaaaaarsch wichsen«, leierte dieser zwanghaft herunter und wurde dabei immer lauter. Dann war er wieder still, schlug sich mit der Hand zwei, drei Mal unkontrolliert fahrig an den Kopf. Dass den hier noch keiner weggeholt hat, dachte sich Kroner, hier, wo doch nur Reiche wohnen. Denn reich war gleichbedeutend mit empfindlich, empfindlich war gleichbedeutend mit »Dasgehtabergarnicht!«, das wiederum gleichbedeutend mit »Dasgehtabergarnichtundschongarnichthier!«, und das hieß nichts anderes als »Darufichdochmalgleichdiepolizeian«. Aber vielleicht sitzt er ja noch nicht lang da. So wie hier saß dieser Kranke auch oft in der Stadt, mitten auf dem Markplatz, auf einer Bank. Vor ihm Gekotztes und leere Flaschen. Ein hochgebildeter Mensch eigentlich, nur leider krank und dann auch noch sehr oft besoffen. Oftmals, wenn er nüchtern war, konnte man in Buchhandlungen auf ihn treffen, wo er dicke Folianten, meist wissenschaftliche Literatur, las und wo er sich auch mit den Käufern über die verschiedensten Themen unterhielt. Er wusste erstaunlich viel, brachte es aber nicht auf die Straße. Doch dann bekam er wieder einen Schub, referierte und brüllte sein »am Arsch wichsen« oder auch einmal »Scheißdreckspolizei« als Endlosschleife und trank in sich hinein. Oder trank er erst, und dann lief die Platte los? Kroner hatte keine Ahnung, es war ihm eigentlich auch egal. Diese Gestalt nun saß auf der Bank im Bushäuschen. Und war vollgepisst. Dunkel und groß der Fleck im Schritt der Hose, glänzend nass die Stelle darunter am Boden. Zumindest noch nicht gekotzt, dachte Kroner und drehte das Fenster wieder hoch. Der Kerl stank bis hierher. Kroner sah die Straße hinauf, sein Blick wanderte durch den Eichenwald, ging zwischen den Bäumen hindurch und dann über den Rückspiegel nach hinten auf die Straße. Kein Auto, kein Mensch zu sehen. »Tja, das war dann wohl nichts. Den hat mir bestimmt einer weggeschnappt. Die lieben Kollegen ... Blöd! Aber egal.« Kroner drehte das Fenster noch einmal herunter. »Hey!« Die Figur im Bushäuschen blickte auf. »War hier vorher jemand und hat gewartet? Boah Mann, du riechst ja vielleicht kernig!«

»Am Arsch wichsen, am Aaaarsch wichsen!«, antwortete die Zwangsplatte, dann hielt sie kurz an, und der Mann deutete auf ein Kuvert am anderen Ende der Bank. »Das soll zur Polizei nach Nürnberg, das Geld ist mit dabei, am Aaaarsch wichsen am Aaaaaaarsch ...«

»Na dann bring's her«, versuchte es Kroner und wusste, dass er damit erfolglos bleiben würde.

»Am Aaarsch wichsen, am Aaaaaarsch wichsen, am ...«

Kroner hielt die Luft an, stieg aus und holte das Kuvert. Normaler Briefumschlag, DIN A5, weiß, ein Fünfzig-Euro-Schein mit einer Heftklammer an die Rückseite geheftet, und auf dem Kuvert stand: »Schnellstmöglich nach Nürnberg zur Polizei!!« Und klein darunter »Fahrtgeld anbei.«

»Komischer Auftrag«, dachte sich Kroner, aber als Taxler wundert man sich nicht. Nicht mehr nach 20 Jahren. Er stieg in seinen Wagen, drehte die Fenster alle auf, Gott sei Dank geht das jetzt zentral, oh was für ein Gestank!, schaltete das Gebläse auf volle Leistung und fuhr los. 20 Minuten später lenkte er in Nürnberg vors Präsidium. Im Knoblauchsland hatte frischer Zwiebelschlotenduft über den Feldern gehangen. Das hatte ihm Appetit gemacht, und sein Brot lag wartend im Auto.

»Sie stehen im Halteverbot!«, war das erste, was er dort zu hören bekam. Der Polizist hatte noch nicht einmal aufgeschaut.

»Ja, Ihnen auch einen wunderschönen guten Morgen!«, gab Kroner in Richtung Glasscheibe zurück. »Entschuldigen

Sie, dass ich keine Brötchen dabeihab. Aber Sie haben ja auch keinen Kaffee. Dafür hab ich was zum Lesen dabei. Post ohne Porto. Soll wichtig sein.« Und er wedelte mit dem Kuvert.

»Legen Sie es dahin. Für wen?«

Kroner sah sich demonstrativ und gespielt genervt um. »Bin ich hier beim Edeka? Ich würde sagen: Es ist früh kurz vor fünf, ich bring hier was her – könnte sein, dass es für die Polizei ist. Für die mit den grünen Mützen. Tatütata, Traritrara«. Damit legte er das Kuvert auf den Drehteller unter der Glasscheibe. Der Polizist grinste und drehte das Kuvert zu sich hinein.

»Warten Sie einen Moment.«

»Und das Halteverbot?«

Der Polizist winkte ab. »Wir kriegen so selten Post ...«

Er besah sich das Kuvert, nahm den Hörer ab, klemmte ihn zwischen Schulter und Kinn. »Woher?«, fragte der Polizist und sagte dann in den Hörer: »Kommt mal einer von euch raus? Ich hab hier was.« Und wieder zum Taxler: »Das machen wir gleich, die Kollegen kommen.«

Drei Minuten später war bei der Polizei die Hölle los. Drei oder vier Streifenwagen rückten aus, kurze Zeit später dann noch einmal zwei, es wurde telefoniert und telefoniert, und Kroner wurde nach hinten gewiesen.

Maschinenkaffee, lauwarm schales Wasser aus Pappbechern, nein, sein Brot könne er jetzt nicht holen. Wo er das Kuvert herhabe, ob er direkt hierher gefahren sei, wann er das Kuvert übernommen habe, ob er sonst irgendetwas wisse, ob ihm etwas aufgefallen sei auf der Fahrt, irgendetwas vielleicht ungewöhnlich gewesen sei, wie sich das mit dem Penner zugetragen habe, ob der vielleicht noch da sei und dann wieder wo er das Kuvert herhabe. Alles drei- und viermal gefragt. Und aufgeschrieben. Und unterschrieben. Mit Durchschlag – gab es denn so etwas überhaupt noch? Kohlepapier, was für ein Wahnsinn. Hatte er als Kind zum letzten Mal in den Fingern! Den Geldschein musste er auch abgeben, aber wenigstens gegen Quittung. »Kann dauern, bis Sie den wieder zurückkriegen. Wenn überhaupt. Rechnen Sie mal lieber nicht damit. Möglicherweise, nein, ganz sicher Beweismaterial.«

Zwei Stunden später durfte er wieder hinaus.

An seiner Windschutzscheibe: ein Knöllchen. Wird sich die hübsche Politesse gefreut haben, den ersten Fang gleich vor der Haustüre, dachte sich Kroner.

Er brachte das Knöllchen wieder hinein. Zumindest das konnte er regeln.

»Super Flughafenfahrt!«, dachte er sich. »Aber der Politesse geht es wenigstens nicht anders«, grinste er in sich hinein. Dann fuhr er zurück nach Erlangen. Sein Brot hatte er inzwischen vergessen, der Appetit war ihm vergangen.

Eine Frage formte sich mit großer Bedächtigkeit.
REDMOND O'HANLON

25. Kapitel

In Nürnberg war an diesem Morgen die Hölle los. Erst die Hölle, dann das Chaos. Verkehrschaos. Die Regensburger Straße wurde gesperrt, dann auch die Münchener Straße. Mehrere Hundertschaften Polizei und Bereitschaftspolizei waren unterwegs. Erstaunlich, wie schnell das ging. Alles, was von Süden und Südosten in die Stadt hinein wollte, der komplette Berufsverkehr, wurde weiträumig umgeleitet. Riesige Staus bildeten sich, tausende von Menschen kamen zu spät und genervt zur Arbeit. Das komplette Gebiet rund um den Dutzendteich und das Dokumentationszentrum wurde gesperrt. Die Menschen wurden aufgefordert, in den Häusern zu bleiben, die Hotelgäste durften die Hotelanlagen nicht verlassen, man kam kaum zum Messegelände – und das alles wegen eines Blatt Papiers. Besser gesagt wegen zweien. In dem Kuvert hatte sich eine Kopie eines Kartenausschnitts von Nürnberg befunden. DIN A4, Farbe. Mit einem schwarzen Stift war darin ein Gelände eingezeichnet, das vom Dokuzentrum die Große Straße zwischen Großem und Kleinem Dutzendteich hinunterging und daran anschließend ein fast quadratisches Karree vom Ufer des Großen Dutzendteichs über den Kurt-Leucht-Weg und wieder hinüber zur Großen Straße umriss. Uferstreifen, Wiesen- und Waldgelände, die größtenteils öffentlich zugänglich waren und im Sommer von den Menschen auch intensiv genutzt wurden, am frühen Morgen vor allem durch Jogger und Hundebesitzer. Über zwei Zentner Hundekot, hatte einmal jemand ausgerechnet, würden hierher Tag für Tag »verbracht«. Das schissen die Köter dahin. »Dud der was?« »Der dud niggs.« »Is dessa Weibla?« »Naa, a

Männla. Ober braf.« Das waren die Gespräche, die man dort vom Morgengrauen an hören konnte. Und dann fielen die Tölen doch wild keifend übereinander her und verbissen sich in ihre Leiber, während die Herrchen und Hundebesitzerinnen an den Leinen zerrten, schrien und sich beschimpften. Oder die Promenadenmischungen vögelten die reinrassigen Weibchen. Jeden zweiten Tag ging von irgendeinem Hundebesitzer wegen solcher oder ähnlicher tierischer Regungen bei der Polizei eine Anzeige ein. Im Schnitt.

Jetzt war das Gebiet weiträumig abgesperrt, und die Hunde mussten schauen, wohin sie aufs Klo konnten. Wahrscheinlich irgendwo auf dem Gehsteig. Denn auf dem zweiten Zettel in dem Kuvert hatten nur eine Handvoll Worte gestanden: »Ich habe in dem gekennzeichneten Gebiet 20 scharfe Minen vergraben. Nur dass ihr wisst, zu was ich fähig bin. Bis später.«

Kommissar Friedo Behütuns hatte nur kurz geschlafen in dieser Nacht, der Fall arbeitete in ihm, und die Geschichten der alten Frau konnte er noch nicht einordnen. Irgendetwas aber würde sich daraus ergeben, das hatte er im Gespür. Kurz vor fünf war er schon ins Präsidium gekommen, was nicht selten bei ihm vorkam, wenn er über einem Fall war. So hatte er das Schreiben in die Hände bekommen und nach zwei Sekunden Bedenkzeit erst einmal nur zwei Worte gesagt:

»Ernst nehmen!«

Und dann, nach weiteren fünf Sekunden:

»Scheiße. Verzeihung. Verdammt.«

In kürzester Zeit war eine Maschinerie in Bewegung gesetzt worden wie bei einem Terroranschlag. Und es war ja einer. Das Gelände wurde abgeriegelt, niemand kam mehr hinein. Vorsichtshalber ein weiträumigerer Bereich. Niemanden mehr hineinzulassen war dabei das kleinere Problem. Wie aber kamen die Menschen aus dem inneren, dem in der Karte eingezeichneten Bereich heraus? Befanden sich dort überhaupt welche? Und wenn ja, dann wie viele? Und wo genau?

Penner übernachteten dort manchmal, campierten im Sommer regelrecht auf den Wiesen, Hundebesitzer waren schon mit dem ersten Morgenlicht unterwegs. Leute vom Campingplatz hielten sich in dem Areal ebenso auf wie Jugendliche, die sich dort nachts oft herumtrieben und in die Büsche schlugen, wo sie feierten oder soffen. Es war schließlich warm, und der Sommer nahte. Dutzende Pariser holte die Stadtreinigung nach warmen Nächten oft dort heraus. Gab es die Minen wirklich, oder war das alles nur ein Scherz? Kein Mensch konnte das zu diesem Zeitpunkt wissen – aber wehe, man nahm das Schreiben nicht ernst und es fand sich eine Mine, es trat vielleicht sogar jemand darauf ...

Lautsprecherwagen fuhren rund um das Gelände herum auf und blökten ihre Botschaft ins schwer einsichtige Unterholz: »Hallo, hallo, hier spricht die Polizei. Bitte bewegen Sie sich nicht. Bleiben Sie ganz ruhig, wo Sie sind! Das Gelände ist vermint. Jeder Schritt kann für Sie tödlich sein!« Den Text hatte Friedo Behütuns diktiert. Was sollte ein Betrunkener, der dort vielleicht seinen Rausch ausschlief, denken, wenn diese Botschaft in seinen Schädel eindrang? Was ein jugendliches Liebespaar, was ein Hundehalter, dessen Töle im Unterholz schnupperte und vielleicht Mäuse fing oder Kaninchen jagte? Oder an einem Ast zerrte, den er seinem Herrchen bringen wollte, um ihn zu apportieren?

Eine Frau hatte sich über ihr Handy gemeldet. Sie sei mit dem Hund im Wald. Nicht weit von ihr entfernt liege ein Mann in einem Schlafsack. Er schnarche. Reagiere aber nicht. Ein geschulter Polizist übernahm das Gespräch.

Nach einer halben Stunde ließ Behütuns die Botschaft ändern. Er ging davon aus, dass alle, die sich in dem Wäldchen befanden, die erste Botschaft vernommen und verstanden hatten. »Hallo, hallo, hier spricht die Polizei«, hieß es jetzt, »Bitte haben Sie keine Angst! Wir werden Ihnen helfen. Bitte bewegen Sie sich nicht. Sie sind womöglich in Lebensgefahr. Solange Sie sich nicht von der Stelle bewegen, sind Sie sicher.

Aber wir müssen wissen, wo Sie sind. Bitte rufen oder schreien Sie, damit wir Sie orten können. Bitte rufen Sie jetzt!«

Alle lauschten. Stille. Dort, wo Behütuns stand, konnte man nichts vernehmen. Von anderen Standorten der Polizei aber wurden Rufe gemeldet. Aus verschiedenen Stellen des Waldes. Drei? Oder vier? Eine tiefe, männliche Stimme, eine Frauenstimme, Hundegebell. Immerhin, die Durchsagen waren gehört und verstanden worden! Trotzdem entfuhr es Behütuns: »Verdammt! Da sind mehrere drin«. Er zündete sich eine Zigarette an und ging in die Hocke, hob den Kopf und lauschte. Er hörte nichts. Eine Karte wurde ihm gereicht, darauf waren mit groben Kreisen die Gebiete eingezeichnet, in denen man Menschen vermutete. Auch der Standort der Frau. Nein, sie seien nicht genauer zu orten, nur ungefähr. Sie seien auch nicht zu sehen, und man wisse nicht sicher, wie viele es wirklich sind. Einen Moment lang herrschte Stille. Unglaublich, wie still es hier sein konnte. »Keiner geht hinein!«, gab er Anweisung. »Keiner spielt hier den Helden!« Die Frau am Telefon weinte. Der Polizeipsychologe hatte zu tun.

Eine halbe Stunde später erübrigte sich jeder Versuch, mit den Menschen im Wald Kontakt aufzunehmen: Hubschrauber standen am Himmel, positionierten sich über dem Waldstück. Wärmebildkameras nahmen ihre Arbeit auf, es wurde unerträglich laut. Baumkronen tobten im Wind der Rotorblätter, Laub, Staub und Dreck wurden aufgewirbelt, Papiertüten flogen durch die Luft.

Bis zum Mittag hatte man drei Personen, eine davon mit Hund, aus dem Waldstück geholt. Alle aus der Luft, mit zum Teil gefährlich anmutenden Manövern. Die Männer an den Seilen der Hubschrauber hatten alles gegeben. Nicht leicht, zwischen Baumkronen und Unterholz. Nicht leicht, wenn man den Boden nicht berühren darf. Und nicht leicht, so einen Hund zu halten.

Am frühen Nachmittag stellte Kommissar Behütuns seine Durchsagen ein. Um das gesamte Gelände hatte man

Scheinwerfer installiert und die Grenzbereiche weiträumig ausgeleuchtet. Niemand durfte auch nur in die Nähe kommen, Wachmannschaften und Polizei patrouillierten mit dem Gewehr im Anschlag. Schaulustige drückten sich bis spät in die Nacht rund um das Gelände herum. Das sollte sich auch am Tag darauf nicht ändern.

Noch am Vormittag rückten Minensuchtrupps der Bundeswehr an, aber eigentlich waren es private. Von der Bundeswehr engagiert. Die Drecksarbeit lagerte man aus. Auch eine Frau war unter ihnen mit Erfahrungen aus dem Sudan. Die anderen kamen aus Mazedonien, Serbien, Kroatien. Unglaublich, wo überall auf der Welt diese Minen liegen. Zwei Tage detektierten die Trupps das Gelände, Quadratzentimeter für Quadratzentimeter wurde untersucht. 20 Minen wurden gefunden. Den Minensuchtrupps auf den Fersen war immer die Polizei. Jeden noch so kleinen Schnipsel hoben sie auf, fotografierten, katalogisierten und verwahrten ihn, vor allem aus den Nahbereichen der Fundorte. Ein riesiges Sammelsurium kam dabei zustande. Tempotaschentücher, Flaschen, Kanister, Messer, Geldbeutel, zwei Ausweise, eine Schultasche, Mützen, ein Bikini, drei Fahrräder – jede Menge Zeug. Dann wurde das Gelände wieder freigegeben. Der Minenleger hatte sich nicht mehr gemeldet. Aber er hatte Nachrichten hinterlassen.

Was lange währt, wird endlich Wut.
Zufälliger Tippfehler

26. Kapitel

Keine einzige der Minen war scharf gewesen, der Täter hatte sie nicht entsichert. Jede Mine hatte auf einem gefalteten Club-Trikot gelegen und war mit Ästen oder Laub bedeckt gewesen, ein paar auch nur mit Zeitungen. Sie konnten relativ leicht gefunden werden. Aber man musste Vorsicht walten lassen, vielleicht war das ja eine Falle. So hatte man wirklich jeden Quadratzentimeter des Bodens sorgfältig abgesucht.

Die Trikots waren neu und trugen weder Namen noch Nummern. Standardware, überall zu kaufen. Nur der Name des Sponsors war aufgedruckt. Aber in jedem Trikot steckte eine Botschaft, versehen mit einer Nummer. Als Behütuns noch am Vormittag des Anschlags die erste Botschaft gebracht wurde, stutzte er. Sie machte ihn neugierig. Unter der Ziffer vier stand hier geschrieben:

»Ich verlange die Veröffentlichung dieser Fakten und fordere eine öffentliche Diskussion!«

Die nächste Botschaft, die ihm gebracht wurde, trug die Nummer acht:

»Der Sponsor schafft Arbeitsplätze, und alle freuen sich. Er spendet für Hilfsprojekte, veranstaltet Fußballjugendturniere, engagiert sich für die Knochenmarkspende, organisiert Fan-Aktionen, unterstützt Kulturprojekte in der Region und vieles mehr.«

Da schwante ihm schon vage, worauf es hinauslaufen könnte. Und nach der dritten Botschaft, die man ihm brachte, inzwischen war es Nachmittag, war Kommissar Behütuns sich sicher: Hier kämpft einer einen großen Kampf. Und langsam wird er eindeutig! Dann können wir ihn kriegen!

Die Botschaft mit der Nummer 14 lautete:

»Allein im Jahr 1995 wurde von dieser Aufbereitungsanlage mehr Krypton 85 in die Luft geblasen als durch alle Atombombenexplosionen der Welt insgesamt. Dieses Gas hat eine Halbwertszeit von zehn Jahren.«

Mit den Stunden verdichtete sich die Aussage, und als man am darauffolgenden Nachmittag zum ersten Mal die Meldung gab, das Gebiet sei komplett durchsucht und minenfrei, lagen ihm alle Botschaften vor. Wie angekündigt 20 Stück, schön sauber nummeriert. Zu diesem Zeitpunkt aber war der Fall schon nicht mehr der Seine. München hatte sich eingemischt, der Staatsschutz war am Werk. Das war nun kein Fall mehr für so einen kleinen Polizisten aus der Provinz. Behütuns war jetzt draußen.

Der Innenminister hatte mit seiner tiefen Stimme, die ihm als Einziges Gewicht verlieh, langsam und sehr bedächtig Interviews gegeben, in denen er nichts Sachdienliches sagte, nur eine sehr große, vage und doch konkrete Gefahr beschwor und von ersten Spuren faselte. Selbst der Staatsminister für Umwelt und Gesundheit hatte sich, nur weil er, wie der Innenminister, aus der Region kam, bemüßigt gefühlt, begleitet von seinem unvermeidbaren falschen Lächeln seinen Senf zu dem Fall dazuzugeben. Auch er sprach nur von Terror, bedrohter Ordnung und Gefahr. Ebenso von ersten, schon konkreten Hinweisen. Wie professionell und dankbar die Politik doch jedes Ereignis sofort für ihre Zwecke vereinnahmte und instrumentalisierte. Egal, womit man in die Presse kam, Hauptsache, man war drin.

Bevor Behütuns aber das Büro verließ, las er die Botschaften noch einmal der Reihenfolge nach. Von eins bis 20 hingen sie in seinem Zimmer an der Wand. Es war ein Aufsatz, ein Pamphlet, zerstückelt in einzelne Sätze.

Eins: Alle sind stolz und froh, dass der Club einen geldmächtigen Sponsor aus der Region hat – einen, der über mehrere Jahre zahlt und Planungsfreiheit gewährt.

Zwei: Leider werden bei diesem Engagement ein paar Fakten nicht erwähnt, ja geradezu totgeschwiegen. Von allen.

Drei: Diese Fakten haben eine größere Sprengkraft als meine jämmerlichen Minen. Sie explodieren nicht nur einmal, sondern täglich, bis zu 200 000 Jahre lang. Und das nicht nur an einem Ort, sondern flächendeckend.

Vier: Ich verlange die Veröffentlichung dieser Fakten und fordere eine öffentliche Diskussion!

Fünf: Fans und Verantwortliche! Fußball ist viel, aber nicht alles. Er darf nicht für ein Unternehmen spielen, das uns und unsere Welt auf Jahrtausende hin verseucht und bedroht! Es kann nicht sein, dass der Club sich aus Blindheit oder finanzieller Not zum Handlanger eines der zynischsten Unternehmen Europas macht.

Sechs: Der Club und alle seine Fans müssen wissen: Verein und Mannschaft spielen für die Verseuchung der Erde über Jahrtausende hinaus. Sie verhelfen einem hochgradig menschenverachtenden Unternehmen deutschlandweit zu Sympathie und einem guten Image.

Sieben: Der Sponsor des Clubs schreibt auf seiner Website: »Wir sind weltweit führend im Bereich der Kerntechnik.« Und dieser Sponsor tut viel, um in der Region und darüber hinaus die Sympathien zu gewinnen und von seinem wahren Betätigungsfeld abzulenken.

Acht: Der Sponsor schafft Arbeitsplätze, und alle freuen sich. Er spendet für Hilfsprojekte, veranstaltet Fußballjugendturniere, engagiert sich für die Knochenmarkspende, organisiert Fan-Aktionen, unterstützt Kulturprojekte in der Region und vieles mehr.

Neun: Das ist auf der einen Seite positiv und Kalkül des Sponsors. Auf der anderen Seite ist es an Zynismus nicht zu überbieten. Denn der Sponsor schädigt uns tagtäglich hochaktiv – und auch noch die nächsten 6 000 Generationen!

Zehn: Dem Fan geht es um Fußball. Das weiß auch der Sponsor. Was dieser Sponsor dem Fan aber nicht sagt: Er verseucht unsere Welt mit Stoffen, die 200 000 Jahre lang giftig sind.

Elf: In Frankreich z. B. betreibt das Unternehmen eine Wiederaufbereitungsanlage und leitet dort täglich 400 Kubikmeter radioaktiv verseuchtes Wasser in den Atlantik. Das entspricht einer jährlichen Menge von 33 Millionen 200-Liter-Fässern radioaktiver Abfälle – mit Cäsium, Kobalt und anderen gefährlichen Stoffen.

Zwölf: Auch bläst der Sponsor dort jeden Tag Emissionen mit 10 000 Becquerel pro Liter durch die Schlote in die Luft. Die Belastungen dadurch sind in ganz Europa messbar. Allein diese Emissionen entsprechen denen eines permanenten nuklearen Unfalls.

Dreizehn: Diese Emissionen haben nachweisbar direkte Folgen: Die Blutkrebsrate bei Kindern und Jugendlichen im Umkreis von zehn Kilometern von dieser Anlage ist um den Faktor drei höher als sonst. Wie zynisch auch das: Hier engagiert man sich für die Knochenmarkspende zum Heilen von Blutkrebs, dort verursacht man ihn.

Vierzehn: Allein im Jahr 1995 wurde von dieser Aufbereitungsanlage mehr Krypton 85 in die Luft geblasen als durch alle Atombombenexplosionen der Welt insgesamt. Dieses Gas hat eine Halbwertszeit von zehn Jahren.

Fünfzehn: In dieser Aufbereitungsanlage, auch das sollten die Club-Fans wissen, werden jährlich 1400 Tonnen Brennelemente aus deutschen, französischen und anderen Kernkraftwerken aufbereitet. Das Unternehmen sagt uns, dass 96 Prozent dieses Materials wiederverwertet würden.

Sechzehn: Das Unternehmen lügt. Tatsache ist: Nur 10 Prozent werden wiederverwertet. Der Rest, über 80 Prozent der Ursprungsmenge, lagert in Sibirien unter freiem Himmel. Abfall, der 200 000 Jahre hochgiftig ist. Und der Sponsor redet sich heraus: Man transportiere das Material nur, es gehöre einem nicht. Das ist Zynismus pur.

Siebzehn: Allein den in Russland gelagerten Abfall gefahrlos zu verwalten, setzt 200 000 Jahre stabile politische Verhältnisse voraus. So lange ist das Material hochgradig gefährlich und bedrohlich. Mindestens.

Achtzehn: Vielleicht das zum Vergleich: Die Pyramiden von Gizeh sind noch keine 5000 Jahre alt – und hatten wir seither berechenbare und stabile politische Verhältnisse?

Neunzehn: Nicht ich bin wahnsinnig, sondern der Sponsor des Clubs im Verbund mit der Kernkraftindustrie. Sie unterstellen, dass man die Zukunft über viele, viele Jahrtausende hinaus zuverlässig planen kann. Wie arrogant und unverantwortlich, allein aus purer Geldgier.

Zwanzig: Club-Fans, lehnt euch auf! Zeigt Verantwortung! Es geht nicht um den Klassenerhalt, es geht um eure Kinder!

Behütuns dachte nur: Die Botschaften laufen ins Leere. Und er fragte sich: Warum nur hat der Täter keine Drohung mit hineingeschrieben, kein Ultimatum, um sicherzugehen, dass diese Sätze, diese Zahlen und Fakten auch veröffentlicht werden? Dass eine Diskussion in Gang kommt, die auch er durchaus für notwendig hielt? So kommt das Material doch nie ans Licht.

Dasselbe meinten auch die Staatsschützer aus München. Nach Rücksprache mit ihren Vorgesetzten erging sofort die Anweisung, dass kein Wort davon nach außen dringen solle. »Wen die wohl wieder schützen«, mutmaßte Behütuns. Einen Moment lang konnte er sich des Gedankens nicht erwehren, vielleicht der Presse eine Kopie dieses Pamphletes ... Doch nein, das war nicht sein Stil. Das kam für ihn nicht einmal ansatzweise in Frage. Oder vielleicht doch? Nein! Er war jetzt aus der Sache draußen, und damit Schluss. Frustriert, ganz klar, demotiviert, auch wütend und enttäuscht. Doch war da nichts mehr zu machen. So war der Job. Es war ja nicht das erste Mal. Immer, wenn irgendetwas groß wurde oder es vielleicht auch nur werden konnte, ging so ein Fall nach München. Gewöhnliche Morde, Eifersucht, Erpressung,

Schlägereien – das ließ man bei ihnen. Sobald ein Fall aber auch nur ansatzweise in die oberen Etagen wies, ins Geld, den Einfluss oder in die Industrie: schwupp, war er weg. Zutritt verboten, Schweigepflicht.

Behütuns brauchte jetzt ein Bier.

Ein Zusammenhang tat sich auf.
Nicht zu erklären, aber zu erzählen.
Peter Handke

27. Kapitel

Behütuns hatte viel getrunken, schlecht geschlafen, einen dicken Kopf. Er hatte frei. Was tun? Er fuhr noch einmal nach Bubenreuth. Sollten die doch ermitteln, wie sie wollten. Er hatte noch so ein Gefühl und musste das mit sich klären. Irgendetwas war da noch, das er nicht verstanden hatte. Er hatte nur so eine Ahnung und wusste gleichzeitig nicht wovon.

Eigentlich hatte er nicht viel dabei. Nur die drei Namen von Jaczek – die, die ihm die beiden alten Rentner beim Duisburgspiel im Ronhof genannt hatten. Namen inzwischen Verstorbener, die früher bei der Dynamit gearbeitet hatten und die vielleicht etwas mit der angeblich verschwundenen Kiste Minen vor beinahe 50 Jahren zu tun haben könnten. Es war eines jener Gerüchte unter den alten Mitarbeitern, die sich ewig hielten. Es gibt ja solche Geschichten. Die hier ging so – aber niemand wollte sich dafür verbürgen: Eines Nachts war ganz einfach eine Kiste Minen verschwunden. 24 Stück, zwei Dutzend, das war die normale Packeinheit. Drei Männer hatten in dieser Nacht Wache gehabt in der Halle, die ganz normale Aufsicht, alles sehr zuverlässige Mitarbeiter. Keiner, kein Chef und kein Kollege, traute ihnen ernsthaft einen Diebstahl zu. Gleichzeitig aber gab es damals keine Anzeichen für einen Einbruch oder etwas ähnliches. Der Fall war schlicht ein Rätsel – und wurde noch rätselhafter, weil die Firmenleitung ihn klein hielt. Er war recht schnell vom Tisch. Das schien so gewollt – und sorgte natürlich für neue Gerüchte. Deshalb vermutete man auch in Mitarbeiterkreisen, dass andere dahinter standen. Der Sohn eines Chefs wurde verdächtigt, doch Gründe gab es dafür nicht. Der Fall blieb rätselhaft und wurde offiziell sehr schnell ad acta gelegt. Nur in den Köpfen war er noch präsent, zumindest bei den Alten. So war er diesen nach den Morden mit den Minen wieder eingefallen, und sie hatten Jaczek davon berichtet. Nicht, weil sie einen Verdacht hatten, sondern »nur so«, damit die Sache ihre Ordnung habe. Es könnte ja irgendwie doch sein ... obwohl, nach so langer Zeit ...

Bei der Dynamit hatte man generell abgestritten, dass jemals Minen verschwunden seien, und sei es vor noch so langer Zeit gewesen. Dort war nie etwas verschwunden, und das wäre auch gar nicht möglich gewesen. Wahrscheinlich logen sie nicht einmal und vertuschten auch nichts, sondern stellten ihre Behauptung besten Wissens und Gewissens auf. Man hatte den Fall ja schon damals unter den Teppich gekehrt.

Albrecht Regenfuß, Georg Natzel, Leo Lorenz. Das waren die Namen, die Jaczek zugesteckt worden waren. Alle drei schon längst unter der Erde.

Behütuns war nicht sehr mutvoll, aber das musste er noch klären. Sonst konnte er den Fall für sich nicht abschließen. Für ihn war das eine Frage der Hygiene. Andere würden vielleicht sagen: des Berufsethos. Für Behütuns aber ging es tatsächlich um seine innere Reinheit. Das Berufsethos hatten ja jetzt andere zu behüten, und die wussten schon, wie man das richtig macht. Interessenwahrung war jetzt angesagt. Er selbst aber, so empfand er es, musste noch aufräumen in sich, er konnte keine Restmöbel von Fällen in sich herumstehen lassen und so tun, als wären sie nicht da. Man rannte sonst nur dagegen im Dunkeln und tat sich weh. Altlasten sind nicht gut. Was da war, war da, das konnte man nicht so einfach wegreden. Erst was weg war, war auch wirklich weg. So einfach war das für ihn.

Das Wirtshaus war auch dieses Mal wieder geöffnet. Die Stube wieder leer. Roch immer noch nach uraltem Zigarettenrauch und nach Heizöl, und die Alte saß auch wieder auf ihrem Stuhl vor dem Tresen. Diesmal jedoch waren die Vorhänge auf, und die späte Vormittagssonne mühte sich durch die blinden Scheiben.

»Die Polizei«, sagte sie, als Behütuns reinkam, stand auf und schenkte ein Bier ein.

Warum nicht, dachte sich Behütuns. Dann trink ich halt eins. Er setzte sich wieder auf seinen alten Platz.

Die Wirtin kam mit dem Bier, legte ein Filz unter. Fünf Striche darauf, vier gerade, einer quer durch. Sie sah es, hob das Bier noch einmal an, wendete ihn. Auf der Rückseite war der Filz noch leer, nur Feuchtigkeitsränder von Gläsern. Die Filze wurden mehrfach benutzt. Wenn das die Herren von der EU sähen, sie würden sicher wieder eine Richtlinie erlassen.

»Das war noch vom Freitag, da haben sie wieder gekartelt«, entschuldigte sich die Wirtin. Setzte sich neben ihn.

»Was gibt's, Herr Kommissar?«

Sie kam immer gleich zur Sache.

Behütuns wusste, dass er nicht lange herumreden musste. Nannte einfach die Namen. Das letzte Mal hatte er ja auch nach Namen gefragt.

»Albrecht Regenfuß?«

»Regenfuß. Gibt's hier, aber Albrecht nein. Hat's nie gegeben. Kommt auch nie hierher.«

»Leo Lorenz?«

»Nein. Herrmann, Alfred, Manfred, Ernst ja. Sind viel' Egerländer hier. Doch nen Leo gibt's net, des tät' ich wissen. Hat's auch nie gegeben.«

Das war ganz klar und überzeugend.

»Georg Natzel?«

»Es Schorla, klar. Von dem hatt' ich scho erzählt.«

»Hm?«

Behütuns konnte sich nicht erinnern.

»'s Schorla war der Brunzkaddler hier. Ist lange tot.«

»Erzählen Sie mir trotzdem von ihm, bitte.«

Die Alte legte ihre Hände auf den Tisch.

»'s Schorla war immer hier, wenn gekartelt wurde. Aber der war nie richtig dabei. Also, der gehörte zu niemandem richtig. Hatte kein' festen Tisch, so wie die andern. Auch nicht so richtig Freunde. Die andern waren ja immer so Tische, und an den Tischen, des warn meistens Freunde. Oder Nachbarn, oder ausm Verein. Der Schorla aber kam so, und wer kam, der war halt einfach da. Der hat dann mal hier mitgespielt, mal da, immer wenn einer raus musste. Dann sprang er ein. Brunzkaddler halt.«

»Kenn ich, gibt's bei uns auch.«

»Das mit dem Schorla aber war immer komisch. Irgendwas hat der g'habt. So war er halt ...«

Die alte Wirtin überlegte. Das war wohl schwer zu beschreiben.

»Man macht sich da ja keine Gedanken. So wie einer is, so isser halt. Der Schorla war immer so ... aufg'regt. Eigentlich wollte der immer dabei sein. Dazug'hören. Aber für die andern war er halt nur da. Da kam er nie rein. Und dann ...«

Die alte Wirtin lächelte.

»... dann hat er immer gekotzt. Nicht ein Freitag, an dem er net gekotzt hat. Weil er immer so aufg'regt war. Immer mitten aufn Tisch. Da ham schon immer alle drauf g'wartet, das g'hörte richtig dazu. Und das war, wie wenn er's brauchte. Danach war er immer normal. Das Aufg'regte war weg. Einer hat mal g'sagt, das braucht der, der Unger war das g'wesen. Wenn sich alle um ihn kümmern, das muss der haben. Ich weiß nicht, ob das stimmt. 's Schorla war halt so. Ich hab das dann halt immer wegg'wischt und gut war's. Keiner hat sich da dran wirklich g'stört.«

»Was war der Schorla von Beruf?«

»In Fürth hat der geschafft, bei der Dynamit. Im Lager oder Pförtner, ich weiß net. Jeden Tag ist er da drüben mit dem Zug losg'fahren, früh um halb sechs. Oder abends, wenn er Nachtschicht g'habt hat.«

Sie deutete nach hinten über die Straße zum Bahnhof.

»Eine Zeit lang, das war, wie der Club so stark war, wie der Merkel Trainer war, da war er mit den vier anderen dabei. Dem Karteltisch. Dem Maschder, dem Risch und so. Ist immer mit ins Stadion g'fahrn, hat mit die Fahnen g'schwenkt. Aber die ham ihn nur mitg'nommen, mehr aus Mitleid. Die warn halt gute Kerl', auch wenn sie immer Blödsinn g'macht ham. Der Schorla aber, der stand immer nur so dabei. Die andern ham g'sungen, g'johlt, krakeelt, 's Schorla stand dabei. Dazug'hört hat er nicht.«

»Und das hat dann aufgehört?«

»Einmal, an einem Freitag, da hat er hier wieder gekotzt g'habt und auch als Brunzkaddler viel Geld verloren. Das müssen Sie wissen, als Brunzkaddler, da spielt man ...«

» ... aufs Schüsserla der anderen«, ergänzte Behütuns.

»Sie kennen das. Aufs Schüsserla von dem, der grad brunzt. Und da hat er ein Spiel g'macht und richtig viel verloren. Ich weiß gar net mehr, für wen. Und dann wieder quer übern Tisch 'kotzt, so aufg'regt war der dabei. Und da hat ihn einer einen Schafskopf genannt. Weiß nicht mehr, wer das war. Einer von den vieren, ich glaub, der Hölzer. Das hat's vorher nie gegeben. Und wie der Schorla am Freitag drauf zur Tür nei is, da ham sie 'blökt. Das ham's nur einmal g'macht. Und dann, a paar Tag später, hatte ihm jemand 'n Schafskopf über die Tür g'nagelt g'habt. Über Nacht. Einen schönen, frischen blutigen, abg'schnitt'nen Schafskopf. Des war a Gelächter im Dorf, kann ich Ihnen sagen. Alle ham's mitg'lacht. Aber es war auch gemein.«

Sie fing wieder eine ihrer Fliegen und zerrieb sie am Unterarm. Warf sie auf den Boden, trat darauf.

»Er hat nie raus'kriegt, wer des war. Und ich auch net. Überhaupt niemand eigentlich. Aber den Schorla hat das sehr gequält. Der hat das auf die vier g'schoben, wegen dem Blöken, das hat er auch g'sagt. Und ist dann auch net mehr 'kommen.«

Die Alte dachte nach. Sie ist noch nicht fertig, spürte Behütuns. Da kommt noch etwas nach. Und dann erzählte sie weiter.

»Und dann irgendwann ... einen oder zwei Monate später, da hat er sich aufg'hängt g'habt.«

Die alte Wirtin seufzte.

»Ja, das war schlimm. Niemand im Dorf hat das g'wollt. Aber alle ham irgendwie g'wusst, was da g'wesn war. Aber niemand wollte ja dem Schorla sei Freund sein. Deswegn war der auch so, und deswegen ist der auch so g'worn.«

Wieder machte die Wirtin eine Pause.

Dachte nach.

»Das ist schon komisch im Leben. Irgendwie kommst du da net raus. Du bist so, wie du bist, und du bist so, weil die andern so sind. Da kannst du nichts dran ändern.«

Sie nahm ihre Hände vom Tisch und legte sie in den Schoß.

»Ganz schlimm aber war's fürs Hanserla, dem Schorla sein Bu. Der war damals fünf oder sechs. Die Mutter war ja scho tot, 'n Autounfall, hier drunten auf der B 4.«

Mit dem Kopf deutete sie Richtung Erlangen.

»'s Hanserla kam dann fort. In ein Heim. Ich weiß net, was aus dem g'worn is. Ich hab nie wieder was von ihm g'hört.«

Jetzt war Behütuns elektrisiert. War das das, was er suchte? Der Ansatz für eine Spur?

»Danke!«, sagte er. Hans Natzel! Den musste er suchen!

»Und in welches Heim ist er gekommen? Wissen Sie das?«

»Neuendettelsau, das ham sie damals gesagt. Da kamen solche doch hin, die kein' Vater und keine Mutter mehr hattn. Da wurde für die g'sorgt.«

»Danke, das war sehr wichtig für mich!«

Behütuns drängte es hinaus! Jetzt hatte er eine Spur. Noch passte zwar nichts richtig zusammen, das spürte er körperlich, aber etwas schien endlich erkennbar. Überhaupt irgendetwas. Da musste er hinterher.

Diesmal bestand er aufs Zahlen. Dann ging er hinaus.

Eineinhalb Stunden später war er in Neuendettelsau. Obwohl er außer Dienst war, trat er als Polizist auf. Kriminalkommissar Friedo Behütuns aus Nürnberg. Zeigte seinen Ausweis und erbat Einblick in die Akten. Wenn möglich, gleich. Schließlich ging es um Mord.

Man machte ihm keine Schwierigkeiten, im Gegenteil. Man unterstützte ihn, so gut man konnte. Und man konnte das gut! Hans Natzel hatte 13 Jahre hier verbracht. Keiner kannte ihn mehr, das lag schon zu lange zurück. Aber er war ein sehr guter Schüler gewesen, das zeigte die Aktenlage. Hatte ein Einser-Abitur gemacht und dann Medizin studiert. Mit einem Stipendium von der Kirche – per Telefon war man schon in den Akten von München. Dann ging Hans Natzel nach Amerika, eine Stelle in Massachusetts. Cambridge Hospital. Der Mann machte wohl Karriere. Damit verlor sich seine Spur.

Aus, Ende, Sackkasse! Jetzt hatte er keine Handhabe mehr. Um hier nachzuforschen, brauchte er den ganz offiziellen Dienstweg. Das ging nicht so burschikos, wie er hier aufgetreten war – das ging gar nicht. Denn der Fall war nicht mehr seiner. »Kommissar« Behütuns bedankte sich für die außerordentlich große – und das meinte er auch so – Hilfsbereitschaft und fuhr wieder auf die Autobahn. Diese, in Nürnberg nannte man sie bloß die »Heilbronner Autobahn«, war eine der übelsten, die er kannte. LKW an LKW verstopfte hier die rechte Spur. Einen Moment lang war er versucht, sich sein Dienstblaulicht aufs Dach zu heften, um sich die Spur freizublasen. So weit aber wollte Behütuns doch nicht gehen. Bei allem Jagdtrieb: Er durfte nicht vergessen, dass er hier privat unterwegs war. Schon der Auftritt in Neuendettelsau könnte ihm eine Dienstaufsichtsbeschwerde einbringen, hängte sich da jemand hin. Also reihte er sich ein in die Schlange auf der linken Spur in Richtung Nürnberg.

»Behütuns hier, hallo Dr. Hartung. Ich muss Sie sprechen. Wenn's geht, gleich. Ich bin in einer Dreiviertelstunde bei Ihnen. Geht das?«

Es ging. Schwierig zu machen zwar, aber für die Polizei ...

»Sagen Sie mir genau, wo ich Sie finde?«

Behütuns hatte Hartung vom Auto aus angerufen. Ohne Freisprechanlage. Da käme jetzt schon einiges zusammen. Vormittags ein Bier, dann unerlaubte Amtshandlungen, Telefonieren ohne Freisprechanlage ... Er wollte gar nicht daran denken.

Am Klinikum in Fürth wies ihm der Pförtner den Weg. Der beschriebene Bau war ein Doppelcontainer. Eigentlich eher eine Baracke. Behütuns hatte inzwischen überlegt. Vernunft war wieder eingekehrt auf der Autofahrt, die erste Aufregung verflogen. Wahrscheinlich machte er sich etwas vor. Ließ sich leiten von seinem Jagdtrieb und verlor die Realität aus den Augen. Das passierte ihm manchmal, und dann schwor er sich jedes Mal wieder, dass es das letzte Mal sei. Professionell verhielt er sich nicht. Die Fakten, nüchtern betrachtet, waren doch so: Da hatte einer, der zwar bis dahin vom Leben nicht verwöhnt worden war, ein Einser-Abi hingelegt, mit einem Stipendium, und auch das musste man erst einmal kriegen, Medizin studiert und hatte dann, auch das sprach ja für seine außerordentliche Qualifikation, eine Stelle in den Staaten, ja sogar am angesehenen *Cambridge Hospital Massachusetts* bekommen. Behütuns kannte zwar nur das MIT, das *Massachusetts Institute of Technology*, aber sicher hatte auch diese Einrichtung einen guten Namen. Natzels Vergangenheit hin oder her – allein an so ein Krankenhaus zu kommen, zeugte doch schon von hoher Integrität. Auch von Willenskraft und deshalb einer inneren Aufgeräumtheit. Oder täuschte er sich?

Er würde Hartung befragen.

Die Behindertenrampe stand etwas schräg zur quietschenden Eingangstür, die auch nicht richtig schloss. Sie klemmte. Im Inneren roch es muffig.

»Na, da haben Sie ja hier einen Palast!«, begrüßte Behütuns den Psychologen. »Kann man denn hier überhaupt denken?«

»Am Klinikum denkt man nicht, da verwaltet man«, gab Dr. Hartung zur Antwort. »Und dafür sind diese Kisten gerade gut genug. Fördern die Konzentration. Weil man sich von der Umgebung wegdenken muss, sonst ist es nicht zu ertragen.«

Auch eine Logik, dachte Behütuns.

Sie gaben sich die Hand, und Dr. Hartung führte ihn einen schmalen Gang entlang in ein Besprechungsabteil. Bei jedem Schritt hatte Behütuns das Gefühl, augenblicklich durch den Blechboden zu brechen. Denn unter der graubeige-schmutzigen Filzauslegeware schien der Boden nachzugeben. Auf dem Tisch des Besprechungsraumes stand altes Gebäck, die Stühle hatten nicht genügend Platz, und es roch nach vortägigem Filterkaffee. Alles hier war in Gelb, Braun und Beige gehalten. Wie alt waren wohl diese Container schon?

»Ein Wunder, dass Sie Ihren Humor noch haben, bei diesen Bedingungen. Da schimpfen wir immer bei der Polizei, aber das hier ist ja nicht zumutbar.«

Hartung zuckte die Achseln.

»Wenn man jeden Tag hier ist, sieht man's nicht mehr.«

Er sah auf die Uhr.

»Ich gebe Ihnen eine Stunde, mehr geht leider nicht. Also schießen Sie los.«

Behütuns erzählte seine Geschichte. Von den Minen und der Dynamit, den Botschaften daran, den Trikots. Von der alten Wirtin und dem, was sie erzählt hatte, von Georg Natzel und dessen Sohn, dass dieser nach Massachusetts sei und er, Behütuns, jetzt nicht weiter wüsste. Zwar habe er einen Verdacht, den er auch äußerte, aber womöglich sei dieser völlig hirnrissig, womöglich verdrehe der Wunsch nach einer Lösung ihm die Wahrnehmung, würde inzwischen zum Motor, und vielleicht sei er selbst jetzt langsam ... er bräuchte jetzt einfach eine Einschätzung. Und ein Korrektiv.

»Könnte es denn sein, dass sich eine Person ... – nein, anders: Kann eine Persönlichkeit so verquer strukturiert sein? Ist das überhaupt denkbar?«

Dr. Hartung war aufgestanden. Er wollte herumlaufen, das sah man, aber der Container war viel zu klein. So stand

Dr. Hartung mit dem Rücken zu Behütuns vor den gelblichen Vorhängen und sah zum Containerfenster hinaus. Aber da gab es keinen Baum, keinen Vogel, dem man zuhören konnte, da gab es nur Bagger und eine riesige Baugrube. Und solche Vorhänge konnte man schon nicht einmal mehr kaufen. Es war wirklich trostlos hier.

Dr. Hartung dreht sich um.

»Mit Massachusetts kann ich mal etwas versuchen. Oder besser, etwas nicht unversucht lassen. Auch wenn die Chance sicher verschwindend gering ist.«

Er nahm sich ein abgegriffenes Heftchen vom Regal.

»Unser Telefonbuch.« Er hielt es kurz hoch, eine Geste, die alles sagte.

»Ein Kollege von mir, Grongel, nein, korrekt, darauf legt er Wert: Herr Dr. Grongel, Dr. Atze Grongel, war lange in Massachusetts. Seit knapp drei Jahren ist er hier. Chef der Anästhesisten, aber gelernter Chirurg. Ich ruf ihn mal an.

Er wählte.

»Hartung, Grüß Sie, Frau Dieter. Ist Dr. Grongel da?«

» - - - «

»In Madrid? Okay.«

» - - - «

»Übermorgen wieder? Na gut, danke. Ich ruf wieder an.«

Damit legte er auf.

»Fehlanzeige. Herr Dr. Atze Grongel war auf einem Kongress in Barcelona, hat ein paar Tage Urlaub drangehängt und ist jetzt auf einem Kongress in Madrid. Danach kommt er zurück. Übermorgen soll er wieder hier sein, da hat er Dienst. Ich werde ihn dann persönlich fragen.«

Er legte das Telefonheft zurück. Es löste sich langsam auf.

»Und jetzt zu Ihrer Frage. Das mit der Persönlichkeit.«

Er setzte sich wieder an den Tisch. Besser: Er quetschte sich zwischen Tisch und Wand auf einen Stuhl. Dann drehte er den Stuhl seitlich, damit er mehr Platz hatte. Nahm die Füße auf den danebenstehenden Stuhl.

»Nur so geht's. So eng kann man nicht denken. Also. Ja doch, das ist schon ziemlich quer, eigentlich. Aber ich habe hier schon Sachen erlebt, die kann sich kein Krimiautor ausdenken. Da würde er bei jedem Verleger durchfallen.«

Er spielte mit seinen Fingern an seiner Nase.

»Kaffee?«

»Nein danke, der Geruch reicht mir schon. Ihr Kaffee riecht ja wie das, was man in der Fränkischen unter dieser Bezeichnung serviert bekommt. Und wenn ich einen Grundsatz habe, dann den: Trinke nie in der Fränkischen Kaffee. Was die einem da anbieten – das ist so schlimm wie in der Normandie. Nur da gibt's noch schlechteren Kaffee. Da könnte ich Ihnen Geschichten erzählen, was ich da schon vorgesetzt bekommen habe ... Und Ihr Kaffee hier, sorry, riecht ganz genauso. Mindestens schon drei Stunden alt. Also lieber nicht.«

Hartung blickte verwirrt. »Dem Kaffee fehlt nichts. Von heute früh. Frisch gekocht.« Albern sah er aus in seinem weißen Kittel. Das ist eine komische Tradition. Laufen herum wie die Maler, dachte Behütuns.

Dann sagte Hartung, resümierend, überlegend:

»Ein Kind verliert seine Mutter. Dann hat es nur noch seinen Vater. Für das Kind das Ein und Alles, im Dorf jedoch ist der Vater nichts. Das merkt so ein Kind, oder es kann es merken. Umso enger wird erst einmal die Beziehung zum Vater. Denn was nicht sein darf, das kann nicht sein. Wirklichkeit ist ja manchmal ein aberwitziges Konstrukt. Und je aberwitziger, desto fragiler. Und je fragiler, desto heftiger wird sie verteidigt, also desto unangreifbarer wird sie, damit umso unzerstörbarer, fester und stärker. Das ist eine dieser vielen Paradoxien. Je fragiler eigentlich anfänglich etwas ist, desto fester wird es. Weil man eine ganze Menge Kleber dafür investiert.

Nach Ihrer Vermutung müsste das also so gesehen werden: Der Vater wird für den Sohn aus dem Grund zur Überperson, weil der Sohn nur so mit dem Schmerz über den Tod der Mutter hinwegkommt. Das ist plausibel. Der Vater jedoch, und das kriegt der Sohn natürlich nicht mit oder will es nicht mitkriegen – und darf und kann es ja auch nicht, weil es seine Grundfesten erschüttern würde –, der Vater also scheitert gleichzeitig an seiner Umwelt. In Wirklichkeit aber an sich selbst. Wieder so eine Paradoxie. Der Vater kämpft scheinbar schon ein Leben lang um Anerkennung ... und dann geschieht etwas, das ihn in seinem sozialen Kontext, dem Dorf, wenn man da überhaupt noch von sozialem Kontext sprechen kann, ganz öffentlich der Lächerlichkeit preisgibt. Der Schafskopf.«

Hartung kratze sich am Kopf und nickte versonnen.

»ne harte Nummer, Respekt! Dieser Mann hat ja jetzt nichts mehr – nicht einmal seinen Sohn. Denn bei dem kann er ja auch keine Hilfe erwarten, ganz im Gegenteil, für den muss er ja stark und der Große sein. Puh. Und dann bringt er sich um. Blöd, aber plausibel. Die Welt ist halt doch im Kopf ...«

Hartung war jetzt ganz in den Fall, in die Biografie versunken.

»Und was dann geschieht, ist klar – und irgendwie auch zwangsläufig, zumindest im Nachhinein erklär-, nein: plausibel rekonstruierbar: Das, der Tod des Vaters, wirft den Kleinen in ein gnadenloses Loch, gleichzeitig wird der Vater dadurch immer größer. Noch stärker überhöht. Der Kleine kann ja nicht von ihm lassen, es ist ja sein Vater und damit der Größte überhaupt. Deshalb muss es für den Selbstmord Schuldige geben. Und die gibt es ja auch: Die Kartelrunde. Das wird zumindest so kolportiert. Der Schafkopf. Und der Schafskopf. Und egal ob das nun stimmt oder nicht, für den Kleinen muss es so stimmen und zur Wirklichkeit gerinnen. Sonst verliert er sich selbst. Zumindest läuft er Gefahr dazu. Das kann schon ein starker Motor sein. Zum Beispiel für das Einser-Abitur: Er will ja so groß wie sein Vater sein – wie das Bild, das er sich von ihm malt, um Überleben zu können. Oder für das Stipendium. Für Massachusetts, die ganze Karriere.«

Hartung war ganz in sich. Er dachte sich in die Gefühlslage eines anderen ein.

»Eigentlich ist das ein sich selbst tragendes Konstrukt. Man wird immer besser, immer größer, feiert Erfolge, heißt: Man kommt seinem Vater immer näher. Dem Bild, das man sich von ihm gemacht hat. Kämpft zunächst ja nur erfolgreich gegen den Schmerz oder das Trauma an. Und das kriegt dann aber eine Eigendynamik. Das Denken affiziert die Welt, um es mal so zu sagen. Auf so einem Weg gibt es viele Weichen, die eine Tat möglich machen. Will man den Vater rächen, überzeugt von der eigenen Erfolgserfahrung? Oder will man sich selbst rächen? Das wäre beides innerhalb dieses Systems gedacht. Es geht aber auch anders: außerhalb des Systems. Stellen Sie sich vor, diese Person kommt zu sich selbst. Durch irgendwas. Therapie, Schock, Gedanken. Und reflektiert das alles, ihre ganze Situation. Was könnte die Folge davon sein? Ein vermurkstes Leben. In dem alles egal ist. Oder an dem jemand Schuld ist und das man rächen muss. Oder will.

Aber jetzt wird es erst richtig abstrus: Die Rache, wie auch immer diese begründet ist, trifft ja nicht die vermeintlich Schuldigen, sondern deren Söhne. Oder warten Sie – das könnte perfide sein: Die Rache trifft natürlich die Schuldigen! Sie trifft die Väter! Sie haben ja den Schmerz beim Verlust ihres Sohnes. Der Sohn ist ja tot, dem tut's nicht weh. Der Vater aber muss mit dem Schmerz leben! Mein Gott, ich kriege eine Gänsehaut! Das setzt dann schon viel Intelligenz voraus. Auch die ganze Planung! Aber wissen Sie, Kommissar Behütuns, das geht mir jetzt zu weit, das ist doch alles sehr konstruiert.«

Hartung setzte sich auf, drückte das Kreuz durch, atmete tief ein. »Das hat alles eine gewisse Logik. Aber die würde ich gerne erst hinterher betrachten, nicht so im Vorhinein. Denn dabei wird man sehr schnell ungerecht. Sie sehen ja: Es gibt immer wieder Weichen. Man nimmt aber immer nur den Pfad, der einem passt. Man biegt sich die Wirklichkeit zurecht. Und richtet damit zugleich. Das ist oftmals nicht reversibel, denn man richtet damit auch etwas an. Nur einmal angenommen, es wird jemand verdächtigt, die Logik, wie gerade konstruiert, stimmt zwar in sich, und er wird daraufhin verhaftet, beschuldigt und angeklagt, ist aber vielleicht unschuldig, weil eine ganz andere Logik zutrifft. Können Sie abschätzen, was Sie da mit Logik anrichten? Wollen Sie dafür verantwortlich sein?«

Er stand wieder auf, ging zum Fenster.

»Das ist für mich ein großes Grundproblem: Ob etwas stimmt, oder ob es nur stimmig ist. Was stimmt, ist richtig. Was stimmig ist, ist oftmals falsch. Ist logikgetrieben. Und dann richtet es Schaden an. Nur – wir können das meistens gar nicht mehr unterscheiden.«

Er setzte sich wieder hin, eingequetscht zwischen Tisch und Wand.

»Ich helfe Ihnen gern. Ich kann Ihnen aber im Moment nicht weiterhelfen. Ja, es ist alles denkbar, was Sie mutmaßen. Da lässt sich problemlos auch ein Kontext mit Fußball, dem Club, Savitas oder Atomenergie hineinbasteln, wenn man nur ein paar Anhaltspunkte hat. Das entbehrt alles nicht einer gewissen Logik, auch nicht einer zwingenden. Aber es genügt nicht, um es für wahr zu nehmen. Das könnte ein großes Unrecht sein. Sie brauchen ganz einfach Beweise – aber Sie haben ja noch nicht einmal eine Person.«

Behütuns hatte eigentlich nur die Hälfte verstanden, wenn überhaupt. Und trotzdem hatte er auf eine eigentümliche Art alles begriffen, intuitiv, und das nur zu gut. Und dass das so war, war genau sein Problem. Dr. Hartung hatte ihm sehr geholfen. Beim Denken. Und gleichzeitig auch überhaupt nicht. Er hatte recht: Gedanken sind gut und wichtig. Aber sie dürfen nicht alles sein. Dürfen nicht die Wirklichkeit bestimmen. Denn die Wahrscheinlichkeit, dass sie richtig waren, war verschwindend gering. Zu sehr wurden sie von Wünschen oder bestimmten Motiven überlagert.

Es half also nichts: Er brauchte Beweise.

Behütuns stand auf.

»Sie haben einen Termin, die Stunde ist um.«

»Ja, ja.«

Hartung war ganz weit weg. Nur ganz langsam kehrte er wieder. Durch den schmalen Containergang begleitete er Behütuns hinaus.

»Ein spannender Job, den Sie haben.«

»Spannende Gedanken, die Sie haben.«

Die Tür klemmte wieder.

Die Behindertenrampe war immer noch schief.

»Wie hieß ihr Kollege gleich nochmal?«, fragte Behütuns draußen vor der Tür. Er wusste, dass er nicht bis übermorgen würde warten können, um ihn zu befragen. Er wollte viel eher etwas erfahren, vielleicht über ihn Kontakte bekommen zu Klinikpersonal oder Verwaltung. Der konnte ihm sicher helfen.

»Dr. Atze Grongel.«

»Und er ist übermorgen wieder hier?«

»Richtig, da hat er Dienst.«

»Dann wird er morgen zurückkommen. Oder vielleicht heute schon?«

»Durchaus möglich.«

»Aus Madrid, sagten Sie, richtig?«

»Right.«

Behütuns drehte sich um und ging.

»Ich werde ihn sobald wie möglich fragen«, rief Dr. Hartung ihm hinterher. Behütuns saß schon im Auto und winkte.

I pass the houses of the dead
They're calling me to join their group
But I stagger on instead
Dear God, sweet God
Protect me from the truth, hey
RANDY NEWMAN

28. Kapitel

Airport Nürnberg. Behütuns zeigte seinen Dienstausweis vor und wurde eingelassen. Zwei Minuten später saß er bei Berto Mälzer, dem Pressesprecher des Flughafens, im Büro. Sie kannten sich. Von dem Büro aus konnte man auf das Flugfeld sehen. Im Moment war noch nicht viel los. Erst gegen 17 Uhr, wenn die ganzen Inlandflüge an die Reihe kamen, würde sich die Zahl der Starts und Landungen wieder erhöhen. Dann war es auch wieder Zeit für die vielen Charterflüge nach Palma, auf die Kanaren, in die Türkei und so weiter. Im Moment waren die noch alle in der Luft. Trotzdem standen unten fünf Maschinen von Air Berlin sauber aufgereiht nebeneinander. Nürnberg war ein Drehkreuz für diese Gesellschaft.

»Ich brauche die Ankunftszeit einer Person«, sagte Behütuns. »Kommt aus Madrid, noch heute oder morgen. Ich müsste ihn unbedingt sprechen, am liebsten noch bevor er nach Hause fährt. Kann sein, dass er mir wichtige Informationen geben kann.«

»Na, das ist ja nun kein echtes Problem«, lachte Mälzer. »Gib mir den Namen, und in fünf Minuten wissen wir Bescheid.«

Schön, wie einfach manchmal die Dinge gehen, wenn man die richtigen Leute kennt, dachte Behütuns. Dass er nicht bevollmächtigt war, hier tätig zu werden, verschwieg er. Aber er wollte diesen Dr. Grongel unbedingt sprechen, auch wenn die Chance verschwindend gering war. Trotzdem. Irgendwie würde der ihm vielleicht doch weiterhelfen können.

»Atze Grongel«, sagte Behütuns. »Dr. Atze Grongel.«

Er schrieb ihm den Namen auf.

»Kann sein, dass er sich anders schreibt. Vielleicht Krongel, Kronnel, Gronnel, Grondel oder irgendetwas phonetisch Ähnliches. Ich meine aber schon Grongel. Die sollen das halt mal überprüfen. Oder ist das sehr aufwändig?«

»Nein nein, mach dir mal keine Sorgen.«

Berto Mälzer hackte etwas in seinen Rechner.

Telefonierte.

Legte wieder auf.

»Wird ein paar Minuten dauern«, sagte er dann.

Unten vor dem Gebäude stieg ein Mann in einen Transporter. Er hielt einen Greifvogel auf einem langschaftigen Lederhandschuh, der Vogel trug eine Lederhaube.

»Den haben wir uns für ein paar Tage gemietet«, erklärte ihm Mälzer. Er hilft uns, die Krähen zu verjagen. Die werden langsam zur Plage hier, und das ist nicht ungefährlich. Wenn da beim Start einmal drei, vier in ein Triebwerk geraten, kann sich das schnell zu einer Katastrophe entwickeln.«

Behütuns nickte.

»Das ist ein gutes Geschäft für die Falkner. Können die aber auch gut gebrauchen. Dieser hier kommt von der Burg Rabenstein, hinten bei Pottenstein in der Fränkischen. Die Falknerei geht nicht mehr so gut, sagt er. Außerdem müssen sie die langen Wintermonate irgendwie überstehen, da haben sie nicht so viele Besucher.«

»Die Falknerei kenn ich«, sagte Behütuns. »Hab ich mir mal angeschaut. Und ne Adlerfeder mitgebracht.«

»Verbotenerweise«, fügte er hinzu. »Aber die lag da so am Zaun, musste ich nur reinfassen. Eigentlich darf man so was ja gar nicht besitzen. Braucht man ein Papier zu.«

Der Marketingchef des Flughafens grinste. »Ich hab mir von ihm auch eine mitbringen lassen. Unter der Hand.«

Das Telefon klingelte. Mälzer nahm ab, lauschte, bedankte sich und ging zu seinem Rechner. »Die Daten sind da.«

»Um 19.10 Uhr kommt er an. Aus München.«

Jetzt war es kurz nach fünf.

»Wird voraussichtlich pünktlich landen. Die haben eine Stunde Zeitverschiebung, die Maschine ist schon los und in Madrid gab es keine Verspätungen.«

»Dann werd ich mir hier so lange die Zeit vertreiben«, sagte Behütuns. »Gehe ein bisschen was essen.«

Mälzer sah noch immer auf seinen Bildschirm.

»Scheint ja ein richtiger Vielflieger zu sein, dein Dr. Grongel.«

Behütuns schaute fragend.

»Hier: Ende Mai Nürnberg, München, München, Barcelona. Ein paar Tage später, erste Juniwoche, Mittwoch zurück via Madrid, München, Nürnberg, gleiche Maschine wie heute. An diesem Montag: Die Frühmaschine halb sieben über Frankfurt nach Madrid und heute wieder zurück. Das sind die letzten Daten, die zeigt der Suchlauf so an. Ich druck's dir aus.«

»Ja, danke. War in Barcelona auf einem Kongress und jetzt in Madrid auf einem. Das ist meine Info.«

Dazwischen hatte er Urlaub gemacht, so hatte Behütuns es verstanden. Bei Hartung hatte es zwar so geklungen, als wollte er dazwischen in Spanien bleiben, aber das hatte der nicht gesagt. Davon war keine Rede, das hab ich nur so verstanden. Wie schnell Informationen falsch werden können, dachte sich Behütuns. Wie schnell man etwas versteht, was gar nicht gesagt worden ist.

Mälzer gab ihm das Blatt aus dem Drucker.

»Wenn noch was ist, ruf mich an.«

»Ja, danke für deine Hilfe.«

Behütuns verließ den Verwaltungsbau, musste noch durch zwei Schleusen, dann stand er im Freien. Unschlüssig. Sollte er wirklich ins Restaurant? Gab es nichts Schöneres in der Umgebung? Zwei Stunden, das war doch eine Menge Zeit.

Das Donnern einer startenden Maschine erfüllte die Luft. Ließ sie zittern, hier passt dieses Wort. Hatte er sich nie drüber Gedanken gemacht. Dann wehte der ölige Geruch von Kerosin herüber. Das ist kein wirtlicher Platz, dachte er. Wirtlich ist etwas ganz anderes. Und er setzte sich ins Auto, fuhr hinüber zum *Schlössla*. Vielleicht sitzen die Alten ja wieder da, dann ist es gut.

15 Minuten später saß er im Garten vom *Schlössla*. Die Alten waren da. Saßen und sagten nichts. Behütuns setzte sich abseits. Saß auch und sagte nichts.

Was dann geschah, lässt sich nicht beschreiben, und auch Behütuns wusste nicht, was los war. Er saß nur, tat sonst nichts. Hatte seinen Geldbeutel auf den Biertisch gelegt und den Ausdruck von Berto Mälzer damit beschwert, damit er nicht fortflog. Ab und zu wedelte er eine Fliege fort, sonst nichts.

Auf dem Papier stand die Ankunftszeit.

In seinem Kopf hingen die Gedanken. Senkrecht von oben herab. Wie Schweine in einem Schlachthaus. Oder Würste in einer Räucherkammer. Sie zogen an ihm vorbei, immer und immer wieder. Und immer in einer anderen Reihenfolge. Und gleichzeitig umkreiste er sie, sah sie immer aus einer neuen Perspektive. Du musst dich drauf einlassen, dachte er nur. Lass es zu. Das hatte noch nie jemand verstanden, er hatte es aber auch noch niemandem so gesagt. Es war seine Art zu denken, wenn die Dinge sich zu sehr versteckten. Wenn er ihnen etwas entlocken wollte. Wenn etwas entstehen sollte oder musste, manchmal wie aus dem Nichts. Hingabe war das, Maler malten so. Du verlässt Raum und Zeit, bist nur noch Gedanke, aber denkst eigentlich nichts. Namen waberten durch seinen Kopf, Daten, Ereignisse. »Hmmbff«, machte einer der Alten drüben am Tisch. Ja, genau! Mehr kannst du dann nicht sagen! Das ist es, das ist die Wahrheit! Es ist das Alles und Nichts.

Endlos waberten die Dinge vorbei, in immer neuen Schleifen. Alberto Lugio, der Schweizer Kommissar. Der Name Georg Natzel. Der Hass auf die Atomwirtschaft. Die Liebe oder der

Hass zum Club. Ein kleines Waisenkind. Die Aufzeichnungen des Schraders. Ein Mann, der kotzt und kotzt. Und immer wieder dieser Leserbrief. Was hatte der hier zu suchen? Ein Mann, der vom Nebel verschluckt wird, ein seltsamer Mann. Ein Junge, der etwas sein will. Ein Stock mit Blut daran. Der Hass auf die Atomwirtschaft. Eine Kiste mit Minen. Vier Männer, die Karten spielen. Vier Gräber. Und wieder dieser Leserbrief. Diese Frau hatte es doch gar nicht gegeben. Torga Legenz war nicht existent. Ein Mann verschwindet im Nebel. Frau Dr. Torga Legenz. Die Abflugzeiten des Dr. Grongel. Des standesbewussten Dr. Atze Grongel. Der Name Georg Natzel. Der Sohn Hans Natzel. Dr. Hans Natzel. Die Mechanik der Psyche eines Waisenkindes. Ein Musterschüler macht Karriere ... nichts machte einen Sinn. Leer starrte Behütuns auf die Abflugzeiten.

»Etz misch dochermoll endlich gschaid!«

Am Nebentisch hatte sich eine Kartelrunde niedergelassen und drosch die üblichen Sprüche.

»Brunzkaddler, nah!«

»No wergli, edds mischermoll gschaid!«

»Etz mischermoll gschaid!!«, hallte es in Behütuns' Kopf wider. Und noch einmal »Etz mischermoll gschaid!!!«

Und wieder und wieder »Etz mischermoll gschaid!!!!« »Etz mischermoll gschaid!!!!!«

»ETZ MISCHERMOLL GSCHAID!!!«

Die Worte tanzten.

Die Buchstaben tanzten mit.

Doktor, Doktor, Doktor!

Natzel, Grongel, Legenz! Georg! Torga! Atze! Hans!

Doktor, Doktor, Doktor!

Ja, scheiße! Plötzlich ergab sich ein Sinn! Behütuns sah auf die Uhr. Er hatte die Zeit vergessen! Fünf vor sieben! Jetzt komm ich auch noch zu spät!

Er griff einen Schein, klemmte ihn unters Glas auf dem Tisch und hastete zu seinem Auto.

Ein Alter am Tisch machte »Hmmbff.«

Mit Blaulicht raste er zum Flughafen. Doch gut, dass man so ein Ding dabei hat.

»Jaczek?«

»Ja?«

»Kann man in den Staaten seinen Namen wechseln?«

»Nicht einfach, aber leichter als hier. Man muss dazu …«

Aus dem Auto hatte er Jaczek angerufen. Solche Sachen wusste der.

»Aber Scheff, wo sind Sie?«

Behütuns hatte schon aufgelegt.

Beim *Burger King* zog er rechts an den wartenden Linksabbiegern vorbei und dann nach links, die Reifen quietschten. Tut auch mal wieder gut, dachte er. So'n bisschen rowdymäßig.

Um 19.02 Uhr war er am Flughafen. Das Auto ins Halteverbot, das Blaulicht packte er weg. Beherrscht eilte er durch die Ankunftshalle. Auf der Arrival-Tafel blinkte schon das »Landed«.

Am Bierausschank stand Dr. Hartung. Kam auf ihn zu, als er ihn sah. Hartung schaute ernst. Behütuns nickte, lief weiter. Was macht der denn hier? Hab ich was übersehen?

Der Doc schloss sich ihm an.

Als er auf gleicher Höhe war, fragte er:

»Sie denken das Gleiche wie ich?«

»Möglicherweise.«

Der war ein schlauer Kopf!

Gemeinsam erreichten sie die Ankunftshalle. Die milchverglaste Schiebetür öffnete und schloss sich, wenn Passagiere kamen, gab für Momente Einblicke frei.

»Können Sie da nicht rein?«, fragte Hartung.

»Leider«, Behütuns schüttelte den Kopf. »Bin nicht offiziell unterwegs.«

»Wie das?«

»Ist nicht mehr mein Fall. Schon seit gestern nicht.«

Der Doktor schwieg einen Moment. Dann sagte er:

»Ich kenne ihn, ich werde ihn ansprechen. Dann schöpft er keinen Verdacht.«

»Guter Plan. Danke.«

Wollte der ihm vielleicht etwas stecken? Hing der da irgendwie drin? Ein wilder Gedanke fuhr Behütuns durch den Kopf. Der ist doch am See aufgetaucht. Und am Hetzles. Wo war der denn bei den anderen Morden? Sch ... – das hatte er nicht recherchiert.

Behütuns wandte sich ab, rief übers Handy Mälzer an.

»Könnt ihr die Eingänge sperren, nur zur Vorsicht. Geht das?«

»Zwei Minuten.«

»Danke!«

Keine Minute später bemerkte er, wie sich die Wachmänner, die vorher überall in der Halle waren, unauffällig Richtung Ausgänge bewegten und sich dort postierten. Professionell, dachte Behütuns.

»Da kommt er!«, raunte Dr. Hartung.

Ein kleiner, drahtiger Mittvierziger oder -fünfziger zog mit der Linken einen Rollkoffer hinter sich her, die rechte Hand verbunden. Er sah nicht auf, er erschien abwesend und in Eile.

Dr. Hartung sprach ihn an.

»Herr Dr. Grongel, entschuldigen Sie, wenn ich Sie störe. Ich muss Sie einen Moment sprechen. Es wäre wichtig.«

Grongel blickte auf.

»Dr. Hartung? Grüß Sie Gott! Was gibt's?«

»Ganz kurz nur, Dr. Grongel, danke.« Fast unterwürfig klang das, dachte sich Behütuns. Ob Hartung sich wohl so verstellt – oder ob das der Umgangston ist bei den Ärzten an der Klinik?

Hartung nahm Grongel etwas zur Seite.

»Ich brauche Ihren Rat.«

Dr. Grongel schaute fragend. Behütuns war an sie herangetreten.

»Um ehrlich zu sein: Ein Freund von mir braucht einen Rat.«

Er drehte sich zu Behütuns, deutete auf ihn.

Dr. Grongel wirkte jetzt unwirsch.

»Was ist los? Bitte machen Sie es kurz. Ich hab wenig Zeit!«

Behütuns hielt ihm die Hand hin.

Grongel reichte Behütuns die Linke.

»Verzeihen Sie, eine Verletzung.«

Behütuns nahm die Linke.

»Hoffentlich nichts Ernstes?«

»Nein, nur eine kleine Fleischwunde. Leider ein wenig entzündet.«

»Gartenarbeit?« Behütuns hielt die Linke fest.

»Nicht ganz, aber so ähnlich.« Grongel zog seine Hand zurück, Behütuns ließ nicht los.

»Ein Ast von einem Holzstock?«

Grongel wurde blass. »Ach was!«, wehrte er ab.

»Ein Holzstock auf der Ribia? Voll Schafskot vielleicht?«

Er ließ die Linke nicht mehr los.

Er hielt sie fest.

Ganz fest.

»Behütuns, Kriminalpolizei Nürnberg. Hans Natzel, Sie sind verhaftet.«

Und drückte die Linke fester.

»Frau Dr. Torga Legenz. Herr Dr. Atze Grongel«, fügte er noch an.

O Herz, bleibe zwei, drei Nächte
bis zur Morgendämmerung wach,
so wie der Mond, der fern der Sonne wacht;
aus dunkler Brunnentiefe
wird der volle Eimer
ins Licht gezogen.
Dschalal Ud-din Rumi

29. Kapitel

Das war eine komische Wahl des Dr. Hartung, dachte sich Kommissar Behütuns, als er auf den Parkplatz des *Spannerhofes* fuhr. Er hatte zwar schon manches über diese Lokalität gehört und gelesen, seine Art Etablissement aber war das nicht. Das hatte er schon vorher gewusst. Nie im Leben hätte er mit dem Gedanken gespielt, hier einmal ein Bier zu trinken. Zu schnieke, zu etepetete, viel zu überkandidelt. Hier gingen die Menschen hin, die keine Heimat hatten. Die Bühne brauchten und sich zeigen wollten, die nur in der Staffage lebten, nur in der Kulisse. Die eine Rolle spielten – wie sinnig doch diese Redensart war. Potemkinsche-Dörfer-Menschen. Von Geld bestimmte Neureiche, Managementgetriebene, Menschen ohne Zeit. Sicherlich gab es hier Nürnberger Rostbratwürstchen »an« irgendwas, Steak »vom« argentinischen Angusrind, womöglich in Heu oder mit Blütenkruste, gefüllte Biobananen in Inkahonig, »mit einem Hauch« von Holunderdingsbums. Fleisch mit Kloß und Soße nicht. Was wollte Hartung ihm mit dieser Wahl sagen? Dass er es sich leisten konnte? Einer von denen war – und er, Friedo Behütuns, nicht? Nein, diesen Gedanken verwarf der Kommissar. So war dieser Hartung nicht – so schätzte er ihn nicht ein. Aber irgendwas musste ihn bewegt haben, ihn gerade hierher zu holen. Er würde es herausbekommen.

Dass Kommissar Behütuns hier nicht zur »Zielgruppe« gehörte, und so dachten und redeten die hier, dessen war er sich bewusst, das sah er schon beim Einbiegen in den Hof. Burgen parkten hier. Q7 an Q7, X5 neben X5. Fleischberge von Autos, mutierte Muskelmasse pur. Einer wie der andere dunkelst oder schwarz, ganz wenige auch grellweiß. Eigenartig, wie uniform die Insignien dieser Klasse waren. Waren ihre Besitzer doch alle Individualisten. Jeder etwas ganz Besonderes, unerreichbar, unnachahmlich, jeder für sich einer, zu dem man aufschauen musste. Oder doch wenigstens sollte. Und dann machen sie sich alle gleich? Alle die gleichen Büchsen im Gegenwert eines Häuschens, nur durch das Nummernschild unterschieden? Sicher gab es da ganz entscheidende Details, die er nicht kannte. Die Uhr im Cockpit oder die Tiefe des Reifenprofils. Was soll's. Drinnen saßen sie bestimmt äußerst sorgfältig wuschelgegelt, in dunklem Tuch und mit glattgebügelten hellblauen Hemden, die Jüngeren unter ihnen vielleicht auch in rosafarbenen oder lindgrünen. Die trugen heute ja die abenteuerlichsten Farben – Grässliches, gegen das sich Behütuns schon im Kindergartenalter mit Händen und Füßen gewehrt hatte. Seine Mutter hatte auch solche Farben geliebt. Das Unmöglichste der Welt überhaupt. So ein Hemd hatte er einmal, bevor er zur Schule musste, zerrissen, um es nicht anziehen zu müssen. Und sich dafür eine Woche Hausarrest eingehandelt. Aber das war es wert gewesen. Heute lief so ein Hausarrest unter Kindsmisshandlung, und Erzieher mussten dafür auf Teile ihrer Renten verzichten. Und die hier zogen freiwillig solchen Plunder an. Da stimmt doch was nicht mit denen. Oder war er schon so weit außer der Zeit? Er grinste bei diesem Gedanken. Denn das war ihm egal.

Dass er hier aber nicht die Zielgruppe war, war ihm bei der Einfahrt in den Hof sofort klar: Die Seite an Seite abgestellten Panzer und Burgen fletschten seinen schönen Ford mit den ehrlich verdienten ersten Rostflecken ausschließlich aggressiv an. Wie Pitbulls an der Leine, bedeutend: Bis hierher und keinen Schritt weiter! Verpiss dich! Und zwar auf der Stelle, sonst gibt es ein Gemetzel! Immerhin aber: Der kleine, so unscheinbare

Mazda des Dr. Hartung – das war er doch, der da drüben, oder? – stand tapfer zwischen all den Geschossen. Fast selbstbewusst trotzte er dem allgegenwärtigen aggressiven Geknurre. Klein, ja beinahe mickrig, und trotzdem wie ein Mahnmal. Nur von keinem verstanden. Respekt! Gerne hätte sich Behütuns auch noch irgendwo dazwischen gestellt, nur leider war der Parkplatz schon voll. Keine Lücke mehr zwischen all den Boliden. Insgeheim reizten ihn solche anmaßenden Ansammlungen teuren Blechs immer, heimlich den Schlüssel zu ziehen und im Vorbeigehen ... so schön entlang ... krrrrk ... nein! Weg mit diesem Gedanken! Fürs Klammheimliche sind schon Menschen ins Gefängnis gewandert, und nicht zu knapp! Außerdem stand er wirklich nicht hinter solchen Regungen. Zu irgendetwas musste die Ratio ja gut sein, zumindest ein kleiner Rest davon. Revolution war nichts für Deutsche, also das Auflehnen aus Emotion, so einfach was rauszulassen, und für Franken schon gar nicht. Also kein Parkplatz. Rückwärts rangierte er wieder aus der Hofeinfahrt hinaus und suchte sich in einer dunklen Seitengasse standesgemäß bei den Siedlungshäuschen und Vorgärten der einfachen Menschen einen Stellplatz.

Vorgestern Abend waren sie gemeinsam am Flughafen gewesen, Behütuns und Dr. Hartung. Zufällig. Zufällig? Das wollte der Kommissar heute Abend noch ergründen. Dr. Atze Grongel alias Dr. Hans Natzel – und ab sofort lass ich den Doktor weg, dachte Behütuns. Dieses eingebildete, standesdünkelhafte Pack! – war relativ schnell zusammengebrochen. Innerlich. Äußerlich nicht. Der Mann hatte Fassade! Im Laufe der ersten Befragungen noch am Flughafen hatte er zwar keinen der Vorwürfe gestanden und sofort nach seinem Anwalt verlangt, man hatte ihm aber angesehen, dass er schon abgeschlossen hatte. Mission erfüllt und fertig. Wozu dann noch groß kämpfen. Vom Flughafen aus hatte Friedo Behütuns seine Mannschaft angerufen, Jaczek und Dick waren noch im Büro gewesen, waren gekommen und hatten Grongel – es geht doch ohne Doktor! – abgeholt. Behütuns war ja nicht im

Dienst. Seine Leute aber wussten: Wenn Behütuns einen festnahm, dann hatte er seine Gründe. Auch wenn man sie nicht gleich verstand. Das würde sich schon noch klären.

Intern hatte die Festnahme dann doch noch ein wenig Wirbel verursacht, denn den Gescheiten aus München war das gar nicht recht, und sie hätten ganz gerne etwas viel Größeres gehabt. Nach all dem, was passiert war. Aber nachdem eine erste Schnelluntersuchung des Blutes von Grongel alias Natzel mit den Spuren auf dem Stock von der Ribia im Tessin noch in der Nacht eine erdrückend große Wahrscheinlichkeit der Übereinstimmung ergeben hatte, waren die Tollen aus der Hauptstadt sehr schnell wieder abgereist. Plötzlich war es wieder ein Fall für die Provinz. Behütuns war das egal.

Der Psychologe saß hinter der Mauer im Wirtsgarten, unter einem der großen Sonnenschirme. Am Freilufttresen standen Gruppen von Jungmanagern in dunklem Tuch und rosafarbenen Hemden – sic! – und waren schon ziemlich betrunken. Der *Spannerhof* war gleichzeitig ein Tagungs- und Schulungszentrum, und Unternehmen schickten hier ihren Nachwuchs hin, damit sie Dinge wie »Unternehmen menschlich führen«, »Wie Kraft aus dem Nichts entsteht« oder »Motivation – das Geheimnis der Kraft« erfuhren. Um es im Alltag sofort wieder zu vergessen. Was sicher auch gut, nein: besser war. Sie richteten ohnehin genug Unheil an. Gegen Abend und meist bis spät in die Nacht hinein arteten diese Seminare dann regelmäßig in einen Betriebsausflug mit vollständigem Besäufnis aus. Nicht anders als auf einem Lehrerseminar oder der Weiterbildung der Baywa oder der Volks- und Raiffeisenkasse. Für Behütuns war das eine andere Welt. Hartung winkte ihm zu und lachte. »Genießen Sie die Absurdität des Ortes«, begrüßte er ihn. Auch eine Art Humor, dachte Behütuns und sah seine erste Frage eigentlich schon als beantwortet an. Trotzdem wollte er ihn noch danach fragen, nahm er sich vor.

»Zwei Dunkle«, bestellte Hartung auf gut Glück, lag aber

damit goldrichtig. Hübsche Mädchen bedienten und lächelten jung. Wahrscheinlich waren sie dazu angewiesen. Ganz sicher sogar. Und genauso sicher gab es auch irgendwo irgendwelche Feedbackbögen und ein internes Ranking fürs Gesmile.

»Verraten Sie mir eines«, fragte Behütuns nach dem allgemeinen Geplänkel, mit dem man Gespräche beginnt, sich aufwärmt und nähert. Ganz ohne dass man darüber nachdenkt, ja es überhaupt merkt. Sie waren inzwischen beim zweiten Bier, Nulldrei. Größere Rationen waren wohl nicht fein genug für diesen Ort. Ein Schluck, noch ein halber, und weg. Der Schaum steht dann noch im Glas. »Warum waren Sie am Flughafen? Kein Mensch konnte doch auch nur irgendeine Ahnung haben, dass ihr hochgeachteter Grongel« – wie vulgär und normal das klang ohne den Titel, so ehrlos, respektlos, fast wie beleidigend – »etwas mit dem Fall zu tun haben könnte.«

Das war genau der Grund, aus dem Hartung – ja, auch für den muss das gelten mit dem albernen Standestitel! – den Kommissar zu einem Abendbier eingeladen hatte. Am Flughafen hatte er sich sehr schnell verdrückt, zur Verabschiedung hatte er ihm aber noch zugerufen: »Wir müssen uns sehen!« Heute Nachmittag dann hatte Frau Klaus ihn angerufen und ausrichten lassen, dass Hartung hier auf ihn warte. Sollte es nicht klappen, möge er sich doch bitte kurz melden. Behütuns hatte das nicht getan, und so waren sie jetzt hier.

»Das ist eine lange Geschichte«, sagte der, »aber ich will es kurz machen.« Er veränderte seine Sitzposition, sodass er die vulgär lachenden und grölenden Lackmeier vom Gartentresen in seinem Rücken hatte. »Ich muss die nicht unbedingt sehen«, entschuldigte er sich.

»Aber ich«, protestierte Behütuns, dem sie genau im Gesichtsfeld standen. Auch er setzte sich um. Nun saßen sie beide nebeneinander, den Eingang des Hofes im Rücken, den des Lokales im Blick wie auch die Tische, die sich langsam füllten. Wohlriechende Damen und Herren in feiner Kleidung. Wie es sich Behütuns vorgestellt hatte.

»Sie fühlen sich genauso fremd hier wie ich. Das hatte ich gehofft. Komische Umgebung; nichts für unsereins.«

»Ja, schwer auszuhalten«, stimmte Behütuns zu.

»Jetzt stellen Sie sich vor, Ihr ganzes Leben ist so.«

»Wie?«

»Na, Ihr ganzes Leben ist so, dass Sie sagen, das passt nicht.«

»Ja und? Auf was wollen Sie hinaus?« Behütuns verstand nicht recht.

»Stellen Sie sich vor, Ihr ganzes Leben über, egal was Sie tun und machen, haben Sie das Gefühl: nichts passt. Sie sind hier fehl am Platz. Was passiert dann?«

»Ich fange an zu saufen.«

»Richtig. Oder?«

»Ich komm in die Klapse.«

»Exakt. Es macht Sie krank, so oder so. Und bringt Sie irgendwann um. Oder Sie laufen Amok, irgendwas. Darauf wollte ich hinaus.« Dr. Hartung schien zufrieden.

»Und«, fuhr er fort, »genau deshalb habe ich Sie hierher eingeladen. Um das mal plastisch zu machen.«

Das also ist der Grund, aus dem wir hier sind, dachte sich Behütuns. Er hakte das Thema ab.

Und Hartung schob hinterher:

»Ich glaube, dass das sowohl dem Vater als auch dem Sohn ein Leben lang so ergangen ist. Dem Georg und dem Hans. Sowas vererbt sich ja sozial, kann es zumindest, um das mal so ganz salopp zu sagen.«

Behütuns nickte. »Aber, ehrlich gesagt, jetzt sind Sie mir schon viel zu weit. Warum waren Sie am Flughafen? Das haben Sie mir noch nicht gesagt.«

»Stimmt«, sagte Hartung, »das hatten Sie ja gefragt. Also ...« Er nahm erst noch einen Schluck, sein Krug – sein Krüglein – war schon wieder leer.

»Sie müssen sich das so vorstellen«, begann Hartung seine Schilderung. »Sie arbeiten ...«

Die Bedienung kam vorbei, lächelte, schon wieder ein Punkt auf der Skala, und fragte, ob alles in Ordnung sei.

»Dr. Hartung nähme noch ein Bier«, sagte Hartung gespielt selbstdistanziert. »Und der Herr von der Polizei sicher auch noch eins«, und sah ihn fragend an.

»Ja, Herr Doktor, die Polizei trinkt heute auch.« Das Spiel war durchschaut. So also lief das! Wenn einem der Titel nicht im Gesicht stand oder man nicht bekannt war im Etablissement, wird das en passant mit eingeflochten. So ganz aus der Distanz, mit kalkuliert artgerechtem Witz und wie zufällig. Schon stimmt die Achtung. Die Selbstachtung, resümierte Behütuns. Denn das Mädchen war dadurch sicher nicht zu beeindrucken. Die sieht eh nur lauter gleichgefärbte Lackaffen, die etwas sein wollen. Und morgen sind sie alle weg und der nächste Schwung wird ausgeladen, hineingeschüttet in die Event- und Managementgastronomie mit ihren Dufträumchen im Farbenklima.

»Sie müssen sich vorstellen, Sie arbeiten ...«, begann Hartung, »in einem Krankenhaus. Als Psychologe«, und dabei deutete er auf sich, »unter lauter Medizinern. In dieser Hierarchie haben Sie einen schweren Stand. Denn die Herren Doktoren der Medizin«, und dazu legte er seinen Zeigefinger unter die Nase und hob diese mitsamt dem Kopf an, »sind etwas ganz Besonderes.«

»Einser-Schüler halt«, schob Behütuns ein, »die waren schon immer sozial komisch.«

»So meinte ich das gar nicht, obwohl Sie natürlich recht haben. Ich meinte eher die Hierarchie in so einem Krankenhaus. Die ist unter den Medizinern schon unvorstellbar genug, aber gegen das andere Personal ... – wie soll ich das sagen? Die sind für die wie Menschen zweiter Klasse. Nicht für alle, doch aber für die meisten. Und Dr. Grongel war hier ein ganz Spezieller. Unglaublich arrogant. Prost!«

Hartung hob sein Glas, sie tranken.

»Unter uns: eine arrogante Drecksau. Ich könnte Ihnen da Sachen erzählen ...«

Er machte eine Pause, dachte nach. Von drüben donnerte wieder eine dieser vulgären, alkoholgeschwängerten Lachsalven herüber. Pubertäres Jungmanagervolk, mit seinen Aufgaben völlig überfordert.

»Na ja, egal. Solche Kerle – aber das darf man eigentlich gar nicht laut sagen – ... bei solchen Kerlen wünscht man sich, dass man sie irgendwann einmal drankriegt. Dass man sie gegen die Wand fahren lassen kann. So richtig schön genüsslich.«

Behütuns nickte. Das konnte er nachvollziehen.

»Und deshalb haben Sie ...? Aber das machte keinen Sinn. »Erzählen Sie weiter.«

»Dr. Grongel hatte einmal mit der Verwaltung zu tun, da gab es irgendwelche Unstimmigkeiten. Zu dieser Zeit lag auch einmal eine Akte auf seinem Tisch, und er war nicht da. Aber ich. Und da hab ich, ganz Drecksau, auch mal reingeschaut.«

Er winkte der Bedienung. »Dr. Hartung nimmt noch eins – die Polizei auch?«

Das haben die im Blut, dachte Behütuns und nickte. Nulldrei ist wirklich nichts wert.

»Und nach dem Blick in die Akte wusste ich, was das Problem mit der Verwaltung war. Denn die sind ja dort ziemlich genau. Dr. Atze Grongel, das stand da zu lesen, hieß ursprünglich einmal Hans Natzel. Als der wurde er geboren, Sohn eines Georg Natzel. Und dessen Namen, nein, die Buchstaben aus dessen Namen, hat er ihm zu Ehren – da muss in seiner Kindheit etwas geschehen sein, ich weiß aber nicht, was – da kam nämlich Dr. Grongel wieder und ich musste die Akte schnell schließen ... – also wie hatte ich angefangen? Kurz und gut, in der Akte stand: Hans Natzel hat die Buchstaben des Namens seines Vaters genommen, neu gemischt und sich daraus in den USA einen neuen Namen gemacht und eintragen lassen. Als symbolischen Akt sozusagen, irgendwas stand da als Begründung. Neuanfang, psychische Belastung, Trauma, irgend sowas. Wie gesagt, ich konnte das dann nicht weiterlesen, und später war die Akte weg. Weil aber seine alten Dokumente alle auf Hans Natzel lauteten, kriegte er natürlich Probleme mit der Verwaltung.«

Behütuns schwieg.

»Irgendwie ist mir der Name im Kopf geblieben«, erzählte Hartung weiter, »ich hab halt ein gutes Namensgedächtnis. Allerdings muss ein Name geschrieben sein, also eher ein Schriftbildnamensgedächtnis. Komisch sowas. Auf jeden Fall hat es bei mir nicht geklingelt, als Sie bei mir waren und auch die Namen nannten. Aber dann, ich hatte Sie gerade verabschiedet und ging zurück in meinen Container, lag da ein Zettel auf dem Boden. Hatten Sie wahrscheinlich verloren. Und da standen die Namen drauf. Etliche, aber auch die zwei dabei: Hans Natzel, Georg Natzel. Das hat mich elektrisiert, muss ich sagen.«

Wieder schwieg er eine Weile. Behütuns wartete ab.

»Dann hat mein Kopf gearbeitet. Aber es konnte ja nicht sein, Dr. Grongel war ja seit Wochen weg. Und was sollte das für einen Sinn machen, dass er hier Leute sprengt. Dass er erbitterter Atomkraftgegner war, wusste ich. Da ließ er manchmal Bemerkungen fallen. Aber einfach so Leute sprengen, die mit Atomkraft nicht einmal alle wirklich etwas zu tun hatten? Also irgendwie war das für mich Quatsch. Machte alles keinen Sinn. Aber ich blieb dran.

Es hatte ja geheißen, Dr. Grongel sei auf einem Kongress in Barcelona gewesen. Da hab ich im Internet nachgeschaut – und siehe da: Sein Vortrag war gestrichen worden! Das kann natürlich viel bedeuten, aber eben auch, dass er möglicherweise gar nicht dort gewesen ist! Dr. Hartung nimmt noch ein Bier. Nein: zwei«, rief er der vorbeilaufenden Bedienung zu und sprach sofort weiter. »Das war alles, mehr hatte ich nicht. Eigentlich völlig abstrus. Aber ich war angestochen. Hab dann geschaut, ob und wann ein Flieger aus Madrid kommt und bin rübergefahren. Einfach nur so. Wollte ihn sehen, das Prickeln spüren, was weiß ich. Ich hatte keine Ahnung, was ich tatsächlich dort wollte. Gucken, nichts als gucken wahrscheinlich. Dem Unbegreiflichen ins Auge sehen. Jagdtrieb, Neugier, Kick, was weiß ich. Sexualstraftäter handeln so, uiuiui. Erzählen Sie das bloß nicht weiter. Und dann kamen Sie. Prost!«

Das neue Bier war da.

»Verrückte Geschichte«, fasste er zusammen. Von drüben donnerten wieder Lachsalven. Behütuns hörte sie nicht. Er dachte nach.

»Immerhin. Da haben Sie mehr gehabt als ich«, sagte er. »Mehr Anhaltspunkte. Auch mehr, was zusammen passt.«

Dr. Hartung sah ihn fragend an.

Behütuns dachte nach.

»Wissen Sie«, sagte er dann, »ich kann zwar recht klar denken – aber zum Problemelösen hilft mir das nicht. Oder nur selten, und ich weiß dann nicht, wie. Ich brauche immer Fakten, Fakten, Fakten, ganz klar. Aber Sinn erschließt sich mir dadurch nicht. Ich kann mich nur mit den Fakten umgeben.«

Wieder dachte er nach.

»Oft, und auch dieses Mal war es wieder so, fügt sich der Sinn von ganz allein. Ohne die Logik der Fakten. Er drängt sich mir einfach auf. Oder entsteht. Kommt von selbst. Keine Ahnung, wie ich das sagen soll.«

Jetzt war es Hartung, der fragend schaute.

»Ja, das klingt verrückt. Aber ich versuch es Ihnen zu beschreiben. Der Reihe nach. Letztes Jahr stand in der Zeitung ein Leserbrief. Ich hab ihn mir aufgehoben. Er wetterte gegen das Engagement dieser Atomfirma beim Club. Führte viele Argumente an, die ich teilte. Er argumentierte gut. Und er bemängelte, dass darum keine öffentliche Diskussion ausbrach, es der Presse und den Fans scheinbar egal war, woher das Geld kam und wie es verdient wurde. Hauptsache der Club kriegt Kohle, um wieder in die erste Liga zu kommen. Kurz, der Leserbrief sprach mir aus der Seele. Ich wollte der Schreiberin antworten, einer Ärztin aus Lauf. Doktorin besser. Ich nahm an, dass es eine Ärztin war. Die Adresse der Schreiberin stand, wie üblich, unter dem Leserbrief, also Name und Stadt. Also recherchierte ich – und siehe da: Es gab weder die angegebene Adresse noch eine Ärztin – oder Doktorin – dieses Namens. Dr. Torga Legenz, die Verfasserin, war einfach nicht existent.«

Wieder machte er eine Pause.

»Dann stand in dem Tagebuch des einen Ermordeten, dem von der Hütte im Tessin, eine sehr eigenartige Bemerkung: »Die sich mit ›Doktor‹ vorstellen, sind immer irgendwie komisch« oder »haben es nötig« oder so. Damit war wohl sein letzter Besucher gemeint, dort oben auf dem Berg. Das ließ sich zumindest aus der Reihenfolge der Aufzeichnungen erschließen.«

Hartung schaute etwas irritiert. Er dachte jetzt wohl an sich und sein penetrant wiederholtes »Dr. Hartung nimmt noch ein Bier«. Behütuns kümmerte sich nicht darum, aber vielleicht, dachte er, bewirkt es ja was.

»Da war also jemand, der hatte sich mit seinem Titel vorgestellt, konnte nicht darauf verzichten. Und dann kamen die Geschichten von der Alten aus dem Wirtshaus bei Erlangen, der Name Georg Natzel, der Sohn, der in Neuendettelsau war und in Massachusetts gearbeitet hatte – genauso wie Ihr standesbewusster »Dr.« Grongel. Und dann saß ich da und saß da und saß da, und am Nebentisch wurde gekartelt und einer sagte »Jetzt misch doch einmal« ..., und ich hatte immer das Gefühl, ich sei schon nah dran ..., aber der Knoten platzte nicht ..., es fügte sich kein Bild ..., irgendwo hakte es, und ich sah nicht wo ..., und rational war nirgendwo ein echter Zusammenhang – und plötzlich fügten sich die Buchstaben und Namen. Legten sich wie ein Spatzenschwarm ins Gebüsch. Und überall war der »Dr.« davor. Dr. Torga Legenz, die Unbekannte, Dr. Atze Grongel, Dr. Hans Natzel beziehungsweise der Name des Vaters, Georg Natzel – bei klarem Kopf macht das keinen Sinn. Und trotzdem war ich mir sicher. Ich musste nur noch eine Verletzung sehen an der rechten Hand ... Nur deshalb war ich am Flughafen.«

»Wissenschaft ist das nicht. Oder Nachvollziehbares, Erklärbares«, sagte Hartung. »Also Ratio. Logik. Kriminalistik.«

»Nö. Doch.«

»Prost!«

»Prost!«

Die ganze Geschichte war verquast. Behütuns erzählte Hartung Bier auf Bier, was die Vernehmungen des Hans Natzel ergeben hatten. Demnach stimmten ihre Annahmen weitgehend, die Realität des Dr. N. war sehr verquer. Er sah seinen Vater als Opfer der Kartelrunde an, sie, diese vier, hätten ihn ins Grab gebracht. Schon immer habe ihn das beschäftigt, es hatte ja sein Leben verändert. Das war seine Realität. Als er aus den Staaten zurückkam, referierte Behütuns, hatte er sich auf die Suche gemacht. Recherchiert. Die Personen gefunden und ihre Nachkommen. Denn er habe »ein Vermächtnis seines Vaters« gehabt. »So hat er sich ausgedrückt«, erzählte Behütuns dem Psychologen. Einmal nämlich habe am Morgen ein Schafskopf über der Haustüre daheim gehangen, ein ekliges, blutiges Teil. Da hätte sein Vater gesagt: »Die könnte ich alle in die Luft sprengen!«, immer und immer wieder habe er das geäußert, bis zu seinem Tod.

»In dieser Zeit hat der Alte wohl auch die Kiste mit den Minen mitgehen lassen«, meinte Behütuns.

Diese aber habe Hans Natzel erst gefunden, als er aus den Staaten zurückgekehrt sei und sein Elternhaus verkaufen wollte. Auf dem Dachboden, unter lauter Gerümpel. Mit einem handschriftlichen Schreiben seines Vaters darin, so etwas wie ein Abschiedsbrief. In diesem, so habe Natzel berichtet, habe sein Vater von der Schmach geschrieben, von seiner Angst vor einer Entdeckung des Diebstahls, von seiner Hilfs- und Ausweglosigkeit, warum er die Kiste gestohlen habe und dass es nun nicht mehr weiterginge. Er sähe einfach keinen Ausweg.

»So weit ist die Geschichte ja schon klar«, warf Hartung ein. »Doch wie erklärt sich das dann mit Savitas?«

»Das wollte ich eigentlich Sie noch fragen«, gab Behütuns zurück. »Natzel-Grongel sprach nur von Mission. Von Dingen, die sich fügten, einander verstärkten. Wirres Zeug.«

»Er wird ja sicher psychiatrisch untersucht, oder?«

»Klar, keine Frage. Und trotzdem – Ihre Theorie?«

Hartung überlegte, trank, bestellte noch zwei.

»Na ja, Grongel – ich bleib mal bei dem Namen, er ist mir geläufiger – war ja erklärter Atomgegner. Hatte ich Ihnen ja erzählt. Verbissen fast. So wie in eigentlich allem. Freudlos, humorlos, manchmal böse. Und manchmal auch brutal. Ganz jäh. Vielleicht hat sich der Zusammenhang bei ihm, so könnte ich mir das erklären, erst zufällig während seiner Recherchen nach Schrader, Pitsch und Co. ergeben? Und vielleicht hat er diesen Zusammenhang bei seiner Mission, seinen Vater irgendwie zu rächen oder sich zu rächen, was weiß ich, als Zeichen angesehen? Dass alle irgendwie im Kontext zu Savitas standen? Und ihn dieses in seinem Tun und Denken noch bestätigt, ja, verstärkt hat? Ach, was weiß ich. Doch so wär's logisch irgendwie ...«

»Okay, vielleicht. Ist auch nicht wirklich meine Sorge. Ich hab meinen Job getan.« Behütuns merkte, dass ihm die Zunge nicht mehr so gehorchte, wie er wollte.

»Aber warum dann Club? Warum ... uups, ich bin schon beschwipst.«

Hartung lachte. »Ja, ich auch.«

Und fügte an:

»Ach wissen Sie, Gehirne gehen manchmal Wege ...«

Stunden später sah man zwei betrunkene Männer in der Dunkelheit. Sie eierten den langen Weg den Ort hinaus zum Bus, ihre Autos ließen sie stehen. Wahrscheinlich waren sie die ersten überhaupt, die den *Spannerhof* per Bus verließen. Sonst fuhr man hier Q7, X5 oder Taxi.

Sie pinkelten sogar an einen Gartenzaun.

Wichtig.
Mein Dank geht allein an meine Frau Christine.

Unwichtig.
Ursprünglich war für dieses Buch ein anderer Titel geplant – der aber stieß nicht auf die Liebe des Verlages: »Brunzkaddler«.

Richtig.
Alle Handlungen, Namen, Personen und Charaktere in diesem Roman sind frei erfunden. Zufällige Übereinstimmungen mit lebenden Personen sind nicht beabsichtigt, lassen sich aber beim Erfinden von Geschichten schwerlich ganz vermeiden. Das Leben – und da trifft man »secherde und secherde« –, genauso wie das Schreiben, schöpft nun einmal überwiegend aus sich selbst: aus der Erfahrung.

Weitere Behütuns-Krimis bei ars vivendi

Tommie Goerz • Dunkles • Friedo Behütuns' zweiter Fall • ISBN 978-3-86913-057-6

Eine Nacht im Städtedreieck Nürnberg, Fürth, Erlangen: In Nürnberg wird ein Auto gestohlen, bei Erlangen brennt eins ab, und im Fürther Land verschwindet ein Mädchen. Haben die Ereignisse etwas miteinander zu tun? Oder war das alles nur Zufall? Als dann auch noch die Leiche der Vermissten aufgefunden wird, ist die Stunde von Mordkommissar Friedo Behütuns gekommen. Die breit gefächerten Ermittlungen im Grenzgebiet der drei fränkischen Städte erfordern etliche Dunkle – und fördern Dunkles zutage.

Tommie Goerz • Leergut • Friedo Behütuns' dritter Fall • ISBN 978-3-86913-100-9

Friedo Behütuns durchlebt eine harte Zeit: Er hat aufgehört, Bier zu trinken, raucht nicht mehr, quält sich mit Dauerläufen. Und das alles, weil er sich zu dick fühlt. Zu allem Überfluss lastet ein langer, harter und dunkler Winter auf Franken. Mit ihm kommt es zu einer Reihe rätselhafter Todesfälle im Kreis der Reichen und Schönen rund um Nürnberg. Was steckt dahinter? Nichts ergibt Sinn. Dann fällt auch noch das halbe Ermittlungsteam aus, eine Praktikantin aus Bremen muss einspringen. Es geht einfach nicht voran – bis es Frühling wird. Mit den ersten Sonnenstrahlen tut sich endlich eine Spur auf. Sie führt bis nach Bayreuth und in ein Wirtshaus mitten im Wald …

Tommie Goerz • Auszeit • Friedo Behütuns' vierter Fall • ISBN 978-3-86913-169-6

Urlaubszeit ist Erholungszeit? Nicht für Friedo Behütuns. Von seinem Chef zu sechs Wochen Ferien verdonnert, mietet sich der eigenwillige Kommissar spontan ein kleines Haus an der Bretonischen Küste. Als im Nachbarort die grausam zugerichteten Leichen zweier Nürnberger Urlauber gefunden werden, ist es mit der Ferienidylle Gott sei Dank vorbei. Behütuns ermittelt auf eigene Faust. Im Umfeld der Opfer kommt er einem dunklen Geheimnis auf die Spur und gerät dabei mitten hinein in einen mörderischen Plan …

Tommie Goerz · Einkehr · Friedo Behütuns' fünfter Fall · ISBN 978-3-86913-421-5

In Maine zerschellt im Nebel ein Flugzeug, auf Korsika ein Auto in einer Schlucht und in den Alpen ein Bergwanderer. Auf Mallorca verunglückt ein Radfahrer, in der Emscher treibt eine Leiche, und in Hessen zieht der Sog eines ICE einen Mann in den Tod – Unfälle, tragisch, ohne Zusammenhang. Bis eine wirre Frau von Morden spricht. Soll sich Friedo Behütuns damit befassen? Der hat ganz andere Sorgen, direkt vor seiner Haustüre in Franken: Bei Herrieden ist ein Mädchen verschwunden, bei Stübig wurde eines missbraucht und ermordet, bei Leutenbach ebenso. Die Fälle gehen Behütuns nichts an, aber trotzdem quält ihn ein diffuser Verdacht. Da tauchen Textfragmente aus dem 15. Jahrhundert auf – blutrünstig, brutal und erschreckend. Behütuns trinkt Bier, begibt sich ins Kloster und in die Welt des Vergessens ...

Tommie Goerz · Schlachttag · Friedo Behütuns' sechster Fall· ISBN 978-3-86913-582-3

Auf einem Bauernhof in Franken wird eine Sau geschlachtet, zerlegt und verwurstet, es gibt Schlachtschüssel und Bier: Schlachttag. Aber auch sonst geht es blutig zur Sache. So buddelt in der Fränkischen Schweiz ein Hund Körperteile einer Frau aus. Dann stößt ein Wanderer auf einen fürchterlich zugerichteten Leichnam, das Opfer wurde offenbar regelrecht abgeschlachtet. Bis jedoch die Polizei am Tatort erscheint, ist der Leichnam verschwunden. Währenddessen befasst sich Kommissar Friedo Behütuns mit einem über 20 Jahre zurückliegenden Vermisstenfall. War es Mord? Die Suche nach den Familienmitgliedern der Verschwundenen führt ihn durchs fränkische Land und bis auf die Kanareninsel La Gomera. Als sich dann der Enkel einer alten Frau meldet, zieht sich die Schlinge immer enger um die Familie ...

Tommie Goerz · Nachtfahrt · Friedo Behütuns' siebter Fall · ISBN 978-3-86913-909-8

1982: Zwei junge Männer brechen nachts mit ihrem VW Käfer auf, Ziel unbekannt. Danach sind sie verschwunden. Spurlos. 2017 findet man in einem See in Franken das Wrack eines alten Autos. Der VW. Darin: menschliche Überreste. Was ist damals passiert? Ein Unfall? Selbstmord? Mord? Stecken Drogen dahinter, Familiäres, gar die RAF? Die Suche führt bis nach Sizilien – und wieder zurück auf den Grund des Sees ...